KB012249

IV

마셰리 장편소설

베아트리체
Beatrice

마셰리 장편소설

베아트리체
Beatrice

D&C BOOKS

차 례

◆ ◆ ◆ ◆ ◆

◆ ◆ ◆ ◆ ◆

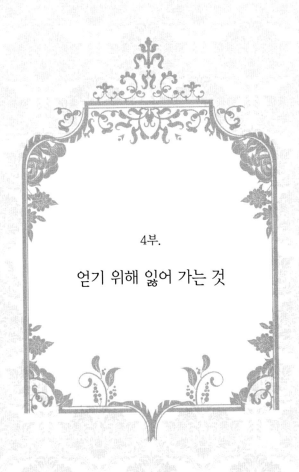

4부.

얻기 위해 잃어 가는 것

23. 북서쪽의 귀인

23. 북서쪽의 귀인

· · ◆ · ·

험프리는 한껏 쌓인 서신들을 돌아보았다. 그중에 눈길을 끄는 건 오랜만에 보는 이름이 적힌 '긴급 서신'이었다. 심지어 꽤 두툼했다.

"안테노르 공작이 웬일이지?"

서신을 열어 보니, 버넷 후작이 반역을 꾀하고 있다는 내용이었다. 황궁을 급습할 사병들을 지원해 달라는 서신을 받았으나, 자신은 이들과 무관하며 결백하다는 절절한 심경이 고스란히 담겨 있었다. 증거로 버넷 후작에게 받은 편지까지 동봉했다.

"갑자기 반역이라니."

충격적인 내용과는 달리 담담한 목소리가 흘러나왔다. 험프리는 피식 웃으며 서신을 접었다.

"쯧."

다급한 소식은 분명했으나, 그는 한가롭게 혀를 끌끌 차며 던칸의 서재로 향했다. 험프리는 전혀 당황하지 않았다.

'좀 황당하긴 하군.'

그는 제국의 병력을 누구보다 잘 알고 있었다. 수도에 주둔한 기사단과 용병 말고도 제국 곳곳에 퍼진 대귀족들의 사병 또한 그레이엄의 것으로 쳤다. 세기를 이어 온 가문끼리의 동맹은 함부로 배신할 수 없었다.

'신종 자살 수법인가?'

아무리 생각해도 버넷 후작이 왜 이런 미친 짓을 자처하는지 영 알 수 없었다. 불 보듯 뻔한 싸움이 될 것이 분명한데. 험프리는 다른 것을 걱정했다.

"휴."

어이없이 실패할 반란이라는 것을 알았지만 그래도 던칸에게 이 사실을 말해야 했다.

'바로 내가, 직접 말씀드려야 하지.'

굳은 얼굴로 던칸의 서재 문을 두드린 그는 조용히 대답을 기다렸다.

"들어와라."

던칸은 벌써 며칠째 식음을 전폐하고 서재에 틀어박혔다. 그는 칼스버그 공작의 조언에도 도무지 일을 하지 못하고 있었다. 다행히 유능한 조언자를 들인 황궁은 던칸의 지휘 없이도 잘만 돌아갔다.

요하임 칼스버그 공작은 물 만난 고기처럼 많은 것을 수정하고 지시했다. 일각에서는 우려의 목소리가 들려오기도 했지만, 험프리도, 던칸도 크게 신경 쓰지 않았다. 칼스버그 공작은 완벽을 꿈꾸는 이상주의자였다. 체스를 두는 사람처럼, 이리저리 말을 움직여 원하는 결과를 얻는 것을 좋아할 뿐. 일 욕심은 있어도 권력이나 재물은 탐하지 않는 아주 괴상한 인사였다.

"흠흠, 전하. 식사를 또 거르셨다고 들었습니다."

잠시 눈치를 살피며 말을 꺼낼 타이밍을 잰 그는 일단 중요한 이야기부터 꺼내기로 했다. 버넷 후작의 반역 도모 따위는 지금 걱정할 문제도 아니었다.

"기사단 일행은 콘래드 후작성을 떠나 원래의 경로대로 움직이고 있다고 합니다."

험프리의 말에, 황궁의 정원을 내려다보던 던칸은 무미건조하게 입을 열었다.

"그래."

잔뜩 갈라진 목소리, 힘없는 대답. 험프리는 말을 아꼈다. 답답한 던칸의 상황을 누구보다 잘 이해하고 있는 그였다.

'에반 경과 말을 맞추려면 대대적으로 대공님을 추적해야 해. 하지만……'

지역의 영주들에게는 대공이 소년과 단둘이 도망친 것으로 소문이 난 상황이었다. 그러니 그를 수소문하는 게 맞지만, 던칸은 그러기를 주저했다.

'알렉산드로가 그렇게 무정하고 무책임한 이는 아니지 않소? 언제가 됐든 분명 돌아올 것이오. 그러니 일단 기다려 보는 게 어떻소?'

칼스버그 공작의 반대 의견 때문이었다.

'찾는다고 해서 억지로 잡아 온다면 당신네 부자 관계는 정말 끝이오.'

그 말에 무작정 기다리는 중이긴 했지만 던칸은 마음이 편치 않았다. 일방적으로 단절된 관계에서 그는 이제야 아들의 마음을 돌아보기 시작했다. 얼마나 답답했으면 저런 결정을 했을까. 전쟁 군주, 쿠데타의 독재자라는 아버지의 추명과는 상관없이 아들은 묵묵히 자신의 길을 걸어왔다. 누구에게나 인정받고 존경받는 지금의 위치는 순전히 알렉산드로가 쌓아 올린 공이었다.

'몇 번이나 내게 결혼을 하고 싶지 않다고 의사를 전했는데.'

왜 그때 진작 들어주지 않았을까. 아들이 가문을 버리고 떠나는 것보다는 차라리 손자가 없어서 대가 끊기는 게 나을 것 같다. 수소문하면 그레이엄의 피를 이어받은 먼 친척이라도 찾을 수 있을지도……. 험프리는 조심스레 던칸에게 말을 건넸다.

"전하, 주제넘지만 제 의견을 말하자면……."

시선을 밖으로 향하고 있던 던칸은 충직하고 믿음직스런 수하의 말에 그를 돌아보았다.

"그래."

한층 기가 꺾인 그의 대답에 험프리는 마음이 아팠다. 자신이 모시던 강인한 남자가 이렇게 되리라고는…….

"변방의 영주들은 대부분 그 소문을 믿고 있는 듯합니다. 자식을 양자로 들여 달라는 호소문을 매일같이 보내는 게 그 증거이기도 하고……."

"후우."

황당한 소리에 던칸은 신음 같은 한숨을 내뱉었다. 결국 자리로 돌아와 의자에 앉은 그는 계속 말을 해 보라는 듯 험프리에게 손짓했다.

"그러니 영주들이 대공님을 알아본다면 먼저 황궁으로 연락을 보낼 것 같습니다. 영주들은 곳곳에 있는 데다, 분명 눈에 띄실 테니까요."

알렉산드로는 던칸을 **빼닮**아 풍채가 아주 좋았다. 머리부터 발끝까지 귀티가 줄줄 흐르는 그런 미남자를, 설마하니 평범한 농민이라 생각할 사람은 아무도 없을 것이다.

"이 대륙에 제국이 아니라면 어디에 계시겠습니까?"

그를 한 번도 보지 못한 귀족이라도, 일단 마주치면 기사인 것을 알아보지 않겠나 하는 그 말에 던칸은 긍정하듯 고개를 주억였다.

"너무 걱정하지 마시고, 영주들에게 연락이 오면 찾아가서…… 그, 생각하신 대로 말씀을 하시면 대공님께서도 분명 마음을 돌리실 겁니다."

전과는 달리 많이 야윈 던칸의 모습을 바라보던 험프리는 말을 전부 전하지 못했다. 모시는 이의 자존심을 남겨 두고 싶었던 탓이다.

"그래."

맥없는 대답에도 험프리는 많은 말을 삼켜야 했다. 인형처럼 같은 말을 반복하는 던칸이 안쓰러웠지만 그는 자신의 위치를 상기했다.

"우습지 않느냐?"

"예?"

허탈한 웃음과 함께 들려온 갑작스런 물음에 험프리는 급하게 반문하면서도 마른침을 삼켰다.

"전장에서, 기사단에서, 황궁에서…… 나와 대치하던 수많은 이들…… 지금은 이 세상에 없는 그들 말이다."

옛날 일을 돌이키듯 던칸의 눈빛은 허공 어딘가를 살피고 있었다.

"그 누구도 나를 이렇게 나약하고 쓸모없는 인간이라 느끼게 만
든 저은 없었는데."

그리고 그는 손으로 이마를 짚으며 말을 이었다.

"그런데 내 아들 녀석이……."

험프리는 고개를 숙였다. 눈물을 삼키는 주군의 모습을 차마 똑
바로 보기가 힘들었다.

"저는 아직 자식은 없지만…… 알 것 같습니다."

주저하듯 말한 험프리는 눈치를 살폈다. 다행히 던칸은 공감을
사고 싶은 사람처럼 그를 응시했다.

"세상에서 가장 사랑하는 분이 아니십니까? 부정도 모정과 다르
지 않으리라 생각합니다."

씁쓸한 미소로 대답한 던칸은 다시 자리에서 일어났다. 때마침
창가에 날아든 이름 모를 새가 그에게 알 수 없는 말을 던지듯 지
저귀기 시작했다. 그리고 다른 새 한 마리가 와서 옆에 앉아 노래
를 부르듯 함께 떠들었다. 평소라면 시끄럽다고 생각했을지도 모
르지만 지금은 아무런 생각도 없었다. 번뇌에 빠진 그에게는 어떤
소리도 들리지 않았다.

"나는 이제 그 아이가 행복했으면 좋겠다."

자기 자신에게 하는 말인 양 나직한 목소리였다. 안타까운 얼굴
로 그의 뒷모습을 응시하던 험프리는 한참이나 그 자리에 있었다.

그가 다시 말을 꺼낸 것은 꽤 시간이 지나고의 일이었다.

"전하, 안테노르 공작에게서 온 서신이 있습니다."

알렉산드로와 클로이가 기사단을 이탈한 지 벌써 보름이 넘었다. 단둘이서 지내는 시간은 어떻게 하루가 가는지도 모르게 흘렀다. 눈부신 하늘이 삶을 축복하듯 평화롭게 빛났다. 클로이는 자신의 발밑, 언덕 아래를 응시했다.

'제국은 숲과 들판이 참 많아. 이렇게 노는 땅이 있으면 경작을 하면 좋을 텐데, 너무 넓어서 관리가 안 되려나.'

단둘뿐인 여정은 여유를 주었다. 덕분에 그녀는 전보다 한결 편한 마음으로 사방을 둘러보게 되었다.

"여기서 점심을 먹을까요?"

마침 배가 고프던 참이었다. 알렉산드로는 크산토스에 매달린 짐 꾸러미에서 마을에 들러 사 온 빵과 물, 말린 과일과 고기를 챙겨 양지바른 곳에 자리를 잡고 앉았다. 시중드는 사람은 없었지만 마음만은 대저택의 화려하게 꾸려진 만찬보다도 편안했다. 사랑하는 한 사람 때문이었다. 클로이는 배시시 웃으며 알렉산드로의 옆자리에 앉으려 했다.

"날씨가 좋아서 다행이에요."

하지만 그는 손을 이끌어 그녀를 자신의 무릎 위에 앉혔다.

"흙바닥이다."

이제 이런 스킨십은 둘에게 아무것도 아니었다. 클로이는 급속도로 친밀해진 관계가 조금 어색했다. 그것도 대낮에 그의 무릎에

앉아 있으니 빵을 먹으면서도 입으로 들어가는지 코로 들어가는지
몰랐다.

"이 들판을 지나서, 작은 숲이 나오면 오늘 안에 영지민이 사는
마을에 도착할 것이다. 그러니 식사가 불편해도 조금만……."

"괜찮아요."

클로이는 게 눈 감추듯 음식을 먹어 치운 자신의 빈손을 들어 올
렸다. 그리고 고개를 들어 한껏 미안한 표정을 짓고 있는 얼굴을
올려다보았다. 씩 미소를 짓자 그 역시 옅은 미소로 화답했다.

"전 맛있게 먹었어요."

딱딱한 빵이나 거칠거칠한 말린 고기로 배를 채우는 건 조금도
불편하지 않았다. 알렉산드로 역시 그녀의 마음을 모르는 바는 아
니었다. 클로이는 매 끼니를 퍽퍽한 삶은 감자로만 배를 채우면서
도 불평 한 번 하지 않던 여자였다.

"이제는 마을을 거쳐 갈 테니 전보다 음식이 훨씬 나을 거야. 약
속하지."

"괜찮다니까요."

하지만 그의 마음이 안 괜찮았다. 고생시키지 않겠다 말하며 데
려왔으니 전보다 좋은 곳에서 좋은 음식만을 대접해 주고 싶었다.
이런 곳에서 급하게 때우는 한 끼마저 못내 미안했다.

"지금도 충분히 좋아요."

클로이는 그의 너른 가슴에 머리를 폭 기대었다. 내 걱정은 말라
는 듯이 두 팔로 꼭 끌어안았다. 한때는 스쳐 지나가기만 하던 그
의 향기가 이제는 그녀의 온몸에 배어 있었다. 말을 타는 것은 분
명 고된 일이었다. 허리와 엉덩이, 허벅지까지 저리고 욱신거렸지

만 연인은 모든 것을 잊게 할 만큼 달콤했다. 클로이는 사랑하는 남자와 함께하는 이 순간이 행복했다. 불확실한 목적지를 향해 달리는 여정이지만, 이 과정이 전부라 해도 충분했다.

알렉산드로는 그녀의 여린 어깨를 양팔로 감싸 안았다. 그러자 이 세상에서 이 여자 한 명만큼은 반드시 지켜 주리라는 강한 책임 감이 가슴에 스며들었다. 허허벌판에 뚝 떨어진 것처럼 단둘뿐이 었다. 항상 시끌벅적한 기사단 무리에 있던 예전과는 사뭇 달랐지 만, 알렉산드로는 드디어 외롭지 않게 되었다. 그보다 훨씬 작은 몸이지만 그녀의 존재감은 그의 세상을 완전히 뒤바꾸었다. 서로 의 몸이 닿기 시작하면 시간은 쏜살같이 흘렀다. 둘은 앉은 자리에 서 일어날 줄을 몰랐다.

다시 말을 몰기 시작한 건 한참 뒤였다. 오늘 내로 서쪽의 가장 마지막, 맥네인 백작령을 넘어설 예정이었다. 이동하는 중에는 말 발굽 소리 말고는 조용했다. 알렉산드로는 머릿속으로 던칸의 속 내를 짐작하고 있었다.

'날 찾으려면 이미 찾으셨을 분이다. 하지만 조용하신 걸로 봐서 는…… 받아 줄 생각이 조금도 없으신 거로군.'

이런 상황에서 돌아갈 수는 없었다. 불편한 사실이지만, 그의 옆 자리는 후계가 불확실한 지금의 클로이에게 너무 위험했다. 그레 이엄 가문을 이을 아들을 낳지 못할 여자를 던칸이 받아 줄 리가 없었다. 그뿐인가. 신분도 문제였다. 과거를 지워 버린대도 외모만 보면 그녀의 출신을 짐작할 수 있었다. 그렇다고 클로이가 노예인 것만 문제인 것도 아니다. 그녀는 과거에 엘파사의 왕족이었다.

'베아트리체 왕녀.'

그 사실이 알려지면 던칸은 절대로 그녀를 살려 두지 않을 것이다. 그는 뭐든 깨끗하고 정확한 걸 좋아했다. 그레이엄 가문의 후계자가 망국 왕족의 — 그것도 사생아 — 핏줄이 되는 걸 용납할 사람이 아니었다. 그럼에도 알렉산드로는 그녀와 함께 수도로 돌아갈 가능성을 열어 놓고 있었다. 누구에게도 정체를 들키지 않고, 클로이가 아들을 낳으면 된다. 그녀가 왕녀였다는 걸 아는 몇 사람은 입막음이 가능하니까.

'후사가 한 명뿐이라면 아버님도 어쩔 수 없겠지.'

알렉산드로는 클로이 외의 다른 여자를 만날 생각이 없었다. 그러니 딱 한 명뿐인 그레이엄의 후계자를 낳은 그녀를, 인정하지 않을 수 없으리라. 물론 클로이가 아들을 낳는다는 건 어디까지나 만약의 이야기였다. 정말 그녀의 말대로 임신이 어렵다면 이대로 단둘이 살아가면 된다. 애초에 그럴 각오를 하고 나왔으니까. 모든 걸 버린대도 사랑하는 여자와 함께라면 아깝지 않았다. 그래서 도망친 입장인데도 다른 것들은 신경 쓰이지 않을 만큼 가슴이 설레었다.

알렉산드로는 자신의 평생에 이렇게 행복한 시간이 또 있었나 싶었다. 전부 클로이 때문이었다. 그는 자신이 사랑하는 여자를 응시했다. 곱게 가라앉은 검은 머리카락의 끝이 자그만 어깨에 닿았다. 거기서 이어진 말랑한 팔뚝을 한번 손에 쥐었다. 영문을 모르고 자신을 돌아보는 눈동자가 반짝였다. 짙은 속눈썹과 야트막한 산등성이 같은 코, 그 아래 짙은 분홍색 입술이 호선을 그렸다.

'사랑스러운 여자.'

클로이는 그가 보아 온 어떤 여자들보다 사랑스러웠다. 아니, 처음으로 여자가 사랑스럽다는 생각을 하게끔 만들었다. 게다가 그녀가 가진 많은 재주는 단연코 돋보였다. 하지만 가문의 며느리는 오직 후계를 위한 존재일 뿐이다. 던칸에게는 클로이의 어떤 것도 그녀가 낳을 아들 한 명보다 못하다는 사실이 씁쓸했다.

클로이는 그보다 훨씬 더 많은 가치가 있는 여자가 아닌가?

장남이 이름을 잇는 귀족 사회를 당연하게 여기며 자라 왔던 알렉산드로는 문득 그 사실이 새삼스럽게 느껴졌다.

"이 숲에서부터 구스타프 후작령인 거죠?"

"그래."

"예상보다 빨라서 다행이에요."

북서쪽. 귀인이 있다는 점쟁이의 말만 믿고 결심한 둘의 행선지였다. 도착하는 곳이 어디든 상관없었기에 두 사람은 별다른 말을 꺼내지 않았다. 바람이 지나가는 소리, 크산토스의 말발굽 소리와 새가 지저귀는 소리만 들려왔다. 그나마 큰 말의 발자국 소리만 요란스러웠다. 바닥에 인적은 있었지만 깊은 숲 한복판에는 그들뿐이었다.

그때였다.

"알렌, 어디서 고양이 우는 소리가 나는 것 같지 않아요?"

작게 들려오는 건 아기 고양이가 서럽게 울음을 터뜨린 듯한 소리였다. 거리는 꽤 멀게 느껴졌지만 우렁찼다. 대낮이지만 우거진 숲속이라 사방이 밝지 않은 탓에, 약간은 괴기스럽게 느껴지기도 했다. 그러고 보니 다른 이의 발자국 소리가 들리는 것 같기도 하고…….

클로이는 사방을 돌아보며 집중했다. 나뭇가지가 급히 들춰지는 소리가 귓가로 꽂히는 것처럼 생생하게 들렸다. 으스스하고 꺼림칙했다. 클로이는 알렉산드로의 팔을 두 손으로 꼭 붙들었다. 그를 올려다보니 그 또한 소리의 진원지를 파악하는 중인지 한껏 집중한 얼굴이었다.

"걱정할 것 없다."

금방 나온 그의 대답은 명확했다.

자신의 한쪽 팔을 붙든 클로이의 두 손을 한 번 꽉 잡았다가, 다시 말의 고삐로 손을 옮겼다. 아무 걱정 말라는 것처럼 단호한 몸짓이었다. 알렉산드로는 자리를 벗어나려는 듯 말의 속력을 높였다. 숲속은 이제 말발굽 소리로 가득했다. 말이 땅을 구르는 소리만 들리니 고양이가 우는 소리는 들리지 않는 것 같았다.

"……잠시만요."

하지만 간절한 생명의 목소리가 그녀의 귓가를 파고들었다.

"알렌, 잠시만요. 지금, 지금 이 소리가."

알렉산드로는 클로이의 말을 듣고도 속력을 늦추지 않았다.

"못 들은 걸로 해."

그의 말은 평소의 다정한 모습과는 달리 믿을 수 없을 만큼 냉정했다. 애타는 그녀의 다급한 시선에도 그는 눈을 돌리지 않았다.

"알렌, 기다려요. 여기 지금……."

새끼 고양이의 울음소리라고 생각한 것은 바로 아기의 울음소리였다. 끊길 듯 끊기지 않는 어린 생명의 목소리가 처연했다.

"잠시만요. 한 번만 가서 봐요, 네?"

"어쩔 수 없는 일이다."

그는 칼같이 싹둑, 클로이의 말을 잘랐다. 알렉산드로는 처음부터 아기의 울음소리를 알아챘다. 이런 숲속에 혼자 남겨진 아기라면 버려진 것이 분명했다. 제국에 찾아온 평화의 시대는 귀족들에게만 해당되는 이야기였다. 전쟁이 끝난 직후의 영지민들은 처참한 폐허 속에서 간신히 목숨을 부지했다. 전쟁으로 생겨난 고아들을 내다 버리는 일도 부지기수였다. 안타깝긴 했지만 어쩔 수 없는 일이었다.

'그것이 전쟁이다.'

알렉산드로는 기사였다. 이보다 참혹한 죽음도 많이 보았다. 북서쪽은 전쟁의 피해가 적은 곳이나, 사람이 사는 곳이니 이런 일도 있으리라 여길 뿐.

"알렌, 한 번만요."

하지만 클로이는 고집을 꺾지 않았다. 알렉산드로는 작은 한숨을 내쉬었다.

"가서 한 번 확인만 해 보자고요!"

버려진 아기를 어떻게 도와준단 말인가? 거기다 울음소리는 정말 어린 갓난아기의 것인 듯했다. 직접 봐 봐야 마음만 다치고 속상해할 게 분명한데, 알렉산드로는 클로이가 모르고 지나치길 바랐다. 하지만 간절한 그녀의 얼굴을 차마 못 본 척할 수가 없었다. 그는 급하게 말의 고삐를 쥐고 방향을 돌렸다. 가까이 다가가자 아기의 울음소리는 점점 크게 들렸다.

그들이 큰 나무를 지나는 순간 가장 먼저 보인 것은 작은 개울이었다. 그리고 늑대 한 마리가 갑자기 들이닥친 그들을 보고 급하게 줄행랑을 치는 모습이 보였다. 그곳에는 강보에 감싸인 작은 형체가 있었다. 클로이의 심장이 미친 듯이 방망이질했다. 그녀는 차마 소리도 내지 못하고 급하게 숨을 들이켰다.

'대체 누가.'

개울에 산짐승들이 많이 모이는 것을 알고 아기를 거기다 버린 것이다. 간발의 차이로 들이닥친 그들이 아니었다면 아기는 분명히 늑대에게 잡아먹혔을 것이다. 클로이는 갓난아기에게서 눈을 뗄 수가 없었다. 마치 사람이 다가오는 것을 알고 있던 것처럼 더욱 세차게 울어 대는 모습이 처절했다.

'저런 갓난아기가 자기가 처한 처지를 알 리도 없는데⋯⋯.'

그런데 마치 자신을 좀 봐 달라는 것처럼, 맹렬하게 울고 있었다. 숲속에 버려진 작은 생명은 그 존재를 알리기 위해 모든 힘을 다해 필사적으로 애원했다.

"가자."

그녀는 말에서 내리려 했지만 알렉산드로가 놓아주지 않았다. 몸을 더 단단히 감싼 그가 미련 없이 말을 돌렸다. 아기를 뒤로하자 클로이가 얼른 그를 불렀다.

"알렌!"

"어찌할 수 없는 일이다."

그의 목소리는 얼음장처럼 차가웠다.

"마을로 간다 해도, 누구에게 저 아기를 맡긴단 말이냐?"

"하지만⋯⋯ 하지만 아직 살아 있잖아요."

아직 건강하게 살아 있는 생명이었다. 아기를 뒤로하고 길을 가는데도 울음소리는 끊이지 않았다. 오히려 전보다 더 강렬하게 들려왔다. 그 소리가 그녀의 마음을 잡아 붙들었다.

"알렌, 제발⋯⋯."

알렉산드로는 입을 꾹 다물고 아무런 말도 하지 않았다. 그의 굳은 결심에는 흔들림이 없었다.

"가서 마을에 혹시 돌봐 줄, 맡길 데가 있는지 한번 봐요. 네?"

"……."

"버려진 게 아니라 누가 잃어버린 걸 수도 있잖아요. 아직 저렇게 멀쩡하게 살아 있는데."

말하는 동안 마치 자신을 부르는 것 같던 소리가 희미하게 끊겼다. 클로이는 불안함에 몸을 떨었다. 혹시 자신들을 보고 도망쳤던 늑대가 다시 돌아온 거라면……?

"제발요."

그녀는 두툼한 팔을 흔들었다. 늑대에게 쫓기는 게 바로 자신인 것처럼, 마음이 몹시 다급했다.

"저도 처음에 태어나자마자 저렇게 버려졌대요."

입술은 두서없이 말을 내뱉었다.

"제가 태어난 곳의 노예들이 저를 다시 데리러 온 거랬어요. 알렌, 제발."

울먹이는 목소리가 들려오자 알렉산드로는 긴 한숨을 내쉬었다.

"우리 한 번만 도와줘요, 네? 저러다 정말 죽으면, 아기가 죽으면……."

"후우, 알았으니 울지 마."

결국은 이렇게 될 줄 알았다. 클로이를 당해 낼 수가 없었다. 그는 무거운 마음으로 말머리를 돌리고 고삐를 당겼다. 왔던 길을 돌아간 크산토스는 전보다 훨씬 빨리 다시 개울가에 도착했다. 눈물을 글썽이던 클로이는 갓난아기 옆에 늑대 두 마리를 보고 대경실색하고 말았다.

알렉산드로는 고민 없이 단검 중 하나를 늑대가 있는 근처로 던지듯 내리꽂았다. 짐승들은 놀라 자리에서 도망쳤다. 그는 먼저 말에서 내려 클로이를 내려 주었다. 그녀는 당장 아기에게 다가가 상태를 살피기 시작했다. 다행히 다친 곳은 없어 보였지만 입술이 말라서 퍼렇게 변해 있는 상태였다. 아기는 눈을 감고 있었다.

'아니, 그런데…….'

아기의 얼굴을 확인한 클로이는 돌처럼 굳었다. 살짝 벌어진 입술은 완전히 할 말을 잃었다.

"무슨 일이지?"

몇 발자국 떨어진 곳에서 무심하게 그녀를 지켜보던 알렉산드로는 경악한 표정을 읽고 황급히 다가왔다. 놀란 그녀의 얼굴을 먼저, 그리고 품에 안긴 아기를 살폈다. 아기를 보니 클로이가 왜 그렇게 놀랐는지 알 수 있었다. 아기의 외양은 일반 사람들과 좀 달랐다. 작은 눈과 검은색 속눈썹, 작고 낮은 코와 입술은 마치…….

"동쪽 대륙에서 온 아이인 것 같다."

클로이는 그가 말하는 뜻을 모르지 않았다. 저와 같이 '동쪽 대륙에서 잡혀 온 노예가 낳은 아이'라는 의미였다. 아기의 이목구비는 대륙의 사람들처럼 뚜렷하지 않았다. 게다가 몇 가닥 없는 머리카락마저 검은색이었다. 아주 갓난아기라고 생각했는데 보통 아기보다 작았을 뿐, 적어도 한 살은 되어 보였다.

"어떻게."

어떻게 자신을 꼭 닮은 아기를 숲속에서 마주하게 됐을까. 잠시 상념에 잠겨 있던 클로이는 곧 터져 나온 울음소리에 허둥지둥 아기를 끌어안았다.

'키울 수는 없어.'

버리고 갈 수도 없다. 가슴이 불안하게 두근거렸다. 앞뒤가 모두 막힌 것처럼 답답한 상황이라 당황스럽고 난처했다. 어떻게든 살아 보고자 꼬물거리는 어린 생명의 움직임이 품속에서 그대로 느껴졌다. 아기에게 시선을 고정한 알렉산드로가 중얼거렸다.

"태어난 지 얼마 되지 않은 것 같은데."

"한 살 정도 됐을 거예요."

"한 살치고는 너무 작은 게 아닌가?"

"아래위로 유치가 네 개씩이나 있는 걸 보니까, 적어도 한 살은 됐을 거예요."

동대륙 사람들은 원래 몸집이 작지 않느냐는 말에 알렉산드로는 고개를 끄덕였다. 클로이만 하더라도 제국의 여자들보다 키도, 손도, 발도 전부 작았다. 바로 그 순간이었다. 아기가 그들을 향해 찡그리듯 간신히 눈을 떴다.

"……!"

눈동자마저 그녀와 같이 짙은 갈색이었다. 알렉산드로는 클로이의 품에 있던 아기를 빼앗듯이 안아 들었다. 직접 들어 보니 기묘할 만큼 작고 가벼운 생명체였다. 그는 홀린 듯 눈을 떼지 못했다. 자신이 사랑하는 여자의 눈동자가, 처음 보는 이 아기에게 있었다. 알렉산드로는 클로이와 아기를 번갈아 응시했다. 이렇게 보니 확실히 닮은 것 같았다. 물론 다른 생김새였지만 그의 눈에는 비슷하게 보였다.

"아무래도 여자아이 같아요."

"그래?"

알렉산드로가 본능적으로 손가락을 아기의 눈앞에 가져갔다. 아기는 꼬물꼬물 통통한 손을 뻗어 그의 손가락을 움켜쥐었다. 그가 살살 손가락을 흔들자 아기의 손이 이리저리 움직였다.

"이것 봐라."

사랑스럽기도 마찬가지였다. 그는 저도 모르게 함박웃음을 지었다. 완전히 시선을 빼앗긴 그는 옆에서 자신을 바라보는 클로이의 눈길을 뒤늦게 알아챘다.

"흠."

민망하게 헛기침을 한 알렉산드로는 재빨리 표정을 관리했다.

"마을에 데려가서 부모를 찾아 주면 되겠지."

"정말 그래도 되나요?"

"그래. 돈도 넉넉한데 아기 한 명 건사하기 어려울까."

냉랭하던 그 목소리가 아니었다. 크게 반대하던 조금 전과는 완전히 달랐다. 쉽게 나온 긍정적인 대답에 클로이는 휘둥그레진 눈으로 알렉산드로를 응시했다. 그가 왜 마음을 바꿨는지 묻고 싶었지만 그랬다가 행여 말을 번복할까 싶어 묻지 않았다. 그녀의 불안한 마음과는 달리, 알렉산드로는 전혀 다른 생각을 하고 있었다.

'정말 많이 닮았군.'

알렉산드로는 아기를 품에 안은 클로이의 허리에 손을 둘렀다. 그러자 마법처럼, 그에게도 아기가 남처럼 느껴지지 않았다. 가슴 한구석이 이상하게 간지러웠다.

"이만 가자."

자신을 올려다보는 순한 눈망울이 이제는 한 쌍이 더 생겼다. 형용하기 어려운 기분이었다. 이 묘한 두근거림이 싫지 않았다.

클로이는 도착한 구스타프 후작령을 살폈다. 마을은 활기찬 분위기였다. 먼저 상점에서 편한 옷을 사 입은 두 사람은 곧 사람들의 발길이 끊임없이 오가는 식당을 찾았다. 겉보기에 화려한 곳은 아니었지만 기본은 하는 곳처럼 보였다.

누가 먼저라고 할 것도 없이 클로이와 알렉산드로는 서로를 마주 봤다.

"식사부터 하고……."

"식사를 먼저……."

똑같은 생각을 한 것처럼 동시에 터져 나온 목소리에 둘은 웃음을 터뜨렸다. 아기도 간단한 수프 정도라면 먹을 수 있을 터였다.

"먼저 들어가 있거라."

알렉산드로는 크산토스를 매어 놓기 위해 식당의 입구가 아닌 마구간으로 향했다.

"네."

클로이는 가급적 시선이 닿지 않는 외진 곳으로 걸음을 옮겼다. 어색한 얼굴로 앉아 시끌벅적한 점심시간의 모양새를 둘러보던 그녀에게 종업원이 메뉴를 가져다주었다. 그러면서 클로이를 위아래로 훑었다.

'타지인 같은데, 노예처럼 생긴 계집이네. 근데 입고 있는 옷은 고급이야.'

알렉산드로와 클로이가 마을에 들어오면서 산 옷은 순전히 그의 기준에 맞는 옷이었기 때문에, 평민이 입을 만한 게 아니었다.

"일행이 있나 본데, 필요하면 부르쇼."

종업원은 클로이의 시선이 입구를 향한 것을 알고는, 테이블에 메뉴판을 던지듯 내려놓았다. 적의가 가득한 말에 클로이는 깜짝 놀라서 종업원을 올려다보았다. 자신의 생김새를 보고 당연히 노예라고 생각한 듯, 종업원 여자는 대답도 듣지 않은 채 몸을 돌렸다. 대륙에서 흔하지 않은 생김새를 가진 클로이가 받는 대우는 그랬다. 엘파사에서는 대부분의 사람들이 클로이가 약방에서 일하는 것을 알았고, 그렇다 보니 이런 대우는 별로 받아 본 적이 없었다.

'어쩔 수 없지, 뭐.'

자신을 그렇게 오해하는 건 당연했다. 클로이조차도 그녀와 같은 검은 머리를 한 이들을 본 적이 없었으니까. 대부분 매음굴에서 일하니 그곳에 가지 않는 클로이가 마주할 일이 없었다. 혼자서 레스토랑에 들어온 게 잘못이다 결론을 내린 그녀는 딱히 마음 상할 일이 아니라고 생각하고 식사 메뉴를 둘러보기 시작했다. 그 와중에 낯선 타지인이 혼자 식당에 들어와 있는 걸 보고 다른 종업원이 와서 물었다.

"근데 처음 보는 얼굴인데, 혹시 이번에 다른 영지에서 온 성노냐?"

그 찰나에 클로이의 뒤로 그림자가 드리웠다.

"무슨 망발이냐!"

흉흉한 남자의 노기 어린 목소리가 들려오자 여자의 눈은 커질 대로 커졌다. 그녀는 곧장 알렉산드로를 보고 머리를 조아렸다.

"죄송합니다! 죄송합니다, 기사님!"

"미천한 계집이 주제도 모르고 함부로 입을 놀리다니, 목숨이 아깝지 않은가 보구나."

여자는 그의 싸늘한 눈빛과 더불어 허리춤에 매달린 칼에 찔끔했다. 하대가 익숙한 말투와 기품 있는 몸짓, 그는 귀족이 분명했다.

"아이고, 기사님! 작은 마을이라 몰라뵈어 송구합니다. 노여워 마십시오!"

"감히 내 여인에게……."

거기까지 듣고 놀란 클로이가 얼른 그를 돌아보며 옷을 잡고 화가 난 그를 말렸다.

"사람들이 쳐다봐요!"

조용하지만 다급한 외침에 다행히 알렉산드로는 말을 멈추고 대신 살벌한 눈으로 여자를 노려보았다.

"여기선 식사할 맛이 안 나는군."

시선은 여전히 여자에게 박혀 있었지만 클로이에게 하는 말이었다.

"다른 식당으로 가자."

"그냥 여기서 먹어요."

그제야 알렉산드로는 클로이를 향해 고개를 돌렸다.

"배고프시죠? 어서 앉으세요."

막상 그녀는 별 대수롭지도 않은 눈치였다. 알렉산드로는 내심 황당했다.

'남들이 하는 말에 저만큼 둔한 여자가 또 있을까.'

처음에는 노예인 게 너무 익숙해서 항상 꿋꿋하구나 했다. 하지만 아니었다. 가만 보니 이 세상에서 자기 생각이 제일 중요한 여자였다. 주위에서 남들이 뭐라고 떠드는 얘기는 듣지도 않았다. 그녀의 기분, 감정, 의사를 결정할 수 있는 건 오로지 그녀 자신뿐이었다. 저 여자가 어떻게 평생을 노예로 살았을까 가끔은 상상도 되지 않았다.

'아무 근거도 없이 긍정적이긴 하지.'

만물이 아름다워 행복하다는 사람은 그가 알기로 저 여자가 유일했다. 그래서인지 매사에 불평이 없었다. 그럼 또 저런 성격이라 여태껏 잘 살았겠구나 싶어, 자신이 얼마나 클로이를 잘 알고 있나 새삼스러울 때가 한두 번이 아니었다.

"어서 앉으세요. 저도 배고프단 말이에요."

게다가 은근히 고집스러웠다. 알렉산드로는 황당한 기분을 갈무리하고 테이블을 돌아 자리에 앉았다. 푹 한숨이 나왔다. 본인이 괜찮다니 더 이상 뭐라 할 수 없지만 여전히 화가 가시질 않았다.

"저, 저희 주점에서 가장 맛있는 사슴 요리를 대령하겠습니다."

꾸벅 인사한 뒤 종업원은 부리나케 자리를 벗어났다. 클로이는 그런 종업원의 뒷모습을 보며 의문을 가졌다.

'어떻게 대공님이 기사인 걸 알았을까?'

그런데 마주 앉은 알렉산드로를 보니 자신이 멍청한 의문을 품었다는 걸 깨달았다. 피식 웃음이 나왔다. 남들보다 큰 체격은 눈에 확 띄었다. 다부진 몸은 평생 칼을 잡고 단련한 남자처럼 보였다. 평범한 사람들을 압도하는 눈빛과 위압감은 고위급 기사를 떠올리게 했고, 그가 입고 있는 옷이며 분위기는 귀족이 분명해 보였다.

"손님에게 저따위 망발을 지껄이고도 장사를 하는군."

그는 어디를 봐도 임무를 수행 중인 기사였다. 다행히 자신의 하녀를 데리고 가문을 뛰쳐나와 도망 중인 영랑으로는 보이지 않았다.

"정신 나간 것들."

여전히 분이 풀리지 않는지, 기분이 상한 그를 보며 클로이는 달래듯 말했다.

"그래도 거기서 그러시면 어떡해요?"

탐탁지 않은 표정으로 사방을 둘러보던 알렉산드로는 속삭이듯 조용히 들려온 그녀의 말에 당장 미간을 구겼다.

"감히 너를 그렇게 말하는 이가 내 앞에 있는데, 내가 어찌할 수 있겠느냐."

마음 같아서는 당장 잡아 목을 부러뜨리고 싶었다고 혼잣말을 하자 클로이는 웃으며 그를 타일렀다.

"괜히 사람들 눈길을 끌어 봐야 좋을 것도 없잖아요. 그냥 저는 기사님을 모시는 하녀로 해요."

알렉산드로는 그녀의 답변이 마음에 안 들었는지 짜증스럽게 한숨을 내쉬었다.

"하녀라는 말만 들어도 진절머리가 나. 차라리 내가 네 시종이 되는 게 낫겠다."

클로이는 그의 투정 같은 말에 놀라 웃음을 터뜨렸다. 그래도 제법 누그러진 목소리였다.

"버넷 후작님의 영지에 도착할 때까지만요. 지금은 이동 중이니까."

살살 달래듯 말하니 그의 얼굴이 조금씩 펴졌다.

"아이, 그렇게 해요. 네?"

애교스러운 말투에 알렉산드로는 크게 헛기침을 하며 시선을 돌렸다.

"흠."

평소엔 목석같은 여자라 이건 또 처음 보는 모습이었다. 알렉산드로는 믿을 수 없을 만큼 빨리 기분이 나아졌다.

"후작의 영지에 도착하면 너를 내 여인이라 마음껏 말할 수 있는 것이냐?"

그의 목소리가 낮아졌다. 순간 클로이는 누군가 주변의 소음을 전부 막아 놓은 것처럼 아무것도 들리지 않았다. 그의 달콤한 목소리가 공기를 차단하고, 오직 단둘만 있는 것처럼 만들었다. 멍하니 그의 눈을 바라보고 있으니 그대로 빨려 들어갈 것만 같았다.

"그럼요. 마, 마음껏……."

갑자기 부끄러운 기분에 클로이는 볼을 붉혔다. 어디서든 사람을 설레게 하는 남자였다. 만족스런 대답에 알렉산드로가 입을 떼려는 순간이었다.

"으아앙!"

품 안의 아기가 갑자기 울음을 터뜨렸다. 클로이는 난감한 얼굴로 아기를 내려다보았다.

"왜 또 울지? 자꾸 울어서 어떡하나. 울보구나, 울보."

아기를 안고 살살 흔들며 달래는 동안, 종업원은 고기와 야채로 된 요리를 접시 가득하게 내려놓았다.

"저희 주점의 자랑이라고 할 수 있는 요리입니다. 사슴 고기와 신선한 야채로 맛을 낸……."

"아기가 먹을 수 있을 만한 수프도."

알렉산드로는 은화 몇 개를 테이블에 내려놓으며 말했다. 눈치를 보던 종업원은 얼른 돈을 받아 들고는 깍듯이 인사했다.

"예, 알겠습니다."

그리고 얼마 지나지 않아 종업원은 작은 그릇에 담긴 수프를 조용히 내려놓았다.

'이분의 심기를 거스르지 말아야지.'

자신만의 생각은 아닌 게 분명했다. 종업원은 남자가 들어오면서부터 달라진 분위기를 느꼈다. 술을 걸치면서 웃고 떠들며 시끄럽게 식사를 하던 손님들도 문을 열고 들어온 남자를 보고부터는 조용해져 있었다. 그저 마을에 있는 조그만 주점임에도, 그들은 타지에서 온 남자의 살벌하고 매서운 분위기를 민감하게 눈치채고 있었다. 감히 함부로 말할 수 없는 무언가가 느껴지는 걸 보아 기사이거나, 소문난 용병이 분명했다.

"저희 마을에도 아기를 키우는 노예가 한 명 있었습니다."

워낙 작은 마을이라 서로 모르는 사람이 없었다.

"그래서 반가운 마음에 제가 아가씨께 말을 걸었는데, 불편하셨다면 사과드립니다."

클로이는 아기에게 주려던 수프를 후, 하며 불다 말고 종업원을 바라보았다. 다행히 알렉산드로가 먼저 물었다.

"노예가 있었다니, 지금은 없단 말인가?"

"예에. 며칠 전에 죽었다더군요."

클로이는 마음이 급해졌다. 이 마을 숲에 버려진 아기이니 그 노예가 키우던 게 분명했다.

"그, 그럼 그 아기는 어떻게 됐는지 아세요?"

순식간에 눈앞의 손님들에게 주목을 받게 된 종업원은 음료를 따르다 말고 생각에 잠겼다.

"흠, 어떻게 됐다더라……."

마을에 떠도는 얘기들이지만 그녀가 별로 관심 있게 들었던 소문이 아니었기 때문이다.

"잘 모르겠네요. 그 노예도…… 검은 머리에 검은 눈동자를 한, 동쪽 대륙에서 온 노예였거든요. 거리에서 일하던 이였으니, 뭐……."

그 말에 클로이는 들고 있던 숟가락을 뚝 떨어트리고 말았다. 나무로 된 숟가락과 접시가 부딪치는 소리에 종업원은 둘의 얼굴을 살피다가 얼른 인사를 하고 사라졌다. 클로이는 입맛이 뚝 떨어졌다. 혹시 누가 잃어버린 것은 아닐까, 형편 때문에 버렸다고 하더라도 부모가 있다면 돈을 줘서라도 맡기려고 했는데…….

망연자실한 그녀의 얼굴을 살피던 알렉산드로가 조심스레 클로이의 손을 맞잡았다.

"전혀 예상치 못한 일도 아니지 않느냐."

"하지만."

클로이는 고개를 내려 품 안의 아기를 바라보았다. 어느새 울음을 그친 아기는 자신이 처한 상황을 모르는지 맑은 표정으로 그녀를 보며 방긋거리고 있었다. 알렉산드로는 충격받은 그녀의 얼굴을 조용히 바라보다 앞의 숟가락과 수프를 자신의 앞으로 가져왔다. 후, 하고 불며 그릇 안의 내용물을 식히던 그는 클로이에게 안겨 있던 아기에게 손을 뻗었다.

"내가 먹이고 있을 테니 너도 우선 식사를 해. 그리고 다시 생각하자."

명쾌한 그의 말에도 클로이는 어떻게 해야 할지 가슴이 답답했다. 머리가 아파 눈앞의 음식 냄새도 역겹게 느껴졌다. 그녀의 축 처진 어깨와 빛을 잃은 눈동자가 정처 없이 허공을 향했다.

"잘 먹는구나."

문득 눈앞의 상황을 본 그녀는 의아하게 고개를 갸웃했다.

'나만 이렇게 고민스러운 건가?'

알렉산드로는 작은 아기를 품에 안고 정성스레 수프를 떠먹이고 있었다. 그는 아기와 눈을 맞추느라 정신이 없어 보였다. 심지어 상황에 어울리지 않는 밝은 미소까지 띤 채였다.

클로이는 조금 당혹스럽게 그를 응시했다. 쏟아지는 그녀의 시선에도 알렉산드로는 아기에게서 눈을 떼지 못했다.

"이렇게 많이 먹여도 되는지 모르겠다."

혼잣말까지 하며 연신 수프를 떠먹이던 그는 아기의 입가에 묻은 것을 조심스레 닦아 주었다. 세심한 손길은 무척 다정했다.

'아니, 데려가지 말자고 할 때는 언제고.'

모른 척하자, 어쩔 수 없다며 자신을 이끌던 그가, 저렇게 소중하게 아기를 대하는 걸 보니 황당했다. 아기 또한 그의 품 안에서 평안한 듯 먹기도 잘 먹고 울지도 않았다. 알렉산드로가 훨씬 작은 존재를 보듬고 있는 모습은 그녀의 마음 한구석을 간질였다.

'아무튼 외모랑 정말 다르다니까.'

달콤한 사탕이 입 안에서 살살 녹는 기분이었다. 둘의 모습을 한참 바라보던 클로이는 그의 말대로 일단 걱정은 뒤로 미뤄 놓기로 했다.

콘래드 후작령을 떠나 다시 길을 가던 에반은 속으로 허탈한 웃음을 지었다. 다행히 알렉산드로의 이탈에도 기사단 일행은 대외적으로 큰 변화가 없었다.

'이거 차라리 잘된 일이라고 해야 하나.'

에반은 기사단장의 자리를 메우려 노력했지만, 그가 채울 수 없는 부분은 여실히 드러났다. 그리고 그 부족함은 기사들의 충성심이 대신했다. 알렉산드로의 빈자리가 느껴질 때마다 기사단 일행들은 역으로 그의 희생을 떠올렸다. 알렉산드로 같은 대귀족이 홀로 반란 무리를 처단하러 떠났다니, 에반 자신이 생각해도 이만큼 충성심을 자극하는 이야기가 없었다.

'믿을 수 없는 일이긴 하지.'

하지만 그가 알렉산드로였기에 기사들은 믿었다. 전장에서도 그는 몸을 아끼지 않았고, 누가 보면 목숨이 아깝지도 않은가 싶을 만큼 앞장서서 먼저 행동하곤 했다. 알렉산드로는 굳이 전면에 나서서 스스로 싸울 필요가 없는 위치였다. 그럼에도 그는 한 번도 빠지지 않고 가장 선두에서 스스로 칼을 휘둘렀다. 저러다 큰일이라도 나면 어쩌나 싶었지만 알렉산드로는 천운인지 실력 덕분인지 매번 살아남았다.

'외로우신 분.'

에반은 문득 세리머니를 떠나기 전, 자신이 대공과 말을 타고 가다가 다리가 부러졌던 때를 떠올렸다. 크산토스를 타고서 낭떠러지를 뛰어넘는 그를 보고 에반은 수없이 놀란 가슴을 진정시켜야 했다. 에반은 그럴 수가 없었다. 적의를 가진 상대와 칼을 마주할 때, 말을 타고 비탈진 길을 오르고 내릴 때마다 그는 가장을 기다리는 두 딸과 아내를 떠올렸다. 만약 자신이 잘못되면 혼자 남을 아내를 생각하니 함부로 목숨을 걸 수가 없었다. 하지만 알렉산드로는 아닌 것이다.

에반은 그 이유를 잘 알고 있었다. 어쩌다 알렉산드로가 기사가 되기를 자청했는지도 알고 있었다. 그는 그렇게 많은 것을 가졌는데도 죽음을 두려워하지 않았다. 매번 그렇게 목숨을 내던지는 건, 모든 걸 잃을 용기가 있어서가 아니라 아무것도 갖고 싶지 않아 포기한 듯 보였다. 삶에 미련이 없는 사람처럼.

'그래, 어쩌면…… 그래서 행복하다면…… 그게 더 나은 선택일지도 모르지, 알렉산드로.'

그는 그저 따뜻한 품을 가진 부모와 소박한 행복 같은 것을 바라던 소탈한 남자였다.

그러니 그의 마음속 깊은 곳에서는 항상 원하던 것을 찾아서 떠나려는 소망이 있었을런지도 모른다. 에반은 다시 피식 웃고 말았다. 철석같이 자신의 말을 믿고, '우리 단장님을 생각하면 따끈한 음식을 먹기도 죄스럽다.'던 어떤 기사를 떠올렸다.

'어차피 그들을 위한 선의의 거짓말이다.'

자신이 한 거짓말은 대공의 명예 때문이 아니라 기사들의 사기를 위한 것이다. 이대로 알렉산드로가 돌아오지 않는다면, 그는 반란 무리와 대적하느라 연락이 끊겼다는 변명을 할 참이었다. 혹시나 다시 만난다고 해도 반란 무리를 쫓는 중이었다 말하면 될 일이다.

'하급 기사들이 원하는 건 존경할 수 있는 인물일 뿐.'

에반과 알렉산드로는 철저한 지배 계층이었다. 하지만 하급 기사들과 기사단을 선망하는 평민들은 피지배층이었다. 그리고 그들이 필요로 하는 것은 실망스러운 진실이 아니라 언제고 희망을 가질 수 있는, 충성심을 유발할 이야기였다.

알렉산드로는 처음부터 기사단장 자리에 머물 사람이 아니었다. 던칸은 그의 아들을 기사단장 자리에 내버려 두지 않을 것이다. 에반은 알렉산드로가 원하든 원하지 않든, 결국에는 황궁으로 갔으리라 짐작했다.

'내게도 더 나은 일일지 모르지.'

그는 말을 탄 채 뒤로 고개를 돌렸다. 자신의 뒤를 따르는 수많은 기사들, 그들의 얼굴엔 처음 세리머니를 막 시작했을 때처럼 비장함이 감돌았다. 끝이 보이지 않는 대열을 보던 그는 가장 선두에서 일행을 이끄는 자신의 위치를 다시금 떠올렸다.

'아무리 생각해도…….'

결코 나쁜 각본이 아닌 것이다. 알렉산드로에게도, 에반 자신에게도.

필요한 물건들을 모두 구입하고 보니 이미 저녁이었다. 알렉산드로와 클로이는 여행자 숙소에서 하룻밤을 묵기로 했다. 아기 때문에 이미 해가 진 어두운 길을 떠나 밖에서 밤을 보낼 수는 없었다. 알렉산드로가 먼저 씻으러 간 사이에 클로이는 테이블에 누인 아기를 보며 한숨 같은 말을 내뱉었다.

"받아 줄 보육원이 있어야 할 텐데."

고심하는 클로이와는 달리 설핏 웃는 얼굴로 들어온 그가 침대까지 다가왔다.

"표정 좀 풀거라."

그러고는 흘러내린 그녀의 머리카락을 조심스레 귀 뒤로 넘겨 주었다. 아기를 만지던 것처럼 부드러운 손길에 클로이는 말없이 그를 올려다보았다.

"아무래도 머리끈을 사야겠다. 그걸 잊었군."

온전히 자신만을 바라보며 나온 감미로운 목소리에 클로이는 금방 편안함을 느꼈다. 이어진 그의 손길은 머리카락에서 끝나지 않았다. 두 손으로 그녀의 얼굴을 받친 그가 천천히 다가와 입을 맞췄다. 달콤한 입술이 부딪히고 동시에 속살을 들춰냈다. 따듯한 온기를 가진 손과는 달리 그의 입술은 조금 차가웠다. 맞닿은 곳에서 밀고 들어온 살덩이가 그녀의 것을 찾아 몸을 맞댔다. 마치 숨이 급한 것처럼, 둘은 서로를 탐하기 시작했다.

바로 그때였다.

"으아앙!"

둘은 얼음에 갇힌 사람처럼 모든 동작을 멈췄다. 클로이는 두 눈을 번쩍 떴다. 그녀는 떨떠름하게 상체를 일으켰다. 분명히 앉아 있었는데, 또 언제 눕혀진 건지.

알렉산드로는 어색한 얼굴로 몸을 비켜섰다. 그동안은 단둘뿐이었기에 혈기 왕성한 연인은 눈만 마주쳐도 어디서든 타오르곤 했다. 그래서 둘 다 아기의 존재를 까마득히 잊어버리고 있었던 것이다. 참 민망하고 쑥스러운 상황이라 클로이는 허둥지둥 침대에서 일어났다. 도중에 다리에 힘이 풀려 삐끗하자 알렉산드로가 얼른 잡아 주었다.

'방금까지 고민했는데, 어떻게 너를 이렇게 금방 잊어버렸지?'

울고 있는 아기를 안고 달래던 클로이는 도무지 울음을 그칠 것 같지 않은 모습에 푹 한숨을 내쉬었다. 혹시 안겨 있는 게 불편한가 해서 다시 아기를 고쳐 안았다.

"내가."

이를 보고 있던 알렉산드로가 그녀에게서 아기를 받아 들었다. 넓은 품에 안긴 작은 형체가 퍽 자연스러워 보였다. 그런데 정말 신기하게, 아기가 뚝 울음을 그치는 게 아닌가? 클로이는 황당한 마음에 그와 아기를 번갈아 응시했다.

"씻고 오거라. 내가 아기를 데리고 있으마."

"그건……."

"얼른."

미안한 마음에 쉽사리 발을 떼지 못하자, 그가 그녀의 등을 떠밀었다. 엉겁결에 욕실로 향하게 된 클로이는 씻는 둥 마는 둥 하고 얼른 방으로 돌아왔다.

"하하, 네가 없으니 더 조용하더라. 나를 더 좋아하나 봐."

하나도 피곤하지 않았던 것처럼, 즐거운 듯 웃으며 말하는 그를 보고 클로이는 안심하면서 동시에 이상한 기분을 느꼈다. 꼭, 자신들이 진짜 부부라도 된 것 같지 않은가.

간질거리면서도 묘한, 알 수 없는 기분이 클로이의 가슴속을 채웠다.

꼿꼿이 세운 허리와 어깨, 고생 한 번 해 본 적 없는 손을 가진 그녀는 그 모습 자체로 한 폭의 명화처럼 보였다.

　햇볕이 내리쬐는 서재는 사실 그녀가 자주 드나드는 곳이 아니었다. 하지만 비밀 임무를 맡아 고생하고 있을 자신의 약혼자에게 편지를 써야 했기에 오늘은 특별히 서재를 찾았다. 벌써 종이의 반이 깨알 같은 글자들로 가득했다.

　내가 곁에 없다고 너무 외로워하진 말아요, 달링.

　마침표를 찍은 고운 손길이 멈췄다. 그녀는 옛날 일을 회상하듯 행복한 눈으로 창밖을 응시했다.

　'무사히 돌아와야 할 텐데.'

　그녀는 바로 클라라 반도라스였다. 그녀는 꿈꾸는 소녀라도 된 것처럼 가슴이 설레었다. 이런 떨리는 감정을 느낀 건 알렉산드로 그레이엄 대공 이후로 처음이었다. 벌써 몇 개월 전이던가, 그 기사를 만난 것은.

　칼스버그 공작 저택에서 대공에게 심각한 목숨의 위협을 느낀 그녀는 수도로 돌아가는 길에 곰곰이 생각했다.

　'이걸 어쩐다…….'

　대공은 분명 탐이 나는 남자이긴 하지만 위험했다. 전쟁에 미친 살인귀라는 소문 역시 사실이었다. 실제로 자신을 침입자 취급하며 죽이려고 하지 않았던가. 그 큰 손에 붙들려, 숨넘어간다는 말을 실감한 클라라는 손자국이 남은 불그스레한 목을 볼 때마다 그때의 기억을 떠올렸다.

'아무래도 그레이엄 대공은 안 되겠어.'

야수같이 흉포한 데다, 제어가 불가능한 남자였다. 아무래도 부친인 반도라스 공작과 잘 얘기해서 다른 신랑감을 찾아봐야겠다고 생각하던 차에 아론 쿠피히트가 찾아왔다. 클라라는 쿠피히트 공작가의 차남인 그를 눈독 들이기도 했지만 그 역시도 만족스럽진 않았다.

'남색가라지.'

수도 사교계의 소문 — 자신의 것은 제외하고 — 은 모두 그녀를 거쳤다. 아론은 남색을 한다는 소문이 자자했다. 공작가의 차남이 대공 저택의 집사가 된 데는 그런 이유가 있었다. 듣기로는 전 쿠피히트 공작과 큰 마찰이 있었다고 했다.

'그레이엄 대공님의 명령입니다, 반도라스 영애.'

아론은 대공의 명을 받았다며, 클라라에게 어떤 기사를 소개해 주겠다고 말했다. 하지만 그녀는 대공이 소개해 준다는 그 기사를 만나고 싶지 않았다. 그 남자는 평민 출신의 기사였다.

'감히 날 뭘로 보고.'

게다가 아직 작위도 받지 못했다. 자존심이 상하는 건 둘째 치고, 고작 그런 남자가 자신을 감당할 리 없었다. 클라라는 당연히 거절하려 했지만, 아론이 극구 대공의 '명령'이라고 하는 통에 어쩔 수 없이 그를 만나게 되었다.

남자의 이름은 리오였다. 가문이 없으니 성도 없었다. 평민 남성과 독대를 해 본 것은 생전 처음이었다. 그리고 첫 만남은 예상대로였다. 그는 배운 게 없어 무지하고 무식했다. 클라라는 개차반 같은 그의 무례함에 혀를 내둘렀다.

'엉덩이가 참 아름다우십니다. 한번 때려 보고 싶게 생겼어요. 찰싹!'

그 말을 듣고 클라라는 모멸감에 몸을 부들부들 떨었다. 만약 그곳이 반도라스 공작저였다면, 리오는 당장 모욕죄로 감옥에 처넣어졌을 것이다.

고작 평민 주제에 내게 그따위 언사를 해?

그에게 벌을 주고 싶었지만 대공의 명령으로 자리에 나왔기에 차마 그럴 수가 없었다. 그런데 참 이상했다. 자신이 생각해도 참으로 이상한 것이다. 훨씬 신분이 낮은 자가 감히 제게 그런 말을 한다는 사실에…….

'흥, 감히 평민 주제에.'

묘한 두근거림이 느껴졌다. 그런데 이 주제도 모르는 평민 기사는 아무리 기다려도 제게 두 번째 만남을 요구하지 않았다. 클라라는 결국 고민 끝에 먼저 나서서 두 번째 만남을 가졌다. 이 괴상한 호기심이 무엇인지 확인하고 싶었다.

'평민은 처음이라서 그럴 거야.'

그리고 두 번째 만남에서도 그는 여전히 무례하고 건방진 말들을 이죽거렸다.

'그 하얀 피부가 벌게질 때까지 한번 채찍질을 해 보고 싶습니다. 휘릭!'

그를 벌할 수도 있었다. 감히 평민 주제에, 공작가의 적녀인 내게 그따위 말을 해? 주제도 모르는 천한 것 같으니! 그런데 부들부들 떨리는 주먹 쥔 손과는 달리, 마음속 깊은 곳에서부터 시작된 작은 떨림이 있었다.

'채찍……?'

저도 모르게 자꾸만 리오의 목소리가 생각나는 것이다. 잠들기 직전에 그 평민 기사가 했던 말들이 자꾸만 머릿속에 그려졌다. 내게 채찍질을? 누가 나에게 채찍질을 한단 말이야. 그것도 나보다 신분이 높은 이도 아닌, 고작 평민 기사 나부랭이가?

결국 며칠이나 혼자 상상의 날개를 펼치던 그녀는 과감하게 수를 내던졌다. 이번에도 먼저 주선한 세 번째 만남은, 바로 그녀의 침실에서 이루어졌다.

'이럴 수가, 반도라스 영애……!'

그녀는 그의 희열에 찬 외침을 기억했다. 알렉산드로 그레이엄은 진짜로 자신을 죽일 수도 있는 남자였다. 그는 던칸의 아들이자 대공의 작위를 가졌으니 자신을 죽여도 벌을 받지 않는다. 하지만 이 기사는 달랐다. 그는 절대로 자신을 해할 수가 없었다. 평민 신분의 그를, 만약 자신이 벌하고자 한다면 그것도 가능했다. 실제로 이 기사는 그저 말로만 자신을 농락하고 행동은 제어가 가능했다.

'나쁘지 않은걸.'

게다가 이어지는 그와의 만남은 예상외의 소소한 즐거움도 주었다. 그녀는 수도에 거주하긴 했지만, 평민이나 상인들이 주로 오가는 시장 바닥 같은 곳은 한 번도 가 본 적이 없었다. 하지만 리오의 손에 이끌려 생전 처음으로 발을 들인 그곳은 생각보다 나쁘지 않았다. 처음엔 어색했지만 금세 온갖 것들에 저절로 눈길이 향했다.

'이 냄새는 대체 뭐지? 저들이 먹고 있는 것 말이야.'

'이 냄새요? 아, 미네스트로네 수프입니다, 영애.'

새큼한 향이 코를 자극했다.

'길거리에서 음식을 먹는다고?'

상상조차 해 본 적 없는 일이나 시장의 사람들은 쉽게 어디에나 앉아 그릇에 담긴 수프를 먹었다. 거리의 노예들인가 했는데, 잘 차려입은 상인들도 웃고 떠들며 너 나 할 것 없이 겸상을 하고 있는 게 아닌가.

'천박하기는.'

그렇게 말을 하긴 했지만 사실…… 조금 부러웠다. 그들은 굉장히 자유로워 보였다. 심지어는 여자들 또한 웃으며 벤치에 앉아 무언가를 먹고 있었다. 딱 달라붙어 앉아 귓속말을 하기도 하고, 식사를 하면서도 웃고 떠드는 등, 서로 친밀해 보였다. 거대한 식탁을 사이에 두고 목이 아프도록 자세를 꼿꼿이 해야 하는 귀족들의 식사 시간과는 퍽 달랐다.

'한번 맛보시겠습니까?'

클라라는 수행원들의 시선조차 잊은 채, 리오가 금방 사 들고 온 따끈한 수프를 바라보았다. 토마토 베이스의 수프에 콩과 양배추, 이름 모를 야채들이 잔뜩 들어간 수프는 전채 요리로는 보이지 않았다. 차라리 한 끼 식사에 가까웠다.

'이런 개밥 같은 걸 먹는다고?'

'전장에선 이보다 더한 음식도 먹습니다.'

그녀의 경악한 시선에도 개의치 않고 리오는 그릇째 후루룩 수프를 들이켰다. 클라라는 절대로 맛보고 싶지 않았으나 침을 고이게 하는 새큼한 향기와 더불어 호기심이 동해 결국 맛을 보았다.

'맛이 없구나. 대체 이걸 왜 먹는지 모르겠다.'

'고귀한 가문에서 태어나셔서, 이보다 훨씬 맛있는 것들을 많이 드셨으니 그렇지요. 하지만 저 같은 평민들은 자주 먹습니다.'

'흥, 평민들이란.'

그렇게 쌩하니 돌아섰으나 문득 그때 먹었던 수프와 그날의 향기, 왁자지껄한 소음들이 때때로 생각났다. 이후로도 클라라는 그의 수준에 맞춰 저급한 장소 — 야시장, 중앙 광장 — 를 돌아다니며 데이트를 즐겼다. 그런데 생전 처음 하는 경험이라 그런지 의외로, 많이 즐거웠다. 그러다 보니 클라라는 저도 모르게 리오 같은 남자와 살아도 나쁘지는 않겠다는 생각을 하기 시작했다. 일단 낮에는 자신이 여왕처럼 군림하고, 밤에는 노예처럼 부려질 수 있었기에 자신과 퍽 잘 맞았다. 이만큼 쏙 마음에 드는 남자는 찾기 어려울 거라는 생각이 들었다.

게다가 자신은 반도라스 공작가의 외동딸이 아닌가? 그레이엄 대공을 제외하고는 그 누구와 결혼한들 밑지는 장사였다. 그러니 평민 남자든, 후작가의 장남이든 반도라스 공작가에는 비슷했다. 결국, 그녀는 인정하고 말았다. 자신의 짝은 알렉산드로 그레이엄이 아니었음을.

'내가 원하던 남자는 바로 이 남자였어.'

클라라는 자신이 원하던 인연이 바로 이 평민 기사였다는 것을 깨달았다. 이제는 서로를 약혼자라고 부르는 사이였다. 클라라는 리오의 얼굴을 떠올리며 싱긋 웃었다.

추신1.

아버지는 걱정 말아요.

내가 지금 열심히 설득 중이니까.

공작과 공작 부인은 갑작스런 외동딸의 요구에 속수무책이었다. 수도의 3대 공작가라 불리던 명문가의 하나뿐인 여식이 평민 기사와 결혼하겠다니…… 공작은 그야말로 뒷목을 잡고 있었다.

'클라라, 이 결혼은 말도 안 된다. 당장 네가 스너번 공작의 아들과 결혼하면 황금 광산을 지참금으로 받을 텐데, 평민 기사라니! 이게 대체 무슨 헛소리냐?'

'아버지, 그깟 황금 광산이 아쉬워서 저를 말리시는 건가요?'

'그깟 황금 광산? 정신 차려라, 클라라! 이 제국 어느 가문의 영애가 평민과 결혼을 한단 말이냐? 결혼, 결혼이라니…… 맙소사.'

반도라스 공작은 자신에게서 나온 '결혼'이라는 두 글자가 믿기지도 않는다는 듯이 부르르 어깨를 떨었다.

'전무후무한 일이죠. 어쩌면 제국의 역사에 우리 가문의 이름이 남을지도 몰라요, 아버지. 기뻐하세요.'

'네가 정말 미쳤구나. 그 평민 남자와 결혼했다간 넌 앞으로 평생 그 어느 사교 모임에도 갈 수 없을 거다. 사교 모임을 무척 좋아하지 않니?'

'지금은 그 남자가 더 좋아요.'

'어이쿠, 세상에.'

반도라스 공작은 소파에 털썩 주저앉았다. 지끈거리는 관자놀이를 주무르던 그는 이어지는 외동딸의 말에 눈을 크게 떴다.

'계속 반대하신다면 저도 어쩔 수 없어요.'

'그, 그게 무슨 뜻이냐?'

클라라는 대답 대신 싱긋 웃었다. 금이야 옥이야 곱게 키운 외동
딸은 원래 원하는 것을 이루기 위해서는 물불을 가리지 않았다. 반
도라스 공작은 차마 무서워서 더 이상은 정확히 묻지 못했다. 대신
요즘 신전에 다닌다는 던칸을 따라가서 기도를 해 볼까 생각했다.

클라라는 혼자서 착착 약혼을 추진했다. 그녀는 자신을 둘러싼
온갖 소문에도 전혀 흔들리지 않았다. 게다가 리오 역시 그녀와의
결혼을 위해 비밀 임무를 수행하러 떠나 있었다. 위험한 일이긴 했
지만 성공하면 작위를 수여받는다는 말에, 리오는 큰 결심을 하고
수도에서 꽤 먼 곳으로 떠나 있었다.

'앙큼한 남자 같으니.'

클라라는 내심 그가 대견했다. 비록 단승 작위이긴 했지만 그런
노력을 한다는 자체로 충분히 기특하지 않은가?

추신2.

거기서 혹시 나 몰래 다른 여자를 만나면 정말 가만두지 않을 거예요.

비밀 임무를 맡은 리오 때문에 클라라는 자신의 이름 대신 그들
만이 아는 애칭으로 편지를 마무리했다.

―영원한 당신의 여왕님, 도라스.

구스타프 후작령을 지나, 드디어 버넷 후작령에 다다른 알렉산드로와 클로이는 쉬어 갈 겸 나무 그늘을 찾아서 앉아 있었다. 벌판에는 키가 작은 잔디와 야생화들이 가득했다. 손바닥에 느껴지는 이름 모를 풀들은 아직 어린잎이라 그런지 보드랍기 그지없었다. 이리저리 손바닥을 옮기자 피부를 간질이는 느낌이 즐거웠다. 클로이는 펼쳐진 색색의 들판에 시선을 돌렸다.

 '산이 많은 엘파사는 땅이 모자라서 난리였는데, 여긴 이렇게 들판이 지천이네. 약초 재배를 해도 잘 자랄 텐데.'

 따스한 햇볕을 맞으며 나비가 날아다니는 모습은 평화로웠다.

 '그건 그렇고……'

 걱정할 것 하나 없어 보이는 화목한 세상에서 클로이 혼자만 가슴이 무거웠다.

 '정말 큰일이야.'

 알렉산드로와 클로이는 어디든 마을에 들를 때마다 아기를 맡길 곳을 찾았지만 예상대로 마땅한 곳이 없었다.

 '보육원을 만든다던데…… 소문뿐인가.'

 제대로 구색을 갖춘 곳은 없었다. 아기를 맡길 곳을 찾는 사람은 클로이였다. 반면, 엉겁결에 떠안은 아기를 누구보다 지극정성으로 돌본 사람은 바로 알렉산드로였다. 그는 아기를 보낼 마음이 전혀 없는 사람처럼 행동했다. 씻기고, 먹이고, 재우는 일까지 스스로 모두 도맡은 알렉산드로를 보면서 클로이는 미안해졌다. 하지만 그는 즐거운 얼굴로 모든 일을 자처했다. 아기를 보면서 누구보다 다정한 웃음을 짓고 있었다.

'원래 아기들을 좋아하나?'

그는 서툴렀지만 아기를 생각하는 마음에서 시작된 손길은 그칠 줄을 몰랐다. 클로이는 아기를 몇 번 안지도 못할 정도였다. 아기 또한 그의 품에서 더욱 편안함을 느끼는 듯, 울다가도 그에게 안기면 울음을 뚝 그쳤다.

'아기를 잘 돌보네……'

클로이는 울타리라고 말할 만한 가족이 전혀 없었다. 버려진 신세는 같았지만, 이왕이면 저 아기는 꼭 든든한 부모가 생기기를 바랐다.

"아기를 그렇게 좋아하시는 줄은 몰랐어요."

주위를 살피던 그가 클로이에게 시선을 돌리며 대답했다.

"예쁘잖아. 사랑스럽고, 귀엽고."

짧게 나온 대답이지만 선한 미소를 짓는 얼굴은 진심을 담고 있었다. 무엇보다 그간 보여 준 알렉산드로의 행동에서 클로이는 그가 진짜로 아기를 사랑스럽고 예쁜 존재로 생각하는 것을 알았다. 처음엔 아기를 데려가지 말자던 알렉산드로가 갑자기 마음을 바꾼 데에는 사실 이유가 있었다. 부모가 누구인지도 모르는 작은 생명을 저렇게 자상한 얼굴로 내려다보는 이유는…….

"너를 많이 닮았다."

아기를 내려다보는 눈길이 익숙했다. 다정하고 너그러운 표정, 강아지를 보듯 사랑스러운 것을 지켜보는 시선.

"아기가 너를 무척 닮았어, 클로이."

"······."

클로이는 그런 알렉산드로의 모습을 보면 가슴 깊숙한 곳에서 자꾸만 미안한 마음이 들었다.

—내가 한 말은 잊거라. 난 자식 따위는 바라지 않아.

그는 그런 말을 했었지만, 하는 걸 봐서는 아기를 좋아하는 게 분명했다. 하지만 그녀로서는 자신이 불임인지 아닌지 알 수 있는 방법이 없었다. 현대에서도 복잡한 검사를 거쳐야 불임 여부를 제대로 알 수 있는데, 이곳에서 그걸 알아낼 수 있을 리가 없지 않은가. 자신의 잘못은 아니지만 클로이는 그게 못내 미안했다.

'내가 너무 욕심을 부렸을까?'

저렇게 아기를 좋아하는 남자인데. 금방이라도 미안하다는 말이 튀어나올 것처럼 혀끝을 맴돌았다. 하지만 그건 자신을 위해서 모든 걸 내려놓은 남자에 대한 예의가 아니었다. 저 아이를 입양하고 싶다는 생각도 들었지만 이 또한 그녀가 결정할 일이 아니었다. 자신 때문에 가문까지 등지고 나온 남자에게 아량을 베풀어 달라고 말하기엔 너무 가혹한 일이었다.

"버넷 후작령에는 분명히 보육원이 있을 거라고 했어요."

아기 얼굴을 뚫어져라 바라보고 있던 알렉산드로는 갑자기 들린 단호한 목소리에 클로이를 바라보았다. 얼굴을 굳힌 그를 보고 그녀는 마음을 단단히 먹었다.

"그곳에 아기를 맡겨요."

씁쓸한 목소리를 듣고 알렉산드로는 대답 없이 그녀의 손을 잡았다. 둘은 한참을 조용히, 흘러가는 바람을 느끼고 있었다. 하늘엔 손에 잡힐 듯 하얀 구름이 줄을 지어 지나가고 있었다.

얼마나 시간이 지났을까.

"정말 그래도 괜찮을지 다시 한번 생각해 봐."

그 평화로운 침묵을 깬 것은 알렉산드로였다.

"네가 마음이 편하지 않다면, 나도 편하지 않다. 이대로 둘만 지내는 것도 좋고 이 아기를 함께 키우면서 지내는 것도 괜찮으니까."

그윽한 목소리는 그가 말한 본심과 함께 클로이의 마음을 흔들었다.

"너와 함께라면, 어떤 쪽이든 좋을 거다."

"……알렌."

클로이는 그의 마음을 백번 이해했다. 자신도 똑같은 심정이었다. 그와 함께라면 어떤 쪽이든 좋은 것이다.

"고마워요."

동시에 그녀는 어렴풋이 길버트와의 과거를 떠올렸다. 그는 자신의 핏줄에 굉장한 집착을 가진 남자였다. 이미 50대를 넘어섰음에도 왕녀와의 결혼을 요구한 것은 왕가의 핏줄이 탐나서였다. 노예와 평민이 다르듯, 귀족과 왕족 역시 달랐다. 엘파사의 재상까지 지낸 그가 이미 손자까지 있는 나이에 갑자기 왕녀를 부인으로 달라는 요구를 한 것은 왕손을 낳고 싶어서였다. 상상하기도 싫은 끔찍한 일이지만 만약 자신이 길버트의 아이를 가졌다면 그는 자신을 버리지 않았을 것이다. 불임인지 아닌지를 떠나서 어쨌든 천만다행이었다.

길버트와 알렉산드로가 천지 차이로 다르다는 걸 알았지만, 2년간 지독한 질책을 들었던 클로이는 저도 모르게 중얼거렸다.

"남자들은 자기 핏줄을 원하던데……."

그래서 알렉산드로의 아버지 또한 그렇게 정략결혼을 강요한 게 아니었나. 피가 섞인 아이를 원했기 때문에. 게다가 전에도 그는 비슷한 말을 했었다.

─오직 너만이 내 아이를 낳을 것이다. 내가 아내로 맞을 사람은 너뿐이니까.

클로이는 아찔한 심정이었던 그때를 회상했다. 당시엔 엄청나게 충격적이었다. 그 순간은 아마 죽을 때까지 잊히지 않을 것이다.

"난 너와 가정을 꾸리고 싶었던 거지, 내 피가 흐르는 자식만 낳아 달라는 의미는 아니었다."

알렉산드로가 둘 사이의 아이를 떠올렸던 것은 그녀를 사랑하기 때문이었다. 대체 언제부터였을까? 이 마법 같은 설렘을 가진 게 언제부터였는지 아무리 생각해도 알 수 없었다. 가슴이 먼저 뛰기 시작했다. 서서히 자신을 물들인 감정을 따라서, 머릿속에선 그녀와의 많은 일들이 그려졌다. 사랑이 먼저였고, 둘이 함께하는 미래가 그려진 건 물론 그 뒤의 일이었다. 클로이와 함께 있는 자신을 생각하니 당연히 그녀를 닮은 아이까지 원하게 되었다.

"너를 닮은 아이를, 너와 함께 키우고 싶었어. 그뿐이다."

고마운 마음에 물끄러미 알렉산드로를 바라보자 그가 씩 웃으며 속삭였다.

"혹시 내 아이가 갖고 싶다면 언제 어디서든 말만 하거라. 시도는 많이 해 볼수록 좋은 거 아닌가?"

클로이는 부끄러운 마음에 두 손으로 얼굴을 가리고 말았다. 어차피 둘만의 대화였지만 그는 갈수록 뻔뻔해지는 것 같았다.

'저 사람이 저렇게 능글맞은 남자였나?'

하지만 그게 싫지만은 않았다. 저도 모르게 그와의 밤을 떠올린 클로이는 얼굴이 벌겋게 달아올랐다.

"하하."

바람을 따라 들려오는 낮은 웃음소리에 클로이는 다리를 모아 무릎 사이로 얼굴을 묻었다. 부끄럽긴 했지만 스멀스멀 올라오는 다른 생각이 있었다.

'일단 집부터 빨리 구해야겠어.'

당연히 지붕이 있는 곳이어야 한다. 크산토스를 밖에 매어 놓을 수 있는 곳으로 얼른 알아봐야겠다.

'이왕이면 벽이 튼튼한 곳으로…….'

버넷 후작이 다스리는 영지의 마을은 전에 거쳐 온 어느 곳보다도 화려해 보였다. 길도 잘 다듬어져 있었고, 평민들이 사는 집도 귀족들의 저택에 비할 바는 아니었지만 제대로 모양새를 갖춘 곳이 많았다. 시장도 크게 활성화되어 있었다. 들은 것과는 다른 그 모습에 알렉산드로는 의아함을 느꼈다.

'도적단이 활개를 쳐서 몇 년째 세금이 줄었다던 곳이 아니었나?'

물론 황궁에서는 그 말을 곧이곧대로 믿지 않았다. 전쟁의 피해가 제일 적은 쪽이 북서쪽인데, 아무리 도적단이 출몰한다고 해도 영지민의 생활이 어려워질 만큼 피해가 있으리라고는 믿기 어려웠으니까. 아니나 다를까 세금을 빼돌릴 거짓이었는지, 분위기만 봐서는 제국의 수도에 비할 만큼 부유하고 번영한 영지처럼 보였다.

'도적단은커녕 여유가 넘치는 것 같군.'

아무리 둘러봐도 소매치기나 건달 등 불량한 이들도 별로 없어 보였다. 그런데 문득 마을을 둘러보던 그의 눈에 용병처럼 무장한 이들이 보였다. 모두 같은 옷을 입고 있었지만 버넷 후작가의 표식은 없었다. 그들은 용병단이 분명했다. 그런데 마치 영지를 지키는 기사들처럼, 저마다 맡은 역할이 있어 보였다. 마을을 돌아다니며 영지민을 둘러보고 있었던 것이다.

'저들은 버넷 후작의 사병인가?'

하지만 그의 기억에 버넷 후작은 사병을 전혀 양성하지 않는다는 보고를 들었던 것이 떠올랐다. 사병의 출처가 모호했다. 아무래도 뭔가 이상하다.

'기사단의 선발대가 피가 묻은 서신만을 보내고 연락이 뚝 끊겼던 것도 바로 이곳이었지.'

여기저기 시선을 떼지 못하고 마을을 둘러보던 클로이가 말했다.

"이 영지는 수도만큼 번영한 곳이네요."

다양한 색으로 조화된 건물들을 보면서 클로이는 감탄을 금치 못했다. 길거리에 평민들이 사는 집조차 계획된 모양을 하고 있는 것이, 영주가 신경을 써서 관리하는 부유한 영지임이 분명했다.

"전쟁이 있던 지역이 아니라서 그런가 봐요."

"직접적으로 피해가 있었던 곳은 아니니까."

게다가 거대한 신전이 마을의 시가지에 위치했다. 클로이는 앞장서서 걸음을 옮겼다.

"일단, 보육원에 먼저 가서 물어봐요."

결과는 처참했다. 울상을 한 클로이는 길 한쪽에 자리 잡은 벤치에 앉아 속상한 목소리를 냈다.

"어떡하죠."

사방은 어두워 지나가는 행인마저 뜸했다. 알렉산드로는 아무 말 없이 그녀의 어깨를 끌어안고 토닥였다. 버넷 후작령의 보육원엔 열 살 미만의 아이들은 받지 않는다고 쓰여 있었다. 비겁한 방침이지만 자금난에 허덕이는 보육원으로선 어쩔 수 없었다.

알렉산드로가 말해도 결과는 같았다. 아무리 많은 기부금을 낸다고 해도 저렇게 어린 아기를 봐줄 사람이 없다는 말에는 클로이도, 그도 공감하고 뒤돌아설 수밖에 없었다. 게다가 보육원의 사정도 그리 좋아 보이진 않았다.

분명 전쟁을 앓았던 곳이 아님에도, 그곳에는 많은 아이들이 있었다. 여기저기를 떠돌던 아이들이 자라서 도망치고 쫓겨 다니다 이곳에 모이게 된 거라는 말을 듣고 알렉산드로는 아무런 말도 할 수 없었다. 전쟁의 여파는 제국의 전역에 퍼져 있었다.

"어쩔 수 없는 일이 아니냐."

조용히 품에 안긴 아기를 내려다보던 클로이는 가여워서 눈물이 핑 돌았다. 이렇게 어린 아기가 여기저기 떠돌다 내쳐지는 모습이,

자신이 약방에서 거둬지지 않았다면 겪었을지 모르는 일이라 안쓰럽기 그지없었다.

'차라리 내가 혼자였다면, 그냥 나 혼자 키웠을 텐데.'

하지만 그녀는 지금 혼자가 아니었다. 알렉산드로를 택하며 도망친 자신이, 남의 아기 때문에 이런 생각을 한다는 게 어이없었지만 클로이는 어느새 품에 안긴 아이와 자신을 동일시하게 되었다. 복잡한 상황에서 그녀의 감정은 이성을 뒤흔들었다.

그때, 온갖 상념에 잠긴 클로이를 깨우는 목소리가 들려왔다.

"나는 언제고…… 따뜻한 부모를 갖고 싶었다."

갑자기 뜬금없는 말이지만 클로이는 그의 말을 경청했다.

"기억 속의 내 부모는 그렇지 않았으니까."

알렉산드로는 과거를 회상하듯 담담하고 나직한 어조로 말을 이었다.

"그래서인지 나는 누군가와 결혼해서 자식을 낳고 가정을 만든다는 생각을 단 한 번도 해 본 적이 없어."

클로이는 자신을 감싼 든든한 남자를 올려다보았다. 언제나 기댈 수 있는 사람이라고 생각했지만 그에게도 아픈 상처는 있었다.

"네가 어떤 어린아이를 치료해 주는 모습을 보았을 때…… 그때 처음으로, 누군가와 가정을 이룬다면 어떨까 하는 생각이 들었다. 나도 모르게 말이야."

클로이는 칼스버그 공작령에서 자신에게 부딪혔던 꼬마 아이를 떠올렸다. 그날, 확실히 그는 어딘가 이상하긴 했다. 설마 그런 생각을 하는 줄은 몰랐는데.

"그리고 상대는 꼭 너였으면 좋겠다고 생각했지. 너라면 아이들도, 나도 분명 행복해질 것 같았거든."

알렉산드로는 살면서 자신의 행복한 미래를 꿈꾸지 않았다. 그는 죽음을 위해서 전쟁에 뛰어들었던 기사였다. 전쟁이 끝나도 돌아갈 가족이 없었다. 그는 그저 살아남았을 뿐이다. 하지만 알렉산드로는 그녀를 만나고부터 드디어 꿈꾸기 시작했다. 자신의 행복한 미래를. 거기까지 들은 클로이는 어렴풋이 그의 의도를 짐작했다.

"알렌."

"내게 핏줄은 중요한 게 아니야. 누구와 함께하는가가 더 중요해."

그녀는 몸을 기대며 남자의 온기를 느꼈다. 그는 따뜻한 사람이었다. 겉모습이나 해 왔던 일로는 감히 상상할 수도 없을 만큼 속내가 따뜻했다. 전쟁터라는 어쩔 수 없는 환경에서 감춰 왔을 뿐, 여린 새싹 같은 마음을 항상 가슴에 품어 온 남자였다. 어쩌면 그 자신도 몰랐을 것이다. 알렉산드로는 아무것도 변하지 않았다. 그저 진짜 모습을 꺼내 보여 주고 있었다. 그를 둘러싸고 있던 단단한 벽, 그 안에 감춰진 부드러운 알맹이를.

"나는 분명 내가 바라 왔던 부모가 될 수 있을 것 같다. 너와 함께라면⋯⋯."

그의 말에 클로이는 왈칵 울음이 터질 것만 같았다. 품에 안은 아기를 자세히 내려다보던 그녀는 아기의 눈가에 묻은 부스러기를 닦아 주었다. 그런 클로이를 그가 내려다보며 말했다.

"함께 키우자."

아기를 데리고 전전긍긍하던 단 며칠. 알렉산드로는 자신이 알던 제국의 이면을 보았다.

대륙을 통일한다는 일념 하나로 앞만 보며 달려왔지만 귀족들이 축배를 드는 연회장 밖, 길거리에는 보호받지 못하는 이들의 처절한 목숨이 내던져져 있었다. 이 제국이 이런 곳이었던가.

클로이가 말하길, 조산소도 변변치 않아 목숨을 잃는 산모도 부지기수라고 했다. 귀족으로서, 기사로서, 그리고 이 사회의 남자로서 상상조차 하지 않았던 제국의 어두운 그림자였다. 알렉산드로는 클로이와 꼭 닮은 어린 생명을 보며 책임감을 느꼈다.

"숲속에서, 너와 꼭 닮은 아기를 만날 확률이 얼마나 되겠나. 내게는 행운이다."

아기 때문에 고개를 숙인 클로이의 머리카락을 넘겨 주는 손길이 다정했다. 소중한 것을 대하듯 자신을 만지는 그의 움직임이 좋았다.

"응? 대답을 해 봐."

음미하듯 조용히 있던 클로이는 그의 물음이 들려오자 고개를 들었다.

"나와 함께 이 아이를 키우며 살겠느냐? 평생?"

'평생'을 강조한 그 말에 클로이는 웃음기 어린 목소리로 대답했다.

"네. 정말 고마워요. 정말 많이……."

아기는 마음 한구석 무거운 짐이었다. 그런데 그와 평생 함께할 가족이 되었다 생각하니, 이제는 선물처럼 느껴졌다. 클로이는 품에 안긴 아이에게도, 자신이 안겨 있는 알렉산드로에게도 감사했다. 문득 행복이란 이런 게 아닐까 하는 생각이 들었다.

'감사한 마음을 갖게 되는 것.'

어쩌면 아기는 그녀를 피곤하게 만드는 짐이 될지도 모른다. 하지만 클로이는 그조차도 알렉산드로와 함께라면 해낼 수 있을 것 같았다.

둘은 다시 마을의 거리를 걸었다.

"우선 식사를 하자."

클로이는 말없이 잡은 손을 꽉 쥐었다. 신기하게도 사람들이 많은 곳에 있으니 당당해졌다. 옆을 스치는 사람들은 모두 바쁘게 걷고 있었다. 오히려 보란 듯 손을 잡고 다니니 아무도 알렉산드로와 클로이를 이상하게 쳐다보지 않았다.

'기분이 이상해.'

가족이라는 이름으로 지금 손을 잡고 있는 남자와 큰길을 걷고 있으니 새삼 모든 게 다르게 느껴졌다. 옆을 지나치는 이들은 어쩌면 행복한 가정의 울타리에 있을 것이다. 둘은 같은 생각을 하고 있었다. 평범한 삶이 바로 이런 거였을까. 겁 없이 서로를 따라나서긴 했지만 둘 중 누구도 이렇게 빨리 남들처럼 평범한 일상의 하루를 갖게 될 줄은 예상하지 못했다. 전쟁 같았던 시간들을 뒤로하고, 드디어 많은 사람들 속의 평범한 연인이 되었다.

"아까 오는 길에 보니까 사람이 많은……."

그 순간 뒤에서 웬 여자의 우렁찬 목소리가 들려왔다.

"이봐요!"

클로이는 반사적으로 걸음을 멈췄다. 설마 우리를 부르는 건 아니겠지, 생각하며 다시 입술을 떼는 그 순간이었다.

"사람이 많은 식당이……."

"거기!"

또 한 번 큰 외침이 뒤에서 들려왔다.

'설마 우리를 부르는 걸까?'

그럴 리 없다. 이곳은 생전 처음 와 보는 완벽한 타지였다.

"답답한 아가씨!"

분명 무례한 외침과 말투였는데, 이상하게 익숙했다.

"덩치 큰 미남!"

게다가 답답한 아가씨와 덩치 큰 미남은 어쩐지 그들을 칭하는 것처럼 들렸다. 그건 알렉산드로도 같은 생각이었다. 서로 눈이 마주쳤고, 클로이는 불안한 마음을 달래며 휙 뒤를 돌아보았다.

"……!"

클로이의 두 눈이 휘둥그레졌다. 의외의 인물이 눈앞에 있었다.

"저, 점쟁이 아가씨?"

설마 그녀를 여기서 다시 보리라고는 생각도 못했던 터였다. 대체 여기서 어떻게 점쟁이를 다시 만날 수 있지? 깜짝 놀란 클로이의 혼잣말에 그녀는 화난 얼굴로 말했다.

"아니, 둘 다 왜 이렇게 늦었어? 굼벵이를 삶아 먹었나?"

클로이는 경악한 얼굴로 입을 다물지 못했다. 그건 알렉산드로도 마찬가지였다. 왜 이렇게 늦었냐니, 마치 그들이 올 것을 알고 먼저 와서 기다린 사람처럼 말하고 있었다. 그 누구도 둘이 여기에 있다는 것을 모르는데……?

클로이는 할 말을 잊고 말았다. 인형처럼 우두커니 점쟁이를 바라보는 그녀와 달리, 알렉산드로는 적을 보듯 날카롭게 대꾸했다.

"건방진 계집이 천지 분간 못하기는 여전하구나."

싸늘한 그 목소리에 점쟁이보다 더 놀란 클로이가 휘둥그레진 눈으로 알렉산드로를 응시했다. 갑작스런 만남이긴 하지만 그래도 점쟁이가 저렇게 반가운 얼굴을 하는데…….

"따라와라."

그는 억센 손길로 점쟁이의 팔을 잡아끌었다. 그리고 마을 사람들의 눈길이 미치지 않는 골목으로 데려갔다.

"이거 놓고 말해요, 미남! 내 발로 갈 테니까!"

클로이는 급하게 둘의 뒤를 쫓았다. 한동안 잊고 있었는데 그는 성격이 그리…… 다정하기만 하지는 않았다. 점쟁이에게 유감이 있는 것도 아닌데, 행여 큰일이라도 생길까 불안하게 심장이 뛰었다.

알렉산드로는 골목으로 들어서서야 그녀를 놓아주었다.

"이번에 산 새 옷인데 다 구겨졌네!"

점쟁이는 옷을 정리하면서도 연신 투덜거렸다.

"성격 참, 누구를 닮았는지 알 만합니다, 알 만해. 아무튼 황소 같은 남자라니까. 물론 성난 황소요!"

계속해서 딴청을 부리는 점쟁이에게 알렉산드로는 단도직입적으로 물었다.

"네가 왜 여기에 있느냐?"

의아하기는 클로이보다 그가 더했다. 점쟁이는 로베르트 후작령에서 혼자 괴상한 집을 짓고 살고 있었다. 하지만 그녀는 두려울 게 하나도 없는지, 자신만만하게 되물었다.

"내가 또 만나자고 했잖아요. 잊었어요?"

클로이는 그녀가 그런 말을 했었나 하고 기억을 더듬었다. 가물가물했다. 인사치레로 스치듯 했을 말이었다.

"영지를 네 맘대로 벗어날 수는 없었을 텐데?"

"세금 많이 내고 왔죠, 뭐."

점쟁이는 어깨를 으쓱했다. 그쯤이야 문제 될 것 하나 없다는 쉬운 대답이었다. 알렉산드로는 인상을 구겼다.

'재수 없는 계집.'

전혀 예상치 못한 상황에서 의외의 인물을 다시 만났다는 사실이, 그는 전혀 반갑게 느껴지지 않았다. 믿지는 않았지만 그녀가 했던 말 중에 마음에 걸리는 게 한 가지 있었다.

—남자가 넷이 얽혀 있으니 그건 알아서 해.

클로이에겐 차마 말을 꺼내지 못했다. 집착이 심한 남자가 캐묻는 것처럼 느껴질 것 같아서였다. 알렉산드로는 자신이 그런 종류의 남자는 아니라고 생각했다. 두 사람의 혼란스러운 마음을 아는지 모르는지, 점쟁이는 순수한 얼굴로 함박웃음을 지었다.

"미남 얼굴도 더 보고 싶고."

그리고 그녀는 클로이의 두 손을 덥석 잡았다.

"이 아가씨도 보고 싶고."

마치 오래된 친구라도 만난 것처럼 다정하게 웃었다. 점을 봤을 때하고는 완전히 다른 태도였다. 클로이는 얼떨떨하게 되물었다.

"저희가 여기 올 걸 알고 계셨어요?"

갑작스런 점쟁이의 재등장에 놀라긴 했지만 솔직하고 거침없는 언사는 여전히 흥미로웠다. 게다가 그녀는…… 알렉산드로와 느낌이 비슷했다. 아무도 감히 무시할 수 없는 압도적인 분위기가 특히 그랬다.

"그래요. 그러니까 돈을 그렇게 내고 이사를 왔지. 이 한결같이 답답한 아가씨야."

"도대체 어떻게……."

"아, 그냥 그런 줄 알아요!"

점쟁이의 일갈에 클로이는 몸을 움찔했다. 그녀의 어깨를 감싼 알렉산드로는 당장 몸을 돌렸다. 더 이상의 대화는 무의미하다고 결론 낸 것이다. 멀어지기 전, 슬쩍 고개만 돌린 그는 점쟁이에게 매서운 눈빛을 보냈다.

"뚫린 입이라고 멋대로 지껄이다 머리를 잃는 이들을 꽤 자주 보았다."

알렉산드로는 아내를 의식하고 점잖게 말을 마무리했다.

"너도 입조심을 하며 살거라."

클로이가 할 말이 있는 듯 그의 옷자락을 잡아끌었다.

"저어, 알렌……."

"두 번 다신 볼 일 없는 편이 네게도 좋겠지. 그럼."

의미심장한 경고에도 점쟁이는 기죽지 않았다. 팔불출이라고 투덜거리기만 하고 잽싸게 다시 웃는 얼굴을 했다.

"에이, 미남. 왜 그래요."

점쟁이는 멀어지는 그들의 뒤를 따랐다. 그리고는 멈출 기미가 없는 알렉산드로의 한쪽 팔에 매달렸다.

"말을 못 알아듣는군."

그는 짜증스러운 얼굴로 점쟁이를 돌아보며 미간을 구겼다. 감히 몸에 손을 대는 게 불쾌했다. 이어서 나온 목소리는 계속해서 그의 신경을 건드렸다.

"내가 말한 거 다 맞았죠?"

알렉산드로는 저도 모르게 그녀가 말해 준 괴상한 헛소리들을 하나둘씩 떠올렸다. 가장 먼저 생각난 건 클로이의 네 남자들이지만 간신히 자신과 관련된 것을 찾았다.

—아빠가 되고 싶잖아.

어머니에 관한 진실이나, 미처 몰랐던 누이에 관한 게 아니었다.

"그래요, 미남."

당시의 그는 누군가의 남편이 된다거나 아이들의 아버지가 된다거나 하는, 평범한 결혼을 전혀 꿈꾸지 않았다. 정략결혼도 마음에 없었다. 단편적인 생각조차 하지 않았던 것이다.

"한 번도 안 만난 사람은 있어도, 딱 한 번만 만난 사람은 없다는 기적의 점쟁이가 바로 나예요."

하지만 그것은 자신조차 깨닫지 못했던 욕망이었다. 더 큰 것을 바라게 될까 두려워 마음속 깊은 구석에 꾹꾹 눌러 숨겨 두었던 바람.

"그러니까 너무…… 꺄악!"

휙, 하고 그녀를 냅다 던져 버린 그는 더 들을 가치도 없다는 듯 성큼 걸음을 옮겼다.

"그 식당으로 가자."

그러거나 말거나, 점쟁이가 지껄였던 말이 어쨌든 간에 알렉산드로는 클로이와 단둘만의 시간을 방해받고 싶지 않았다. 기사단을 떠나서 비로소 누리게 된 둘만의 자유로운 이 시간이 그는 가장 행복했다.

"배고프지?"

여전히 어벙한 얼굴로 자신에게 딸려 온 클로이를 보며 말하자 뒤에서 고함 소리가 들려왔다.

"같이 가요!"

점쟁이의 외침에 알렉산드로는 들으란 듯이 푹 한숨을 내쉬었다. 하지만 그녀는 끈질기게 둘을 뒤따라와 조잘거렸다. 옆에서 클로이가 당황하는 게 뻔히 보였지만 그는 앞만 보고 걸음을 멈추지 않았다.

점괘가 맞았건 틀렸건 그는 더 이상 점쟁이를 마주하고 싶지 않았다. 미래의 일이 어떻게 될지 조금도 궁금하지 않았다. 그는 현재가 가장 중요했고, 자신의 의지와 결정에만 충실한다면 운명 따위는 이겨 내리라 생각하는 사람이었다. 무엇보다 그는 여전히 점쟁이를 신뢰하지 않았다.

"저, 알렌……."

클로이는 그의 차가운 태도에 어쩔 줄 모르고 걸음을 멈췄다. 결국 우뚝 자리에 멈춘 알렉산드로는 짜증스레 점쟁이를 돌아봤다.

"대체 왜, 우리와 엮이려 하는 거지?"

차가운 그의 말에 점쟁이는 씁쓸한 얼굴을 했다.

"정말 너무하시네."

"네 관심은 불쾌하고, 조금도 반갑지 않아."

"내가 두 분 사시라고 집까지 다 마련해 놨는데."

알렉산드로는 기가 찬 듯 조소를 머금었다.

"하, 정말 황당하구나. 네년이 뭐라고……."

"잠깐만, 잠깐만."

점쟁이는 두 손을 올리고 알렉산드로를 진정시키기 시작했다. 클로이는 두 눈을 동그랗게 뜨고 그녀를 주시했다. 황당하긴 했지만 그녀가 저렇게까지 하는 데는 뭔가 이유가 있지 않을까 해서였다.

"일단 우리, 집으로 가요. 나도 오늘 장사를 좀 해야 돼서 바빠요."

그리고 보니 그녀의 차림새는 전처럼 화려했다. 여기서도 일은 끊이지 않고 열심히 하는 모양이었다.

"아!"

순간 클로이의 머릿속에 번뜩하고 스치는 말이 있었다.

─아, 북서쪽에서 귀인을 만날 거야.

북서쪽에서 만난 이는 아기와 점쟁이뿐.

'설마…… 그 귀인이 점쟁이가 아닐까?'

가슴이 두근거렸다.

"알렌, 한번 같이 가 봐요!"

잠시 클로이를 바라본 알렉산드로가 깊은 한숨을 내쉬었다. 일단 그녀가 원하니 따라야 했다.

'대체 왜 여기까지 따라온 거지?'

물론 그의 마음속에도 의문은 있었다. 겨우 한 번 만났던 게 전부인 자신들을 도와주려는 것처럼 구니 의심스러운 생각이 들었던 것이다. 뭔가 숨기는 게 있다. 그의 직감이었다.

맨 처음 후작령에서 점쟁이를 만났을 때, 자신의 얼굴을 뚫어져라 바라보던 그녀의 놀란 얼굴이 생생했다. 새파란 눈동자가 묘하게 기억에 남았었다.

'여러모로 이상하군.'

아무도 나를 그렇게 똑바로 응시하지 못했는데. 더군다나 여자는 더욱 드물었다.

"왜 저희를 도와주시려는 거예요?"

"나중에 말해 줄게요. 아가씨에게 진 빚이 있어요."

점쟁이는 씩 웃었다. 그러자 클로이의 마음속에 알 수 없는 호감
이 생겼다. 웃는 얼굴에 침 못 뱉는다는 말은 사실이었다.

'이상하게 안심이 돼.'

이해할 수 없는 일이지만, 그녀가 든든한 한편처럼 느껴졌다.

24. 그레이엄 가의 장녀

24. 그레이엄 가의 장녀

· · ◆ · ·

마을과 어느 정도 떨어진 곳에 숲이 있었다. 오솔길을 따라가니 아름드리나무들을 지나서 꽤 큰 빈터가 보였다. 숨겨진 곳이었다.

"세상에……."

클로이는 그곳에 있는 저택을 보고 말을 제대로 잇지 못했다. 점쟁이가 그들을 위해 준비해 뒀다는 집은 결코 초라하지 않았다. 흰색 외벽에 파란색 지붕을 하고 큰 창문이 여러 개 보이는 집. 평민이 살기엔 부담스러울 만큼 아름다운 저택이었다.

앞마당엔 소박하지만 작은 정원이 있었고, 탐스러운 과실이 주렁주렁 열린 키가 작은 앵두나무가 있었다.

'저런 집에 내가 살게 된다고……?'

클로이는 늦은 오후의 노을을 가득 담은 저택을 넋을 놓고 바라보았다. 그녀에게는 온전히 집이라고 부를 만한 공간이 단 한 번도 없었다. 노예들이 모여서 사는 숙소가 그녀의 평생 집이었다. 황궁은 감옥 같은 곳이었고, 길버트의 대저택에서는 다시 떠올리기도 싫은 악몽 같은 일들만 있었다. 비참하다 생각해 봐야 더더욱 비참해질 뿐. 전생의 자신이든, 타인이든, 자신과 비교하지 않았다. 그렇게 노력했다.

전생을 생각하면 참 황폐한 삶이지만, 노예로 태어났으니 어쩔 수 없는 일이었다. 클로이는 그런 삶에 익숙해져 있었다. 그런데 눈앞에 보이는 이 아름다운 저택에, 알렉산드로와 살게 된다는 게…… 영 믿기지 않았다. 가슴이 두근거렸다.

"어때요?"

점쟁이는 묘한 표정을 짓고 있었다. 클로이는 경탄이 가득한 얼굴이었고, 알렉산드로는 저택이 아닌 자신의 옆에 있는 여자만 응시하고 있었다. 그의 시선 끝에는 항상 이 아가씨가 있었다.

'세상일은 모르는 거라더니.'

점쟁이는 저도 모르게 피식 웃고 말았다. 운명이란 참 신기하고 대단한 것이다. 그녀는 절대로 이 두 남녀가 이렇게 빨리 서로의 인연이 되지 않으리라 생각했다.

—하지만 고생을 좀 해야 할 거요. 가는 길이 아주 험난하겠지만…….

그때 점쟁이가 했던 말은 알렉산드로에게 각오를 단단히 하라는 의미로 했던 일종의 경고였다. 그래서 그녀는 클로이가 결코 달갑지 않았다.

'저 아가씨를 보고 있으면 찐 감자를 물 없이 먹는 기분이야.'

너무 소심하고 겁이 많은 아가씨라, 알렉산드로의 마음을 쉽게 받아 주지 않을 것 같았다. 게다가 그녀에게 얽혀 있던 인연은 하나가 아니라 넷이었다.

'그런데 결국 알렉산드로를 택했군.'

점쟁이는 입매를 올려 씩 웃었다. 이렇게 용감하게 떠난 걸 보니 사람이 달라 보였다. 설마 알렉산드로가 강제로 데려온 건 아닐까 걱정했는데 천만다행히 합의가 된 것 같았다. 합의만 됐다면 된 거다.

"괜찮죠?"

점쟁이는 클로이에게 물었다. 이 둘의 관계에서 의사 결정을 하는 사람은 알렉산드로가 아닌 클로이가 분명했다.

"그, 글쎄요. 정말 예쁜 집이기는 해요!"

클로이는 어정쩡한 대답을 하긴 했지만 두근거리는 가슴에 얼굴이 붉어졌다. 마을과는 꽤 거리가 있고, 근처에는 딱 한 채의 집만 더 보였다. 사람들의 눈을 피해야 하는 알렉산드로와 클로이를 위한 맞춤형 집이었다. 무엇보다 집에서 숲이 가깝다는 점, 뒤뜰이 있다는 점이 마음에 쏙 들었다.

"안에도 들어가 봐요."

문을 열고 들어가니 큰 응접실이 먼저 보였고, 부부를 위한 방과 다른 작은 방이 딸려 있었다. 1층짜리 아담한 저택은 소박하지만 동화에나 나올 법한 아기자기한 집이었다.

"됐다."

충분한 돈도 있는 데다 괜한 신세를 지고 싶지 않았던 알렉산드로는 거절했다.

"아, 그냥 받아요. 내가 아가씨한테 주고 싶어서 그런 거니까. 누가 미남이 좋아서 주는 거래요?"

"……."

알렉산드로는 젊고 멀쩡하게 생긴 여자가 대체 성격은 누굴 닮아 저럴까 속으로 혀를 찼다. 누가 될지는 몰라도 저 여자와 결혼할 남자가 불쌍했다.

"당장 머물 곳 없는 처지이긴 해도 네 도움이 필요할 정도로 절실하진 않아."

그가 집을 나설 듯 자리에서 일어서자 점쟁이는 얼른 간절한 표정을 지었다.

"내가 부탁할 게 있어서 그래요. 여기 이 아가씨만 들어줄 수 있는 부탁이에요."

금세 비굴해진 그녀의 태도에 클로이는 어리둥절했다. 미래를 읽을 줄 아는 점쟁이가, 게다가 돈도 많은 그녀가 자신에게 무엇을 부탁하고 싶다는 걸까? 살던 곳을 떠나 여기까지 따라와서, 집까지 마련해 주면서 꼭 바라는 부탁이 뭔지 궁금했다.

"그 부탁이 뭔데요? 제가 들어 드릴 수 있는 건가요?"

점쟁이는 클로이의 두 손을 잡고는 초롱초롱 눈을 빛냈다.

"나중에 나를, 나라의 운을 점치는 점술가로 고용해 줘요."

"네? 지금 사람을 잘못 고르신 것 같은데……."

"무슨 뚱딴지같은 소리를 하는 건지, 황당한 거 나도 알아요."

"……."

"그냥 나중에요. 나중에 시간이 흘러서 때가 되면 '맞다, 참. 그 점쟁이가 부탁한 게 있었지?' 하고 들어주면 된다, 이 말입니다."

클로이는 알 수 없는 눈으로 그녀를 응시했다. 대체 무슨 소리를 하는 건지 이해가 가지 않았다.

"간단하죠?"

점쟁이는 설명해 줄 생각이 없는지 웃으며 말을 이었다.

"나처럼 실력 있는 사람을 점술가로 들이는 게 나쁜 일은 아니잖아요, 안 그래요?"

점쟁이는 눈도 깜빡하지 않고 술술 말을 읊어 댔다. 클로이는 당황스러웠다.

'아니, 뭐부터 물어봐야 하지?'

어이가 없는 건 알렉산드로도 마찬가지였는지 아무 말 않고 점쟁이가 하는 양을 지켜보다 클로이와 눈이 마주쳤다.

'대공님도 아니고, 나한테?'

아무리 생각해도 점쟁이가 왜 이런 부탁을 제게 하는지 의아했다.

"제가 그런 부탁을 들어 드릴 수가 없을 것 같은데요."

만약 자신이 그렇게 하겠다고 점쟁이와 약속한다면, 지금으로서는 말도 안 되는 것을 약속하고 홀랑 대가만 받는 셈이었다.

'아, 설마?'

클로이의 두 눈동자가 반짝였다. 전혀 생뚱맞은 북쪽을 행선지로 선택한 이유와 자신의 굳은 결심! 진지한 얼굴로 점쟁이를 응시하자 그녀가 맞다는 듯 작게 고개를 끄덕였다. 그 반응에 힘을 얻은 클로이가 비밀을 말하듯 조심스레 물었다.

"혹시 제가 아주 유명한 약초꾼이 되나요? 온갖 권력자들이 절 찾아다녀서 제가 호가호위할 만큼?"

점쟁이의 코 밑에서 강한 바람이 새어 나왔다. 명백한 비웃음에 클로이는 얼굴이 뜨거웠다.

"이 아가씨 눈치 없기는 정말 일등이야."

약초꾼은 아니었나 보다. 어색하게 머리를 긁적이고 있으니 점쟁이가 두 손을 허리에 얹고 혀를 끌끌 찼다.

"쯧쯧, 왕궁에선 대체 어떻게 지낸 건지."

그녀가 중얼거린 그 순간 알렉산드로가 날카로운 눈빛을 던졌다.

"너, 우리가 누구인지 알고 있느냐?"

움찔한 점쟁이는 얼른 두 손을 모으고 다시 웃는 낯을 했다.

"저는 알아도 모릅니다. 몰라도 모르고요. 아무 걱정 하지 마세요."

싱글벙글 웃던 점쟁이는 주섬주섬 집의 열쇠를 꺼내 클로이의 손에 쥐여 주었다.

'내게⋯⋯?'

얼떨결에 받은 클로이는 반신반의했다.

'진짜 점쟁이가 그 귀인일까?'

아무리 그래도 덜컥 이런 집까지?

'대체 왜 우리를 도와주지?'

그런 생각을 하고 있는데 뒤에서 아기가 불현듯 울기 시작했다. 다행히 알렉산드로가 얼른 아기를 품에 안으니 금방 그쳤다. 점쟁이가 아까부터 궁금했다는 듯 기웃거렸다.

"그리고 보니 웬 아기예요?"

성격이 급한 그녀는 대답을 듣기도 전에 알렉산드로의 품에 안긴 아기를 빤히 들여다보았다.

"아이고, 예뻐라."

토실토실한 볼을 보니 저도 모르게 감탄사가 나왔다. 아기의 전체적인 생김새가 클로이와 닮아 있었다. 점쟁이가 싱긋 웃으며 눈을 마주하자, 아기가 대답하듯 방긋 웃었다. 클로이는 그 모습을 보면서 번개를 맞는 듯 번쩍 생각이 떠올랐다.

'첫째 아기는 여자애라고 했었어.'

오한이 끼쳤다. 그저 반반의 확률이었을까? 그렇게 생각하기엔 점쟁이가 여태껏 맞춰 온 것들이 기막혔다. 아기의 얼굴을 뚫어져라 바라보던 점쟁이가 휙 고개를 들었다.

"설마 둘의 아이는 아니죠?"

이건 빨라도 너무 빠르다며 고개를 갸웃하는 그녀의 말에 클로이는 어색한 얼굴로 알렉산드로를 돌아보았다.

'말을 해야 할까.'

자식으로 키우자 마음먹었는데 길에서 데려왔다고 쉽사리 입술이 떨어지지 않았다. 그런데 점쟁이가 먼저 단언했다.

"친딸이 아니잖아요."

아기와 클로이의 생김새는 결코 흔한 게 아니었다. 우연으로 만났다기보다는 연인인 둘의 아기일 확률이 더 높아 보였을 텐데, 그런데.

"그걸 어떻게 아셨어요?"

클로이의 얼굴이 하얗게 변했다. 아기를 보고 친딸이 아니라 말하는 점쟁이의 목소리에는 확신이 있었다. 뭐라고 대답하지 못한 채 눈만 깜빡이는데 점쟁이의 의아한 중얼거림이 더 빨랐다.

"뭔가 이상한데."

둘에게는 분명히 들렸다. 알렉산드로는 싸늘한 목소리로 경고했다.

"무슨 헛소리를 하려는지 모르겠지만 그쯤 하는 게 좋을 것이다."

그의 눈치는 살피던 점쟁이는 일단 입을 다물었다. 하지만 그녀의 의뭉스러운 표정이나 눈빛은 여전히 변함이 없었다. 가장 큰 의문은 아기에게 있었다.

'이 아기는 왜 인연의 끈이 아무것도 없을까?'

그녀가 애정운을 잘 보는 점쟁이로 유명했던 이유는 사람에게 이어진 남녀 간 인연의 끈을 볼 수 있기 때문이다. 클로이에겐 잔뜩 엉클어진 끈이 네 개가 있었고, 알렉산드로에게는 단 하나뿐이었다. 하지만 이 아기에게는 아무것도 없었다.

'이런 경우는 드물어.'

게다가 이상한 점은 그뿐이 아니었다. 그녀는 고개를 갸우뚱했다.

'내가 분명히 봤는데……'

점쟁이는 아주 오래전 꿈을 꾸었다. 생생한 꿈이라 여태 그랬던 것처럼 미래가 되리라 확신했다. 게다가 그 꿈은 절대로 잊을 수 없는 이유가 있었다.

'거긴 황궁이었어.'

잘 꾸며진 대리석 복도에는 줄줄이 고풍스런 그림들이 걸려 있었다. 천장은 높았고, 곳곳에는 조각이 있었다. 한 번도 가 본 적 없지만 그곳을 황궁이라 확신하는 이유가 있었다.

'황녀님이십니다! 황녀님께서 태어나셨습니다!'

클로이가 아기를 낳자 사람들이 그렇게 말했다. 그 모습을 분명히 지켜보았다. 꿈속의 그녀는 옆에서 클로이의 손을 꼭 붙잡아 주었다. 왜 거기에 자신이 있었던 건지는 알 수 없었다. 점쟁이는 원래 할머니가 알렉산드로에게 죽었을 때 따라서 죽었어야 할 운명이었다. 비극적이고 참담한 일이지만, 옆에서 속삭이는 누군가가 해 주는 이야기였다. 그리고 대부분은 맞았다.

'하지만 할머니는 죽지 않았지.'

점쟁이는 클로이에게 큰 빚이 있었다. 할머니는 누군가를 통해서 서신을 보내왔고, 그동안 있었던 많은 이야기를 해 주었다. 덕분에 그녀는 자신이 예상하는 것들이 틀릴 수도 있다는 것을 알았다. 운명은 정해진 것이 아니었다.

'미래는 바뀔 수도 있는 거니까.'

하지만 그 꿈만은 확신했다. 진통을 겪고 기진맥진한 아가씨를 보고, 사색이 된 알렉산드로는 아기들이 꼴도 보기 싫다고 말했다. 다시는 아이를 낳지 말자며 애절한 목소리로 말하는 걸 들었다. 그 꿈은 마치 하늘에서 내려다보는 것처럼 생생했다.

'그때 아가씨가 낳은 아이는 분명히 황가의 첫째 아이였어.'

그들은 자식처럼 키우는 양자도, 다른 아이도 없었다.

'첫째 아이가 여아였는데도 다들 신나 하기에 참 이상하다는 생각을 했었지.'

씁쓸하게 웃은 점쟁이는 마치 어제 일처럼 그 장면을 뚜렷하게 기억했다. 모두가 웃으며 축복하는 자리에서, 던칸이 혼자 뒤돌아 환희와 참회가 뒤섞인 눈물을 흘리는 것을 보았다.

꿈은 드문드문 이어졌다. 황녀가 태어났고, 그의 아버지가 울었고, 그날은 제국의 경삿날이 되었다. 여아가 태어났는데도 모두들 기뻐했다. 그래, 아버지는 지난날을 후회했다. 그래서 점쟁이는 후련한 마음으로 잠에서 깨어났다.

바로 그 꿈에서부터, 그녀의 분노와 증오는 점점 수그러들었다. 아주 오래전이지만 그 이후로 그녀는 부친을 미워하길 그만두었다. 그랬기에 점쟁이는 그 꿈을 절대로 잊을 수가 없었다.

'말을 해야 하나.'

고민하던 그녀는 불안한 표정을 지은 눈앞의 부부를 위해 근심을 털어 버렸다. 미래는 바뀔 수 있다. 죽었어야 할 할머니 역시 살아 있지 않은가.

'그러니 이 아기가 그레이엄 가의 제1황녀일 수도 있지.'

결국 점쟁이는 일부러 걱정하지 말라는 뜻으로 밝게 한 번 싱긋 웃었다.

"아무것도 아니에요."

그러자 도리어 겁이 난 클로이가 재빨리 사실을 털어놓았다.

"사실은 아기가 숲속에 있었어요. 금방이라도 죽을 것 같기에 데려왔는데."

동시에 뚜렷한 점쟁이의 미소에 금이 간 것처럼 점점 균열이 생기기 시작했다.

"보육원에 맡길 수가 없더라고요."

클로이는 어쩐지 그녀에게만은 사실을 말해야 할 것 같았다.

"그래서 저희가 키우기로 했어요."

점쟁이의 입술이 바들바들 떨리기 시작했다. 그녀는 곧장 휙 고개를 돌려 알렉산드로를 바라보았다.

"미남은요?"

점쟁이는 진심으로 궁금했다. 잠시 맡아 주는 것도 아니고 생판 남의 아기를, 입양이라니. 과연 알렉산드로 그레이엄이 그럴 수 있을까? 그는 부친이 딱 한 명만을 바라서 선택된 그레이엄 가문의 장자였다. 같은 핏줄이지만 그와 자신은 너무도 다른 삶을 살았다. 하늘과 땅만큼. 점쟁이는 그가 부친과 같은 인간이리라고 생각했다.

'오만하고 독선적인 가문의 장남. 오직 황제가 되길 바라는 남자.'

심지어 기사가 되어 기사단을 이끌고 제국의 권력을 잡은 그 모습은 던칸과 완전히 같은 길을 가는 것처럼 보였다. 소문도 비슷했다. 아버지는 쿠데타의 독재자, 전쟁 군주. 아들은 전쟁에 미친 광폭한 살인귀. 그나마 제국을 통일하고, 기사단의 위상이 높아져 알렉산드로는 영웅이라고 추앙받았다. 아버지는 핏줄을 내다 버릴만큼 비정한 사람인데, 과연 알렉산드로는 그보다 나은 사람일까?

그는…….

"저 아이를 키울 수 있어요?"

더 이상 미워하지 않기로 결심할 만한 사람이 맞을까?

"진짜 가족처럼……?"

점쟁이의 개인적인 질문에 알렉산드로는 무슨 상관이냐고 쏘아붙이고 싶었지만, 그러기에는 그녀의 목소리가 사뭇 진지했다. 금방이라도 울 것처럼 눈망울이 떨렸다. 그는 차분히 진심을 전했다.

"진짜 가족은 내가 선택한 이들뿐이다."

점쟁이는 단번에 깊이 공감했다. 그녀에게도 가족은 자신을 키워 준 할머니뿐이다. 할머니는 관계를 따지자면 어머니의 자매, 즉 점쟁이에겐 이모였다. 하지만 정체를 들킬까 봐 그렇게 부를 수가 없었다. 두 사람은, 살아 있어서는 안 되는 사람들이었기 때문이다. 푸른 눈동자가 울렁였다. 꾹꾹 담아 두었던 서글픈 여한이 밀려들어 전부 쏟아질 것 같았다.

"당신은……."

그는 모든 걸 다 가지게 해 달라고 기도했는데. 나 대신 부모에게 선택받았으니, 적어도 괴롭게 살지 않도록 해 달라고 빌었는데.

'혹시 내가 어릴 때 너무 원망을 많이 해서 그런가.'

점쟁이는 하고 싶은 말을 전부 마치지 못했다.

'하지만 불행하라고 저주했던 건 전부 어릴 때 일이었는데.'

죄책감에 푹 고개를 숙인 그녀의 아래로 눈물이 뚝뚝 떨어졌다. 깜짝 놀란 클로이가 얼른 손수건을 건네고 그녀를 달래 주기 시작했다. 갑자기 왜 저렇게 우는지 궁금하기보다 소리조차 내지 못하고 눈물만 떨어뜨리는 모습에 안쓰러운 마음이 먼저였다. 가만히 그녀를 응시하던 알렉산드로의 머릿속에 순간 괴상한 예감이 스쳤다.

'뭐지?'

그의 새파란 두 눈동자가 점쟁이를 샅샅이 살폈다. 이리저리 흐트러진 갈색 머리카락, 여자치고 큰 키와 가녀린 몸매……. 기억 속 어머니의 마지막 모습이 떠올랐다. 알렉산드로는 곧장 고개를 흔들었다.

'말도 안 되는 일.'

점쟁이는 끅끅 울면서도 말을 멈추지 않았다.

"아기는 많이 고마워할 거예요."

점쟁이는 안타까웠다. 많은 생각과 감정이 머릿속에 돌아다녔다. 왜 버려진 자신도, 잘 키워진 알렉산드로도 그렇게 고통받으며 자랐어야 했는지 도무지 이해가 가지 않았다. 이게 대체 누구의 잘못일까. 점쟁이는 답을 잘 알고 있었다.

'내가 도와줘야겠어.'

결심했다.

'아기도 같이 키워 줘야지.'

아기는 옛날 처량한 제 신세 같았다. 숲속에 버려졌다가, 그나마 할머니에게 거둬진 그녀.

"아기는 정말 많이…… 고마울 거예요."

많은 질문이 머릿속을 돌아다녔지만 클로이는 아무것도 묻지 못했다.

'우리가 도망치고부터 왜 이렇게 많은 일들이 벌어지는 걸까.'

그녀는 곧 마음을 다잡았다.

'이 모든 걸 결정한 사람은 바로 나야.'

그리고 클로이는 지금 그 결과를 마주하고 있었다. 만약 끝까지 그를 거부했다면 결국 그녀는 트리거를 따라갔을 것이다. 그리고 호르헤와 함께 수도에서 약초를 연구했을지도 모른다. 알렉산드로는 적합한 결혼을 통해 후사를 얻어야 했을 테니, 종국에는 헤어지지 않았을까. 적어도 그런 미래보단 마음이 시키는 대로 따라온 지금이 나았다.

"나도 주책이야. 참, 아기 이름이 뭐예요?"

먼저 침묵을 깨뜨린 건 점쟁이였다. 코맹맹이 소리를 냈지만 그녀는 씩씩하게 눈물을 닦아 냈다.

'이름?'

알렉산드로와 클로이는 난감한 얼굴을 하고 서로를 응시했다. 그러고 보니 아이의 이름조차 지어 주지 않았다.

'전혀 생각도 못하고 있었어.'

아기를 만난 지 사흘, 입양하기로 결정한 건 바로 오늘이었다.

"아, 그게……."

"아직 안 지었어요?"

상황을 모두 이해한다는 듯한 담담한 물음에 클로이는 대답 대신 고개를 끄덕였다. 부모가 되어 주자고 해 놓고는 이름을 짓는 것도 잊어버린 스스로가 부끄러웠다.

"흠."

점쟁이는 순식간에 고심하는 얼굴로 변했다. 과장된 그 모습에 클로이는 저도 모르게 숨죽였다. 어디를 가도 눈에 띌 만큼 존재감이 강한 사람이었다.

"흐으음."

점쟁이는 한참 고민했다. 우연한 만남이지만 어쨌든 이들을 찾아온 소중한 인연. 좋은 이름을 이 아기가 가졌으면 했다.

'그레이엄 가문의 장녀.'

아기는 자신처럼 버려진 과거가 있으나, 장차 황가가 될 그레이엄 가문의 장녀가 될 것이다. 이 아기에게는 어떤 이름이 어울릴까.

"레나……?"

점쟁이는 왜 그 이름이 튀어나왔는지 스스로도 얼떨떨했다. 그 이름의 주인조차 잊어버린, 누구도 부르지 않는 버려진 이름이었다.

'고귀한 가문의 영애가 가졌어야 할 이름이지. 남의 얘기나 늘어놓는 귀신 들린 점쟁이의 이름이 아니야.'

오직 자신을 키워 준 이모와 그녀만 알고 있는 사실이었다. 행여나 알려졌다간 부친에게 죽음을 면치 못할 게 분명했다.

'레나 그레이엄.'

그레이엄 영지에서 태어난 레나 그레이엄은 맥코웰 공작령에서 자랐다. 하지만 맥코웰도, 그레이엄도 그녀와는 먼 얘기였다. 핏줄이 어쨌든 그녀는 버려졌고 자신이 귀족이라는 생각조차 하지 않았다. 시간이 흐른 후에는 더 이상 남은 원망도, 분노도 없어졌기에 그녀는 자신의 삶을 살고자 그곳을 떠났다. 하지만 그녀의 바람에도 할머니는 한사코 그곳을 떠나지 않았다. 자신에게 주어진 게 그런 운명이라 해도 피하고 싶지 않다며 고집스레 그곳에 남았다.

그녀를 키워 준 이모, 줄리아 맥코웰은 어머니의 일기를 알렉산드로에게 줬다고 했다.

'알렉산드로가 어머니의 일기를 봤다면 알지도 몰라.'

'레나'는 그레이엄 가문의 장녀가 되었어야 할 고귀한 영애의 이름이다.

"레나요?"

클로이는 그 이름이 튀어나옴과 동시에 눈앞의 아기를 바라보았다. 벌써 아기는 레나가 되었다. 점쟁이는 급하게 변명하듯 덧붙였다.

"내가 그 이름을 가진 사람을 잘 아는데, 씩씩하고 발랄한 아가씨예요."

알렉산드로는 아기 대신 점쟁이에게 시선을 고정했다. 하지만 점쟁이는 그를 제대로 바라볼 수가 없었다. 떨리기도 하고, 그가 싫다 거부할까 두렵기도 했다.

'모를지도 모르고.'

어쩌면 남들이 손가락질할 만한 일을 하며 살아온 자신을 부정하고 불쾌하다 여길지 몰랐다. 알렉산드로는 귀족 가문에서 자라 온 남자였다. 그러니 그에게는 자신이 하는 일들이 하등 쓸모없고 재수 없는 일일 수 있었다. 지금은 아니지만 할머니 역시 예언을 하는 능력이 있었다. 때문에 저택에서 감금되다시피 평생 독신으로 살았다고 했다.

귀족가의 영애에게 이런 능력이 있다는 건 결코 반가운 일이 아니었다. 그래서 할머니는 몰래 자신을 키우면서도 행여 들킬까 봐 어머니에게조차 내색하지 않았다고 했다. 게다가 알렉산드로의 태도는 시종일관 무뚝뚝했다.

'어쩔 수 없는걸.'

하지만 어디서 어떻게 자랐어도 그녀는 점쟁이로 살았을 것이다. 어릴 때 버려지지 않았더라도, 제국의 가장 뛰어난 명문가 장녀가 부정한 능력으로 가문에 먹칠을 했다며 부친에게 내쳐졌을 수도 있는 일.

'던칸 그레이엄이라면 충분히 그럴 수 있어.'

게다가 그때의 그레이엄 가문은 적이 많았다. 어쩌면 마녀라고 몰려서 화형을 당했을 수도 있다. 차라리 이 고달픈 신세는 민간에서 사는 게 나았을지도 모른다. 그러니…… '레나'란 이름은 결코 자신의 것이 아니다.

"……싫으면 다른 이름으로 해요."

점쟁이는 자신을 제국의 수많은 고아들 중, 그저 운 좋게 살아남은 한 명이라고 여겼다.

"레나."

클로이는 마른침을 꿀꺽 삼켰다. 비범한 점쟁이의 능력을 알고 있으니 그녀가 정해 준 이름을 쓰고 싶었다. 자신의 어깨를 감싸 안은 단단한 팔을 느끼며, 클로이는 떨리는 목소리로 물었다.

"그럼 건강하게 잘 자랄까요?"

초조한 목소리에 점쟁이는 저도 모르게 피식 웃었다. 할머니의 편지가 떠올랐다.

알렉산드로의 곁에 있는 아가씨가, 고맙게도 내 생명을 구해 준 은인이란다.

덕분에 마을에서 피터와 함께 살게 되었으니 앞으로는 자유롭게 서신을 보낼 수 있게 되었어.

그 아가씨에게 큰 빛을 졌다.

그리고 점쟁이는 자신을 자주 찾았던 로베르트 후작 부인에게 그레이엄 대공의 이야기를 들었고, 곧바로 그들을 찾겠다고 결심했다.

"건강하기만 했으면 좋겠어요. 가르쳐 주고 싶은 게 많거든요. 일단은 튼튼하게! 건강이 최우선이에요."

버려진 아기를 데리고 왔을 이는 알렉산드로가 아닌 클로이가 확실했다. 그는 아버지를 닮았다. 무표정하게 자신을 바라볼 때면 피가 섞였어도 무서웠다. 그가 가진 압도적인 분위기가 그랬다. 하지만 클로이 옆에 있을 때의 알렉산드로는 그렇지 않았다.

'이 아가씨가 어떻게 알렉산드로를 따라왔을까.'

그의 옆에 있는 클로이는 그와 조금도 유사한 게 없어 보였다. 둘의 덩치 차이가 확연해서 더욱 그렇게 보였다.

'어떻게 저렇게 달라 보이는 둘이서…… 이렇게 도망까지 올 만큼 서로를 사랑하게 됐을까.'

많은 것을 예언하고 짐작하며 남들이 보지 못하는 것을 보는 그녀였지만, 여전히 세상에는 알 수 없는 일들이 많았다. 점쟁이는 사랑이니 결혼이니 하는 것들을 진작 포기했지만, 눈앞의 둘은 반드시 행복하길 바랐다.

"레나……."

조용히 되뇌어 본 알렉산드로는 의외로 이름이 마음에 들었다. 점쟁이의 의도는 뒤로하더라도, 아기와 잘 어울린다는 생각을 한 그였다.

"발랄하고 씩씩하다니 다행이군."

처음 숲속에서 목청이 터져라 울며 부르던 그 울음소리가 다시 귓가에 맴돌았다. 겁도 없고, 먹기도 잘하고…….

"그럼 레나로 할까요?"

클로이는 동의를 구하듯 알렉산드로를 올려다보았다. 그는 엷은 미소와 함께 고개를 끄덕였다. 그런 둘의 모습을 바라보던 점쟁이는 감격 어린 얼굴을 했다.

"내가 이름까지 지어 주게 될 줄은 몰랐어요. 아가씨, 고마워요."

"제 이름은 클로이예요. 클로이라고 부르시면……."

"난 아가씨를 아가씨라고 부를래요."

중간에 말을 끊을 만큼 단호했다. 점쟁이는 원래 의사 표현에 주저함이 없는 사람이었다. 클로이는 그냥 고개를 끄덕였다.

'아가씨라고 부르는 게 편한가 보다.'

순한 대답을 듣고 점쟁이는 부랴부랴 아기를 안고 일어났다.

"저는 여기 뒷집에 사니까, 나중에 필요하면 저를 찾아오세요."

"아기는 어디로 데려가시는 거예요?"

놀란 클로이가 따라서 일어나자 점쟁이가 보란 듯 아기의 볼에 쪽 입술을 맞췄다.

"너무 예뻐서 안 되겠어요."

그러니까 오늘 밤은 자신이 봐줘야겠다, 말한 그녀는 부리나케 용품을 챙기기 시작했다.

"어휴, 부부만 있는 집에 오래 있으면 안 되지. 난 갈게요."

"……부부요?"

생각지 못한 말에 클로이는 머리를 긁적였다. 부부라니, 그런 사이가 맞기는 하지만 입 밖으로 내보니 뭔가 간질간질했다.

"애까지 키우는데 부부지, 그럼!"

"흠."

그 순간 알렉산드로는 여태껏 조금도 마음에 들지 않았던 점쟁이가 처음으로 마음에 들었다. 부부라는 말을 들으니 이상하게 입가가 씰룩였다. 아무튼 눈치는 빠른 여자였다.

"애기는 내가 잘 봐줄 테니까 걱정 말아요."

"정말 괜찮으시겠어요?"

"괜찮아요, 아가씨. 아마 아가씨보다 내가 아기는 더 잘 볼걸요? 어릴 때 나보다 훨씬 어린 동생도 돌봤어요. 걱정 말아요."

남에게 아기를 맡긴다니, 마음이 불안해야 했지만 클로이는 그렇지 않았다. 점쟁이가 저 아기를 해치리라는 생각이 조금도 들지 않았던 것이다. 이상한 일이지만 그랬다. 마치 아기가 자신의 분신인 양 소중히 끌어안은 모습이 눈에 익었다. 그녀의 큰 키와 갈색 머리카락, 그리고 푸른 눈동자…… 알렉산드로와 닮은 것처럼도 보였다.

"아기는 걱정 말고 아가씨는 남편이랑 잘 놀아 줘요."

장난스럽게 집의 문을 나서던 점쟁이가 히죽 웃으며 말했다.

"참, 이 집은 방음도 잘 된대요."

그리고 뭐라 대답할 틈도 없이 쾅, 하고 문이 닫혔다. 그녀가 나가고 나니 큰 폭풍우가 왔다 간 것처럼 사방이 잠잠해졌다.

클로이는 거실을 둘러보며 감탄을 금치 못했다. 세세한 장식품부터, 벽난로까지 손길이 닿지 않은 곳이 없었다. 방금까지 살던 사람이 있는 것처럼, 집은 꼼꼼히 준비되어 있었다. 하지만 다른 누군가가 살았던 흔적은 전혀 없었다. 모든 물건들이 새것이었다.

"돈이 꽤 많이 들었을 텐데."

클로이는 작은 것에서도 눈을 떼지 못했다. 집 안의 곳곳을 둘러보며 혼잣말을 했다. 여기가 자신의 집이라니, 꿈만 같았다. 전생에서도 그녀는 제 명의로 된 집은 없었다.

"이 집이 마음에 들어?"

클로이는 한 번도 쓴 적 없는 것처럼 깨끗한 벽난로의 안을 들여다보다 대답했다.

"그렇긴 한데……"

"그럼 돈을 지불하면 되지 않겠느냐? 네가 마음에 든다면 굳이 반대하고 싶지 않다."

일단 아무런 조건 없이 뭐라도 해 주고 싶은 사람처럼 구는 점쟁이가 뒤통수를 칠 것 같지는 않았다. 결과적으로 자신은 누이가 있었고, 어머니 또한 자신을 사랑하지 않았던가.

'게다가, 어쩌면……'

떠오르는 많은 것들이 있었지만 무엇 하나 쉽게 말을 꺼낼 수 있는 게 없었다. 점쟁이의 정체가 의심이 가긴 했지만 자신의 짐작을 도저히 확신할 수 없었다. 단 한 번도 상상해 본 적이 없었다. 모친의 일기장에서, 누이는 죽었다고 하지 않았던가?

알렉산드로는 슬쩍 클로이를 바라보았다. 옆에 있는 아내는 아직 그 사실을 몰랐다. 자신의 부친이, 핏줄인 여식을 내다 버릴 만큼 비정한 사람인 것을. 그것도 여아라는 말도 안 되는 이유로.

'……안 돼.'

알렉산드로는 눈을 감았다. 목에 칼이 들어와도 아내에게 그 일을 말할 수 없었다.

"후우……."

가장 두려운 것은 그녀의 눈초리였다. 그런 사람과 피가 섞였으니 자신조차 그런 남자인 건 아닐까, 행여 클로이가 의심이라도 할까 봐 무서웠다. 도저히 입이 떨어지지 않았다.

알렉산드로는 자신이 사랑하는 여자에게 온전히 사랑만 받고 싶었다. 그녀가 자신의 치부까지도 사랑해 줄 수 있을지, 교활한 그의 속내는 불안에 떨었다.

'그건…… 말할 수 없어.'

긴장한 그는 마른침을 삼켰다. 목울대가 넘어가고 긴장한 주먹이 불끈 쥐어졌다. 입술 사이로는 낮은 한숨이 터졌다.

모든 것을 버리고 도망쳤다. 이제 그에게 남은 건 사랑 하나였다. 저 자신보다도 그녀를 사랑하지만, 완전히 솔직할 수는 없었다. 그의 전부가 되어 버린 사랑을 잃을까 봐 무서웠다. 비겁하다는 자각은 있었다. 하지만 그는 던칸이 저지른 일을 클로이가 평생 모르길 바랐다. 그레이엄이 세간에 알려지기보다도 훨씬 더 잔인한 가문이라는 걸 제 입으로 털어놓을 수는 없었다.

'만약 점쟁이가 진짜 내 누이라면 언젠가 직접 말하겠지.'

알렉산드로는 모든 사실을 직접 듣기까지는 침묵하기로 했다.

"집 위치도 나쁘지 않은 것 같고……."

그때 방 안을 둘러보던 클로이가 슬그머니 그를 돌아보았다. 눈이 마주치자 알렉산드로는 언제나 그랬듯 미소로 답했다. 잘생긴 그 얼굴을 응시하며 클로이는 저도 모르게 점쟁이의 마지막 말을 상기했다.

'방음도 잘 된댔어.'

마른침이 넘어갔다. 단둘만 남으니 적막으로 가득했다. 점쟁이는 워낙 발랄하고 힘이 넘치는 사람이라 그녀가 있고 없고의 차이가 컸다.

'왜 나는 둘만 있으면 혼자 이상한 기분이 드는 걸까.'

아무래도 상상력이 너무 풍부한가 보다. 약초를 키우지 말고 소설이나 써서 돈을 한번 벌어 볼까. 이 대륙을 휩쓴 「비밀의 마구간」 같은 히트작 하나만 쓰면 평생 먹고살 수 있을 것 같았다. 매번 속으로 엉큼한 상상을 하는 자신이 황당했지만 머릿속의 생각까지 조절할 수 있는 건 아니었다.

'이건 내 잘못이 아니야.'

그저 본능이다.

'대공님을 매일 마주하는데 어떻게 그런 생각을 안 해?'

손에 땀이 고여 옷에 쓱 문질러 닦고 있으니 그가 상의 단추를 끄르기 시작했다.

"더우니 난 옷을 좀 벗어야겠다."

그래, 바로 저 남자 때문이다. 클로이는 그의 눈치를 살폈다.

'어휴, 또 벗어.'

한숨이 나왔다. 요즘은 운동도 전처럼 하지 않는데, 왜 저 야한 근육들은 줄어들질 않는 거지? 오래 단련된 몸이라 그런가? 단단히 각진 모양으로 잡힌 흉근과 그 아래 잘 만들어진 복근, 그리고 더 많은 것을 상상하게 만드는 잔뜩 화난 등 근육까지. 그가 천천히 의복을 벗는 걸 따라서 시선을 옮기던 클로이는 고개를 흔들었다. 탐내던 몸이 어느새 눈앞에 있었다.

"왜 그렇게 얼굴이 붉지?"

클로이는 대답 대신 침만 삼켰다. 그 소리가 천둥 치듯 귓가에 울려 퍼졌다. 두근두근. 가슴이 요동쳤다. 두려움이 느껴질 정도의 존재감이 그녀를 마주했다. 그는 웃고 있는데 이상하게 오싹했다. 클로이는 저도 모르게 뒷걸음질을 치고 있었다. 등에 딱딱한 벽이 느껴졌다.

"꺄악!"

그가 클로이의 무릎 뒤로 손을 넣어 번쩍 안아 들고 성큼성큼 움직였다. 정신을 차릴 틈도 없었다. 어느덧 푹신한 침구 위에 앉혀 있었다. 침대 위에서 움직이는 손은 거침없었다. 하지만 제법 익숙해진 그녀는 천천히 눈을 감았다. 가깝게 느껴지는 숨소리는 서로를 황홀하게 만들었다. 부드럽게 시작된 입맞춤은 농밀함을 더해 갔다.

알렉산드로는 더욱 가까이 그녀를 느끼고 싶었다. 클로이 또한 같은 마음이었다. 어느덧 밀착된 둘은 서로를 밀어내듯 끌어당겼다. 알렉산드로는 큰 손이 클로이의 허리를 받치고 눕혔다. 잠시 떨어진 입술 사이로 그녀의 짤막한 호흡이 터져 나왔다. 다시 시선이 부딪쳤다.

양팔로 그녀의 옆을 짚은 알렉산드로가 따스한 눈빛으로 그녀를 내려다보았다. 말없이 응시하던 그가 손을 뻗어 작은 입술을 매만 졌다. 그의 눈동자는 정염과는 전혀 다른 색을 띠고 있었다. 얼굴이 붉게 달아올라 색색 숨을 내뱉는 그녀가 민망하게도, 알렉산드로는 웃고 있었다. 클로이는 내내 생각했던 것을 물었다.

"점쟁이 언니랑 친하게 지내도 되는 거죠……?"

알렉산드로는 별로 그녀를 마음에 들어 하는 기색이 아니었다.

점쟁이를 따라가 보자고 말한 것도, 이 집에 머물기로 한 것도 바로 자신의 의견이었다. 게다가 점쟁이는 어떤 사정이 있는 듯해 보였다. 그래서 염려스러웠던 것이다. 그런 클로이의 걱정과는 달리 가벼운 대답이 흘러나왔다.

"원하는 대로 해."

그리고 세게 부딪친 입술은 쪽 소리를 내며 다시 떼어졌다.

"네가 결정한 일은 뭐든지."

달콤한 그 말에 클로이는 내심 감동했다. 자신을 사랑한다는 눈앞의 남자가 사랑스러워 견딜 수 없었다. 그의 목에 팔을 두르고 끌어당기자, 알렉산드로는 순순히 다가와 다시 입술을 맞췄다. 한 조각처럼 맞물린 둘은 가까운 데서 느껴지는 서로의 기척에 행복했다. 심장 소리가 들릴 듯이 가까웠다. 클로이는 급하게 손을 내려 그의 옷을 더듬었다. 하의 단추를 찾아 헤매는 손길이 느껴지자 알렉산드로는 웃음이 터졌다.

사랑하는 여자의 대범한 행동은 그를 이 세상에서 가장 행복한 남자로 만들었다. 그의 입술은 그녀의 목덜미로 향했다.

"아……."

깨무는 것처럼 목덜미를 핥아 올리자 저절로 신음이 터져 나왔다. 그녀의 시선이 저 멀리 천장을 향했다. 차갑다고 생각했던 그의 입술은 불쏘시개처럼 뜨겁게 느껴졌다. 짜릿한 느낌에 사지가 버둥거렸다. 금세 녹아 버리는 달콤한 디저트를 탐하듯, 보드라운 피부를 만끽하던 그가 귓가로 입술을 움직였다. 귓바퀴를 따라 혀를 굴리던 알렉산드로가 돌연 몸을 떼고는 눈을 응시했다.

"사랑한다."

새파란 눈동자가 이글거렸다. 느릿하게 흘러나온 말이지만 그의 마음만큼은 그렇지 않았다.

"난 보수적인 남자라서 사랑한다는 말 없이는 안 돼."

대답을 바라는 장난스러운 말이지만 그는 진심이었다. 피식 웃은 클로이는 냉큼 말했다.

"저도 사랑해요."

그러자 그가 상체를 일으켜 그녀의 골반을 잡고 몸을 쑥 끌어 내렸다. 인형처럼 움직여진 클로이는 깜짝 놀라고 말았다. 침대 위에서 그녀는 그의 손안의 공처럼 이리저리 움직여졌다. 그가 상의를 벗자마자 배고픈 맹수처럼 자신에게 달려드는 것을 보았다.

"처, 천천히……."

우악스러운 손짓에 이러다 옷이 망가지는 건 아닐까. 다행인지 불행인지 더 이상 옷 걱정을 할 여유가 없었다. 그의 집요한 입술과 혀 때문에 온몸이 배배 꼬이기 시작했다. 몸속 깊은 곳이 눈앞의 남자를 원한다고 외치는 것 같았다. 그저 그를 온몸으로 느끼고 싶었다. 이성도, 감정도 없이 본능만 남은 것처럼.

그녀는 단단한 그의 흉부를 더듬었다. 자신의 것과는 달리 딱딱한 몸은 근육이 갈라진 갈래마다 움푹했다. 클로이는 신기한 예술품을 만지는 것처럼, 얌전히 그 오목한 부분을 따라서 손을 옮겼다. 그의 가슴팍을 더듬어 가던 손은 올라가다가 깊은 골짜기를 만났다. 강인한 남자의 쇄골이었다.그의 몸을 밋밋하게 스쳤을 뿐인데, 어느덧 움직임이 달라졌다.

클로이의 다리 사이에 있던 그의 한쪽 다리가 은밀한 곳에 와서 부딪쳤다. 클로이는 야릇한 느낌에 몸서리쳤다. 그런 그녀의 귓가에 평소보다 훨씬 낮은 그의 목소리가 들려왔다.

"이렇게 됐네, 벌써."

클로이는 얼굴이 확 뜨거워지는 느낌에 대답을 할 수가 없었다. 분명히 착한 남자인데 침대에서는 이상하게 자신을 괴롭히는 걸 좋아했다. 당황한 그녀를 보고도 짓궂은 입술은 멈추지 않고 움직였다.

"난 아직 아무것도 안 한 것 같은데."

두 손으로 얼굴을 감싸고 있으니 낮은 웃음소리가 들렸다. 클로이는 본능적으로 다리로 그의 허리를 꽉 붙잡았다. 그러자 알렉산드로에게서 거센 숨소리가 터져 나왔다. 눈이 마주치자, 다시 처음 하는 것처럼 정성스럽고 느릿한 입맞춤이 시작되었다.

그때였다.

"아가씨!"

문밖에서 다급한 말소리가 들렸다.

"깜빡했는데 내가 줄 게 있어요!"

밖에서 들려오는 그녀의 발랄한 목소리가 침실의 뜨거운 공기를 확 가라앉혔다.

"이거 사파이어 목걸인데 엄청 비싼 거예요!"

알렉산드로의 긴 한숨 소리에 땅이 꺼질 듯했다.

"후우……."

클로이 역시 깨져 버린 달콤한 분위기가 못내 아쉬웠지만 웃음이 터져 버렸다.

"푸훗."

그녀가 웃고 있으니 잔뜩 짜증스러워하던 그가 뭐가 웃기냐며 타박했다.

"아가씨! 보석 좋아하죠! 나도 엄청 좋아해요! 이거 아가씨 주려고 가져온 거예요!"

하지만 알렉산드로 또한 거기서 피식 웃고 말았다. 나신으로 서로를 마주 보며 실실 웃고 있으니 어느새 창피한 마음도 사라지고 마음 한구석이 간질거렸다.

알렉산드로와 클로이는 타지에 처음 발을 들인 이방인이었다. 그런 그들을 위해 지리적인 위치를 꼼꼼하게 잘 알아보라며, 점쟁이가 그동안 아기를 맡아 주겠다고 배려를 해 주었다. 덕분에 둘은 마을의 동태를 살피고 영주의 성을 둘러보았다. 꽤 넓은 곳이었다. 그리고, 알렉산드로는 생각지도 못한 일을 알게 되었다.

"얼마를 갖고 있든 반을 내셔야 합니다, 기사님."

버넷 후작령에 정착하기 위해서는 그들이 가진 돈 전부의 반을 내야 했다. 세금은 그리 큰 문제는 아니었지만 알렉산드로는 찜찜한 기분을 감출 수가 없었다.

"이렇게 높은 세율로 걷어 간다는 게 믿기지가 않는군."

제국에서는 영주들이 영지민에게 그렇게 많은 세금을 거둬들이는 것을 허락하지 않았다. 특히 소작농들에게는 3할 이상의 세금을 걷는 것을 불법으로 했다. 그런데 얼마를 가지고 있든지 그 반을 내

놓으라니. 핑계로 댔던 도적단은 흔적도 없고, 세금은 명시된 비율보다도 많이 거둬 가고. 게다가 진짜로 이상한 점은 따로 있었다.

'세금을 걷어 가는 이들이…… 용병단?'

이는 용병단이 영주인 버넷 후작의 사병임을 의미했다. 그런데 그들에겐 버넷 후작가를 의미하는 깃발도 없었고, 기사의 갑옷도 입지 않았다. 철저하게 용병임을 나타내면서도 버넷 후작가의 일을 했다. 영지민이 아닌 타인이 본다면 아무도 후작가의 사병인 줄 몰랐을 것이다.

알렉산드로는 마을에 용병을 고용하는 곳이 있는지를 찾았다. 적어도 용병들의 연무장이라도 찾아보려고 했지만 마을에는 어떤 흔적도 없었다. 그렇다면 외부에서 온 게 분명했다. 이미 기사단도 이탈한 마당에 별로 상관하고 싶지 않았지만 본능은 끊임없이 그를 자극했다.

'후작은 대체 세금을 어디다 쓰는 거지?'

알렉산드로는 결국 서신을 전하는 이들에게 돈을 주고 수도 저택에 있는 아론에게 편지를 썼다. 훈련된 비둘기가 없으니, 행군 중인 에반에게 닿는 가장 빠른 길이었다.

전 엘파사 왕국에서 가장 가까운 영지인 캔델 버넷 후작.

황궁에 납부된 세무 보고서를 확인해라.

공제되는 금액과 대상을 철저히 조사해.

황궁에 제출한 사병의 숫자보다 훨씬 많은 용병들이 있다.

세리머니의 목적은 영주들을 견제하는 데 있었다. 아마 예고된

대로 기사단이 당도할 때쯤이면 후작은 용병들을 숨겨 놓은 채 모른 척할 것이다.

'버넷 후작이라. 그리 유명하지 않은 가문인데. 동맹을 맺은 공작가라도 있나?'

끊이지 않는 의문을 뒤로하고, 알렉산드로는 숲으로 향했다. 가진 돈으로 고리대금을 하는 쉬운 방법도 있었지만 많은 사람들과 안면을 트는 게 부담스러운 처지라 그냥 사냥을 하는 게 나았다.

첫날부터 멧돼지며 여우를 비롯해 많은 동물이 잡혔다. 가죽을 파는 가게와 정육점에 들르자 생각보다 많은 돈이 들어왔다.

'돈 걱정은 없겠군.'

영지 내의 물가를 가늠하니 그랬다. 시장을 들락거리던 알렉산드로는 생각지 못한 사실을 하나 더 알게 되었다.

"다른 영지에서는 평민들이 마음대로 물건을 판매할 수 없다고? 영주의 허가증 없이는?"

알렉산드로는 황당한 표정으로 상인의 푸념을 들었다.

"예, 그렇습니다요. 저희 같은 소상인들은 아주 힘듭니다. 그 허가증은 가격이 비싸고, 심지어 기간이 한정되어 있기 때문이지요."

"하지만 그건 불법 아닌가?"

순진한 물음에 상인은 허탈한 웃음을 터뜨렸다.

"물론 불법이지요!"

이렇게 실상을 모를 수가! 그런 뜻이 담긴 표정이라 알렉산드로는 머쓱했다.

"하지만 황궁은 저 먼 곳에 있고, 영주님은 바로 이곳에 계시지 않습니까?"

영지민에게 영주는 황제나 다름없었다. 영지에선 영주의 말이 곧 법이다.

"그나마 이곳의 영주님은 너그러운 분이십니다. 신전에 다니는 신자라면 누구든 물건을 팔 수 있도록 해 주시니까요."

"하!"

더욱 황당무계했다. 이 또한 물론 불법이었다. 어쩐지, 제국에서 신전의 힘은 유명무실한데 이 영지에만 꽤 막강한 힘을 행사하는 것처럼 보였다. 영주의 처사도 우스웠지만 알렉산드로는 내심 허탈했다.

'평민들이 겨우 그런 이유로 신전에 다닌단 말인가.'

종교는 삶의 큰 부분을 차지한다. 알렉산드로는 귀족으로 태어난 남자라, 자신의 신념을 그 무엇과도 바꾸지 말라고 배워 왔다. 겨우 물건을 판매하게 해 준다는 이유로 신전에 다닌다는 건 비겁하게만 들렸다.

"저도 예전엔 농민이었습니다. 하지만 손톱이 다 뽑히도록 밭을 갈면 뭐 합니까? 돈을 가져가는 건 전부 허가증을 산 상인들인걸요!"

"……."

"그러니 다른 영지보단 이곳이 사는 게 훨씬 낫습니다. 그래서 모두들 버넷 영주님을 좋아하고요."

"그렇군."

알렉산드로는 천천히 고개를 끄덕였다. 제국을 위해 몸 바친 기사단장으로는 이해하기 어려웠지만, 영지민은 소시민이었다. 이들에겐 애국심이나 황궁을 향한 충심, 신념보다는 오늘내일 먹고사는 게 급선무였다. 제국의 다수는 평민과 노예들이라던, 칼스버그 공작의 말이 문득 스쳤다.

'소수의 귀족으로 태어난 건 운이 좋아서였을 뿐이다.'

만약 가문의 돈과 권력, 힘이 없었다면 그 역시 신념이나 제국의 법은 뒤로했을지 모른다. 그렇게 생각하니 영지민을 이해할 수 있었다. 복잡한 그의 얼굴을 들여다보던 상인은 허탈하게 손사래를 쳤다.

"어차피 높은 분께선 모르시겠지요."

"아니, 난……."

귀족이 아니라고 말하려던 알렉산드로는 쉿, 입가에 손가락을 가져가는 상인 때문에 말을 멈췄다.

"종종 말 못할 사정이 있어 이 영지에서 사시는 분들이 계십니다."

상인은 눈치로 먹고사는 사람이었다.

"세금은 비싸도 다른 영지보다 사는 게 낫기 때문이겠지요. 게다가 산맥이 험하니 숨어 살기에도 나쁘지 않고요."

그러면서 상인은 얕은 하천이 있는 방향을 가리켰다.

"저 너머에도 웬 기사님이 예쁘장한 여자와 단둘이 살았습니다. 여기까지 도망쳐 온 걸 보면 여자가 평민이었거나, 남의 부인이었거나 뭐 그랬겠죠."

"쉽게도 말하는군."

"그래 봐야 기사님은 두어 달 남짓 계시다 가신걸요. 지금은 여자 혼자 살고 있습지요."

상인은 어깨를 으쓱했다.

"자세히 알 수는 없지만, 어쨌든 말 못할 사정이야 누군들 없겠습니까."

"······."

"그러니 앞으로 필요한 일이 있으시면 편히 말씀하십쇼. 제게 주신 금화 두 개만큼의 신의는 지키겠습니다."

그의 노련한 말솜씨에 알렉산드로는 피식 웃고 말았다.

"나는 괜찮지만, 나와 함께 살고 있는 여자에 대해선 함구해라."

"예, 알겠습니다."

사냥꾼처럼 옷을 입어도 귀족으로 보이는 건 어쩔 수 없었다. 어차피 찾아올 사람이야 뻔하니 애써 숨길 생각도 없었다. 다만 알렉산드로는 평민의 솔직한 사정이 더 듣고 싶어서 귀족이라 말하기를 꺼렸던 것이다. 다행히 상인은 뻔뻔했다.

"영주들이 돈을 꽤 많이 챙겨 먹나 보군."

"물론이지요. 영주님께 그만큼 쉬운 돈벌이가 또 있겠습니까? 상인들은 소작농보단 벌이가 수월하니 세금으로 옥신각신할 필요도 없지요."

그레이엄 영지에서도 그랬을까 생각해 보았지만 알렉산드로는 거기까진 관여하지 않아 아는 바가 없었다. 산 정상에서 아래를 내려다보면 나무들이 푸르다는 것만 보일 뿐, 그 아래 썩어 가는 밑동까지는 볼 수 없는 법이었다.

"대부분의 영지가 다 그런가?"

"그럼요. 아마 모든 영지들이 그럴 겁니다. 수도와 가까운 쪽은 어쩌면 아닐지도 모르지만요."

알렉산드로는 고개를 끄덕이며 주의 깊게 들었다. 세상에는 귀족으로만 살았던 그가 전혀 모르는 부분들이 있었다. 어쩌면 평생 몰랐을지도 모르는 일이지만 가까이서 들여다보니 많은 게 보였다.

"제가 아는 바로는 아마 로베르트 후작령, 도미닉 자작령…… 아, 왕국 출신의 영주들은 거의 약탈에 가깝게 돈을 뜯어 간다더군요."

상인이 목소리를 낮췄다.

"영주님이 아니라 날강도라고 부른답니다."

적절한 비유에 피식 웃음이 터졌다.

"틀릴 것도 없는 말이군."

편견을 버리자 알렉산드로는 더욱 가감 없는 진실을 마주하게 되었다.

"그보다, 다치신 것 같은데 다리는 괜찮으십니까?"

"이건 내 피가 아니다. 상처는 미미하니 신경 쓸 것 없고, 그보다는…… 얘기를 마저 듣고 싶군."

의도한 바는 아니지만, 역지사지의 입장이 되어 보니 꽤 흥미로웠다.

"아, 예에. 이건 제가 건너 들은 얘기이긴 합니다만……."

알렉산드로는 말솜씨가 좋은 상인 덕에 지루하지 않게 이야기를 들었다. 마을에서 가장 유명한 상인이라더니, 그는 많은 걸 알고 있었다. 주로 이야기의 주제는 영지민과 영주의 관계에서 벌어지는 약탈과 농민, 상인들의 고난이었다. 듣고 있자니 신기루 같던 이 제국이, 점차 그의 눈에 들어오기 시작했다.

'점쟁이를 다시 만나서 다행이군.'

클로이는 지금 점쟁이와 함께였다. 점쟁이는 특유의 미친 듯한 기운뿐만 아니라 키도 크고 힘도 세 보였다. 덕분에 그는 밖에서 보내는 시간이 걱정되지 않았다. 게다가 말 상대도 될 테니 클로이도 외롭지 않을 것이다.

알렉산드로의 예상대로 클로이 역시 시간 가는 줄 모르고 점쟁이
의 말을 듣고 있었다. 끝없는 수다의 장은 그녀의 질문에서부터 시
작되었다.

"그런데 실례지만 제가 성함을 몰라서요. 어떻게 불러야 할지 모
르겠어요."

점쟁이는 호쾌하게 웃으며 대답했다.

"몰라도 돼요, 몰라도 돼. 로베르트 후작령에서도 내 이름을 아
는 사람은 아무도 없었으니까."

"그럼 뭐라고 불러 드릴까요?"

점쟁이는 점쟁이지만 그렇다고 점쟁이라고 부를 수는 없었다. 왜
이름을 가르쳐 주지 않는지도 궁금했다.

'싫다는데 더 이상 캐묻기도 좀 그래.'

"그냥 언니라고 부르든가. 아니면 형님도 좋고."

귀찮은 듯 설렁설렁 나온 대답에 클로이는 얼른 고개를 끄덕였다.

"그렇게 할게요, 언니. 근데 살던 곳을 막 떠나셔도 되는 거예요?"

"어차피 태어난 곳도 아닌데, 뭘. 난 남쪽에서 태어났어요. 그레
이엄 영지에서."

"그레이엄 영지요?"

그건 생각지도 못했다. 의아한 시선에 점쟁이는 비밀을 말하듯
조용히 속삭였다.

"아가씨가 눈치가 별로 없으니 내가 믿고 말해 주는 거예요."

"네."

클로이는 진지하게 고개를 끄덕였다. 눈치 없다는 말보다 자신을 믿는다는 말에 더욱 중점을 두었다. 어차피 그녀에 비하면 누구든 눈치 없는 사람이 될 것이다.

'모든 걸 알고 있잖아.'

그래서 클로이는 그녀와의 대화가 편했다. 복잡한 사정을 말하지 않아도 모든 것을 아는 사람처럼 대꾸하니까.

"난 사실 태어나자마자 숲속에 버려졌어요."

"……!"

"제국은 전쟁을 오래 해 왔으니까, 이상한 일도 아니죠."

명랑한 목소리에 클로이는 작게 고개를 끄덕였다. 자신도, 품 안의 레나도, 점쟁이도, 모두 버려진 아이들이었다.

제국은 대륙의 통일을 위해 10년간 한 번도 전쟁을 멈추지 않았다. 덕분에 제국은 많은 전쟁고아들과 노예들을 남겼다. 특히 20년도 더 전이라면 주변 독립국들에게서 압박을 받기 시작한 때였다. 안에선 분란이 도사리고 밖에선 전쟁의 위협이 있던, 안팎으로 정세가 어지러웠던 시절.

"버려진 날 거둬 키워 주신 분이 점쟁이 할머니였어요. 아무래도 우리 같은 사람들은 마을에서 어울려 사는 게 눈치를 받는 일이라서. 특히 예전에는 더했고."

클로이는 고개만 끄덕이며 조용히 경청했다. 어설픈 말보다는 가만히 들어 주는 게 때로는 더 큰 위로가 되기도 했다.

"나는 나를 버린 사람들을 많이 미워하고 저주했어요. 물론 지금도 용서할 수는 없어요. 하지만."

클로이는 한이 서린 그녀의 새파란 눈을 응시했다. 그 안에는 상처 입은 분신이 꾹꾹 눌러 담겨 있었다.

"이 세상에 오직 나 혼자라는 건 너무 외로워서……."

그렇게 말하는 그녀의 눈동자가, 마치 금방이라도 눈물을 떨어트릴 듯 처연해 보였다. 클로이는 자신도 모르게 그녀의 손 위에 손을 얹었다.

"그래서…… 레나를 그렇게 예뻐하신 건가요?"

점쟁이의 손길과 눈빛은 정말 사랑스러운 걸 보는 사람처럼 보였다. 생면부지 타인의 아기를, 누구보다 열심히 돌보았다. 열심히 예뻐해 주었다. 클로이는 숲속에서 아기를 처음 발견했을 때의 그 동질감을 생생하게 기억했다. 점쟁이 또한 거울 보듯이 아기를 바라보고 있었으리라.

"나는 가족이 없었기 때문에…… 알잖아요, 아가씨. 누구든 내 옆에 있었으면 좋겠다고 생각하면서 자랐어요."

"네."

"핏줄은 내게 중요하지 않아요. 그냥…… 나를 행복하게 만드는 사람이 내 가족이었으면 좋겠어요."

아가씨도, 알렉산드로도, 이 아기까지…… 전부 내 가족이었으면 좋겠어요. 그녀는 혀끝을 맴도는 말을 삼키고 마음으로 대신했다.

클로이는 얼른 레나를 내려놓고 손수건을 그녀에게 쥐어 주었다. 울고 있는 건 점쟁이였지만 클로이는 외롭다는 심정을 절절히 이해했다. 이미 뚜렷한 자아가 있는 전생을 기억한 채 태어난 클로이가 가장 먼저 느꼈던 감정 또한 바로 그것이었다.

'혼자라는 외로움.'

눈을 뜬 낯선 세상에서 자신의 가족은 어디에도 없었다. 기댈 곳 없는 외로움은 잔인했다.

울타리가 없는 삶은, 때로는 포기하고 싶을 만큼 힘들었다. 비굴할 만큼 주제 파악을 잘하게 된 것은 오직 살아남기 위해서였다.

클로이의 사랑은 고독에서 시작되었다. 기사단을 떠나 도망치길 택한 데는 사랑이라는 감정 이전에 일생을 함께할 누군가를 옆에 두고 싶은 외로움이 있었다. 남편은 후천적으로 가질 수 있는 유일한 가족이지 않은가.

"그러니까 난 지금이 제일 행복해요. 아기를 보는 건 즐거워요. 나한테 빚진 기분 갖지 마요, 아가씨."

"빚진 기분은…… 모두에게 들어요."

클로이는 고해 성사 하듯 긴 한숨을 내쉬었다. 그녀의 마음속 깊은 곳에 자리 잡은 죄책감이었다. 똑같은 감정을 느끼고 있을 알렉산드로에게 티를 낸 적은 없었다. 아마 그는 더한 죄책감을 안고 있을 테니까. 둘은 내색하지 않았지만 두고 떠나온 이들에게 미안한 감정을 갖고 있었다.

'특히 부단장님.'

에반을 생각하면 한숨만 나왔다. 알렉산드로의 빈자리를 메우기 위해 가장 고생하고 있을 사람이다. 연신 푹푹 터지는 그녀의 한숨 소리를 들은 점쟁이가 피식 웃으며 말했다.

"그 사람은 걱정하지 마요."

특정한 사람, 콕 집어 에반을 떠올리던 클로이는 두 눈을 크게 뜨고 점쟁이를 바라보았다. 내가 어떤 사람을 걱정하고 있는지 또 어떻게 알았을까?

"여동생 목숨값을 갚는 거니까, 뭐. 그 정도면 싼값이지."

"예? 여동생 목숨값이라니 그게 무⋯⋯."

툭, 클로이는 손에 들고 있던 레나의 장난감을 놓치고 말았다. 말문이 막혀 두 손으로 입을 가렸다. 그녀는 차마 말을 잇지 못했다. 눈앞에 떠오르는 어떤 소녀의 얼굴 때문이었다. 그 얼굴은 바로, 세리머니에 참여하기 전에 자신이 돌보던 에반의 여동생 애나였다. 클로이 자신마저 잊고 있던 일이었다.

"어떻게⋯⋯ 어떻게 그 일을⋯⋯."

사색이 된 얼굴을 본 점쟁이는 오만한 미소를 지었다.

"이 정도면 국운을 점치는 점술가 할 만하겠죠? 그러니까 나 꼭 시켜 줘야 해."

클로이는 쉽게 고개를 끄덕일 수 없었다. 그녀가 말하는 모든 일이 신기했지만 이번만큼은 충격에 가까웠다.

"너무 놀라진 말고. 나도 평범한 사람이에요."

오늘은 장사를 안 하기로 했다며, 편한 옷을 입고 있는 그녀는 얼핏 보면 키가 크고 예쁜 외모의 젊은 아가씨였다. 하지만 아무리 봐도 클로이의 눈엔 평범해 보이지 않았다. 그녀에겐 범상치 않은 기운이 있었다. 내친김에 클로이는 궁금했던 것을 묻기로 했다.

"제가 정말 네 명의 남자들과 얽혀 있나요?"

점쟁이는 큰 인심 쓴다는 듯 피식 웃으며 털어놓았다.

"맞아요. 아가씨 남편이 될 뻔한 사람은 한둘이 아니고 네 명이에요."

"세상에, 저한테 그런 운이 있다고 누가 믿겠어요?"

클로이는 어이없는 듯이 웃으며 고개를 내저었다.

"아마 아가씨 옆에 있는 어떤 남자는 철석같이 믿고 있을걸요? 내가 애정운을 잘 본다고 유명했다는 얘기 들었죠?"

클로이는 얼른 고개를 끄덕였다.

"내 눈에는 보여요. 남녀 사이의 인연의 끈이."

"누구요? 누구랑 연결되어 있는 거예요?"

과연 또 어떤 남자와 결혼할 뻔했던 걸까?

'길버트, 알렌, 그리고…… 트리거? 결혼까지 할 뻔했던 건 이 세 명인데, 그럼 나머지 한 명은 도대체 누구지?'

점쟁이는 얼른 손사래를 쳤다.

"아가씨, 이제 와서 알아도 소용없어요."

점쟁이는 알렉산드로의 성정을 모르지 않았다. 그는 아내보다 아내의 일을 더 잘 아는 남자였다. 괜히 클로이가 골똘해 있으면 불똥은 자신에게 튈 것이 분명했다.

"그냥 궁금해하지도 말아요. 지금 남편이 절대로 안 놔줄 테니까."

클로이는 작게 고개를 끄덕였다. 알렉산드로는 집착이 강한 남자였다. 그가 질투하는 건 못 봤지만 불같이 화를 내던 그때의 기억만큼은 여전히 생생했다.

'다정하지만은 않아.'

그는 원래 무서운 사람이었다. 클로이는 그를 겁내던 기억이 생생해서 그 사실을 결코 잊지 않았다. 얼핏 보면 말을 잘 듣는 착한 남자처럼 보였지만, 사실 그런 사람이 아니었다. 지금은 그저 자신에게 전부 져 주고 있을 뿐, 이면은 무자비한 기사였다.

"난 정말로 둘이 잘 안 될 줄 알았지. 이 아가씨가 너무 소심해 보여서 영 안 되겠다, 했는데. 여전히 둘이 같이 있다네? 나도 깜짝 놀랐어요."

그 말에 클로이는 헛웃음을 터뜨렸다. 네 명의 남자가 얽혀 있는데도 불구하고 그와 이렇게 살고 있으니 어떻게든 잘될 운명이 아닌가 싶었다.

"그럼 저희가 운명이네요?"

"아니지."

점쟁이는 단호하게 고개를 내저었다. 물론 그녀가 꿈에서 보고, 귀신들이 귓가에 속삭이는 얘기들은 미래가 되기도 했다. 그녀는 돈을 받고 그 이야기들을 전해 주는 사람이라 손님들에겐 그렇게 말했다. 하지만 모든 일이 전부 그대로 이뤄지는 건 아니었다.

"아가씨가 직접 선택한 거잖아요? 자기 인생은 자기가 만들어 가는 거니까 정해진 운명이니 뭐니 생각하면서 얽매이지 말아요."

남의 미래를 봐주는 점쟁이의 입에서 나오리라고는 생각지도 못한 진보적인 말이었다. 하지만 클로이는 그녀의 말에 동감하지 않을 수 없었다. 어쩌면 트리거와 결혼해서 안정된 삶을 꿈꿨을지도 몰랐다. 거짓된 가족일지라도 적어도 그녀에게 그럴 만한 자유를 줄 수 있는 자리였고, 그때는 분명 그런 고민도 했었다. 만약 알렉산드로가 이렇게 데려오지 않았더라면, 정말로 자신에게 선택할 기회를 주었더라면 클로이는 트리거를 선택했을 것이다.

"둘은 분명 천생연분이지만 이어지지 않을 수도 있었거든. 사람 일은 모르는 거예요."

"그럼 알렌도 저 말고 다른 사람이랑 이어졌을 수도 있겠네요."

자신에게도 네 명의 남편감이 있었으니, 그에게도 분명 다른 선택지가 있었을 것이다. 클로이는 의식적으로 클라라 반도라스 공작 영애를 떠올렸다.

"아니, 그분은 아가씨밖에 없으니까 걱정 말고 데리고 살아요. 아마 다른 여자랑 만나지도 못했을 거예요. 고집이 너무 쇠심줄이라서."

"원래는 약혼녀가 계셨어요."

"잘될 인연이 아니었을 거예요. 여자한테 다른 연인이 있거나, 뭐. 아무튼 걱정하지 말아요."

확신에 가득 찬 말이었다. 씩 웃은 점쟁이는 레나에게로 손을 뻗었다. 클로이는 얼른 아기를 넘겨주었다.

둘이 방긋방긋 웃으며 장난치는 걸 보고 클로이는 저도 모르게 알렉산드로를 떠올렸다. 걱정하지 마라. 그가 매번 주문처럼 내뱉는 말이었다. 점쟁이도 습관처럼 그 말을 했다.

'내가 걱정을 많이 하게 생겼나 보다.'

그런 잡생각을 하는데, 점쟁이가 웃으며 말했다.

"참, 아가씨가 만들어 준 해열제 엄청 좋은 것 같아요."

그녀가 감기에 걸렸다는 말을 듣고, 뚝딱 만들어 준 약을 가지고 하는 말이었다. 클로이는 도움이 돼서 다행이라며 웃었다.

"아가씨는 어떻게 그런 걸 그렇게 잘 알아요?"

그때, 문이 열리면서 알렉산드로가 들어섰다. 둘이 고개를 돌려 그를 쳐다보자, 그는 인사도 제대로 마치지 않고 대뜸 말했다.

"잠깐 기다려 봐라."

점쟁이의 마지막 말을 들은 모양이었다. 놀란 두 사람이 눈을 깜박이고 있자 그는 바쁘게 사라지더니, 침실에서 한 뭉텅이의 종이

들을 가지고 나왔다. 그러고는 대뜸 점쟁이에게 이리 와 보라며 불렀다. 종이는 클로이가 혼자 있는 시간에 끄적인 약초에 관한 기록들이었다. 거실에 앉아서 테이블에 종이를 한가득 펼쳐 놓고는, 그가 설명하기 시작했다. 민망해진 클로이는 조용히 자리를 떠났다.

"이건 클로이가 뒤뜰에서 키우고 있는 약초인데, 녹진초라고 해서……."

"글씨가 참 예쁘지 않느냐?"

"이 종이 한 장을 꽉 채우는 데 한 시간도 채 걸리지 않더라."

"이것 봐라. 의약에 관한 내용이 기본적으로 어렵긴 하지만, 얼마나 쉽게 잘 읽히도록 썼는지……."

듣는 사람이 대답을 하거나 말거나, 알렉산드로의 말에는 거침이 없었다. 점쟁이는 기막힌 눈으로 혼자 떠드는 알렉산드로를 주시했다.

'웬일로 집에 오자마자 쪼르르 아가씨한테 달려가질 않는가 했더니 이러려고…… 아무튼 참.'

커다란 손은 어울리지 않게 조심스레 종이를 한 장씩 넘겼다. 글자를 응시하는 눈은 소리 없이 웃고 있었다. 한눈에 보아도 애정이 가득했다.

"저 조그만 손으로 펜을 잡고 글씨를 쓰는데, 표정은 또 얼마나 진지한지. 보고 있으면 시간 가는 줄 모르고……."

가만 듣고 있자니 갈수록 가관이었다. 어이없는 웃음이 터졌다. 남편 없는 여자는 서러워서 어디 살겠는가.

"저기요, 미남. 난 이만 갈게요."

점쟁이는 떨떠름하게 자리에서 일어났다.

"아기는 제가 데려갈 테니 두 분이서 오붓한 시간 보내세요."

"그래?"

반색을 하며 냉큼 아기용품을 챙겨 주는 그를 뒤로하고 점쟁이는 조용히 저택의 문을 나섰다. 분명 제 발로 나왔는데 내쫓긴 것 같은 알쏭달쏭한 기분이었다.

"좋은 밤 되거라."

꽤 친근한 그의 저녁 인사까지 받았다. 점쟁이는 저택의 담을 돌아서 가다가 문득 예전의 알렉산드로를 떠올렸다. 그는 더 이상 첫 만남처럼 날카롭고 매서운 남자가 아니었다. 편안하고 여유로운 미소가 한가득 걸린 그 얼굴은 보는 자신이 뿌듯할 정도였다. 점쟁이는 흐뭇하게 웃으며 자신의 이름을 준 아기에게 쪽, 입을 맞췄다. 아기는 꺄르르 웃었다. 그 모습을 보고 있으니 어떤 예감이 들었다. 모든 일들이 다 잘될 것만 같은 기분 좋은 예감이었다.

'레나 그레이엄.'

혼자였던 그녀는 이제 더 이상 가여운 운명이 아니리라.

25. 사랑의 마법

25. 사랑의 마법

· · ◆ · ·

"아무리 봐도 이보다 적격인 인물이 없소. 게다가 영지민의 반란 이라니, 쯧쯧."

칼스버그 공작은 차분한 어조로 말하며 찻잔을 입술로 가져갔다. 살짝 입술만 축이고 내려놓은 그는, 앞에 놓인 문서들을 눈짓했다.

"이렇게 안정된 영지에서 갑자기 영주를 향한 반란이 일어났다 는 사실부터."

그것은 길버트 로건 후작령에서 올라온 회계 장부와 세금 보고서 였다. 그것은 그 지역이 제국의 여느 영지들처럼 아무런 문제 없이 잘 운영되고 있다는 것을 알리고 있었다.

"이제 길버트 로건 후작……."

잠시 말을 멈춘 칼스버그 공작의 코밑으로 강한 헛바람이 새어 나왔다. 명백한 비웃음이었다.

"그자의 이용 가치는 다한 게 아닌가 싶은데."

그를 대면하고 있던 던칸이 말했다.

"안 그래도 그에 관한 이야기는 꾸준히 들려오고 있습니다."

던칸은 길버트를 호위라는 명목으로 감시하고 있었다. 그리고 그들에게서 들려오는 보고는 예상대로 수상하기 그지없었다. 세금을 맞춰 내기 힘들 만큼 영지의 운영이 힘들다던 버넷 후작은 모두가 기피하는 길버트와 종종 어울린다고 했다. 게다가 길버트의 여식과 버넷 후작의 차남은 결혼까지 한 상태였다.

던칸은 상식적으로 이해가 가지 않았다. 여식을 결혼시켰다면, 지참금은 당연히 길버트가 받아야 했다. 하지만 보고서대로라면 버넷 후작은 지참금은커녕 세금도 제대로 낼 수 없을 만큼 가난한 영주였다.

'지참금도 제대로 받지 못할 인사에게 왜 하나뿐인 여식을?'

귀족들의 결혼은 철저한 이권 장사였다. 길버트는 버넷 가문과 정략결혼으로 얻을 게 없었다. 의문이 들었던 던칸은 자세한 내막을 조사했고, 결국 모든 사실을 알게 되었다.

'감히 나 몰래 사병을 키워?'

그들은 자신을 향해 반란을 도모하고 있었다.

"후후."

던칸은 즐겁게 웃었다.

"버넷 후작이 보낸 용병들도 길버트의 영지에 있다고 합니다. 쯧, 왜 그렇게 멀리들 있는지."

던칸은 반역을 좋아했다.

"모름지기, 반역자들은 직접 목을 잘라야 통쾌하지 않습니까?"

직접 가 보지 못해 안타깝다는 불만스러운 목소리를 듣고 칼스버그 공작은 의외라고 목소리를 높였다.

"당신이 반역을 걱정하다니 난 그게 더 놀랍군. 제국의 전쟁 군주는 어디 가고 평화 시대에나 어울릴 법한 겁쟁이가 앉아 있다니."

던칸을 비웃듯 말한 칼스버그 공작은 조용히 옆에서 대기하던 험프리를 돌아보았다.

"그보다. 버넷 후작이 누구지?"

"북서쪽 영지를 다스리는 영주입니다, 공작님. 버넷 가문은 오래되었지만 신전을 모시는 데 열심인 사람이라 수도에는 통 걸음을 하지 않습니다."

칼스버그 공작은 자신의 하얗고 긴 수염을 한 번 쓰다듬었다.

'그런 후작이 있었나?'

명쾌한 험프리의 설명에도 영 모르겠다.

"나를 뭐라고 놀리든 상관하지 않겠습니다. 일단 중요한 건 반란자들의 처형식이니까."

제국의 영주들은 끝까지 보육원을 운영하는 일에 잡음을 만들었다. 변방의 영주들은 던칸을 두려워하면서도 은근히 거부하기 시작했다. 결국 던칸은 반란자를 처형하는 모습을 모두에게 보여 주기로 했다. 경고이자 협박이었다. 선택된 이는 바로 길버트였다.

던칸은 계획을 개시하기 전에 마침 황궁에 있는 칼스버그에게 조언을 구했다.

"흠, 수도와 황궁에 왕래가 없고, 적당히 잘 영지를 유지하고 있는 데다……."

칼스버그 공작은 픽 웃으며 고개를 들었다.

"뭐 이렇고 저렇고 하는 이유들을 다 떠나서 이자는 명분이 너무 확실하군."

조국을 팔아 제국의 귀족 자리를 산 반역자. 처음부터 그를 경계하던 칼스버그 공작은 좋은 기회라고 생각했다.

"엘파사가 이미 패전한 이상 더는 조력자가 필요치 않으니 말이오."

잔인한 말과는 달리 칼스버그 공작은 인자한 미소를 띠고 있었다.

"버넷 후작가와 길버트 로건 후작가는 제국의 역사에서 처음부터 존재하지 않았던 가문으로 만들 생각입니다."

"호오."

"이왕 쓰레기를 치우는 김에 한 번에 정리하는 게 낫겠지요."

"하지만 버넷 후작은 유서 깊은 가문이라 하지 않았소? 길버트 때문에 반역으로 몰아 멸문시키기에는……."

"아, 내가 말씀드리지 않았던가?"

던칸이 눈썹을 꿈틀했다.

"반역을 준비하는 이는 버넷 후작입니다. 길버트는 그에게 이용당할 뿐이지요."

그러자 칼스버그 공작의 표정이 눈에 띄게 달라졌다.

"뭐라고? 그런데 왜 길버트를 반역자로 택한 거요?"

"제게 말씀하셨다시피 길버트는 명분이 너무 확실합니다."

"그렇기는 하지만……."

"게다가 버넷 후작은 제국 출신이지요. 길버트는 아닙니다."

"허허."

헛웃음을 터뜨린 칼스버그 공작은 절레절레 고개를 저었다.

"이 사실을 대체 언제 알게 된 거요?"

"좀 됐습니다."

던칸은 담담한 목소리로 대답했다.

"그래서 그들을 어떻게 했소? 설마 여태 그냥 내버려 둔 것은 아니겠지?"

조바심이 느껴지는 목소리에 던칸은 피식 웃고 말았다.

"아직 지켜보는 중입니다. 버넷 후작은 그 지역을 오랫동안 다스려 온 유서 깊은 가문이지요. 영지민과 유대가 좋습니다."

"위험하군."

"그렇습니다. 명망 높은 영주를 제 손으로 직접 죽이기는 좀 그렇지요."

칼스버그는 대신 설명을 좀 해 보라는 듯 험프리를 바라보았다.

"그가 몰래 키우는 사병의 숫자도 그렇고, 그다지 신경 쓰실 만한 일은 아닙니다, 공작님."

험프리는 자세한 설명은 해 줄 수 없다는 듯 에둘러 대답했다.

'하긴, 나도 모르는 후작이라니 알 만하군.'

웬만한 대귀족 가문은 줄줄 꿰고 있는 그였다. 그런데 자신이 이름을 기억하지 못하는 영주라면 수도에 발도 붙여 본 적 없는 풋내기가 분명했다.

"그래서 그렇게 여유로운 것이오? 글쎄, 아무리 뻔한 일이라도 앞날은 어찌 될지 누구도 모를 일이오, 그레이엄."

진지한 칼스버그 공작의 충고에 던칸은 고개를 끄덕였다.

'버넷 후작을 반역자로 몰아세우기보다는, 반역자의 희생자로 처형하는 게 정황상 더 낫지.'

버넷 후작이 잘 가꿔 놓은 영지를 고스란히 손에 넣기 위해서였다.

"지금 세리머니를 하는 기사단이 그곳으로 향하고 있습니다. 일정을 앞당기라 명했으니 빠른 시일 내에 도착할 겁니다."

"흠."

칼스버그 공작은 한시름 놓았다는 뜻으로 헛기침을 했다. 전쟁군주라는 던칸 그레이엄의 명성은 틀리지 않았다. 차분한 기색에도 오랜만에 즐거운 일을 만난 사람처럼 기대감에 찬 목소리였다.

"하지만 그 지역을 누구에게 맡겨야 할지 모르겠습니다. 그래도 아직은 예민한 부분인지라."

칼스버그 공작은 속으로 코웃음을 쳤다.

'내가 경고했을 때는 들은 척도 안 하더니. 처음부터 그런 식으로 독립국을 흡수하는 게 아니었어, 던칸 그레이엄.'

엘파사는 전쟁을 통해 많은 피를 흘리고 완벽한 굴복을 얻어 흡수한 다른 독립국들과는 달랐다. 민란의 여지가 있었기에 그 자리를 제국의 귀족에게 넘기는 대신 엘파사의 재상이었던 길버트에게 넘겼던 것이다. 다행히 그는 재상이었던 만큼 영지의 재정을 잘 운영해 황궁에 내야 할 세금까지 성실히 납부했다. 아직 엘파사가 패망한 지 1년도 채 되지 않은 상황에서, 길버트는 영지민들을 잘 통솔하는 듯 보였다. 하지만 결국 민란은 벌어졌고, 영주는 쓰러졌다.

"흐음, 누구한테 맡겨야……."

던칸은 탁자에 어지럽게 흩어진 문서들을 내려다보았다. 고민스러운 모습을 보던 칼스버그 공작은 피식 비웃었다.

"언제는 결과를 생각하고 행동하던 사람처럼 말하는군."

"후후."

전 같으면 그게 무슨 망발이냐며 노발대발했을 텐데, 칼스버그 공작의 조언을 들으면서 던칸은 한층 마음을 터놓았다.

'나를 수도에 발 들이게 만들어 주신 스승과도 같은 분이니.'

특히 자식 관련된 일은 말할 곳이 없어 끙끙 앓던 던칸에게, 칼스버그 공작은 존재 자체로 위안이 되었다.

"알렉산드로를 봤다는 이들은 아직 없는 거요?"

"……그렇습니다."

던칸은 긴 한숨을 내쉬었다. 그리고 칼스버그 공작이 추천해 준, 마음을 다스리는 데 도움이 된다는 차를 들이켰다. 던칸은 요즘 그의 조언을 충실히 따르는 중이었다.

"얌전히 더 기다려 보시오. 혹시 모르지, 어디서 예쁜 손자, 손녀와 함께 홀연히 나타날지도."

칼스버그 공작의 가벼운 말투에 던칸은 대번에 미간을 찌푸렸다. 잠시 그를 노려보듯 응시한 던칸은 결국 참지 못하고 쨍 소리가 나게 빈 찻잔을 내려놓았다.

"또 저를 놀리는 것입니까? 요즘 보면 저를 옆에서 괴롭히기 위해 다시 수도로 발을 들이신 게 아닌가 하는 생각이 듭니다!"

화가 난 그의 외침에도 칼스버그 공작은 여전히 미소를 지우지 않았다.

"그대에게 한마디 말이라도 건네기 위해 줄을 서는 이들이 있지 않소? 분명 소식이 전해져 올 테니 기다려 보시오."

던칸은 서재의 한곳을 응시했다. 아득한 시선이었다. 그는 곧 동공에 초점이 흐려질 만큼 상념에 빠졌다.

"……벌써 한 달입니다."

힘없는 목소리가 흘러나왔다. 그는 대답도 위로도 필요치 않은 것처럼 혼잣말을 중얼거렸다.

"황좌를 얻기 위해 달려올 때는 보이지 않았던 것들이…… 지금 제 눈에는 너무나 뚜렷하게 보입니다."

"……."

"분명 그 아이가 전쟁터에 있을 때에도 이만큼 걱정이 되진 않았던 것 같은데."

고개를 숙인 그는 마른세수를 하며 근심을 털어 버리려 노력했다. 요즘 그는 끝도 없는 자기혐오에 빠져 있었다. 혼자서 종종 위험한 생각을 하기도 했다.

"죄책감은 자기 자신을 향한 분노라고 하지. 힘내시오. 내 말이 위로가 될지는 모르겠지만……."

칼스버그 공작은 잠시 말을 멈추고 고뇌 어린 던칸을 응시했다. 그리고 눈이 마주치자 진지한 속내를 드러냈다.

"이제야 당신에게서 황제의 모습이 보이는군."

던칸이 황제가 되지 않았던 것은 스스로의 선택이기도 했지만 정치적 조언자였던 칼스버그의 충고 때문이기도 했다.

"사실 난 그대의 무자비한 모습이 마음에 들었소. 완벽한 지배를 위해서는 반드시 필요한 법이거든."

"……."

"난 그럴 수 없었지. 난 너무 착한 사람이야."

비난 같은 말에도 던칸은 조용히 경청했다. 솔직할지언정 쓸모없는 말은 하지 않는 사람이었다.

"하지만 당신은 완벽한 악인이라 흡사 양심도, 죄책감도 없는 사람처럼 보였어."

그리고 던칸은 요즘 그의 채찍 같은 비난이 싫지 않았다.

"그래서 반란을 일으켜 전쟁 군주가 될 사람으로 당신만큼 적합한 이가 없었단 말이오."

"내게 쿠데타를 종용했던 게 그런 이유입니까? 체스 판에서 움직이는 말이라도 된 기분이군요."

"허허, 너무 기분 나빠 하지 마시오. 내 역할은 그저 지켜보는 게 다라는 것을 잘 알지 않소?"

"대체 무슨 말이 하고 싶으신 겁니까?"

신경질적인 던칸의 말에 칼스버그는 설레설레 고개를 저었다.

"그저 독재자로 끝나리라 생각했는데…… 아무튼 신기하단 말이오, 이 세상은."

이제는 혼잣말을 하듯 경이로운 눈빛으로 창밖을 응시하는 칼스버그를 보며 던칸은 조용히 구시렁거렸다.

"이상한 늙은이 같으니라고."

들었는지 못 들었는지, 칼스버그는 자리에서 일어나 서재의 창가로 다가갔다. 그는 한참을 말없이 황궁의 정원을 내려다보았다. 제국에서 가장 아름답다고 불리는 '태양의 정원'이었다. 쉽게 볼 수 없는 온갖 꽃들이 조화를 이루어 색색으로 물든 그곳은 바로 이 황제의 집무실에서만 그 자태를 제대로 내려다볼 수 있었다.

"황제는 누구도 내릴 수 없는 힘든 결정을 수도 없이 내려야 하지."

갑자기 그에게서 흘러나온 목소리에 던칸은 푸근한 뒷모습을 곁눈질했다.

"하지만 얻은 결과를 자책하지 않는 사람은 안 돼. 끝없이 스스로를 의심하고 책임을 물어야 한단 말이오."

황제는 혼자서 통탄의 눈물을 흘릴지언정 누구에게도 그 죄를 떠넘겨서는 안 될 만큼 어려운 자리다.

"저 정원의 이름이 왜 태양의 정원인지 알고 계시오?"

그가 꽃들이 만발한 황궁의 정원을 손짓했다.

"항상 태양의 그림자를 생각하라는 의미가 아닌가 하오."

던칸은 그 말에 눈부실 만큼 화려한 정원으로 눈길을 돌렸다.

"세상은 아름다운 곳이오. 실은 저 정원보다도 아름다운 것들로 가득하지."

"……."

"하지만 황제는 아름다움만을 봐서는 안 되는 사람이오. 이 제국의 가장 추악한 곳까지 떠올려야 하지."

던칸은 대답 없이 조용히 칼스버그의 이어질 말을 기다렸다. 다시 창밖으로 시선을 던진 그는 한동안 말이 없었다. 생각에 잠긴 그의 뒷모습을 바라보던 던칸은 빈 찻잔에 다시 차를 따랐다. 쪼르르 찻잔을 채우는 물소리를 들으며 칼스버그는 차분한 음성으로 말했다.

"그레이엄, 당신을 보니 확신이 가는군. 사람은 변하는 법이오."

대꾸 없이 그의 말을 곱씹어 보던 던칸은 손가락에 닿은 따뜻한 기운을 입술로 가져가 조용히 목울대로 넘겼다. 찻잔을 내려놓을 때까지 전신을 타고 여행하는 뜨거운 온기는 가시지 않았다. 던칸은 씁쓸하고 깊은 향을 가진 차의 묵직함이 좋았다. 차가운 온몸을 데워 주는 것 같은 따스함도, 싫지 않았다.

오래도록 온기를 느끼고 싶은 사람처럼 그는 조용히 눈을 감았다.

알렉산드로와 클로이는 점쟁이의 도움으로 순조롭게 마을에 정착했다. 오늘은 손을 꼭 붙잡고 식료품을 사러 번화가를 돌아다니고 있었다.

　"레나가 요즘은 잘 안 울더라고요. 정말 다행이에요."

　그렇게 좋아하던 마을 구경을 나왔는데도, 그녀는 하나뿐인 여식을 걱정하느라 먹거리며 볼거리는 안중에도 없었다.

　"너무 걱정하지 마라."

　아기를 주로 돌보는 이는 점쟁이었다. 클로이는 그녀가 일하는 몇 시간 동안만 아기를 돌보았다. 완전히 주객이 전도되었지만 원하는 대로 하도록 놔두라는 알렉산드로의 말에 수긍할 수밖에 없었다.

　"레나를 우리보다 더 좋아하는 게 점쟁이니까."

　사실이었다. 점쟁이는 마치 자신이 낳은 딸처럼 성심성의껏 아기를 돌봤다. 알렉산드로는 어렴풋이, 그녀가 아기에게 동질감을 느끼는 게 아닐까 짐작했다. 충분히 그럴 만한 상황이었다. 버려진 아기, 레나 그레이엄.

　'어떻게 살아남았을까.'

　그는 점쟁이에게 아무것도 묻지 않았지만 정체를 확신했다. 그녀의 집에서 우연히 발견한 줄리아의 편지 때문이었다. 알렉산드로는 대강 정황을 짐작했다. 그래서인지 자신에게 호의적인 점쟁이를 볼 때마다 미묘했다. 잘못한 건 하나 없는데도 자신이 던칸이라도 된 것처럼 미안한 마음이 생겼다.

'그러니 아기에게 레나라는 이름을 붙였을까.'

알렉산드로는 자신이 클로이에게 느꼈던 동질감을 생생하게 기억했다. 처지가 비슷한 사람을 만나, 공감으로 얻은 위로가 얼마나 힘이 되었던가. 이 세상에 뚝 떨어진 것처럼 외로운 기분은 자신과 똑같이 닮은 누군가를 만나고서 서서히 치유되기 시작했다. 클로이를 보고 그가 발견한 것은 바로 희망이었다.

'나도 언젠가 저렇게 행복해질 수 있겠다는 생각이 들었지.'

아기는 점쟁이에게 위안이 되었으리라. 그래서 알렉산드로는 일부러 그녀가 아기에게 최선을 다할 수 있도록 내버려 두었다. 많은 것을 해 주고 싶고, 따뜻하게 안아 주고 싶은 기분일 것이다.

"그러니까 이제 내게 집중해라. 지금 없는 사람들 말고."

알렉산드로는 맞잡은 손을 이끌어 에스코트하듯 자신의 팔에 걸치곤 익숙한 가게로 인도했다. 클로이는 슬며시 미소 짓고 있는 잘생긴 얼굴을 올려다보았다. 행복한 미소는 전염이 쉬웠다. 클로이는 그를 따라 웃었다. 곧 달콤한 내음이 코끝을 스쳤다. 그저 평범한 하루조차 마법을 부린 것처럼 특별한 날로 만드는 그런 향기였다.

"또 꽃집에 가시는 거예요?"

알면서도 물었다. 그녀를 따라온 눈매가 부드러운 호선을 그렸다. 말없이 고개를 끄덕이는 알렉산드로를 보면서 새삼 그가 얼마나 낭만적인지 다시 한번 실감했다.

'전부터 다정한 남자라고 생각은 했지만.'

한집에서 살면서 보니 알렉산드로는 그녀보다도 섬세하고 여린 감성을 가진 사람이었다. 사랑한다는 표현도 잦았고, 행복하다는 말도 서슴지 않았다.

'여자를 많이 만나 봤겠지?'

질척한 키스보다 사랑한다는 말을 대신할 짧은 입맞춤을 더 좋아하는 남자였다.

"궁금한 게 있어요."

알렉산드로는 기분 좋은 사람처럼 편안한 표정으로 그녀를 내려다보았다. 자신보다 더 신이 난 것 같은 그를 올려다보니 기분이 오묘했다.

"원래 이렇게 여자들한테 잘해 주세요?"

순간 그의 걸음이 뚝 멈췄다. 알렉산드로는 순간 자신의 정조를 의심받은 것 같았다. 큰 충격이었다.

"그게 무슨."

일반적으로 그냥 궁금한 것을 물었을 뿐인데 돌아온 반응이 너무 격해서 클로이는 떠듬떠듬 대답했다.

"그냥…… 말 그대로요. 원래 이렇게 여자한테 잘해 주고…… 자상한 건지. 그냥 궁금해서."

뚫어져라 클로이를 응시하던 알렉산드로는 깊은 한숨을 내쉬었다. 그녀는 제 첫사랑이었다. 알렉산드로는 다시 걸음을 옮기며 말했다.

"모르겠다. 내가 만나 본 여자는 네가 처음이라."

"예?"

전혀 예상치 못한 답에 클로이가 새된 목소리를 냈다. 그들에게 과거의 연인은 금기였다. 특히 클로이는 결혼까지 했었고, 그래서 둘은 지난날의 이야기는 묻지도, 꺼내지도 않았다.

"지금 농담이죠?"

"아니."

하지만 알렉산드로는 여자에게 굉장히 능숙했다. 뭐가 불편하고, 뭐를 신경 쓰는지 먼저 알고 챙겨 주는 사람이었다. 말하는 것도 그랬다. 그가 농담처럼 하는 말들에 심장이 쿵 내려앉을 때도 종종 있었다.

"그런데 어떻게 그렇게…… 제가 뭘 좋아하는지 잘 알아요?"

궁금해서 묻다 보니, 취조하는 것처럼 계속 질문이 나왔다. 하지만 알렉산드로는 감출 게 없었으므로 당당하게 대답했다.

"당연한 거 아닌가? 모르는 게 더 이상하지."

클로이는 그가 자기 자신보다 더 많이 생각하는 사람이었다.

"사랑하는 여자인데."

아침부터 저녁까지, 눈을 뜨고 감을 때까지 함께하고 싶어서 그녀와 결혼을 꿈꿨다. 그의 중심에는 클로이가 있었다. 그러니 사랑하는 여자에 대해서 모른다면 그게 더 이상한 일일 것이다.

"너 말고는 아무도 만나 본 적 없어."

믿어 달라는 듯 다소 급하게 나온 말에 클로이는 속으로 헛웃음을 터뜨렸다.

"네, 알겠어요."

결국 그렇게 말을 마무리한 클로이는 꽃집에 진열된 꽃들을 둘러보았다. 전에 모든 종류의 꽃이 다 좋다고 했던 말을 기억하는지, 알렉산드로는 매번 다른 것을 골라 내밀었다. 클로이는 금전을 전혀 신경 쓰지 않았다. 그런 쪽은 전부 그의 몫이었다. 가계부를 쓰고 복잡하게 계산하고 관리하고 싶지 않았다. 굳이 돈 관리를 맡아서 집의 주권을 잡고 싶지 않았다. 제 의견이 곧 그의 결정이었으니까.

금방 꽃집에 들어갔다 온 그가 오늘 건넨 것은 백합이었다. 옆에서 보면 왕관처럼 생겼고, 한 무더기의 다발을 보고 있으면 부케처럼 보였다. 우아한 외양과 어울리는 진한 향기가 매력적인 꽃이라 클로이는 코를 먼저 갖다 댔다. 다소 강하게 느껴지기도 했지만 집에 놔두면 하루 종일 향기가 날 것 같았다. 클로이는 행복한 얼굴로 백합에서 눈을 떼지 못했다. 자신이 얼마나 아름다운지 아는 것처럼 기품이 있는 꽃이었다. 왕관을 쓴 왕비처럼.

"예뻐요."

백합을 건네주고 흐뭇한 얼굴로 그녀를 지켜보던 알렉산드로가 몸을 숙여 귓가에 속삭였다.

"네가 더 예뻐."

"수도에 가 본 적 있습니까?"

대륙은 사시사철 날씨가 좋았다. 따사로운 햇살과 가끔 내리는 비는 언제고 과실을 여물게 했다. 겨울이 되면 조금 추워지는 정도였다. 오늘도 마찬가지로 새파란 하늘에 빛나는 태양과 선선하게 불어오는 바람은 저절로 사람을 편안하게 했다. 마을을 지나다니는 사람들의 얼굴도 밝았다. 두 신사를 뒤따르는 용병들조차 단단히 무장을 한 모습이지만, 걱정이 있는 기색은 아니었다.

"예…… 하, 한 번."

질문을 던졌던 버넷 후작은 그중에서도 가장 차분하고 밝은 웃음을 머금고 있었다. 동행과는 너무도 대조적인 표정 때문에 과장된 거짓 웃음이 아닐까 싶을 정도였다.

"이곳은 어떻습니까?"

절뚝이는 불편한 몸으로 간신히 걸음을 맞추던 길버트를 돌아보며 버넷 후작은 뜻 모를 질문을 던졌다.

"예? 무엇이, 무엇을 말씀하시는지……."

길버트는 잔뜩 긴장했다. 다친 몸이지만 어쩔 수 없이 버넷 후작에게 이끌려 마을로 나왔다. 길버트의 결혼한 여식이 그를 걱정한다는 이유를 들어 버넷 후작이 자신의 영지에 끌고 온 것이다. 사실상 납치였다.

'왜 왕궁으로 사병을 들이지 않았냐'는 길버트의 질문에 버넷 후작은 '당신을 시험하기 위한 거짓말이었다'고 대답했다.

무례한 대답에도 길버트는 반박할 수 없었다. 버넷 후작의 거짓말에 속아 야반도주를 하다 잡혀 온 게 바로 자신이었다.

"제국의 새로운 수도가 될 곳으로 말입니다."

"예?"

담담한 목소리와는 달리 충격적인 그 내용에 길버트의 눈이 확 커졌다. 설마하니 마을의 중심가에서. 사람들이 이토록 많은 곳에서 당당하게 반역을 저지르겠다는 말을 꺼낼 줄은……. 아무리 한산하다 해도 누가 엿듣기라도 하면 어쩌려고!

"버, 버넷 후작님. 아무리 이곳의 영주님이라고 하셔도 말씀을, 말씀을 삼가셔야……."

길버트는 정신 나간 사람처럼 사방을 둘러보며 눈치를 살폈다. 다행히 영지민들은 영주인 버넷 후작을 알아보고 흘끔거리기만 할 뿐 다른 눈길을 던지지는 않았다. 오래된 가문인 만큼, 버넷 후작은 영지민에게 굉장한 존경을 받았다.

"얼마 남지 않았소, 길버트. 곧 당신의 왕궁을 내 사병들이 점령하고, 황궁으로 향할 거요. 그리고 이곳은 곧 제국의 수도가 되겠지."

"히익."

바람 빠지는 소리를 낸 길버트는 입술을 덜덜 떨었다.

'미친놈! 이 미친놈!'

어떻게 이 반란이 성공하리라고 저렇게 맹신하는 건지 도무지 이해가 가지 않았다. 그가 가진 사병은 아무리 많다 해도 수도를 지키는 기사들보다 적었다. 게다가 양성한 지 5년밖에 안 된 용병이지 않은가. 백 년이 넘도록 명성을 떨치는 제국 기사단에 비하면 오합지졸 수준이다.

'게다가 그레이엄 가문과 동맹을 맺은 다른 가문들은 어쩌려고.'

쿠피히트, 반도라스, 칼스버그……. 버넷 후작은 이들처럼 제국에서 이름을 떨치는 대귀족들과 전혀 연이 없었다. 그래 봐야 여식의 결혼 동맹을 맺은 안테노르 공작가가 전부.

'혹시 다른 뒷배가 있는 건 아닐까?'

아무리 희망을 걸어 보려 해도, 버넷 후작을 도와줄 이들은 없었다.

'베르토 후작, 마르티네즈 후작, 모르간 백작, 조지아 후작, 제녹스 후작…….'

이들은 길버트의 가신들이었다. 소극적이고 방만한 엘파사의 왕에게서 마음을 돌리고, 제국에 충성 맹세를 한 엘파사 출신 귀족들. 영지민을 위한 신의 때문에 자리를 지키고 있는 고리타분한 영주들! 작위가 격하되었음에도 영지민을 위해서 왕국을 등지고 살아남은 영주들이다.

'그들은 절대로 이 제국에 반기를 들지 않아. 절대로.'

길버트는 멍하니 넋 나간 얼굴로 버넷 후작을 응시했다. 도대체 어떻게 이 반란이 성공하겠냐고 따져 묻고 싶었지만 그랬다가는 지금 당장 자신은 죽은 목숨이다. 길버트는 누구보다 빠르게 자신의 가치를 파악했다.

'엘파사 왕궁이 이미 저자의 손아귀에 들어간 이상, 저 미친놈에게 난 더는 필요하지 않은 패야.'

그러니 괜히 신경에 거슬리는 말을 했다가는 죽일 것이 분명했다.

"하하, 너무 걱정하지 마시오. 길버트, 당신 모습이 꼭 궁지에 몰린 생쥐 같군."

큰 웃음을 터트린 버넷 후작은 묵묵히 앞서 걷기 시작했다. 마치 자신만의 왕국을 자랑하듯, 마을 곳곳을 소개하는 것처럼 당당한 걸음걸이를 보며 길버트는 터덜터덜 뒤를 따랐다. 슬며시 고개를 돌려 돌아보자 여느 때처럼 버넷 후작의 용병들이 그들의 뒤를 지키고 있었다.

"으윽!"

도망갈 길을 엿보는 사람처럼 미적거리자 버넷 후작의 용병 중 하나가 칼집으로 등을 마구 밀어 댔다. 이제는 완전히 포로 취급이었다.

"어서 후작님을 따르시오."

용병단의 대장이었다. 버넷 후작의 가장 가까운 수족.

'저놈을 그냥!'

길버트는 분한 얼굴로 용병대장을 노려보았다. 하지만 곧바로 날아온 매서운 눈빛을 받고는 잽싸게 고개를 돌리고 후작의 뒤를 쫓았다. 몸이 불편해 벅찬 숨을 헉헉대는 그 순간이었다.

"허억!"

탄성 같은 신음을 내뱉은 버넷 후작이 자리에서 뚝 멈춰 섰다. 그러더니 떨리는 손으로 한곳을 가리켰다.

"저, 저기!"

조금 떨어진 곳의 젊은 연인이었다. 둘은 몹시 다정해 보였다. 후작 일행은 그 연인이 골목으로 사라지는 찰나의 순간까지 숨을 멈추고 지켜보았다. 이윽고 잔뜩 상기된 표정의 버넷 후작이 휙 뒤돌더니 물었다.

"방금 저자를 보았느냐?"

"예, 보았습니다!"

한 용병이 똑같이 흥분된 얼굴로 대답했다. 길버트는 그 젊은 연인이 사라진 골목을 하염없이 응시했다. 사람이 너무 놀라면 아무 말도 나오지 않는 법이었다.

'방금 내 눈으로 본 게……'

길버트의 얼굴이 경악으로 물들었다.

"저자는 대체 어느 가문이지? 생전 처음 보는 얼굴이다."

"……."

길버트는 그제야 버넷 후작에게로 시선을 옮겼다. 긴장한 나머지 입술이 말랐다. 버넷 후작은 수도에도 한 번 가 본 적 없는 무지렁이였다. 던칸을 만나본 적도 없었다. 그러니 저들의 정체를 알아보지 못할 수도 있다.

"무실한 자작가의 영랑인가? 이미 서품을 받은 기사겠지?"

"영주님, 어쩌면 귀족이 아닐지도 모릅니다."

"그럴 리가 있나! 저 남자를 제대로 보기는 했느냐?"

어느 용병의 말에 버넷 후작은 코웃음을 쳤다.

"머리부터 발끝까지 기품이 넘치는 게, 어느 고귀한 가문의 자제가 분명하다! 잠시 내 영지에 들른 영랑인가?"

가만히 대화를 듣던 길버트는 손에 땀을 쥐었다. 이들이 본 남자는 바로 알렉산드로 그레이엄이었다. 길버트는 단번에 알아보았다. 대공은 예전처럼 갑옷을 입진 않았지만 옆에 있던 여자보다도 더 빨리 눈에 들어왔다. 그럴 수밖에 없는 남자였다.

"내가 일전에 만난 적이 있다면 잊을 수가 없을 듯한데……."

길버트는 저도 모르게 동감하듯이 고개를 끄덕였다. 그 말대로, 저 남자는 한 번 보면 절대로 잊을 수가 없는 존재감을 갖고 있었다.

"마치…… 거대한 늑대같이 생긴 남자였어."

버넷 후작은 방금 본 남자를 떠올리느라 골똘했다. 꽤 멀리 있었지만 얼핏 그렇게 보일 만큼 체격이 좋은 장신의 젊은 남자였다.

"단순히 체격뿐만 아니라, 단련된 것 같은 그 육체가 말이야."

길버트는 이어지는 버넷 후작의 말에 놀라 숨을 들이켰다.

"어쩌면 기사일지도 모르겠군."

"그, 그, 그건 아닐……!"

"아닐 겁니다, 영주님."

길버트보다 먼저 나선 이는 내내 조용하던 용병대장이었다. 길버트는 의아한 눈으로 그를 응시했다.

"몇 번 마을에서 본 적이 있습니다. 저도 믿기지는 않지만, 저 남자는 농부입니다."

"뭐야? 그게 사실이냐?"

"예."

믿음직한 수하의 말에 크게 놀란 버넷 후작이 눈을 휘둥그레 떴다.

"세상에. 내 영지에 정말 저런 이가 있었다고?"

"예, 확실합니다. 그저 농부입니다."

단언하는 용병대장을 보고 길버트는 확신했다.

'대공의 정체를 알고 있는 게 분명해.'

의도치 않게 용병대장과 눈이 마주친 길버트는 비밀을 들킨 사람처럼 재빨리 먼저 시선을 피했다. 길버트가 입을 다문 건 살아남기 위한 본능적인 기지였다.

'이렇게도 살아날 구멍이 생기는군!'

내심 안도의 한숨이 나왔다. 그레이엄 대공과 함께 있던 여자 덕분이었다. 이런 곳에서 이렇게 다시 만나리라고는 전혀 예상치 못했지만, 한때는 부부로 살았던 여자였다.

'베아트리체 왕녀.'

대공의 옆에서 왕녀는 즐겁게 웃고 있었다. 길버트의 기억 속에 왕녀는 숨소리 한 번 내지 못하고 하얗게 질린 표정만 가득해서 처음엔 제대로 알아보지 못했다.

'당연히 죽은 줄로만 알았는데.'

사실은 그녀를 떠올려 본 적도 없었다. 왕국을 제국의 후작 작위에 팔아넘긴 그 순간부터 베아트리체 왕녀는 버린 패였다. 그만큼 아무 쓸모가 없는 여자였다.

'그런데 어떻게 그 둘이 그렇게 되었지?'

대공이 그녀를 대하는 그 손길과 눈빛에는 애정이 넘쳤다. 해괴하리만치 다정했다. 짧은 순간이지만 둘은 어떤 사이인지 명확해 보였다. 정말이지 믿기지 않았다.

'베아트리체 왕녀를 그레이엄 대공이 데리고 살고 있다······.'

이 얘기를 누가 믿는단 말인가! 아마 누구든 우스운 소문쯤으로 치부했으리라.

'차라리 대공이 남색가라는 소문이 더 신빙성이 있겠군.'

순간 길버트를 현실로 이끈 건 버넷 후작의 황당한 목소리였다.

"아니, 저런 인재를 왜 여태 우리 용병단으로 끌어들이지 않은 것이냐?"

길버트는 속으로 그를 비웃었다. 무지한 인간의 말로가 눈앞에 그려졌다. 용병대장도 그 말에는 조금 당황한 눈치였다.

"사람을 보는 눈이 그렇게 없어서야 쓰겠나! 저런 인재를 봤으면 당장 용병단으로 들어오라 권유를 했어야지!"

"그, 그게······ 고구마 농사에만 뜻이 있다고 합니다."

"헛소리! 어서 가서 뒤쫓아라. 내 용병이 되면 황금을 내린다고 해! 잘 가르쳐서 내 직속 호위로 써야겠다. 네가 직접 가서 데려와라!"

"······알겠습니다."

용병대장은 난감하게 고개를 숙이고는 대공이 사라진 골목으로 걸음을 돌렸다. 그 모습을 지켜보던 버넷 후작은 그제야 흐뭇하게 말을 건넸다.

"우리에게 필요한 건 바로 저런 인재가 아니겠습니까?"

그게 대공을 말하는 건지, 용병대장을 말하는 건지는 모를 일이었다. 어느 쪽이든 버넷 후작에겐 그리 좋은 징조가 아닌 듯했다.

"맞습니다. 그 말이 맞습니다."

길버트는 올라가는 입매를 숨겼다.

"흠. 시간이 꽤 지체됐으니 이제 다시 길을 가는 게 좋겠군. 마을에 있는 신전을 보여 드려야 하니 빨리 따라오시오."

"예, 아, 알겠습니다."

길버트는 땀을 뻘뻘 흘리면서도 즐거운 마음으로 버넷 후작의 뒤를 쫓았다.

'난 이제 살았다. 이제 살 수 있어.'

온몸이 고통스러웠지만 희망의 가닥을 잡은 길버트는 환호라도 내지르고 싶은 기분이었다.

'대공에게 모든 사실을 말하면 돼!'

베아트리체 왕녀는 소심하지만 착한 심성을 가진 여자였다. 자신이 이렇게 불쌍한 몰골로 애원한다면, 분명 대공에게 한마디라도 거들 것이다. 왕녀라면 반드시 자신을 도와줄 것이다. 그녀는 아무 힘도 없겠지만, 그녀의 남자가 무려 알렉산드로 그레이엄이 아닌가!

길버트는 그들이 자신의 결백을 믿어 줄 거라고 의심조차 하지 않았다.

길버트가 겨우 구명줄을 잡았다고 생각한 바로 그날 밤이었다. 그는 버넷 후작과 함께 집무실에 있었다.

"바로 내일이오."

결연한 목소리를 낸 버넷 후작의 뒷모습을 바라보며 길버트는 푸드득 몸을 떨었다. 그는 오늘 밤, 성을 탈출해서 그레이엄 대공을 찾아가려는 생각이었다.

"무, 무엇이 내일이란 말입니까?"

"내일 당신의 왕궁으로 진격을 명령할 것이오. 그리고 거기 주둔한 그레이엄의 기사들을 모두 죽이고, 당장 황궁으로 향할 것입니다."

"히익."

바람 빠진 소리를 내며 뒤로 나동그라진 길버트가 입술을 덜덜 떨었다. 왜, 왜 하필이면 내일인가! 성치 않은 몸으로 기어가 버넷 후작의 바짓가랑이를 붙잡은 그가 애걸하기 시작했다.

"제발 다시 생각해 보세요, 후작님."

그동안 심한 고생을 한 길버트는 살이 많이 빠져 있었다. 좌불안석하며 식사도 제대로 하지 못해 탈모까지 생길 정도였다. 그런데 마침 오늘 그레이엄 대공을 발견했는데, 왜 하필이면 내일 반역을 일으키겠다는 건가! 자신에겐 일언반구도 없이!

"제발, 제발…… 후작님."

던칸 그레이엄에게 반역을 저지르겠다는 것은 미친 짓이었다.

"후작님도 가문이 멸문당하길 원하는 바는 아니지 않습니까?"

이래도 죽고 저래도 죽는 상황이라면 차라리 단칼에 버넷 후작에게 죽는 게 나았다. 게다가 지금 버넷 후작의 손에 죽는다면 로건 가문이라도 살아남을지 모른다.

"멸문이라니, 그게 무슨 소리요. 우리는 황궁을 점령하고 새로운 제국을 만들어 낼 겁니다."

"허."

기막힌 헛소리였다. 길버트는 저도 모르게 왕궁에 목이 내걸렸던 국왕의 얼굴을 떠올렸다. 그 정도면 곱게 죽었다고 생각될 정도였다.

"후작님, 이건…… 이건 안 되는 일입니다!"

던칸은 반역자를 쉽게 죽이지 않았다. 본보기가 되도록 잔인하게 농락하고 괴롭혔다. 게다가 반역자로 몰리면 가문의 조상 무덤까지 파헤쳐질 것이다.

"아시지 않습니까, 이건 불가능이라고!"

절규한 길버트가 애원하듯 버넷 후작의 몸을 흔들었다.

"왜 불가능이라 생각하지? 안테노르 공작 또한 황궁을 습격하는 데 힘을 보탤 것이오."

"말 같은 소리를 하시오! 그까짓 공작 가문 하나와 손을 잡았다고 황궁이 넘어갈 것 같아! 던칸! 던칸 그레이엄이라고!"

목에 핏대가 설 만큼 큰 소리로 소리치자 버넷 후작이 진정하라는 듯 길버트의 어깨에 두 손을 올렸다.

"내 편은 그뿐만이 아니오."

단호하고 확신에 찬 목소리가 들렸다. 뭔가 단단히 믿는 바가 있는 것 같았다. 길버트는 씩씩 숨을 내쉬었다.

'혹시 다른 공작가의 도움을 얻어 냈나?'

동맹이라고 할 수 있는 곳은 오직 안테노르 공작가뿐이 아니었던 가? 실낱같은 희망이 있다면, 만약, 만약 반도라스 공작가처럼 대 귀족 가문이 하나라도 자신들을 도와준다면, 어쩌면…….

"누, 누구, 누가, 누가 당신의 편이란 말입니까?"

길버트는 내심 반도라스 공작가가 그의 입에서 나오기를 기다렸 다. 쿠퍼히트 공작가는 던칸의 수족이나 다름없었고, 칼스버그 공 작가도 마찬가지였다. 그러니 알렉산드로와의 약혼이 무산된 반도 라스 공작가가 원한을 품고 어쩌면 던칸에게 등을 돌렸을지도 모 른다. 하지만 길버트의 예상과는 전혀 다른 생뚱맞은 대답이 버넷 후작에게서 튀어나왔다.

"신이오."

길버트는 그만 버넷 후작의 바짓가랑이를 손에서 놓치고 말았다.

"우리의 신이 내 편이란 말이오."

자신만만한 버넷 후작과는 달리 길버트는 넋이 나간 사람처럼 자 리에 주저앉았다. 얼빠진 그를 보면서도 버넷 후작은 여전히 당당 했다.

"가장 위대하신 분이 내 뒤에 있는데 두려울 게 뭐가 있나? 응? 하하하!"

길버트의 손이 달달 떨렸다. 버넷 후작은 미친 게 분명했다.

"제국이 내 손에 들어오면, 신전을 무시한 던칸 그레이엄을 제물 로 바칠 거요! 그리고 국교를 정해야지."

그가 잔뜩 신난 사람처럼 줄줄 계획을 읊어 댔다.

"나는 황궁을 신전으로 쓸 생각이오."

길버트는 벙긋도 할 수 없었다.

'맹목적으로 황궁에 집착하던 게 고작 그런 이유였나.'

그게 가장 황당했다. 계속되는 전쟁으로 종교는 무의미해졌다. 던칸이 신전을 무시해 왔던 게 사실상 가장 큰 이유였다.

똑똑.

때마침 누군가가 집무실의 문을 두드렸다.

"누구지?"

"접니다, 영주님."

의문의 남자를 뒤쫓았던 용병대장이었다. 버넷 후작은 반가운 마음에 벌컥 문을 열어 주었다. 함박웃음을 짓고 맞이했으나, 기다렸던 '인재'는 함께 오지 않았다.

"그는 왜 함께 오지 않았지? 황금을 내리겠다는 내 말을 분명히 전했느냐?"

용병대장은 달칵 문을 닫고 들어와 고개를 숙이며 예를 갖췄다. 셋뿐인 집무실이 한순간에 조용해졌다. 길버트도, 버넷 후작도 용병대장의 말을 기다리고 있었다.

"열심히 뒤를 쫓았습니다만…… 사실은 그분을 뵙지 못했습니다."

"뭐? 그분이라니?"

바로 그 순간이었다. 용병대장이 길버트를 지나쳐 빠른 걸음으로 버넷 후작에게 다가갔다.

"으윽!"

단말마의 비명 소리가 집무실을 울렸다. 용병대장이 버넷 후작의 복부에 단검을 찔러 넣었다.

"그분은 감히 저 같은 평민이 쉽게 말을 걸 수 있는 분이 아닙니다, 후작님. 궁금하셨지요?"

길버트는 코앞에서 벌어지는 일에 두 눈을 의심했다.

'후작의 수족이 아니었던가?'

그런데 한 치의 망설임도 없어 보였다. 그저 계획된 일을 하는 것처럼 차분했다.

"죽는 마당이니 제국의 영광을 나눠 드리겠습니다."

용병대장은 죽어 가는 버넷 후작의 귀에 대고 말했다.

"낮에 뵌 그분은 바로 위대한 황궁의 후계자, 그레이엄 대공님이십니다."

충격으로 굳어진 버넷 후작은 '네가, 네가 감히⋯⋯.' 하는 말을 반복할 뿐이었다. 용병대장은 칼을 꽂은 손을 비틀었다.

"어억!"

버넷 후작의 입에서 한 움큼의 피가 쏟아져 내렸다.

"이제 마음 편히 신께 가시지요. 이 제국은 영원히 영광을 누릴 테니까."

그가 단검을 뽑아내자, 버넷 후작은 비틀거림도 없이 차가운 바닥으로 털썩 쓰러졌다.

"오오!"

일을 지켜보던 길버트는 환희에 찬 얼굴로 자리에서 일어났다. 이제야 모든 상황이 파악되었다. 용병대장, 그가 생각하기에도 이 반란이 말도 안 된다고 생각한 것이 분명했다.

"잘했다! 잘했어!"

길버트는 비틀거리며 쓰러진 버넷 후작에게 다가갔다. 그리고는 미친 사람처럼 죽은 시체를 마구 짓밟더니, 다시 용병대장을 바라보았다.

"넌 알지 않느냐? 내가 이 말도 안 되는 반란에 결코 찬성하지 않았다는 사실을 말이야!"

용병대장은 옅은 미소를 띠고 있었다. 길버트는 그가 결코 자신을 해하지 않으리라 확신했다.

"네가 옆에서 지켜봐 온 산증인이 아니냐?"

용병대장은 모든 것을 지켜보았다. 자신이 반역에는 한 치의 뜻도 없다는 것부터, 이 모든 일에 억지로 가담하게 되었다는 사실까지. 길버트는 모든 사실이 억울했다.

"네가 던칸에게 증언을 해. 그러면 내가 가진 재산의 반의반을 주겠다. 응?"

길버트는 밝은 얼굴로 용병대장의 팔을 붙든 채 떠들었다. 하지만 웃음기 어린 얼굴로 그를 바라보는 용병대장은 피식 웃으며 설레설레 고개를 내저었다.

"오늘이 내 인생에서 가장 재밌는 날이로군. 도라스 아가씨까지 뒤로하고 온 보람이 있었어."

"헛소리 말고 얼른 가서 용병들을 멈춰!"

그의 명령만 따르는 이들이라 제 말은 듣는 척도 하지 않을 것이다.

"이 말도 안 되는 계획을 어서 멈춰야 한다. 안 그러면 던칸이 정말 내가 반역자라고 생각할지도 몰라!"

가만히 길버트를 들여다보던 용병대장이 피식 웃으며 되물었다.

"반역자가 맞지 않습니까?"

그 말에 길버트의 표정이 석고상처럼 굳었다. 뭔가, 뭔가 이상했다.

"안타깝지만 버넷 후작령은 반역자 가문의 영지가 될 수 없습니다, 후작님."

용병대장은 그런 그를 조롱하듯 말했다.

"그러기엔 너무 아깝기 때문이지요."

"무, 무슨, 무슨 헛소리냐?"

"잘 가꿔진 꽃밭을, 관리자가 병신이라는 이유로 망쳐서야 되겠습니까?"

용병대장은 검지로 자신의 관자놀이를 툭툭 두드렸다.

"그 머리로 한번 생각을 해 보세요. 억울한 마음이야 알겠지만, 높으신 분들께서 하시는 정치가 어디 그렇습니까?"

빈정거리는 목소리에 길버트는 정신이 아찔했다.

"넌 다 보지 않았느냐? 내가 납치되듯 이곳에 끌려와서 고초를 겪는 모습을 네가 다 보았……!"

그때 용병대장이 피가 묻은 단검을 길버트의 바지에 대고 쓱쓱 닦기 시작했다. 허벅지를 스치는 그 소름 끼치는 느낌에 길버트는 그만 경기를 일으키듯 뒤로 넘어지고 말았다.

"전 무식한 놈이라 말로 떠드는 건 별로 좋아하지 않습니다, 후작님."

"왜, 왜 이러는 거야?"

"이해가 안 되신다면 몸으로 설명을 해 드리는 수밖에요."

지옥에서 온 사자처럼 자신을 응시하는 눈빛 때문에 길버트는 얼른 두 손으로 땅을 짚었다. 그가 엉금엉금 기는 모습을 지켜보던 용병대장은 망설임 없이 길버트의 팔에 칼을 꽂았다.

"아아악!"

"아직 죽을 정도는 아니지요?"

용병대장은 얼마나 찔러야 사람이 죽는지, 어느 정도면 큰 고통을 느끼는지 누구보다 잘 아는 사람이었다. 아직 거동을 못할 정도는 아니다.

"으아악! 살려 줘! 살려 주시오! 살려 줘!"

"비명 소리가 영 별롭니다."

길버트는 당장 두 손을 모으고 그에게 싹싹 빌기 시작했다.

"사, 살려 주시오, 살려 주시오!"

"살려 드리면 어떻게 하시려고요?"

길버트는 재빨리 손가락 세 개를 펼쳐 들었다.

"내 재산의 3할을 주겠소!"

하지만 용병대장은 시큰둥한 반응을 보였다.

"전 이제 돈은 별로 아쉽지 않아서 말입니다."

그의 말이 진심인 걸 알고 길버트의 입이 쉴 새 없이 움직였다.

"살려 주시오, 제발! 제발! 나는 손자도 있고 손녀도 있고……."

"어디 가족 없는 사람 있습니까."

씩 웃은 용병대장은 그가 펼친 손가락 중 검지를 잡아 단검을 휘둘렀다. 순식간에 바닥에 떨어진 자신의 손가락을 바라본 길버트가 미친 사람처럼 소리를 내질렀다.

"크아아악!"

그의 비명 소리에 놀라 달려온 용병들이 벌컥 집무실의 문을 열었다.

"무슨 일이십니까!"

"이, 이자가, 이자가 버, 버, 버, 버넷 후작……."

하지만 길버트보다 용병대장의 말이 더 빨랐다.

"이놈이 버넷 후작님을 죽였다."

그 말에 길버트는 멍청한 사람처럼 입을 헤벌리고 용병대장을 바라보았다. 몽둥이로 뒤통수를 후려 맞은 기분이었다. 용병대장은 똑똑히 들으란 듯이 다시 소리쳤다.

"반역자 길버트 로건이, 버넷 후작님께 칼을 찔러 넣었다!"

여기저기서 신음이 터져 나왔다. 용병대장은 들고 있던 단검을 다른 용병에게 내던졌다. 그제야 익숙한 단검의 손잡이가 길버트의 눈에 들어왔다. 그의 두 눈이 있는 대로 커졌다. 자신이 야반도주를 감행할 때 챙겼던 단검이었다. 로건, 자신의 가문 표식이 새겨진 가보.

"아무래도 혼자 제국을 차지하기 위해 용병들을 모두 가로채려던 모양이다."

길버트는 휙 고개를 돌려 용병대장을 바라보았다.

이제야 알 것 같았다.

"네가 감히 나를! 나를 팔아 치웠어! 네가!"

길버트가 악을 내지르는 걸 보고 용병대장은 다른 이들에게 들으란 듯이 말했다.

"얼른 가신들과 영지의 모두에게 이 사실을 알려라!"

입에 거품을 물며 발악하던 길버트는 결국 그대로 의식을 잃고 쓰러지고 말았다.

"대장님, 저자를 어디에 가둘까요?"

"지하 감옥에 가둬 둬라."

지하 감옥에는 길버트의 아들과 딸, 손자와 손녀까지 가문의 일가가 모두 결박되어 있었다.

'마지막 가족 모임을 시켜 줘야지.'

거사를 대비하기 위해 수비가 조금 허술하지만, 에반과 세리머니의 기사들도 옛 엘파사로 가는 중이었다.

독 안에 든 쥐. 길버트는 지금 그런 꼴이었다. 인질들이 잡혀 있어 어차피 도망갈 수도 없는 몸이었다. 도망을 간다고 해도 잡는 건 시간문제였다. 용병대장은 쓰러진 길버트를 바라보며 입매를 당겼다. 그는 제국의 기사였다. 비명 소리가 좋아서 전쟁에 뛰어들었지만 전쟁은 안타깝게도 이미 끝나고 말았다.

'술래잡기도 괜찮으니까 말이야.'

술래잡기가 될지, 사냥이 될지는 모르겠지만. 리오는 오랜만에 만난 상대를 보고 떠오른 가학적인 생각에 씩 웃음을 지었다. 그러다 급히 정신을 차렸다.

'아니지. 저놈이 도망쳤다간 정말 큰일이다.'

고위급 인사들이 목이 빠져라 길버트를 기다리고 있었다. 여기서 그를 놓친다면 전부 자신의 잘못이 될 것이다.

"도망치지 못하게 잘 감시해라."

용병들의 손에 끌려 나가는 길버트의 뒷모습을 보며 그는 콧노래를 흥얼거렸다. 드디어 이 길고 긴 연극의 끝이 다가오고 있었다. 속으로 자신이 받은 임무와 후의 일들을 생각하던 그는 저도 모르게 혀를 내둘렀다.

'참 기가 막힌단 말이야.'

버넷 후작 일가는 모두 제거될 것이다. 그리고 길버트의 명령이었다고 알려질 것이다. 그렇게 주인 잃은 영지들은 황궁으로 몰수될 것이다. 던칸이 어떻게 기사단을 장악하고 황궁까지 들어갔는지 제국의 모든 이들이 알고 있으나, 역시 그레이엄이다.

'용병까지 전부 데려가신다고 했지?'

게다가 제게 떨어질 작위는 어떤가. 그는 평민이었다. 리오는 제게 작위를 내려 줄 그레이엄에게 평생 충성하리라 다짐했다. 맡은 바 중요한 일들이 이렇게 마무리되어 가고 있었다. 리오는 떠들썩한 사람들의 눈을 피해서 서신을 전하러 향했다.

"잘 다녀와라, 예쁜이."

푸드덕.

비밀스런 편지를 다리에 매단 비둘기가 버넷 후작령을 몰래 빠져나갔다. 한밤중이지만 이미 수십 차례를 오간 비둘기는 다행히 길을 잘 알고 있었다. 빠른 날갯짓으로 향하는 곳은 바로 제국의 황궁이었다. 검은 하늘을 응시하던 리오는 즐거운 마음으로 내일 아침이 오기를 기다렸다.

'단장님을 뵈러 가야겠어.'

간신히 어디에 사는지를 알아내고 돌아온 터였다. 어제의 만남은 전혀 예상치 못했었다.

'이런 상황이 아니고서는 만나 뵐 수 없는 분이니까.'

전쟁이 끝나고 리오는 원래 있던 자리로 돌아가야 했다. 대공 역시 마찬가지였다. 더 이상은 전쟁터의 전우가 아니었다. 반도라스 영애와 부부가 되면 종종 모임에서 뵐 수도 있겠다는 한참 앞서간 기대에 리오는 모든 행동을 조심하고 있었다. 약혼녀를 떠올리며 실실 웃던 그는 용병들을 모아 회의를 할 생각에 얼른 표정을 굳혔다.

'아직은 내가 황궁의 첩자라는 사실이 밝혀져서는 안 되겠지.'

이제 용병들을 선동할 차례였다.

클로이는 오늘 쉬는 날이라며 즐겁게 자신을 찾아온 점쟁이와 한참 대화 중이었다. 알렉산드로가 집에 없는 낮 시간이었다. 클로이는 그가 없는 시간에 점점 익숙해졌다. 점쟁이 덕분이었다. 그녀의 호의는 날이 갈수록 더해만 갔다.

"아가씨는 고민도 없어요?"

점쟁이의 눈에는 클로이가 참 희한했다. 사람은 불평도 하고, 고민도 하고, 욕도 하고 그래야 하는데 클로이는 마냥 긍정적이었다. 이게 싫은가, 하면 싫지 않았다. 긍정적인 사람과 같이 시간을 보내면 당연히 기분이 좋았다.

"어떻게 그렇게 매일 밝아요?"

클로이는 아기 레나를 마주 보며 얼굴로 온갖 재롱을 떨고 있었다. 아기는 자지러지듯이 웃었다.

"싫은 것도 없고, 미워하는 사람도 없어요? 아가씨도 고생 많이 했잖아요."

'미워하는 사람'이라는 대목에서 클로이는 천천히 고개를 들었다. 한 사람이 떠올랐다.

"저도 미워하는 사람이 있었어요."

오호. 점쟁이는 클로이의 옆에 바싹 붙어 앉아 얼굴을 들이밀었다.

"누구누구?"

귀여운 반응에 클로이는 피식 웃음을 흘렸다.

'점쟁이 언니가 좋아.'

편안했다. 만약 자매가 있었다면 이런 기분이었을까 싶었다. 그 래서 솔직하게 속내를 털어놓았다.

"전남편이요."

점쟁이는 움찔했지만 담담하게 고개를 끄덕였다.

"전에는 그 인간 때문에 정말 화가 났거든요."

클로이는 옛날 일들을 떠올렸다. 정확히 말하자면, 화가 났던 건 길버트가 했던 행동들 때문이 아니었다.

"이 세상이 너무 불공평한 것 같아서요."

그런 인간이 힘을 가졌다는 사실이 화가 났다. 세상엔 사실 착한 사람이 더 많은데 왜 하필이면 그따위 인간이 권력자로 태어난 건 지 사회가 원망스러웠다.

물론 사회는 어디든 불공평했다. 전생에 살았던 현대 사회 역시 불공평했다. 닮지 않은 듯 닮아 있었다. 누구는 귀족으로, 누구는 노예로. 누구는 부자의 아들로, 누구는 빈자의 딸로. 시작은 다르 지만 노력하면 끝은 조금 비슷해지지 않을까. 그래서 그녀는 전생 에서 누구보다 열심히 노력했다. 덕분에 그럴듯한 직업을 갖게 되 었지만, 어처구니없는 사고로 목숨을 잃고 말았다. 그리고 다시 태 어난 그녀는 더 이상 남들이 바라는 인생을 꿈꾸지 않았다.

당장 내일 죽어도, 여한이 없는 삶을 살고 싶을 뿐이다. 그러니 오늘 하루만 행복하면 된다. 그녀 자신만 만족하면 되는 쉬운 삶이 었다. 그렇게 마음을 먹고 보니 그녀는 고달픈 와중에도 하루하루 가 감사했다.

왕궁에 들어가서 클로이는 신기한 사실을 알게 되었다. 한 나라의 재상인 길버트는 원한을 품은 누군가에게 화살을 맞을까 봐 말을 타지 않았다. 그는 가진 권력을 게걸스럽게 누리는 동시에 매일 매시간을 불안에 떨었다. 국왕은 아무것도 하지 않으면서 자신이 아무것도 하지 않는다는 사실에 몹시 고통스러워했다. 왕비는 타인이 기뻐하는 만큼 슬퍼하는 사람이었다. 죽은 왕녀는 눈에 보이는 모든 게 시빗거리였다. 언제나 피곤한 사람이었다.

주위를 둘러보니 삶 자체를 받아들이고 순수하게 즐기는 것은 그녀 하나뿐이었다. 노예 출신의 사생아, 반쪽짜리 왕녀인 자신. 이세상에 괴롭지 않은 사람은 아무도 없었다. 모두들 저마다의 고민과 분노를 속에 품고 살았다.

그녀는 깨달았다. 세상은 공평하게 불공평하다는 사실을.

"그냥 노력하면서 사는 거죠, 뭐. 세상은 바라는 대로 이뤄지지 않잖아요."

피할 수 없으면 즐기라는 말처럼, 그렇게 그녀는 주어진 운명을 살아 내기로 했다.

"세상에는 어쩔 수 없는 일들이 더 많으니까. 악에 받쳐서 살아 봐야 나만 피곤하고."

점쟁이는 말없이 고개를 끄덕였다. 항상 분노로 가득 차 있던 자신의 어린 시절이 떠올랐기 때문이다. 아버지와 그레이엄 일가가 전부 불행하라고 저주하며 하루를 시작하기도 했다. 그랬으면 마음이라도 편해야 하는데 그렇지 못했다. 차라리 더 이상 부친을 미워하지 않게 되고부터는 마음이 편해졌다. 그래서 점쟁이는 클로이의 말을 이해할 수 있었다.

"사람 마음이라는 게 참 신기하죠. 그때는 그 인간이 정말 미웠는데…… 막상 지금 생각하니 아무렇지도 않네요. 완전히 잊고 있었거든요."

클로이는 잠시 목이 말라 탁자에 놓인 음료를 들이켰다. 그리고 생각을 정리하듯 잠시 말을 멈추었다. 물잔 속에 든 물을 가늠하듯 내려다보던 그녀는 손에 든 것을 내려놓았다. 잔 속에는 물이 아직 반이나 차 있다.

"지금 생각해 보니 저는 제 인생을 살기 너무 바빴어요. 그래서 더는 미워할 여유가 없었나 봐요."

클로이는 말을 마치고 씩 웃었다.

"솔직히, 이것보다 큰 복수가 있을까 싶어요."

점쟁이는 와락 클로이를 끌어안았다.

"으읍!"

여자치고는 굉장히 큰 체격의 그녀가 힘을 주고 자신을 안자 클로이는 숨이 턱 막혔다. 마치 알렉산드로에게 안긴 기분이었다. 겉보기엔 강인하면서도 자신에게는 한없이 여린 마음이, 꼭 닮은 사람처럼 느껴졌다. 점쟁이는 클로이의 등을 가만히 쓸어 주었다.

"고생했어요."

마치 이제는 좋은 날들만 있을 것이다, 하는 말처럼 들려서 클로이는 작은 웃음을 터뜨렸다.

"저 이제 고생 안 하나요? 전에 그렇게 말씀하셨는데. 하하."

그러자 점쟁이가 클로이를 놓아주었다. 대신 그녀의 어깨를 잡고는 눈을 마주쳤다.

"꼭 결혼해요, 아가씨."

마치 큰 고백을 하는 사람처럼 진중한 얼굴을 한 점쟁이를 보고 클로이는 본능적으로 얼굴을 굳혔다.

"그레이엄 대공님하고요."

클로이는 멍한 얼굴을 했다. 그의 신분을 알고 있으리라 어렴풋이 예상은 했지만 귀로 직접 들으니 충격이었다. 점쟁이의 입술 사이로 긴 한숨이 흘러나왔다.

"나도 어릴 때는 나를 버린 사람을 저주했어요."

고해 성사와도 같은 말에 클로이는 대답 없이 그녀의 말을 경청했다.

"그런데 아가씨 말을 듣고 나니까 역시 그 사람을 용서하길 잘한 것 같아요. 그 사람을 미워할 땐 나도 괴롭고, 힘들었거든요."

"……."

"만약 나를 버린 걸 후회한다면, 죄를 뉘우친다면…… 그럼 그냥 만족할래요."

말이 끝남과 동시에 점쟁이는 다시 레나를 돌아보았다. 아기는 어느새 잠들어 있었다. 머리카락 몇 가닥이 나풀거리자 점쟁이는 조심스런 손길로 떼어 주었다.

"나도 내 삶을 살아야겠어요, 아가씨."

첩자에게서 온 편지를 받은 황궁은 발칵 뒤집혔다. 검은 마차는 빠른 속도로 황궁을 빠져나왔다.

모두가 잠든 아득한 밤. 바퀴가 마구 흔들려 앞자리에 앉은 마부조차 몸을 비틀거렸다. 하지만 마부는 굳은 얼굴로 쉴 새 없이 말들을 재촉했다. 일행 말고는 지나다니는 사람이 없다는 게 그나마 다행이라면 다행이었다. 심하게 덜컹거렸지만 마차에 타고 있는 이는 숨소리조차 흐트러지지 않았다. 그는 절대로 흔들리지 않는 사람이었다.

'내가 아니었다면 제국은 지금 이 자리에 없었어.'

바로 던칸 그레이엄이었다. 던칸은 직접 말을 타고 가는 것에도 익숙했다. 뛰어난 기사로 명성을 떨친 그의 아들만큼이나, 소싯적 전장을 누비며 기사단을 지휘하던 그였다. 명문 공작가의 가주였던 그가 기사단을 장악하고 쿠데타로 정권을 잡은 일은 혁명적인 사건이었다. 비록 가문의 명예를 더럽혔을지언정 던칸은 단 한 번도 그 일을 후회하지 않았다. 당시의 황제는 너무 나약한 사람이었다.

던칸은 반역자라는 오명을 씻어 버리기 위해 더 서둘러 독립국을 침략해서 대륙을 통일했다. 결국 지금, 그는 황제의 자리에 올라가야 할 사람이라 추앙받고 있었다. 개인적인 이유로 황좌에 올라앉지 않았지만 과거의 선택은 옳았다. 빠르게 통일된 대륙, 그의 발밑에 조아리는 이들이 전부 그 증거처럼 보였다.

"던칸 그레이엄은 스스로 황제가 되기 위해서가 아니라 이 제국을 위해서 쿠데타를 일으켰다……."

칼스버그 공작이 집필하는 제국의 대륙 통일 역사 기록서 첫 장의 첫 번째 문장이었다. 그의 첫걸음이 바로 이 제국의 위대한 시작이다. 그때의 그는 분명 황제의 자리를 위해 쿠데타를 일으켰지만 역사에는 그렇게 남겨지기로 했다. 마치 어떤 욕심도 없는 사람

처럼, 오직 대의를 위해서 움직이고 실천해 온 훌륭한 혁명가처럼
보였다.

"후후……."

던칸은 거짓된 그 포장이 마음에 들지 않았다. 예전엔 좋아했을
지도 모르지만 지금은 아니었다. 과거를 되짚어 보며 던칸은 많은
후회를 남겼다.

그가 저지른 일들은 끝도 없이 드러났다. 처음에는 변명을 만들
어 죄책감에서 벗어나려고 했다.

'그때는 소피아를 신경 쓸 여유가 없었다.'

여아는 처음부터 낳지 않으려고 했다.

'소피아가 자살한 것은 내 탓이 아니라 그녀의 선택이었다.'

맥코웰 가문은 소피아를 잘못 교육했기 때문에 멸문시켰다.

'어린 아들을 돌보지 않았던 것은 그 일이 내게도 너무 큰 충격이
었기 때문이다.'

알렉산드로에게 결혼을 강요했던 것은 아들을 위해서다.

'알렉산드로를 황제로 세우려 했던 것은 누구나 그 자리를 원하
기 때문이다…….'

단 하나도 진실이 없었다. 자신을 위해 만들어 낸 변명들은 더
큰 압박이 되어 그의 목을 졸랐다. 던칸은 진짜 자신이 어떤 인간
인지 잘 알고 있었다.

'내 욕심을 채우기 위해서라면 뭐든 할 수 있는 인간.'

그는 이전에는 이 사실이 자랑스러웠다. 목표를 위해서라면, 원
하는 결과를 얻기 위해서라면 반드시 필요한 자질이라고 생각했
다. 하지만 그가 원하던 것은 신기루였다. 허상. 황궁에서 10년 동

안 거주했지만 마음은 텅 비어 있었다.

　제국에 평화의 시대가 도래하니 더 우울했다. 이제 자신이 자리를 지키고 있을 이유가 없어졌기 때문이다. 단 한 명 남은 가족, 유일하게 사랑하는 아들은 자신에게 등을 돌렸다.

　던칸은 이제야 자신이 걸어온 인생이 그의 눈앞에 보이기 시작했다. 모든 게 후회스러웠다. 아침에 눈을 뜸과 동시에 시작되는 자기혐오는 몸에 칼을 맞는 것만큼 견디기 힘들었다. 차라리 벌을 받았으면 좋겠는데, 그 누구도 그를 탓하거나 벌할 수 없었다. 그래서 던칸은 칼스버그 공작을 좋아했다.

　자신의 지난 과오가 들춰지고 경멸 어린 눈초리를 받을 때마다, 오히려 마음의 짐을 더는 기분이었다. 게다가 칼스버그 공작이 제안하는 것들은 그의 죄책감을 줄일 수 있었다. 수도에서 시작해서 전국으로 뻗어 나간 보육원 운영, 가난한 농노들을 위한 전국적 차원의 세금 감면. 전보다 더 나은 사람이 된 것 같은 기분이 들었다. 역사서에 쓰인 말대로 대의를 위해서 사는 혁명가처럼 느껴졌다.

　게다가 칼스버그 공작이 제안한 대로 신전의 기도회에 다니다 보니 내심 자신이 정말 좋은 사람인 건 아닐까 하는 착각도 들었다.

　'하지만 그뿐이지.'

　돌아서면 다시 시작되는 자기혐오는 멈출 수 없었다. 그는 매일 밤 잠들기 전에 다시는 눈을 뜨고 싶지 않다는 생각을 했다. 지독한 우울함에 빠져 있는 그를 견디게 하는 것은 오직 한 가지 생각뿐이었다.

　'그 누구에게도 용서를 빌지 못했다…….'

　자신이 버렸던 여식에게도, 그렇게 죽어 버린 소피아에게도, 치기 어린 자존심에 멸문시켰던 맥코웰 가문 사람들에게도. 그 누구에게도 던칸은 자신의 과오를 인정하고 미안하다고 말하지 않았다. 하지만 이제 와서 사과하려니 남아 있는 사람들이 아무도 없었다.

속죄할 기회는 영원히 없다. 하지만 단 한 명.

'내 아들은 아직 남아 있어.'

던칸은 긴 한숨을 내쉬었다. 내가 가장 큰 죄를 지은 사람. 던칸은 과거의 자신을 이해할 수가 없었다. 누구보다 사랑하는 유일한 핏줄인 그 아이에게, 내가 도대체 왜 그랬을까…….

"후우……."

그래서 그는 마차의 속력을 줄일 수가 없었다. 자신에게 등 돌리고 돌아섰던 알렉산드로는 바로 버넷 후작령에 있었다.

'사랑하는 소년과 함께.'

던칸은 어깨가 무거웠다. 알렉산드로의 편지를 받고부터 시작된 끔찍한 두통은 가실 줄을 몰랐다.

벌써 수개월째였다. 그가 탄 마차는 행렬의 선두에 위치했다. 금색과 적색이 섞인 망토를 두른 기사들 몇 명이 그 뒤를 따랐다. 군마에 올라탄 기마병은 황궁 기사단이었다. 밤중에도 그들의 갑옷이 달빛을 받아 빛났다.

몇 시간을 내달렸다. 무리가 아닐까 싶을 만큼 강도 높은 행군을 지속하고 있었지만 누구 하나 지친 기색을 보이지 않았다. 흑마들은 지치지 않고 발굽을 굴러, 그들이 지나간 자리에는 흙먼지만이 가득했다.

"이게 다 뭐지?"

에반은 기사단에서 훈련받은 비둘기와 매를 이용해서 필요한 이들과 연락을 취하고 있었다. 그런데 전서구를 관리하는 수행원이 한 아름의 서신을 에반에게 전했다. 늦은 시간까지 이어진 기사들의 회의가 끝나고 자신의 막사에서 쉬고 있던 그는 눈살을 찌푸렸다.

"그게……."

"또 영주들에게서 온 항의문인가?"

그의 말이 끝남과 동시에 수행원은 난감한 얼굴로 고개를 끄덕였다. 에반은 긴 한숨을 내쉬며 의자에 앉아 서신들을 살피기 시작했다.

"다나리스 맨데인 후작, 맥클레어 반도라스 공작, 린도어 스눅스 후작……."

모두 세리머니의 기사단 일행이 거쳐 가지 않은 지역의 영주들이었다. 처음 기사단은 그들의 영지를 방문하기로 되어 있었다. 하지만 에반은 원래 정해진 경로를 수정해서 최대한 빨리 길버트 로건 후작령으로 가고 있었다. 원래 경유하려던 영지들은 선발대를 보내 대신 영지를 시찰하게 했다. 그 이유는 던칸과 알렉산드로가 보낸 서신 때문이었다. 반역자들이 반역을 도모하고 있으니 얼른 그쪽으로 향하라는 내용이었다. 다만 던칸은 길버트를 반역자라고 지목했고, 알렉산드로는 버넷 후작을 의심했다.

'그러니 둘이 동맹을 맺은 게 맞는가 보군.'

그게 던칸의 설명이었다. 왜 길버트에게 향하라는 건지 조금 의아했지만 에반은 군말 없이 던칸의 명령을 따랐다.

"이번에도 아론에게서 온 것이 있나?"

"오늘은 없습니다만, 말씀하신 대로 따로 빼놓겠습니다."

아론의 편지는 사실 알렉산드로에게서 온 것이었다. 그는 자신이 어디에 있는지는 정확히 노출하지 않은 채 서신을 보내왔다. 하지만 버넷 후작령에 관한 소식이 많은 것으로 보아 근처에 있는 게 분명했다. 어쩌면, 마주칠 수도 있다.

"그래. 알겠으니 너도 가서 쉬어라."

"예."

차라리 세리머니가 빨리 끝나게 되어 잘됐다는 생각이 들었다. 수소문해서 알렉산드로를 찾으리라 생각했던 던칸은 지금 방관적인 태도를 취하고 있었다. 동생인 아론에게 황궁이 어떻게 돌아가고 있는지 묻자, 던칸은 칼스버그 공작을 수도에 다시 불러들여 제국을 재정비하는 일에 열중이라고 했다.

'하나뿐인 아들마저 버리고 오직 제국만 생각하며 살 생각이신가.'

그래, 던칸 그레이엄이라면…… 불명예를 얻은 아들보다, 가문을 더 소중하게 생각할지도 몰랐다.

'정말 답답하군.'

만약 던칸이 적극적으로 알렉산드로를 찾아 나서는 모습을 보인다면, 에반은 알렉산드로가 남색가가 아니라는 사실을 밝히려 했다. 그리고 은근슬쩍 알렉산드로가 만나는 여자가 있다고 운을 띄워 보려고 했는데……

아무래도 던칸은 알렉산드로를 가문에서 내치려는 것 같았다. 그래서 에반은 얼른 세리머니를 끝내고 먼저 알렉산드로를 찾아가 설득할 생각이었다.

'그래도 편지를 전하는 걸 보면, 완전히 모든 걸 버리신 게 아니야.'

기사단을 이끌고 세리머니를 진행하는 중에는 아무것도 할 수가 없었다. 더군다나 알렉산드로가 정확히 머무는 곳을 노출하지 않았기에 답신을 쓰는 것도 불가능했다.

"휴우."

다시 한숨을 내쉰 에반은 손에 든 서신들을 내려놓았다. 다만 반도라스 공작가의 편지는 그냥 무시할 수 없었다. 에반은 깃펜을 들고 답장을 적어 내려갔다. 제국을 위한 결정이니 양해를 바란다는 내용이었다.

'기사단에는 관심도 없으면서.'

기사단이 영지에 방문하면 명예를 얻기에 영주들에게 이익이 된다. 영지를 시찰하고 견제하기 위함이라는 걸 알면서도 영주들은 너 나 할 것 없이 그들을 모시려 했다. 영지민들의 충성심을 고양시키고 가문의 영광을 높이기 위해서. 얼른 답신을 마친 에반은 탁자 위에 놓여 있던 지도로 눈을 돌렸다.

어지러운 표식이 가득한 지도에는 제국의 북쪽에 위치한 수도에서부터 시작된 여정이 표시되어 있었다. 동쪽을 돌아 남쪽의 콘래드 후작령까지 다다랐던 기사단은 현재 빠른 속도로 북쪽으로 향하는 중이었다.

'이 속도라면 예상보다도 빨리 도착하겠군.'

길버트를 처단하기 위해서였다.

'그럼 버넷 후작은 누가 처리하는 거지?'

의문이 들었지만 에반은 금세 머리를 털어 냈다. 던칸은 군사와 정치적 술수로는 비상했다.

'게다가 이들은 그저 조무래기야.'

에반은 길버트 로건 후작이 손잡고 준비한다는 반역은 전혀 신경 쓰이지 않았다. 그보다는 또다시 계획보다 일찍 끝나게 된 기사단의 세리머니가 씁쓸했다.

'어차피 보여 주기 위한 의식이긴 하지만.'

기사단의 방문은 승리의 나팔과 같았다. 지금 같은 평화 시대에 군이 세리머니가 길어져 봐야 제국민들은 전쟁을 다시 떠올릴 게 분명했다. 차라리 반역자들의 처형식으로 마무리하고 제국을 재정비하는 게 나을 것이다.

'그나저나 임신한 왕녀가 잘 지낼지 걱정이군.'

베아트리체 왕녀가 정체를 들키지 말아야 할 텐데. 만약 던칸이 그녀의 정체를 먼저 알아챘다가는 끔찍한 일이 벌어질지도 모른다······.

에반은 밀려오는 상념에 젖어 급하게 서신들을 마무리했다.

이른 아침. 알렉산드로는 저택 뒤의 텃밭에 물을 주고 있었다. 그가 아침에 꼬박꼬박 하는 일들 중 하나였다. 오늘은 어쩐지 사냥을 하러 가기보다 집에서 가족들과 함께 있고 싶었다. 알렉산드로는 클로이와 레나와 함께 있는 시간이 즐거웠다.

'오늘은 뭘 먹지?'

그는 요즘 요리에 푹 빠져 있었다. 가끔 전시에 어쩔 수 없는 상황에서 몇 번 음식을 해 본 적 있었다. 기사단장이 되기 전, 전우들과 함께 밑바닥부터 고생했던 옛날의 일이었다. 그때는 어쩔 수 없는 상황에서 최소한의 도구를 이용해야 했기에 아무런 느낌도 없었지만 지금은 상황이 달랐다. 만드는 과정도 즐거웠지만 매번 깜짝 놀란 얼굴로 자신이 만든 요리를 먹는 그녀의 얼굴을 보는 것도 즐거웠다.

클로이는 요리에 별로 소질이 없는 듯했다. 어차피 그는 식성이 까다롭지 않아서 그녀가 만든 것도 잘 먹었지만, 자신이 만든 게 확실히 더 맛있기는 했다. 클로이와 점쟁이의 객관적인 평가였다.

'아침은 오믈렛이 좋겠군.'

갖가지 향신료로 맛을 낸 고기 요리를 좋아했지만 아침으로는 부담스러울 것이다. 아직 그녀는 자고 있으니 시끄럽지 않게 만들 수 있는 간단한 요리가 좋겠다. 토마토와 양파를 다져서 넣고, 클로이의 것엔 치즈를 가득 넣어 주면 좋아하겠지. 저절로 콧노래가 나왔다.

알렉산드로는 이 일상이 좋았다. 아침에 눈도 제대로 뜨지 못한 채 부스스한 얼굴로 마주하는 그녀도 사랑스러웠다. 클로이는 싫어했지만 그는 자연스런 그 얼굴이 예뻐 보였다.

그 순간, 누군가 저택 문을 두드렸다. 알렉산드로는 얼른 손에 들고 있던 물조리개를 내려놓고 대신 칼을 쥐어 들었다.

"계십니까? 아무도 안 계십니까?"

우렁찬 젊은 남자의 목소리가 익숙했다.

"아무도 안 계신가요?"

알렉산드로의 얼굴에 작게 놀란 빛이 떠올랐다. 전혀 예상치 못한 의외의 인물이 찾아왔다.

"여기가 혹시…… 흠흠."

한편, 리오는 재빨리 사방을 살폈다. 당연히 사람은 아무도 없었지만 감히 그의 존함을 함부로 부르기가 저어되었다.

'어쩐다.'

그들이 사는 집은 사람들이 많이 모여 사는 마을에 있지 않았다. 숲속 깊은 곳, 사람들의 눈을 피하고 싶었던 건지 인적이 드문 곳에 위치해 있었다. 그로서는 대공이 왜 이런 곳에 와서 집까지 짓고 생활하고 있는지 알 수 없었지만, 그거야 대공의 사정이었다. 그는 어색하게 품에 안은 한 다발의 해바라기 꽃을 고쳐 잡았다. 잠시 고민하던 리오는 문 앞에 대고 작게 속삭였다.

"단장님. 접니다, 개망나니!"

그의 별명이었다. 기사단에서 개망나니는 리오, 리오는 곧 개망나니였다. 그는 전우들 사이에서 이름보다 개망나니라고 불리던 남자였다. 전쟁터는 사람들을 황폐하게 만들었다. 피가 튀고 죽음을 만들어 내는 그곳에서는 멀쩡한 이들도 제정신을 유지하기 힘들었다. 그래서 기사들은 저마다 조금씩의 트라우마가 있었고, 성격이 괴상하게 변한 이들도 부지기수였다. 그중에서도 리오는 비범했다.

'저 새낀 진짜 미친놈이야.'

원래도 좀 이상했던 이라 전쟁터가 잘 맞았던 건지, 아니면 진짜 미친 건지 그를 두고 의견이 분분했다. 그만큼 그는 괴상했다.

조용히 문이 열렸다. 알렉산드로는 갑작스런 기사의 방문이 탐탁지 않았지만 일단 리오는 혼자였다. 얼굴에 드러난 호의를 보니 딱히 나쁜 일로 찾아온 것 같지는 않았다.

"저어, 단장님. 오랜만에 뵙습니다. 저를 기억하시는지요?"

흥분한 목소리, 상기된 얼굴.

"람붓 영지에서 온 리오입니다. 오스난 왕국과 엘파사 왕국의 정복 전쟁에서 함께……."

"그래, 기억한다."

이름은 잊었다. 그보다는 개차반 같은 행동거지가 기억에 남았다. 알렉산드로는 그의 품에 안긴 한 다발의 해바라기 꽃을 보고 미세하게 눈썹을 구겼다.

'해바라기?'

그와 영 어울리지 않았다. 차라리 칼이나 밧줄, 채찍을 들고 있었으면 훨씬 잘 어울렸을 텐데. 활짝 핀 해바라기를 저렇게 품에 안고 찾아오다니, 꽃들이 그에게 붙잡힌 가련한 인질처럼 보였다.

"벌써 반년도 더 됐지요. 정말 오랜만에 뵙습니다."

연신 고개를 숙이며 인사하는 감격스런 그의 얼굴과는 달리 알렉산드로는 별다른 감흥이 없었다. 기사단장은 이미 그에게 잊혀진 직책이었다.

"날 왜 찾아왔느냐?"

단도직입적인 그의 물음에 당황한 리오가 삐질 이마를 닦아 냈다. 안 그래도 급하게 뛰어오느라 숨이 찬 터였다. 무엇보다 그는 자신에겐 감히 똑바로 바라보지 못할 하늘 위의 존재였다. 황제의 바로 아래, 대공의 작위를 받은 기사. 게다가 던칸 그레이엄의 하나쁜인 아들이 아닌가.

리오가 아무리 개망나니였다 하나, 그것은 단장을 대상으로는 해당되지 않는 이야기였다. 그는 상대를 고르는 망나니였다. 무엇보다 출중한 대공의 검술은 그저 칼질이 좋아 전쟁터에 뛰어든 망나니 같은 저를 기사가 되고 싶다 꿈꾸게 만들기도 했었다.

"여기 있다는 건 어떻게 알았지? 에반인가?"

"아닙니다. 일전에 제가 단장님을 마을에서 뵌 적이 있습니다."

아직도 자고 있을 클로이를 의식한 알렉산드로가 아예 문을 닫고 집을 나섰다.

순간, 그는 리오의 복장을 보고 살며시 미간을 좁혔다. 제국 기사단의 갑옷이 아닌 다른 것을 몸에 걸치고 있었다. 이곳 버넷 영지에서 자주 보이던 용병들의 복장이었다. 그 의아한 시선을 느낀 리오가 먼저 설명했다.

"저는 지금 조프리 경의 명을 받고 임무를 수행 중에 있습니다."

알렉산드로는 뭔가 상황이 이상하다는 생각이 들었다.

"아, 조프리 말론 경은 황궁 제2기사단에 계신 분으로, 무투회가 끝나고 백작의 작위를……."

"그를 알고 있다."

조프리는 황궁 기사단에 속한 고위 기사였다. 그 말인즉 던칸의 명령을 따르고 있다는 뜻이다. 하지만 겨우 평민 기사인 리오가 황궁의 명령을 받고 수도를 떠났다? 뭔가 이상했다.

"네가 황궁의 임무를 받았나?"

"예, 그렇습니다. 저뿐만 아니라 평민 기사들 몇 명이 더 있습니다. 사실 이 일은……."

버넷 후작의 사병 양성, 반역, 신전과의 절충적 관계, 그리고 길버트 로건. 첩자는 비밀스럽고 명예롭지 못한 임무였다. 게다가 발각되면 당장 죽임당할 수도 있는, 위험천만한 일. 아무래도 그 때문에 작위를 받은 기사들이 아닌 리오가 선택된 듯했다.

황궁은 적임자를 그 자리에 보냈다. 그나마 격전지가 이곳이 아니라 길버트의 영지로 선택되었으니 알렉산드로는 자신과는 상관없으리라 생각했다. 끝이 뻔히 예상되는 반역자의 처형식에는 관심 없었다. 그보다는 오랜만에 듣는 이름에 속이 뒤집힐 것 같았다.

'길버트.'

알렉산드로는 종종 그를 떠올릴 때가 있었다. 클로이의 비밀스러운 모습을 아는 다른 남자가 있다는 생각이 들 때마다 그를 찾아가 죽여 버리고 싶었다. 감히 그녀를 가진 다른 남자가 이 세상에 없으면 속이 조금 풀릴 것 같았다. 하지만 모든 과거를 묻어 두겠다는 결심대로 알렉산드로는 한 번도 내색하지 않았다.

그의 심각한 얼굴을 보고 리오는 신나게 그간의 모든 일들을 설명했다. 길버트를 위한 한 편의 극이 완성되어 가고 있었다. 칭찬받기를 원하는 아이처럼, 줄줄 이야기를 털어놓는 그를 알렉산드로가 멈춰 세웠다.

"그만. 난 이미 기사단을 떠난 지 오래다. 네 임무를 지켜라."

냉엄한 그 목소리를 듣고 리오가 놀란 표정을 지었다. 문제의 소문을 당사자의 충격 고백으로 확인받은 기분이었다.

'아냐. 아닐 거야.'

리오는 알렉산드로를 기사단에서 3년이나 봐 왔다. 전쟁터에서의 3년은 짧다면 짧지만 하루 종일 함께였기에 전우들은 서로를 속속들이 알았다. 그래서 알렉산드로가 사랑의 도피를 떠났다는 사실이 — 그것도 웬 소년을 납치해서 — 믿을 수가 없는 일이라 그저 해괴한 소문으로 치부했던 것이다.

'말도 안 돼.'

알렉산드로는 그레이엄 가문의 남자였다. 리오는 평민 기사였기에 더욱 그를 존경했다. 자신은 결코 이름을 부를 수도 없는 그분의 하나뿐인 아드님이었다. 이렇게 멋대로 만날 수 있는 사람도 아니었다. 전쟁터가 아닌 수도에서는 특히 더했다. 높으신 분들 중에서도 특별히 더 높으신 분. 리오가 그를 찾아온 데는 그런 이유가 컸다.

"단장님, 설마, 그럼 그 소문이 정말로……."

사색이 된 리오의 얼굴을 보고 알렉산드로는 짧은 한숨을 내쉬었다. 아침부터 그를 이렇게 마주하고 있는 게 그리 즐겁지 않았다. 게다가 리오는 기사들 중에서도 성격이 괴상한 이였지 않은가.

"내 사생활을 캐낼 생각인가? 찾아온 용건을 말해."

조용한 그의 말에 리오는 얼른 머리를 조아렸다. 그리고 자신이 찾아온 이유를 밝혔다.

"저는 이번 일이 끝나고 작위를 하사받습니다, 단장님."

목숨을 건 위험한 임무, 게다가 반역과 연관된 일이니 충분히 그럴 수 있었다. 하지만 알렉산드로에게는 남 일이었다.

"무투회에서의 실책으로 결국 무산됐었던가."

전쟁이 모두 끝나고, 수도에서 있었던 무투회에서까지 상대방을 심하게 농락한 그는 기사로서의 긍지와 도의가 없다 판단되어 결국 작위를 받지 못했었다. 그 일로 세리머니에도 참여하지 못했다.

"예, 지금은 많이 뉘우쳤습니다. 기사의 맹세를 했으니 두 번 다시 그런 일은 없을 것입니다."

"그래, 아무튼 잘됐군. 진심으로 축하한다."

가벼운 대답에 리오는 깊게 고개를 숙여 인사했다. 평민 기사로서는 엄청난 일이다. 평생 신분 상승을 꿈꾸는 이들이 부지기수였지만 막상 작위를 받는 이들은 매우 드물었다.

"단장님."

"날 그렇게 부르지 마라."

리오가 당황스럽게 사죄의 말을 했다. 이미 기사단을 떠났다고 말한 이에게 부담스러울 호칭이었다.

"저어, 대공님."

리오는 잠시 그의 눈치를 살폈다. 단장이라는 직책은 버렸을지언정 대공이라는 작위는 여전히 그의 것이니까. 다행히 알렉산드로가 아무 말이 없자 그가 얼른 말을 이었다.

"사실 제가 이렇게 찾아뵌 건 다름이 아니라 클라라 반도라스 영애의 일을 감사하다고 말씀드리기 위해서입니다."

황궁 경비대에서 근무하던 그에게 갑작스레 아론 쿠피히트가 찾아왔다. 그리고는 대뜸, 자신이 자리를 마련할 테니 한번 어떤 영애를 만나 보라고 한 것이다. 아론이 그레이엄 저택의 집사라는 건 유명했고, 우스운 일이지만 평민인 자신의 집은 그녀가 방문하기엔 너무 초라했다. 그렇다고 초면에 미혼인 영애를 만나기 위해 반도라스 공작저로 갈 수는 없었다. 그때 아론이 혀를 끌끌 차며 대안을 마련해 주었다.

'어쩔 수 없군.'

결국 그레이엄 저택의 응접실에서, 그렇게 두 남녀의 잊지 못할 첫 만남이 이루어졌다.

'명문가의 영애가 나를 마음에 들어 할 리가.'

그는 자기 자신을 잘 알았다. 리오는 평민이었다. 게다가 가학적인 성향 때문에 여자 만나기를 포기한 상태였다. 그런데 반도라스 공작가의 외동딸인 클라라 반도라스 공작 영애라니……. 처음 아론의 주선은 기뻤으나, 그 상대가 엄청난 명문가의 따님이라는 사실을 알고 그는 지레 모든 기대를 버렸다. 클라라는 분명 아름다웠지만 그녀가 자신을 마음에 들어 할 리가 없으니, 서로 간의 시간 낭비라고 생각했다. 종국에는 자신을 농락하려고 부른 게 아닌가 하는 의심까지 들었다. 그래서 그는 아무것도 숨기지 않은 채 자기 자신을 드러냈다.

존대만 했을 뿐, 거친 언행이나 저속한 표현을 감추지 않았다. 예상대로 클라라는 분개했다.

'감히 한낱 평민 기사 주제에 날 이렇게 대하다니, 불쾌하기 짝이 없구나!'

다행히 보복을 받진 않았다. 그렇게 그녀와의 인연은 끝이라고 생각했다. 그런데 놀라운 일이 벌어졌다. 클라라가 또 자신을 부른 것이다.

'나를 놀리시려는 건가.'

아무리 아름다운 귀족가의 영애라고는 해도 그 역시 자존심이 있었다. 마음에 들지도 않는 남자를 다시 불러 모욕을 주려는 게 아닌가 하는 생각이 들었다. 그래서 이번에도 역시 평소처럼 그녀를 대했다.

'뚫린 입이라고 감히 내게 그따위 망발을 해? 너같이 주제넘은 평민은 생전 처음 본다!'

그렇게 두 번째 만남도 끝이라고 생각했다. 그런데 또 그를 불렀다. 심지어 이번엔, 그녀의 침실로 오라는 비밀스런 전령이 온 게 아닌가. 원래 젊은 귀족들이야 입으로는 순결을 지킨다고 말하면서 뒤로는 온갖 일들을 벌인다. 황궁에서 근무했기에 리오는 황궁 무도회의 경비를 맡았던 적도 있었다. 점잖아 보이는 영애라 하더라도 밤에는 다를 수 있다는 것도 알았다.

'그래, 침실이라면 얘기가 다르지.'

자신을 갖고 노는 건 불쾌하지만, 어쨌든 아름다운 영애가 제 발로 굴러들어 온 게 아닌가? 여자와의 하룻밤을 마다할 남자는 없다. 그래서 리오는 정말 마지막 만남이라고 생각하고 클라라를 제 욕심껏 대했다. 그러자 자신조차 믿을 수 없는 기적 같은 일이 벌어졌다.

'네가 마음에 든다.'

자신은 감히 세기의 만남이라 칭하고 싶었다. 리오는 클라라에게서 동류의 기운을 느꼈다. 침실에서 확실히 깨달았다. 둘은 하늘이 맺어 주신 인연이 분명했다. 아니, 하늘도 저희 둘을 갈라놓을 순 없을 것 같았다.

'일단 약혼식을 올리자꾸나.'

'약혼식이요? 이번이 세 번째 만남인데 무슨 약혼식을…….'

'싫다는 것이냐? 감히?'

'아, 아니, 영애께서 저를 좋아해 주시니 물론 영광입니다만…… 저는 일흔이 다 된 노모와 세 명의 동생들이 있습니다.'

'내가 전부 책임지겠다. 넌 몸만 오면 돼.'

'정말이십니까?'

라오는 평민인 자신의 신분상 한 번도 만남을 이어 가려는 노력을 하지 못했다. 둘의 관계는 클라라가 주도적이었다.

'세상에 날 이만큼 좋아해 주는 여자가 있다니……'

믿을 수 없는 일이었다. 이렇게나 자신을 좋아하고, 거기다 적극적이기까지 한 그녀를 만나게 해 주신 분께 절이라도 하고 싶었다.

'반도라스 영애……!'

게다가 그녀는 반도라스 공작가의 외동딸이었다. 하루에도 몇 번씩 이게 꿈은 아닐까 하는 생각이 들었다.

'꿈이라면 깨고 싶지 않아.'

그날부로, 전쟁터의 건방지던 개망나니 리오는 싹 사라졌다.

'부단장님, 어떻게 감사의 말씀을 드려야 할지 모르겠습니다.'

아론에게 듣자 하니 클라라와 자신을 만나도록 주선하라 이른 게 바로 그레이엄 대공이라고 했다.

'우리 단장님께서!'

하긴 그렇지 않고서야, 클라라가 자신과 같은 평민 기사를 만날 리가 없었다. 그녀는 수도 사교계의 여왕벌 같은 존재였다. 그때의 일들을 떠올리며, 리오는 깊이 고개를 숙였다.

"감사하다는 말씀을 꼭 드리고 싶었습니다, 대공님."

그는 진심으로 알렉산드로를 은인이라 생각했다. 제게 딱 맞는 여자를 만나니 성격까지 유하게 변했다. 완전히 개과천선해서 옛날처럼 노예들을 괴롭히거나 하지도 않았다. 클라라는 바싹 마른 제 삶의 단비 같은 여자였다. 그리고, 그녀 역시 그렇다고 했다. 서로 참 잘 맞는다는 리오의 이야기를 듣고 알렉산드로는 고개를 주억거렸다.

'참 대단도 하군.'

그 외에는 달리 감상이 없었다. 리오 같은 남자를 감당할 수 있는 여자가 있다니. 또 클라라 같은 여자를 감당해 낼 수 있는 남자가 있다니. 서로가 서로에게 대단히 잘 맞는 짝이라고 생각했다. 클라라에게 리오를 소개한 것은 그저 임기응변이었다. 그녀를 보고 리오가 떠오르긴 했지만 이렇게까지 잘 어울리는 연인이 되리라고는 전혀 예상치 못했다.

"내게 고마워할 것 없다."

"그럴 리가요. 전부 대공님 덕분입니다. 제가 어떻게 반도라스 영애 같은 분을 만나 뵐 수 있었겠습니까?"

"그래, 알았다. 절대 헤어지지 말고 잘 만나도록 해라."

알렉산드로는 그렇게 대화를 마무리하고 얼른 집으로 돌아가려 했다. 대단히 흥미로운 얘기이긴 했지만 그는 원래 남 일에는 별로 관심이 없었다.

"앞으론 함부로 이곳을 찾아오지 말아야 할 것이다."

"예, 알겠습니다."

"그럼."

그렇게 그가 휙 몸을 돌리자 리오가 급하게 말을 덧붙였다.

"저어, 조프리 경께 대공님을 뵈었다는 보고를 올렸습니다만 혹시…… 누가 되는 건 아닐는지요?"

임무상 모든 정황을 속속들이 보고해야 했기에 리오는 알렉산드로를 길거리에서 마주쳤던 일을 알렸다. 다른 이라면 무시할 수도 있었겠지만, 알렉산드로 그레이엄이 아닌가. 그를 길거리에서 마주친 것이니 당연히 보고를 올려야 했다. 하지만 리오는 그 일이 못내 마음에 걸렸다. 알렉산드로의 편안한 얼굴과 평민처럼 보이던 소녀 ― 어쩌면 소년 ― 의 소박한 복장 때문이었다.

"다른 이야기는 일절 덧붙이지 않았습니다."

그가 얼른 두 손을 내저었다.

"그저 '마을에서 그레이엄 대공님을 보았으나, 상황이 여의치 않아서 소속을 밝히고 인사를 드리지 못했다.'고만 적었습니다."

조심스런 그의 말에 알렉산드로는 탄식을 내뱉었다. 이렇게 빨리 들키리라고는 생각지 못했던 까닭이다. 그렇다고 리오를 탓하기엔 그의 입장을 이해했다.

'누가 됐든지 간에 곧 나를 찾아오겠군.'

맑은 하늘이 원망스러웠지만 어쩔 수 없었다. 차라리 먼저 알았으니 클로이에게 집 밖 외출을 삼가라고 하는 수밖에. 알렉산드로는 눈가를 주물렀다. 일이 꼬인 것과는 별개로, 클로이에게 차마 말할 수 없는 게 하나 더 생겼다는 데 죄책감이 생겼다.

"그게 언제쯤……."

언제쯤이었냐고 물으려는데 때마침 잠에서 깼는지 클로이가 조심스레 문을 열었다.

"누가 오셨나요?"

말소리가 꽤 오래도록 들려서, 그것도 알렉산드로가 편하게 얘기를 하기에 집으로 들어오라는 말을 하려고 했다. 그러나 리오와 정면으로 눈이 마주친 순간. 클로이는 새된 신음을 터뜨렸다.

"헉……!"

그녀가 주춤 뒷걸음질을 쳤다. 단번에 그녀의 얼굴에 서린 경악과 두려움을 읽은 알렉산드로가 흉흉한 눈으로 리오를 돌아보았다.

"저, 전 모릅니다."

그가 다급하게 손사래를 쳤다. 그녀의 반응에 놀란 건 리오 역시 마찬가지였다. 그는 꽤 많은 전적이 있었다.

"전 모르는 분입니다. 맹세합니다. 생전 처음 뵙습니다!"

막상 리오는 클로이가 엘파사에서 만났던 왕녀인 것을 알아보지 못했다. 그들의 만남은 그녀가 허리까지 오는 긴 머리를 늘어뜨리고 드레스를 입고 있던 왕궁에서였다. 더군다나 설마, 베아트리체 왕녀와 알렉산드로가 같이 살고 있으리라고는 상상도 할 수 없는 일이었다. 하지만 피해자는 모든 일을 잊지 못하는 법.

'저 인간이 왜 여기 있지?'

그녀는 대번에 리오의 얼굴을 알아보고, 저도 모르게 알렉산드로의 옷자락을 꽉 움켜쥐었다.

"왜 그래. 무슨 일이지?"

저 소녀를 자신이 아는가, 하고 곰곰이 생각하던 리오는 깜짝 놀란 얼굴로 알렉산드로를 응시했다. 그의 입이 떡 벌어졌다.

'내가 지금 뭘 들은 거야?'

저 달콤한 목소리가 정말 대공에게서 흘러나온 것이 맞나? 리오의 눈이 점점 커졌다. 그 누구를 대할 때도 저렇게 부드러운 표정은 본 적이 없었다.

"저자를 아나?"

소녀를 보는 눈빛이 따스했다. 게다가 그녀의 어깨를 감싸 안은 손길은 더없이 자상했다. 작은 병아리를 손에 담고 있는 것처럼,

소녀를 대하는 태도가 몹시 소중하게 보였다.

'세상 참 오래 살고 볼 일이군.'

저런 알렉산드로를 감히 상상조차 해 본 적 없는 리오는 속으로 혀를 내둘렀다. 저러니 소녀를 데리고 도망을 쳤겠지 싶었다.

'그런데 왜 소년이라고 하는 거지?'

가까이서 보니 확실히 소녀였다. 다시 확인하려 시선을 돌린 순간 떨고 있는 그녀와 눈이 마주쳤다. 그런데 그녀의 잔뜩 겁먹은 표정이, 어쩐지 익숙했다. 리오의 얼굴이 점점 하얗게 변해 갔다. 제발 이 불길한 예감이 틀리길 바랐다. 그의 얼굴이 괴롭게 일그러졌다.

'설마……'

생각났다. 순간 발아래 땅이 요동치며 지하 세계로 빨려 들어가는 기분이 들었다. 순식간에 아름다운 현관문이 지옥으로 가는 입구처럼 보였다.

'미치겠군.'

리오는 두 손으로 얼굴을 감싸 안았다. 그때는 전쟁의 막바지였다. 다른 독립국을 정복할 때는 모든 왕족들을 죽였고, 예외적으로 저 왕녀는 곧 노예가 될 처지였다. 평민인 그에게 왕족은 더욱 특별했다. 게다가 그는 원래 약자에겐 강하고 강자에겐 약한 사람이라, 쉬운 상대에게는 말이나 행동을 가리지 않았다.

"말해 봐. 저자를 만난 적 있나?"

달콤하게 들렸던 알렉산드로의 목소리가 마치 채찍질처럼 느껴졌다. 리오는 그녀가 어떤 말을 하기 전에 먼저 무릎을 꿇었다.

"저를 벌하십시오!"

알렉산드로가 데리고 사는 여자라면 어쨌든 제 신분상 감히 함부로 해서는 안 되는 이였다. 바닥에 넙죽 엎드린 그를 보고 클로이는 휘둥그레진 눈으로 알렉산드로를 올려다보았다.

"무슨 일이 있었던 거지?"

"그게……."

일단 그 일은 자신에게도 떠올리기 싫은 일이었다. 그런데 둘이 가깝게 대화하고 있었으니 어쩐지 더 말하기가 저어되는 것이다. 그런 그녀를 알고 알렉산드로가 얼른 설명했다.

"제국의 기사인데, 황궁의 명을 받고 영주의 성에 머무르고 있다는군. 전에 나를 본 적이 있어서 찾아왔다."

그의 말을 듣고 있자니 리오의 등짝이 심하게 움찔거렸다. 클로이가 그에게서 눈을 떼지 못하고 있자 알렉산드로가 살며시 미간을 구겼다.

"저자와 무슨 일이 있었지?"

계속되는 그의 물음에도 클로이는 입술만 달싹일 뿐, 대답이 없었다. 생각해 내기도 싫었다. 게다가 그 일을 말하면 알렉산드로가 제게 한참을 미안해할 것이다. 결국, 리오가 먼저 죄를 고백했다.

"제가 큰 무례를 저질렀습니다!"

차라리 제 입으로 말하는 게 나을 것 같다는 생각에서였다.

"제가……!"

"아무것도 아니에요. 두 분이 천천히 얘기하세요. 전 먼저 들어가 있을게요."

그리고 리오가 말을 전부 마치기 전에 클로이가 먼저 집 안으로 몸을 숨겼다. 오랜만에 보는 그녀의 재빠른 뒷모습을 주시하던 알렉산드로는, 문이 닫히는 소리를 듣고 나서야 다시 리오에게 시선을 돌렸다. 살벌한 눈빛이 자신을 태울 듯이 응시했다. 리오는 울고 싶어졌다. 한번 들어 보자는 도발적인 눈짓이 이어졌다. 우물쭈물하던 리오는 결국 자신이 했던 일들을 알렉산드로에게 털어놓았다.

"그게……."

더하지도 덜하지도 않게, 그날 있었던 모든 일을 거짓 없이 전부 말했다. 숨길 수도 있었지만 어떤 것도 숨기지 않았다. 그래 봐야 왕녀와 함께 살고 있으니 그녀가 말하면 전부 알게 될 터였다. 그리고, 그의 모든 이야기를 들은 알렉산드로는 생각보다 담담하게 읊조렸다.

"성노의 낙인을 찍으려 했다……."

클로이는 집에서 걱정스레 그들의 대화를 엿듣고 있었다. 문에 귀를 대고 있다가 손톱을 질근질근 깨물었다. 행여 집 앞에서 칼부림이라도 나지 않을까 해서였다. 이미 몇 번이나 보았다. 알리시아 왕녀의 비참한 죽음부터 해서, 도적단, 거기다 자신이 말리지 않았다면 줄리아 맥코웰 역시 죽였을 것이다. 알렉산드로는 내내 다정한 남자인 것처럼 굴었지만 클로이는 그가 자신에게 하는 걸 전부라고 믿지 않았다. 줄리아의 일 때문이었다.

'여전히 내게 말하지 않은 것도 많지.'

그를 믿고 함께 도망쳐 왔음에도 알렉산드로는 자신의 가문이나 아버지, 그리고 누나에 관한 이야기를 일절 꺼내지 않았다. 그건 가문의 비밀이었다. 오직 그레이엄인 당사자들만 알아야 하는 것들.

'난 그레이엄 가문의 사람이 아니니까…….'

거기까지 생각하다 클로이는 퍼뜩 정신을 차렸다. 문밖에서 들리는 뜬금없는 알렉산드로의 말 때문이었다.

"자리를 옮겨 남은 대화를 이어 가도록 하지."

"예? 어, 어디로……?"

딱히 화가 나거나, 감정이 격해진 걸로 보이지 않는 나직한 목소리였다.

"산으로 가자."

하지만 클로이는 거기서 그의 의도를 눈치챘다. 리오로 인해서 끔찍한 기억을 갖게 되긴 했지만 그렇다고 임무를 수행 중인 그가 야산에서, 그것도 알렉산드로에게 죽기를 바라진 않았다. 리오를 용서하기 때문이 아니었다.

'나를 위해서.'

그를 죽이고 돌아온 알렉산드로를, 전과 똑같이 마주할 수 있는가. 과연 자신은 그의 죽음을 묵인하고서도 발 뻗고 잘 수 있을까.

'저 남자가 벌을 받든 말든 이제 와서 나한테 변하는 건 아무것도 없어.'

그렇다고 지난 일이 처음부터 없는 일이 되는 것도 아니며, 그녀의 기억이 사라지는 것도 아니다. 게다가 그 일은 잊고 산 지 오래였다. 그 순간은 괴로웠지만 당시의 그 처절한 심정은 이미 그녀에게 지나간 일이 되었다.

"네가 여기에 왔다는 걸 알고 있는 사람이 있나?"

거기까지 들은 그녀는 기겁하고 얼른 문을 열고 나섰다. 두 남자의 시선을 한 몸에 받고서 클로이는 조심스레 말했다.

"두 분 다 문 앞에서 그러지 말고 들어오세요."

그녀의 말을 듣고도 알렉산드로는 고개를 내저었다.

"우린 아직 할 얘기가 좀 남았어. 기다리지 말고……."

"들어오세요. 얼른요."

리오는 왕녀와 대공, 그리고 그의 손에 들린 칼을 차례차례 바라보았다. 놓칠 뻔했으나 그제야 보였다. 알렉산드로의 칼을 쥔 주먹이, 뼈마디가 보일 만큼 하얗게 힘이 들어가 있었다.

"……!"

저도 모르게 주춤 뒷걸음질을 친 리오는 여전히 매서운 눈으로 자신을 주시하는 알렉산드로의 시선을 피했다. 그러다가 다시 그녀에게 시선을 돌렸다. 서로의 눈이 마주치고, 여전히 무릎을 꿇고 있었던 리오는 얼른 그녀의 앞에 고개를 조아렸다.

"제가 무례를 저질렀습니다! 죽여 주십시오!"

리오의 눈동자가 한곳에 고정되지 못하고 이리저리 움직였다. 안절부절못하는 그를 보고 있자니 예전 그 기억이 싹 사라지는 기분이었다.

"좀 드세요."

"어휴, 뭘 이런 걸 다 주십니까."

리오는 벌떡 자리에서 일어나 두 손으로 공손히 그녀가 건네는 비스킷을 받아 들었다. 하지만 감히 먹지는 못하고 손에 갖고만 있었다. 잔뜩 기가 죽은 리오를 보고 클로이는 격세지감을 느꼈다.

그녀를 농락하던 천하의 불한당은 없었다. 리오의 태도는 말투부터 분위기까지, 모든 게 달랐다. 아예 다른 사람처럼 느껴졌다. 클로이는 그가 자신을 위해서 사 왔다는 해바라기 한 다발을 물끄러미 바라보았다.

'이런 날이 오다니.'

어쩐지 그 꼴이 우스워 웃음이 터질 것 같았지만 참았다. 다소곳이 두 손을 무릎 위에 올리고 제 눈치를 살피는 리오 때문이었다. 클로이는 저도 모르게 그를 약 올리듯 말했다.

"차라도 드릴까요?"

"차는요, 제가 무슨. 전 그런 걸 마실 자격도 없는 놈입니다."

리오는 당장 손사래를 쳤다. 평민인 그에게 알렉산드로의 위치는 감히 똑바로 올려다볼 수도 없는 곳에 있었다. 지금, 그런 그와 한 테이블에 앉아 있다는 사실만으로 리오는 좌불안석이었다.

"제가 큰 결례를 끼쳤습니다."

또다시 나온 조심스런 사죄의 말에 클로이는 저도 모르게 피식 웃고 말았다. 그 미친 기사를 앞에 두고 이렇게 마음이 편안해질 수 있다니…….

'남편 잘 만나서 잘 먹고 잘 산다더니, 그 말이 맞긴 했나 봐.'

새삼 그런 생각이 들어 웃고 있으니 옆에서 불퉁한 목소리가 흘러나왔다.

"할 말이 끝났으면 이만 가지 그래."

결국 리오는 알렉산드로의 눈치를 받고 금방 자리에서 일어났다.

"말씀대로 두 번 다신 찾아오지 않겠습니다. 대공님, 건강하십시오."

떠나는 마지막 순간까지 깊이 허리를 숙였다.

"부인께서도 만수무강하시길 빌겠습니다. 제가 저질렀던 무례를 이렇게 용서해 주시고, 이 은혜는 제 평생 잊지 않고 기억하며 대대손손……."

"그만 가라."

뜨거운 물이 가득 담긴 욕조에서 둘은 함께였다. 클로이는 알렉산드로의 단단한 허벅지 사이에 앉아 있었다. 수면이 찰랑이고 더운 증기가 온몸을 노곤하게 만들었다.

'기분이 별로 안 좋은가?'

그가 뭔가 이상했다. 원래도 말이 없긴 했지만, 리오가 다녀간 뒤부터 오늘은 특히 과묵했다. 행동은 그렇지 않았지만.

"으음……."

알렉산드로가 등 뒤에서 집요하게 자신을 따라오며 목덜미에 자잘한 키스를 남겼다. 그의 큰 손이 보들보들한 아랫배와 가슴을 오갔다.

"피곤하지 않으세요?"

"아니."

"……."

사랑을 나누는 일은 물론 그녀 역시 좋았다. 하지만 그들은 이미 한차례 뜨거운 시간을 보낸 뒤였다. 그리고 그 '한차례'가 제법 길었기에 클로이는 무의식적으로 그의 손길을 피했다.

언젠가 알렉산드로와의 밤을 보내기 전에 혼자 머릿속으로 상상했던 적이 있었다. 부드럽고 조용한, 평소의 그처럼 다정한 손길을. 하지만 실제 알렉산드로는 그렇지 않았다.

'침대에서만 돌변하는 것 같아.'

평소의 그가 잘 조련된 애완견처럼 말을 잘 듣는 사람이라면, 침대 위에서의 그는 야수나 다름없었다. 사람을 그렇게 안달하게 만들 때는 언제고 이제 그는 거칠 게 없었다. 아랫배를 지분대던 손이 점점 아래로 내려갔다.

"아……!"

그녀에게서 나른한 신음이 터지자 그가 귓바퀴를 이로 잘근거렸다. 그의 손가락이 조심스런 손길로 움직였다.

"여기, 부드러워."

아래위에서 오는 오싹한 느낌에 클로이가 어깨를 움츠렸다. 소극적인 반응에도 개의치 않고 그가 이리저리 손가락을 놀렸다.

"여긴…… 뜨겁고."

오직 연인만 할 수 있는 야한 말이 끊임없이 그에게서 터져 나왔다. 귀에 대고서 하는 말이라 욕실에 전부 울리는 것처럼 크게 들렸다.

"우리 꽤 자주 한 것 같은데, 넌 여전히……."

더 들을 수가 없었다. 클로이는 손으로 그의 입을 틀어막았다. 안 그래도 뜨거운 물의 열기 때문에 얼굴이 이대로 펑 터져 버릴 것만 같았다. 부끄러워서 개미같이 작은 목소리로 중얼거렸다.

"이러려고 씻겨 준다고 하신 거죠."

알렉산드로는 대답 대신 장난스레 입술과 혀를 움직였다. 손바닥에 닿은 기묘한 촉감에 기겁한 클로이가 얼른 손을 떼어 냈다.

"앗!"

그걸 보고 씩 웃은 알렉산드로는 아예 그녀의 몸을 돌려 앉혔다. 몇 사람이 들어가도 될 만큼 큰 욕조였다. 가슴까지 오는 물이 출렁이며 바깥으로 마구 튀어 나갔다. 놀란 클로이가 얼른 그의 어깨를 짚었다. 서로를 마주 보자 그녀의 두 눈이 휘둥그레졌다.

아직 초저녁임에도 새파란 그의 눈동자에 가득한 정염이 그대로 보였다. 허공에서 잡힌 시선 때문에 그들의 침묵이 길어졌다. 머리카락에서부터 뚝뚝 떨어지는 물소리와 찰랑이는 수면의 젖은 소리가 맞부딪쳤다.

알렉산드로를 아침, 저녁으로 마주했지만 여전히 그가 만들어 내는 긴장되는 분위기가 있었다. 바로 지금처럼.

가끔은 당황하기도 하며 그녀를 두고 어쩔 줄 모르는 그의 모습들이 밤에는 흔적도 없었다. 클로이가 코앞에서 마주하는 곧은 시선에 부끄러워 고개를 피했다. 그러자 거부할 수 없는 낮은 목소리가 그녀에게 물었다.

"여기선 싫은가?"

아찔한 분위기처럼 가슴이 마구 두근거렸다. 익숙하다고 생각했던 그의 나신이 새삼 부끄러웠다. 클로이는 애꿎은 욕조의 난간을 잡았다 놓았다 했다. 발그레한 얼굴이 보일까 슬쩍 눈을 옆으로 돌렸다. 못 들은 척 딴청을 피웠다. 하지만 그의 시선이 끊임없이 자신에게 쏟아지자 결국 간신히 입을 열었다.

"싫은 건 아닌데……."

그녀는 말끝을 흐렸다. 싫은 게 아니라 너무 좋아서 탈이었다. 이 일상의 모든 게 좋았지만, 그중 최고는 바로 그와 보내는 밤이었다. 짧게 닿았다 떨어진 입맞춤에 푸드득 몸을 떨자 그가 눈을 마주쳤다. 그러자 알렉산드로는 클로이의 이마로 입술을 옮겼다. 여신에게 하듯 경건한 몸짓에 그녀는 눈을 감았다.

"아름답다."

클로이는 몸으로 그의 체온을 느끼며 목에 팔을 둘렀다. 서로에게만 허락된 은밀한 곳을 탐하는 몸짓은 여느 때보다 간절했다.

"사랑해."

머리에서 울리는 나직한 음성은 귓가를 스쳐 가슴 어딘가를 간질였다. 이제는 매일같이 듣는 고백이지만 단 한 번도 감동스럽지 않은 적이 없었다.

"저도 사랑해요."

클로이는 대답과 동시에 가슴이 터질 것만 같았다. 단순히 심장이 뛰어서가 아니라 물밀듯 넘쳐 나는 벅찬 감정 때문이었다. 그가 너무나 사랑스러웠다.

사랑하고 있다.

그녀는 사랑을 나눈다는 말을 온몸으로 통감했다. 사랑하는 사람에게 사랑받는 일은 기적 그 자체였다. 아무리 생각해도 이보다 더한 행복이 없을 것 같았다. 그녀의 온 감각으로 남자가 느껴지기 시작했다. 그의 향기, 자신을 배려하는 부드러운 몸짓, 부끄럽지만 서로에게서 터져 나오는 소리까지. 그녀를 꽉 채우는 그의 벅찬 사랑도 느껴졌다. 사랑은 눈에 보이지 않았다. 하지만 눈에 보이는 것보다 훨씬 더 많은 것들이 있었다.

기적 같은 감정은 아침에 눈을 뜨고 밤에 눈을 감을 때까지 그녀를 행복하게 만들었다. 사랑은 그런 마법이었다. 서로만 존재하는 것처럼 눈을 멀게 만들고, 시간을 무감각하게 만들었다. 하루 종일 게으르게 침대에 단둘이 누워만 있고 싶을 때도 있었다. 벌거벗은 채 서로를 맞이하는 아침도 잦았다. 서로의 손길이 닿으면 초저녁은 금방 야밤이 되었다. 그러다 보면 눈 깜빡할 새 새벽이 찾아왔다.

그들의 시간은 그렇게 흘렀다.

알렉산드로는 어느새 늘어진 클로이를 수건으로 감싸 안고 욕실을 빠져나왔다. 집요하게 사랑을 나누고, 지쳐 곤하게 잠들려는 그녀와는 달리 알렉산드로의 표정은 잔뜩 굳어 있었다. 실은 기분이 별로 좋지 않았다. 아침에 리오와의 일을 알고부터였다.

클로이는 원래 지나간 일에 불평이 없는 사람이었다. 한 번쯤 옛날 일을 들먹이며 그를 원망할 법도 했지만 그러지 않았다. 고맙지만 서운했다.

'아마 그를 마주치지 않았더라면 영영 내게 말하지 않았겠지.'

여자를 가졌다. 알렉산드로에게는 자신을 내어 주는 일이기도 했다. 서로가 아니면 아무한테도 보일 수 없는 완벽한 나신으로, 둘은 몸을 맞대고 있었다. 알렉산드로는 온전히 그녀의 것이었다. 그런데…… 이 여자는 아직 내 것이 아닌 것 같았다.

'왜 내게 기대려 하지 않을까.'

놓치면 날아갈 것처럼 여전히 조바심이 났다. 사랑을 깨닫고 나서부터 내내 겪어 온 긴장감이었다. 하지만 더는 반갑지 않았다. 알렉산드로는 종종 하듯이 그녀의 복부에 손을 가져갔다. 손바닥에 닿는 부드러운 살결을 음미하듯 천천히 움직였다. 다른 손으로는 반듯하게 눕혀진 그녀의 눈꺼풀과 입술을 차례차례 손가락으로 쓸었다.

"이제 그만 좀 주무세요……."

"아직 그리 늦은 시간은 아니야."

아쉬운 그의 목소리를 듣고 클로이는 눈 감은 채 피식 웃고 말았다.

"오늘은 좀 일찍 자요."

하지만 그녀의 달래는 말에도 여전히 미련이 남은 그의 못된 손은 이리저리 움직였다. 귓불을 잡았다가 놓기도 하고 작은 코를 쥐었다가 놓길 반복했다. 말랑한 볼살을 잡으니 그 촉감이 좋았다. 살살 쥐고 흔들자 결국 클로이가 살며시 눈을 떴다.

"왜요. 또 왜 그러시는데요."

투정 어린 그녀의 표정이 귀여웠다. 자꾸 괴롭혀 미안하다는 말이 목구멍까지 올라왔지만 정작 그의 입에서 나온 건 다른 말이다.

"내게…… 뭐 할 말 없나?"

사뭇 진지한 그의 목소리를 들으니 머릿속을 스쳐 지나가는 많은 것들이 있었다. 아기를 봐주고 있는 점쟁이, 그의 누나와 관련된 일일까? 혹시 그가 어머니의 일기장에 대해 말해 주려는 걸까. 아니면 오늘 찾아왔던 그 기사가 받은 명령……? 하지만 그건 자신이 할 말이 아니라 그가 말해 줘야 하는 것들인데.

"제가 무슨 할 말이요?"

"그냥, 어릴 때 일이라든지. 그런 거."

거기서 김이 확 새어 버린 클로이는 보란 듯 등을 돌려 누웠다.

"주무세요."

그 대찬 반응에 당황한 알렉산드로가 멍하니 그녀의 뒤통수를 응시했다. 사방이 어두워 잘 보이진 않았지만 지금 어떤 표정을 하고 있는지는 알 것 같았다.

'입술을 삐죽이고 있겠지.'

클로이는 웃는 얼굴이 기본이라 화를 내거나 진지한 표정은 자주 짓지 않았다. 그러니 그녀가 이런 반응을 하면 자신도 진지해져야 하는데, 자꾸만 클로이의 뒤로 어떤 동물이 생각나는 것이다.

'피곤한 다람쥐.'

그 자신은 몰랐지만 이미 입술이 귀에 걸려 있었다. 알렉산드로는 아직 그녀가 잠들지 않은 걸 알고 슬며시 손을 뻗어 그녀의 작은 손을 덮었다. 그러자 조금 고민스런 목소리가 흘러나왔다.

"저한테 하고 싶은 말은 없어요……?"

"있어."

그 대답에 스르르 그녀가 몸을 돌렸다. 그를 마주 본 표정이 제법 진지했다.

"매일, 매시간 너를 볼 때마다 하고 싶은 말이 있다."

침묵이 내려앉았다. 클로이는 살짝 긴장한 채로 그에게서 나올 말을 기다렸다. 잘 보이진 않았지만 그의 입술이 있을 부분에 시선을 고정하고 눈만 깜빡이는데, 다음 순간. 진지한 고백이 흘러나왔다.

"사랑한다."

풋, 하는 헛웃음이 터졌다. 원래 사랑한다는 말을 자주 하는 남자였다. 이제 사랑한다는 말은 그들에게 신호나 다름없었다. 사랑을 나누자는 뜻이었다. 가문의 비밀을 말해 주지 않던 그에게 조금 서운했던 마음이 눈 녹듯 사라졌다. 다만 그의 신중한 목소리와는 달리 손길이 끈적거렸다. 원래 이렇지 않았는데, 갈수록 그가 왜 이러는지 참 모를 일이라 그녀는 슬쩍 몸을 일으켰다.

"내일은 나들이를 가 보자면서요."

그러니 빨리 자라고 이불을 덮어 주려는데 알렉산드로가 그녀를 따라서 몸을 일으켰다. 그리고 은근슬쩍 그녀의 위를 올라탔다. 뱀처럼 자연스러운 몸짓이었다. 자신의 머리 옆을 짚은 그의 팔뚝을 보고 있자니 클로이는 황당한 웃음이 나왔다.

피곤하지도 않을까? 이렇게 달려들고 싶어서 대체 전에는 어떻게 참았을까?

잠들기 직전이라고는 생각할 수 없을 만큼 진득한 키스가 시작되었다. 지치긴 했지만 몸은 솔직한 법이었다. 클로이는 부드러운 그의 머리카락 사이로 손을 넣었다. 그러자 그의 입술이 떨어지고 장난스런 그의 목소리가 들렸다.

"늦게 가면 되지. 어차피 우리 둘뿐인걸."

점점 알렉산드로의 고개가 아래로 내려갔다. 아담한 가슴을 입술이 스치고 지나 한참 밑으로 내려갔다. 응하지 않을 생각이었기에 그를 밀어내려고 했다.

"누가 게으르다고 욕하겠어."

결코 그에게 어울리지 않는 말이 나왔다. 그래서 클로이는 피식 웃고 말았다. 덕분에 그녀는 알렉산드로의 의도에 완전히 휩쓸렸다. 그는 장난스러웠지만 속내는 그렇지 않았다.

클로이는 임신할 기미가 없었다. 점쟁이의 말로는 평범한 부부도 적어도 반년은 기다려야 아기가 오는 법이라고 했다. 반년은커녕 몇 개월 되지도 않았건만 알렉산드로는 갈수록 인내심이 바닥나는 기분이었다. 어릴 적 어머니를 포함해서, 사랑하는 여자에게 사랑받는 건 생전 처음이었다. 그래서 언젠가 그녀를 잃게 될까 두려웠다. 어쩌면 다른 누군가에 의해서.

혹은, 그녀 스스로 떠날지도 모른다.

사랑이 커질수록 불안감은 더해져 갔다. 사랑은 그렇게 강인하던 남자를 겁쟁이로 만들었다. 그는 어느새 조용히 잠든 얼굴을 내려다보며 홀로 마음을 달랬다.

우연히 인연이 된 아기가 그녀를 닮아서 천만다행이라 안도하며……

26. 아들의 아내

26. 아들의 아내

· · ◆ · ·

에반은 싱겁게 정리된 옛 엘파사의 왕궁을 둘러보았다. 대략 1년 전쯤 급습했던 패망한 독립국의 곳곳을 돌아보니 감회가 새로웠다. 현재 길버트가 자신의 궁으로 쓰다던 왕궁은 여전히 과거의 참담한 기록을 그대로 가진 채였다.

며칠 전 도착한 세리머니의 기사단은 버넷 후작의, 아니 이제는 길버트의 사병으로 알려진 용병단을 가볍게 처리했다. 용병단과 영지를 흡수할 변명으로 조작된 반역이었다. 이미 모든 병력은 파악된 상황. 첩자로 활약한 황궁의 기사들 덕분에 반역 진압은 최소한의 희생을 치렀다. 그렇게 평화 시대의 첫 번째 반역은 떨어진 담뱃불을 밟아 없애듯 소리도 없이 끝났다. 남은 것은 반역자의 처형식뿐이었다.

이를 위해 모든 일을 기다려 왔던 황궁은 제국의 모든 귀족들, 특히 멀리 떨어진 지역의 영주들에게 보여 주려 화려한 피날레를 준비하고 있었다. 에반은 길버트를 떠올리며 피식 웃었다.

'그 인간도 참 여러모로 대단하군.'

정치적 희생양이지만 불쌍하다는 생각은 들지 않았다. 길버트를 위해 벌어진 잔칫상처럼 착착 준비되고 진행된 반란의 결말이었다.

'그런데 전하께서 왜 그곳에 계시는 거지?'

에반은 의아했다. 황궁에서 조용히 기다리고 있어야 할 던칸이 왜 여기까지 굳이 행차했을까. 게다가 일이 끝나는 대로 자신을 보러 오라고 명했다. 어차피 반역자들의 제압이 모두 끝난 마당에 에반은 최대한 빨리 던칸을 만나 얼굴을 보고 대화를 해야 한다는 생각을 했다. 은근슬쩍 알렉산드로의 이야기를 꺼내 의중을 떠볼 생각이었다.

'말을 타고 가면 멀지 않으니까.'

아기와 점쟁이까지 포함한 넷은 요즘 가장 행복한 시간을 보내고 있었다.

"으아앙."

클로이는 오랜만에 듣는 레나의 찢어질 듯한 울음소리에 잠을 깼다. 반가운 소리였다.

'레나가 우리가 키우는 아이인지, 언니가 키우는 아이인지 모르겠다니까.'

거의 대부분의 시간을 점쟁이가 데리고 있는 바람에 레나와 함께 잠드는 것도 오랜만이었다. 즐거운 마음으로 아기를 달래고 간단한 아침 식사를 먹은 그녀는 조용한 집 안을 둘러보았다.

"나를 깨우고 가지."

일찍 집을 나선 알렉산드로는 굳이 자신을 깨우지 않았다. 저녁 늦게 들어올 그였다. 배려라는 걸 알지만 아침에 간단한 인사와 배웅 정도는 해 줄 수 있는데. 굳이 혼자 조용히 집을 나선 알렉산드로를 생각하던 클로이의 얼굴에 작은 웃음이 서렸다. 그를 생각하면 이렇듯 저절로 미소가 떠올랐다.

레나와 간단한 아기용품을 챙겨 집의 뒤뜰로 나온 클로이는 따가운 햇볕을 가려 줄 챙 넓은 모자를 단단히 썼다.

"오늘은 비가 안 와서 다행이다, 레나. 그치?"

아기는 큰 과일나무의 그늘 밑, 알렉산드로가 만들어 놓은 간이 침대에 누워 있었다. 눈을 마주치고 다정한 미소를 지은 그녀는 본격적으로 밭을 살피기 시작했다. 포도 넝쿨이 마치 그녀를 환영하는 문처럼 잘 늘어진 모습이, 썩 보기 좋았다. 뒤뜰에는 채소밭과 약초밭이 반씩 있었다. 채소는 무럭무럭 자라 직접 채취해 먹을 정도로 풍성했지만 약초밭은 달랐다. 대부분의 약초는 잘 자랐지만, 어떤 종류는 간신히 새싹이 보일 정도였다. 그래도 처음 예상했던 것 이상의 성과였다. 밭일은 생전 처음이라, 약초를 키워 본다는 자체로 큰 도전이었다.

"직접 해 보는 것도 참 재밌네."

처음에 그녀는 약초꾼이 되어 가정을 먹여 살릴 생각을 했었다. 하지만 알렉산드로가 벌어 오는 돈을 보니 굳이 자신이 일을 할 필요가 없었다. 게다가 그는 클로이가 혼자 야산을 오가며 약초를 캐는 것을 좋아하지 않았다. 대놓고 말한 적은 없지만 싫은 기색이 역력했다. 그래서 한번 약초를 직접 재배해 보기로 했다. 길목에서 보았던 들판을 약초로 가득 채우고 싶다는 열망이 바로 도화선이었다.

생활은 더할 나위 없었다. 알렉산드로는 클로이보다 요리를 더 잘했다. 클로이는 주방에서 일하던 노예가 아니었고, 칼질이 서투르기는 둘 다 마찬가지였지만 알렉산드로는 요리에 감각이 있는 것 같았다. 맛있는 것도 먹어 본 사람이 더 잘 안다던가? 그가 만드는 요리는 하나같이 그녀의 것보다 나았다. 심지어 그는 깔끔한 성격 탓인지 청소도 잘했다. 그녀가 치우려고 보면 이미 치워져 있었다. 빨래는 물에 젖어 무거우니 하지 말라고 했다. 때문에 점쟁이가 빨래하는 아낙들에게 옷을 맡길 때 그들의 것도 같이 맡겼다. 상황이 이렇게 되니 그녀가 신경 쓰는 건 주로 텃밭뿐이었다.

'일주일 전보다 많이 컸어. 역시 물을 자주 주는 게 더 낫구나.'

산에 살던 약초를 직접 재배하려면 아무래도 수분이 절대적으로 부족했다. 클로이는 나날이 모든 기록을 남기고 있었다. 아마 다시 만날 일은 없겠지만, 클로이는 호르헤를 잊지 않았다. 제국의 영지는 대부분 산맥이 아닌 들판이었다. 그래서 약초는 값이 비쌌다. 대량 재배를 하면 언젠가 가격도 낮아지지 않을까, 그런 생각을 하다가 시작한 일이었다.

"아주 쑥쑥 잘 자라고 있어."

신난 클로이는 먼저 채소밭부터 살피기 시작했다. 알렉산드로와 함께 워낙 공을 들이며 가꿔 놓은 곳이었다. 뿌리 작물은 뿌리 작

물대로 푸릇푸릇한 이파리가 가득했고, 토마토와 옥수수같이 키가
큰 작물들은 군락을 이룰 만큼 무성했다. 클로이는 빨갛게 익은 작
은 방울토마토 하나를 따서 슥 옷에 문지른 뒤 입에 넣었다. 깨물
자마자 입 안에서 터지는 느낌과 함께 상큼한 과즙이 혀끝까지 달
달하게 물들였다.

"맛있다."

클로이는 이따금 노란 잎을 떼어 주면서 머리에 닿는 포도 넝쿨
을 올려다보았다. 휘어지는 나무 막대기를 이용해 포도나무가 잘
자랄 수 있도록 해 주었더니 가장 먼저 열매를 맺었다. 아무래도
제국의 사시사철 따뜻한 기후가 포도와 잘 맞았던 듯했다. 실제로
시장에서 가장 많이 보이는 과일도 바로 포도였다. 주렁주렁 열린
과실을 흐뭇한 얼굴로 바라보던 클로이는 개중 가장 잘 익은 두 송
이를 따서 가져온 바구니에 담았다.

"이건 언니한테 드려야지."

점쟁이를 떠올린 그녀는 조심스러운 손길로 포도송이에 묻은 마
른 잎을 떼었다. 점쟁이는 자매라고 해도 믿을 만큼 그녀에게 잘해
주었다. 그 부탁 때문인가 싶었지만 그냥 자신에게 쏟는 이유 없는
호의였다. 마을에 잘 나가지 않는 클로이를 대신해 좋아하는 간식
거리나 식재료를 챙겨 주고 예쁜 옷이며 장신구를 사다 주기 일쑤
였다.

클로이는 그녀의 부담스러운 선물들이 싫지 않았다. 점쟁이가 세
상에 혼자 남겨진 외로움을 고백하면서부터였다. 클로이는 점쟁이
에게서 자신이 처음 환생을 하고 느꼈던 지독한 고독과 번뇌를 읽
었다. 부모도 형제자매도 없이 하늘에서 그냥 뚝 떨어진 무서운 그

기분. 누구에게도 말할 수 없는, 하지만 혼자서 짊어지기엔 벅찬 쓸쓸하고 슬픈 감정. 게다가 점쟁이의 특별한 직업은 매력적인 외양에도 불구하고 그녀를 더욱 외롭게 만들었다. 그래서 클로이는 그녀에게 동질감과 연민을 동시에 느꼈다. 자신에게 향하는 조건 없는 선심이 부담스럽지 않았던 이유였다.

주렁주렁 열린 체리나무 그늘 아래 누워 있는 레나를 살피자 다행히도 아기는 색색거리며 잠들어 있었다. 클로이는 속으로 헛웃음을 터뜨렸다.

'밤새도록 아빠를 괴롭혔을 테니 졸리기도 하겠어.'

따스한 웃음을 지은 클로이는 다시 약초밭에 눈을 돌렸다. 약초밭은 그녀가 예상한 그 이상으로 괜찮은 수확을 거두고 있었다. 심어 놓은 8할은 쑥쑥 자라서 약방에 내다 팔아도 될 정도였다. 다만 채소밭이 너무 풍성해서 상대적으로 빈약해 보였을 뿐이다.

클로이는 밭 중간중간에 보이는 잡초를 뽑아 주고, 너무 크게 자란 잎들을 정리해 주는 간단한 일을 마치고 잠시 허리를 폈다.

"아."

간단하게 좌우로 허리를 비틀며 몸을 풀던 그녀는 때마침 땀을 식혀 주는 바람을 만끽했다.

"좋다……."

클로이는 약초가 없는 밭의 한구석으로 몸을 옮겨 엉덩이를 붙이고 앉았다. 모자까지 벗으니 가만히 머리카락을 흔들고 지나가는 상쾌한 바람에 저절로 입매가 올라갔다. 하나로 묶은 머리는 제법 길어 어깨를 훨씬 넘을 정도였다.

알렉산드로는 그녀의 머리카락을 좋아했다. 곧은 머리카락이 바람에 날리는 모습을 넋을 잃고 바라보기도 했다. 그럴 때마다 몇 번 곤란한 상황도 있었지만 점쟁이가 아기를 잘 봐주었기에 천만다행이었다. 그래서인지 알렉산드로는 요즘 점쟁이와 전보다 친하게 지내고 있었다.

"진짜 좋다."

잠시 몸을 뒤로 기대 두 팔로 땅을 짚은 클로이는 구름 한 점 없는 새파란 하늘을 올려다보았다. 이름 모를 작은 새 한 마리가 지저귀며 날아가는 모습을 보던 클로이가 무의식적으로 입술을 움직였다.

"상쾌해."

이제는 반복되는 하루가 되어 버린 평화로운 일상이었다. 이 평범한 생활을 얼마나 간절하게 바랐던가……. 햇볕에 잠시 눈가를 찡그렸지만 저절로 입이 벌어질 만큼 맑은 날이었다. 지나가는 바람에 나무 이파리가 흔들리며 내는 소리가 마치 악단의 연주처럼 들렸다. 그녀의 일상을 축복해 주는 것 같았다.

"으앙!"

삶의 행복을 몸과 마음으로 만끽하던 클로이는 갑자기 들려온 레나의 울음소리에 부리나케 달려갔다. 결국 클로이는 가져온 바구니와 레나를 데리고 집으로 다시 들어왔다.

그녀의 일상은 레나에게 전부 맞춰져 있었다. 대충 점심 식사를 때우고 잠든 얼굴을 내려다보던 클로이는 검지로 보들보들한 뺨을 건드렸다.

"우리 울보."

누굴 닮았을까 생각하다 클로이는 속으로 떠오르는 얼굴에 피식 웃고 말았다.

'오늘은 그가 늦으려나.'

가장 행복한 순간은 자각하지 못하는 법이라 그녀는 아직 몰랐다. 맑은 하늘을 올려다보던 클로이는 번뜩 일거리를 떠올렸다.

"참, 빨랫감을 갖다주기로 했었지."

집 밖으로 향하는 걸음이 경쾌했다. 클로이는 평생을 되새기고 간직할 추억들을 써 내려가고 있었다.

일상이 주는 행복에 취한 탓인가.

그녀는 자신에게 다가오는 게 무엇인지 조금도 예상치 못했다.

자그마한 체구의 젊은 여자는 뒤뜰을 매다 말고 우는 아기를 향해 일어섰다. 조그만 요람에 있는 아기는 자세히 보이진 않았지만 목소리 하나는 우렁찼다. 여자는 한참 아기를 들고 달래다가 함께 집 안으로 들어갔다. 그리고는 아기를 등에 업고 빨래 바구니를 들고나왔다. 어디로 가는지, 작은 체구에 종종걸음이 당당했다.

"후우……."

멀리서 그들을 응시하는 시선에는 안타까움이 고스란히 담겨 있었다.

'알렉산드로도 여자를 만났다면 지금쯤 내게 저런 손자를 안겨 줬겠지.'

손녀라도 괜찮은데…….

옆에서 이를 지켜보던 험프리가 변명하듯 말했다.

"조프리 경이 수소문한 결과, 이 마을에 최근 타지에서 온 남자 둘이서 사는 집은 없다고 합니다. 하지만 최근에 외부에서 온 사냥꾼이 있다고 했습니다. 가끔 부상을 입기는 하지만 솜씨가 꽤 훌륭하답니다."

거대한 저택은 아니지만 소담하고 아기자기한 집이었다.

"체격이 아주 좋고, 귀티가 나는 젊은 남자라고 했습니다. 그런데 누구와 같이 사는지는 잘 모르겠다고 해서…….'

어쩌면 그레이엄 대공님이 아닌가 했다. 험프리는 차마 말을 마치지 못하고 말끝을 흐렸다.

그도 그럴 게, 저 집엔 아기와 여자가 있지 않은가. 아기와 여자는 과일나무와 잘 꾸며진 텃밭, 해가 잘 드는 예쁜 집에 그림같이 잘 어울렸다. 또한 저 가정에 어울릴 만한 성실한 남편이 사는 집일 것이다.

"전하, 아무래도…… 저 집은 아닌 것 같습니다."

그러니 저 집에 사는 남자는 던칸의 아들이 아니다.

"정말 죄송합니다. 저의 불찰입니다."

던칸은 대답 대신 쓰디쓴 표정으로 여자와 아기가 들어간 문을 응시했다.

한낱 평민들도 멀쩡한 가정을 꾸리고 잘만 살고 있었다. 다들 저렇게 여우 같은 마누라와 토끼 같은 자식을 두고 산다.

'그런데 왜 내 아들만…….'

속상한 나머지 뱃속이 배배 꼬였다. 얼마나 실망했는지, 그 참담한 심경이 침묵에 고스란히 전해졌다.

오래도록 문 닫힌 집을 응시하던 결국 그는 숲에서 말을 돌려 길을 빠져나왔다. 말이 움직일 때마다 그의 몸도 터덜터덜 흔들렸다. 황궁으로 온 다급한 편지에는 알렉산드로를 만났다는 사실만 적혀 있을 뿐, 어디에서 누구와 사는지까지는 써 있지 않았다.

기사들은 지금 반역을 수습하느라 바빴다. 이들을 불러 내 아들이 소년과 단둘이 사는 그 집을 아느냐고 묻기는 창피스러웠다.

'아니지. 지금 체면이 대수인가?'

던칸은 금방 생각을 고쳐먹었다. 가정이 평안해야 나라도 평안한 법! 그레이엄 가문이야말로 이 제국이 아닌가?

"험프리, 그 편지를 보냈던 기사를 불러와라. 이렇게 온 마을을 뒤지고 다니느니 그에게 묻는 게 낫겠다."

"그는 지금 옛 엘파사 왕궁으로 간 것으로 압니다, 전하. 차라리 쿠피히트 경을 부르는 건 어떨까요?"

"누가 됐든 좀 불러와라."

던칸은 고삐를 쥐지 않은 손으로 관자놀이를 꾹꾹 눌렀다.

"골치가 아파서 제 명에 못 살겠군."

그러자 옆에 있던 기사들이 아연실색하고 한마디씩 거들었다.

"전하!"

"그래도 그런 말씀을 하시면……!"

"전하께서는 제국의 든든한 기둥이십니다!"

"행여 사실이 될까 두렵습니다. 그런 말씀 마십시오!"

안 그래도 황궁 기사단 망토를 입은 기마병들이 마을을 돌아다니는 건 눈에 띄었다.

'귀티가 나는 좋은 체격의 젊은 남자'를 찾는다는 소문은 삽시간에 마을을 돌았다.

클로이는 점쟁이의 집으로 향했다. 빨랫감을 빨래하는 아낙에게 전달해 주기 위해서였다. 그들의 집은 마을에서 동떨어진 곳에 있었기 때문에 웃돈을 얹어 줘야 했다. 여기까지 오가는 수고를 개의치 않는 아낙은 보통 형편이 좋지 않았다.

"빨래를 가지러 왔습니다."

젊은 여자는 받은 세탁물을 들춰 보고 한눈에 알아챘다. 귀족들이나 입을 법한 고급 의류. 집은 소박하지만 주인은 소박하지 않은 게 분명했다.

"마님, 요즘은 날이 좋아서 오래 걸리지 않을 겁니다."

"그럼 얼마나 걸릴까요?"

"이틀이면 됩니다."

돈을 챙겨 주던 클로이는 문득 그녀의 손을 보았다. 젊은 여자인데도 까지고 벗겨진 손가락에 영 마음이 좋지 않았다.

"잠시만요."

점쟁이의 집은 그녀의 살림이나 마찬가지였다. 조르르 작은 방으로 들어간 클로이는 자신이 만든 연고를 들고나왔다.

"이거 손에 바르세요."

기름이 많은 식물로 만든 화장수였다. 점쟁이에겐 새것을 주면 될 것이라 개의치 않을 일이었다.

"감사합니다, 마님."

옷감을 살피던 젊은 여자는 그제야 고개를 들고 얼굴을 마주했다. 시선이 교차한 찰나. 피곤한 표정을 짓고 있던 여자의 눈에 놀라는 빛이 돌았다. 둘은 동시에 서로를 알아보았다.

"하이디 님?"

"아니, 너⋯⋯?"

클로이와 하이디는 의외라는 얼굴로 서로를 응시했다. 이런 곳에서 이렇게 다시 만나게 되리라고는 상상도 하지 못한 것이다. 클로이는 오래지 않은 옛날, 하이디의 성품과 그녀가 꿈꾸던 것들을 기억했다. 서로의 처지 때문인가, 둘은 잠시 말을 잊었다. 결국 먼저 말을 꺼낸 건 하이디였다.

"넌 어떻게 여기에 있는 거니?"

함축된 질문이었다. 클로이는 기사단에서 단장을 모시던 노예 출신의 하녀였다. 세리머니가 벌써 끝났을 리는 없고, 그렇다고 기사단이 벌써 여기까지 왔을 리도 없는데.

"그런데 어떻게 여기서⋯⋯ 아, 아니다. 묻지 않을 테니 나한테도 묻지 마."

클로이의 옷을 아래위로 살핀 하이디는 집 안을 둘러보았다. 이집은 귀신 들린 젊은 여자가 혼자 사는 집이라고 미리 듣고 온 터였다. 그녀는 이제야 알겠다는 듯이 고개를 끄덕이고는 속삭였다.

"네가 그 귀신 들린 점쟁이구나."

역시. 저 하녀는 예전부터 수상했다. 당황했던 클로이는 휘둥그레진 하이디를 보고 피식 웃고 말았다.

"아니에요. 여기 좀 앉으세요."

클로이가 가리킨 대로 소파에 앉기는 했지만 하이디는 여전히 찜찜했다. 그러거나 말거나 클로이는 곧장 따뜻한 차와 간단한 다과를 준비해 왔다. 그녀가 옆에 앉자마자 하이디는 조심스레 말을 건넸다.

"너도 세리머니에서 쫓겨난 모양이야."

예상치 못한 만남을 그녀는 그렇게 결론지었다. 언젠가는 쫓겨날 거라 예상은 했다. 하녀의 비천한 출신을 두고 다른 시녀들끼리 말이 많지 않았던가. 클로이가 뭐라 대답을 못하고 우물쭈물하자 하이디는 그녀를 달래듯이 고개를 끄덕였다. 동병상련이었다.

"나도 마찬가지야. 내 발로 그 인간을 따라 나오긴 했지만."

"그 인간이라면……."

"그 기사 말이야. 이젠 기사도 아니지."

와일러. 그는 내쫓기듯 세리머니를 떠났다. 기사로서의 삶이 끝났는데도 와일러를 따라나선 건 다른 이유가 아니었다.

"나를 사랑한다고 하더라."

사랑. 가슴을 울리는 무거운 두 글자에 클로이는 묵묵히 그녀의 이야기를 들었다.

"지금 생각하면 내가 미쳤지. 뭐에 씌었거나, 정신이 나갔거나."

왜 그를 따라갔을까. 처음 하이디는 와일러만 믿고 같이 세리머니에 합류했었다. 그리고 그가 기사의 삶을 저버리자, 동시에 귀부인이 되는 꿈을 버렸다. 그녀 혼자서 이뤄 낼 수 있는 미래는 없었다.

"맞으면서도 같이 사는 여자들은, 전부 바보 천치라서 그런 줄 알았지."

그런데 그게 내가 될 줄이야. 하이디는 팔짱을 끼고선 자학하듯 코웃음을 쳤다. 허공을 응시하는 눈동자는 다른 생각을 하는 사람처럼 텅 비어 있었다.

"차라리 그때 혼자라도 기사단에 남을 걸 그랬어. 뭐라고 수군거리기야 했겠지만, 다른 일을 하면서라도 세리머니를 마칠 수 있었을 텐데."

그때는 자신을 두고 하는 말들이 너무 무서웠다. 그리고…… 그 인간이 없으면 아무것도 하지 못할 것 같았다.

"자작 부인이 되려고 그 인간을 잡은 건데, 오히려 내가 잡혔지 뭐야. 너무 기대고 있었던 거지."

하이디는 클로이가 내준 차를 한 모금 들이켰다. 향긋한 내음이 기분을 환기시켰다.

"그때는 전혀 몰랐어. 나도 충분히 혼자서 살아갈 수 있다는 걸."

그녀는 씁쓸하게 웃었다.

"내가 살던 곳에는 나팔꽃들이 참 많았는데, 꼭 우리 집 앞에 있는 건 기댈 데가 없어서 땅바닥에 붙어 기어가고 있더라고. 예쁜 색으로 잔뜩 꽃을 피웠는데 말이야. 그게 불쌍해서 하루는, 바지랑대를 곁에 세워 줬지."

"……"

"그런데 웬일이야. 막대를 누가 빼 갔는지, 의지할 데가 없으니 축 늘어져서는 더 이상 꽃도 피우지 못하더라고."

날씨가 사시사철 따뜻한 곳이었다. 아침에 보라색 군락을 볼 때면 하루가 기분 좋게 시작되는 느낌이었다.

"아마 더 두고 봤으면 결국엔 다시 잘 자랐을 거야. 처음부터 기댈 곳이 없어도 잘만 피던 꽃이니까. 근데 난 그걸 보지 못하고 세리머니를 떠났어."

하이디는 모든 걸 털어 내듯 짧은 한숨을 내쉬었다.

"이제 다시 돌아가면 볼 수 있겠지."

그녀는 싱긋 웃었다. 거칠어진 손이야 어쨌든 하이디는 여전히 젊고 아름다운 아가씨였다.

"돈을 모으고 있어. 내가 살던 곳으로 돌아갈 여비를 모아서, 다시 예전처럼 살 거야."

인생의 쓴맛을 보았다. 하이디는 혼자서도 잘 살아갈 수 있다는 것을 덕분에 깨달았다.

"너도 남자만 믿고 살지 마. 남자가 전부라고 믿지도 마. 네 인생이 먼저고, 항상 네가 첫 번째여야 해. 그 다음이 타인이야. 왜냐면 우리는 여자니까."

하이디는 임신을 했었다. 기쁜 마음에 그 사실을 말하자마자 와일러는 돌변했다.

"자기는 장남이라 나 같은 천애 고아하고 이렇게 살 수는 없대. 부모님 기대를 저버릴 수 없다나 뭐라나."

하이디는 지난 일을 떠올리며 코웃음 쳤다.

"그 인간은 지가 아직도 기사님인 줄 알아. 아주 웃기지? 내가 만만하니까 나한테만 그러더라."

천애 고아는 아니다. 조실부모했을 뿐. 하지만 오갈 데 없는 처지가 그에게는 그렇게 보였다.

"나도 미쳤는지, 어떻게 헤어지냐고 울고불고했는데 씨알도 안

먹히더라고. 그럼 여기까지 왜 왔냐고 했더니, 그때는 그럴 수 있을 것 같았대."

큰 충격을 받아서인지, 하이디는 결국 조기에 유산했다. 다행인가 불행인가. 일방적인 이별을 당한 뒤 홀로 남은 그녀에게는 다행이었다. 축복으로 다가왔던 임신은 결국 큰 짐이 되었고, 저절로 유산되자 깊은 안도감으로 변했다. 사람이 이렇게 간사하구나. 그녀는 그때 깨달았다.

"사람 마음이라는 게 그래."

깊은 깨달음이 담긴 하이디의 목소리가 클로이의 가슴에 와서 푹 꽂혔다.

"사랑은 영원할지도 모르지만 그 전에 사람이 먼저 변해."

클로이는 자조적으로 웃었다. 반사 작용이었다. 사랑만 먹고 커져 가던 마음이 깊이 찔려 아팠다. 세상에는 아플 때 웃고 기쁠 때 우는 그녀 같은 사람들이 있었다. 어디 영원한 게 있기나 한가…… . 알고 싶지 않은 진실을 굳이 귀로 확인한 기분이었다. 평소엔 향긋하던 찻물이 많이 씁쓸했다.

"이거 봐. 그 인간 없이는 못 산다고 울던 게 엊그제 같은데, 나도 변했잖아?"

어깨를 으쓱한 하이디가 턱 하니 팔짱을 꼈다.

"그래도 난 다른 좋은 남자 만나서 사랑하면서 살 거야. 같이 행복해질 거야. 이번엔 똥 밟은 셈 쳐야지 뭐."

내 인생의 거름으로 써야겠어. 그녀는 말했다.

"어차피 언젠가는 헤어져야 할 남자였으니까. 손버릇이 좋지 않았거든. 차라리 잘됐어."

"돈을 모으면 바로 떠나실 거예요?"

"응. 그게 언제가 될지는 모르지만……."

지금 사는 집은 그녀의 것이 아니었다. 세를 내고 빌린 것이라, 둘이 살던 집의 세를 내는 것만으로도 벅찼다. 말이 없으니 영지를 떠나려면 꽤 큰돈을 모아야 했다. 돈 생각을 하면 마음이 착잡했다.

"빨래해다 준다고 큰돈을 덥석 주는 사람들이 많지 않거든. 그나마 이 집은 다들 오기 싫어하니까 나한텐 잘됐지."

밝은 목소리를 들었지만 클로이의 표정은 어두웠다. 같은 여자로서, 하이디의 일이 남의 일처럼 느껴지지 않았다.

"귀족이 되려고 남자한테 기생하다가, 남의 빨래나 하면서 사는 게 꼴좋다고 생각하니? 그래, 너한텐 한심해 보일지도 모르는데…… 난 할 줄 아는 일이 아무것도 없어."

"……."

"너처럼 약초를 구별할 줄 아는 것도 아니고, 병을 아는 것도 아니고. 배운 적이 없으니까 당연하지."

클로이는 그녀의 비꼬는 말은 못 들은 걸로 했다.

"잠시만 여기 계세요."

그녀는 자리에서 일어나, 점쟁이의 집을 나서려다가 덧붙였다.

"혹시 작은 방에서 아기가 울면 기저귀 한 번만 확인해 주세요."

"뭐? 너 아기가 있어?"

예상치 못한 말에 하이디는 깜짝 놀라서 되물었다. 하지만 클로이는 이미 집을 나간 뒤였다. 다행히 금방 돌아온 그녀는 한 아름 싸 갖고 온 금색 보따리를 품에 안고 있었다. 보따리 또한 반지르르한 게, 고급스러워 보였다.

"오래 걸리지 않았죠? 저는 숲 근처에 살아요. 여기, 옷이랑, 길에서 필요한 것도 좀 갖고 왔어요."

길거리 생활을 꽤 했던 클로이는 뭐가 필요한지 잘 알았다.

"저도 하이디 님처럼 얼굴이 예뻤으면 굳이 뭔가를 배우려 하지 않았을지도 몰라요."

하이디를 달래 주려는 농담이었다. 의도대로 그녀는 피식 웃었다. 예전부터 이 하녀는 같이 있는 사람을 편하게 만들었다. 불편한 건 굳이 묻지 않았고 다른 사람들이 하는 얘기에도 휩쓸리지 않았다. 전이나 지금이나 똑같았다.

"그러니까 한심하다고 생각하지 마세요. 남들이 한심하게 본다고 생각하지도 마시고요. 남들은 우리가 뭐 하는지 관심도 없을 거예요."

클로이는 들고 있던 금색 보따리를 안겨 주었다. 얼핏 반짝거리는 금화가 안에 보였다. 이건 그녀에게도 큰돈일 것이라, 하이디는 부담스러운 얼굴로 받기를 주저했다. 그러자 클로이가 막무가내로 보따리를 안겨 주며 말했다.

"저도 귀족 남자랑 살아요."

"뭐? 네가?"

아기에 이어서, 충격의 연속이었다. 솔직히 믿기지 않았지만 호의를 입은 마당에 그런 말을 차마 할 수가 없었다.

"그러니까 이건…… 제 돈은 아닌데, 제가 쓸 수 있는 돈이에요. 그냥 받으세요."

하이디는 그제야 얼떨떨하게 보따리를 받아 들었다.

"원래 살던 곳으로 다시 돌아가면 책을 사서 글자를 한번 익혀 보세요. 물론 쉬운 일이 아니기는 해요. 그래도 글자를 익히는 게, 뭐든 배울 수 있는 바탕이 되거든요."

그녀는 작게 고개를 끄덕였다. 이 사회에서, 스무 살은 적은 나이가 아니지만 더 이상 결혼을 꿈꾸지 않는 여자에겐 뭐든 할 수 있는 나이였다.

"너, 정말 이 돈을 나한테 줘도 되는 거야?"

"그렇다니까요."

이어지는 말에 하이디는 조금 울컥했다.

"누구를 만나든…… 앞으로는 절대로 맞으면서 살지 마세요."

클로이는 그 사실이 가장 마음 아팠다. 하이디 같은 여자들을 어릴 때 꽤 많이 보았었다. 하이디는 멍청해서 남자에게 맞은 게 아니다. 멍청해서 그와 헤어지지 못한 것도 아니다. 하이디는 하필 여자로 태어났을 뿐이다.

"고……."

고마워. 그 말이 차마 입에서 나오질 않았다. 자존심 때문이었다. 하이디가 부끄러워 고개만 푹 숙이고 있자 클로이는 굳이 애쓰지 않아도 알겠다는 듯이 어깨만 토닥여 주었다. 어린 날 자신을 도와주었던 누군가의 손길을 떠올리며…….

이제는 다른 사람을 도와줄 여유가 있다는 사실이 감사할 뿐이라 인사치레는 듣지 않아도 괜찮았다.

바로 그날. 하이디는 남은 미련 없이 살던 집을 떠날 수 있었다.

하이디는 헉헉거리다 말고 커다란 바위 위에 앉아 목을 축였다. 가장 빨리 버넷 후작령을 떠나는 길이 하필이면 산길이었던 것이다.

"아이고, 힘들어라. 땀 좀 닦아야지."

보따리를 얼마나 야무지게 싸 줬는지, 길에서 필요한 모든 게 그 안에 있었다. 하이디는 피식 웃었다. 아무래도 클로이 역시 길바닥에서 헤맨 시간이 꽤 된 모양이었다.

바로 그때였다. 심상치 않은 발소리가 들린다 싶더니 곧 위풍당당한 기마병들이 나타났다. 투구를 쓴 검은색 말, 그들은 금색과 적색이 섞인 망토를 두른 기사단이었다. 하이디는 한눈에 그들을 알아보았다.

'황궁의 기사들이야.'

저들은 왜 이런 변방의 영지까지 왔을까 속으로 궁금하던 참이었다. 조용히 고개를 숙이고 있는데, 누군가 손짓하며 말했다.

"잠깐, 젊은 여자가 왜 군마의 망토를 갖고 있는 거지?"

제게 하는 말이었다. 하이디는 번뜩 고개를 들고 기사가 손가락질하는 자신의 금색 보따리를 응시했다. 그러고 보니…….

"아니, 이거……?!"

하이디의 입이 떡 벌어졌다. 클로이가 싸 준 보따리는 바로 군마에 두르는 금색 망토였다. 상황이 상황인지라, 아까는 전혀 알아보지 못한 것이다. 하이디가 전혀 눈치채지 못한 이유가 하나 더 있었다. 금색은 평범한 기사의 군마가 두르는 색이 아니었다. 평범한 기사였던 와일러의 것은 검은색이었다. 작위를 받은 기사는 빨간 색이 허락되었고, 그리고 금색은······.

"그레이엄 대공님의 것이 분명합니다!"

하이디의 두 눈이 휘둥그레졌다. 누군가 크게 뒤통수를 때린 느낌이었다.

'그러고 보니 그 애가 바로 대공님의 하녀였지!'

머리가 멍했다. 저도 귀족 남자랑 산다던 클로이의 말이 귀에서 메아리쳤다. 당시 그레이엄 대공은 하녀를 꽤 살뜰하게 여기저기 데리고 다녔었다. 매사 무심한 그가 왜 그런 노예 하녀에게 잘해 주나, 그런 의문을 가졌던 적이 있었다.

"설마."

믿을 수 없는 일이었다. 그런데 그보다 더 믿을 수 없는 일이 눈 앞에 펼쳐지기 시작했다. 누군가 다급히 말에서 내렸다.

"너, 이 영지에서 알렉산드로를 본 적 있느냐?"

생전 처음 보는 사람이지만 모를 수 없었다. 그레이엄 대공과 너무나 비슷하게 생긴 멋스러운 중년 남자였다.

"저, 저, 저, 전하······."

하이디는 떨리는 입술을 주체하지 못하고 주저앉듯 털썩 무릎을 꿇었다.

"이걸 어디서 구했느냐? 이걸 알렉산드로가 직접 주었느냐? 지금 어디에 있지? 그들이 사는 곳이 대체 어디냐?"

하이디는 심장이 쿵쾅거려 차마 말을 잇지 못했다. 턱이 달달 떨려 이가 부딪치는 소리가 들렸다. 감히 이름을 말할 수 없는 그분!

그녀가 마냥 떨고만 있자 누군가 옆에서 다그치기 시작했다.

"당장 말해라!"

"어허, 전하께서 묻고 계시지 않느냐!"

"얼른 대답하지 못할까!"

던칸은 조금 짜증스럽게 그들을 뒤로 물렸다.

"그만! 그만들 해라!"

괜히 데려온 기사들 때문에 마을에서 자꾸 시선을 끌고 있었다. 다행히 산길이라 조용하지만 소문이라도 났다간 알렉산드로가 소년과 함께 다른 곳으로 도망칠지도 몰랐다. 물론, 겨우 어제 도착했는데도 이미 소문이 파다하다는 걸 던칸은 아직 모르고 있었다.

"앞으로 다들 입을 다물어라! 한 마디라도 덧붙였다간 가만두지 않을 것이다."

던칸은 다시 근엄하게 하이디를 내려다보았다.

"네가 뭔가를 아는 걸 알고 있다."

"……!"

그 모습이 마치 인간 위에 군림하는 신처럼 보였다. 기사들은 제국이 아니라 그에게 충성을 맹세한다. 제국의 앞날을 얘기할 때는 항상 그가 황제가 될 것이라고 했다. 대륙을 통일한 것도 이 제국에 그와, 그의 아들이 있기 때문이라고 했다. 이분이 바로 그분이었다.

"전부 말해라. 당장."

하이디는 벼락이라도 맞은 듯이 몸을 떨었다. 그녀는 기사단에 있을 때도 그레이엄 대공의 눈을 똑바로 보지 못했다. 너무 무서웠기 때문이다. 던칸은 저세상 사람처럼 느껴졌다. 커다란 체구가 눈앞에 서 있으니 속이 턱 막혔다. 그의 뒤에서 비치는 후광에 눈이 멀 것만 같았다. 그저 해 지는 노을이었으나 하이디에게는 그렇게 보였다.

"저, 저, 저는 아, 아무것도 모릅니다."

저분은 왜 대공을 찾는 걸까. 클로이는 정말 그레이엄 대공과 그렇고 그런 사이인 걸까?

만약 아니라면, 그럼 그 아기는?

만약 맞다면, 그럼 그 아기는……?

"어서 말하지 못하겠느냐!"

매서운 일갈에 혼절할 지경이었다. 무엇을 말해야 하고, 무엇을 말하지 말아야 하는지 머릿속이 무척 어지러웠다. 눈앞이 흐려지기 시작했다.

"아, 아기…… 아기는……."

하이디는 진짜로 졸도했다. 스르르 그녀가 옆으로 쓰러지는 걸 보고 던칸은 쯧쯧 혀를 찼다. 가끔 이렇게 자신을 마주하면 너무 영광스러운 나머지 기절하는 이들이 종종 있었다.

"깨어날 때까지 양지바른 곳에서 보살펴 줘라."

그렇게 명령한 던칸은 금색 꾸러미를 가만히 응시했다. 단단히 위로 묶인 보따리는 위대한 군마의 안장 아래 있어야 할 금색 망토였다. 던칸은 저도 모르게 여자가 했던 마지막 말을 되새겼다.

"아기……?"

아무래도 여자는 뭔가를 알고 있는 게 분명하다. 그랬으면 좋겠다. 깨어나면 자세히 물어봐야겠다. 알렉산드로와 '아기'가 무슨 관련이 있는지.

"흠흠."

던칸은 괜히 헛기침이 나와서 고갯짓으로 보따리를 가리켰다.

"안을 살펴봐라."

분주하게 말에서 내린 기사들은 명령대로 움직였다. 하지만 금색 보따리 안에는 별 특별하다 할 만한 게 없었다. 모두가 허무해 할 무렵, 다행히 잠시 정신을 잃었던 하이디가 금방 깨어났다. 무서운 얼굴을 마주한 그녀는 부리나케 조아리고 앉아 입을 열었다.

"저, 저는 대공님을 뵌 일이 없습니다, 전하."

거짓말을 했다간 죽을지도 몰랐다. 게다가 던칸은 다 알고 있다지 않은가. 하이디는 사실만 말했다.

"저 보따리는 대공님의 하, 하, 하녀에게…… 받은 것입니다."

던칸은 고개를 주억였다. 귀족이 하녀를 데리고 사는 건 이상한 일이 아니었다. 게다가 남자만 둘이니 집안일을 맡아 줄 하녀가 반드시 필요했으리라.

"그래서 그들은 어디에 살고 있지? 네가 말한 아기는 누구의 아이냐?"

하이디는 거기서 멈칫했다. 입이 방정이라 한숨이 푹 나왔다. 저도 모르게 고개를 들었던 그녀는 던칸과 시선이 마주치자 화들짝 놀라 얼른 고개를 숙였다.

"모, 모, 모릅니다……."

개미 같은 목소리로 중얼거리자 던칸이 인상을 구겼다. 원래 인내심이 바닥이었다. 그가 성격처럼 신경질적으로 재촉했다.

"네 얼굴에 다 안다고 쓰여 있다. 어서 말해!"

"저, 저기, 사, 산 아래의 숲속에 사신다고 합니다! 빨래를 전해 주다가 대공님의 하녀를 만났는데, 하녀가 아기를 키우고 있었습니다. 누, 누, 누구의 아기인지, 그런 건 전 모릅니다!"

모릅니다, 전 모릅니다. 하이디는 울먹이며 고개를 내저었다. 그녀가 말하는 산 아래 숲속 인가는 던칸이 다녀온 바로 그 집이었다. 그 주위엔 집이 딱 두 채뿐이라 모를 수가 없었다. 마을에 있는 유명한 상인도 그 집을 알려 주었다. 분홍색 벽돌집에는 귀신 들린 점쟁이가 살고 있다고 했고, 파란색 지붕 집에는 외지에서 온 사냥꾼이 있다고 했다.

"역시 그 집이 맞는가 보군."

"그 하녀는 죄가 없습니다! 아무런 죄도 없습니다!"

잔뜩 겁먹은 목소리를 듣고 던칸은 걱정할 것 없다는 듯이 손을 내저었다.

"당연한 소리를."

하녀가 무슨 죄란 말인가? 감히 군마의 망토로 짐 보따리를 싸준 게 죄라면 죄겠지만 추궁할 의도는 없었다. 그보다 던칸은 조금 의아했다.

'혹시 그 부녀자가 하녀인가?'

아기를 데리고 일을 하러 오간단 말인가? 하긴, 요람에 싸인 아기가 꽤 어려 보이기는 했다. 그래도 그렇지, 집주인이 자리를 비웠다고 아기를 일터에 데려오는 하녀가 있나? 게다가 하녀가 하는 모양이 꼭 자기 집처럼 편안해 보였는데…….

그의 본능이 말했다. 뭔가 크게 놓친 게 있다고.

"안되겠다."

혼자 고민하던 던칸은 휙 몸을 돌렸다.

"그 집에 다시 가 봐야겠다."

이른 저녁이었다. 클로이는 일찍 집으로 돌아온 알렉산드로를 반겼다. 무슨 수로 잡은 건지 짐작도 가지 않는 멧돼지와 함께였다. 두 개의 어금니가 꽤 날카로워 보이는 멧돼지는 이미 죽었는데도 공포스러웠다.

"대체 저렇게 큰 멧돼지를 혼자 어떻게 잡으신 거예요?"

알렉산드로는 칼과 단검을 한쪽에 내려놓으며 대답했다. 옅은 미소가 그녀를 향했다.

"운이 좋았다."

하지만 기대한 것과는 달리 심심한 대답에 클로이는 장난스럽게 얼굴을 구겼다.

"저한테까지 그렇게 겸손하실 필요 없잖아요."

알렉산드로는 작게 웃었다. 그리고 믿어 달라는 듯 그녀를 돌아보며 곧바로 덧붙였다.

"정말이야."

김이 샜다는 듯 잠시 그를 흘겨본 클로이가 문득 시선을 돌려 문가를 바라보았다. 문밖에는 그가 잡아 온 멧돼지가 있었다.

"근데 저 멧돼지, 오늘 팔아야 하는 거 아니에요?"

그러자 알렉산드로가 잠시 뜸을 들이다 대답했다.

"이미 팔았다. 그들이…… 가지러 오기로 했어."

"우리 집으로요?"

클로이는 의아하게 되물었다. 알렉산드로는 언제고 잡아 온 짐승들을 팔 때는 직접 마을로 가져갔다. 그들이 어디에 사는지 이목을 끌고 싶지 않았기 때문이다. 알렉산드로는 자신이 쉽게 눈에 띄는 외양을 가졌다는 걸 알고 있었고, 때문에 더욱 몸을 사리는 중이었다. 게다가 최근에는 집을 오래 비우기 어려운 일까지 생기고 말았다.

마음 같아서는 하루 종일 그녀의 곁을 지키고 싶었지만 그랬다가는 클로이의 의심을 살 게 분명해서 가까운 숲에 다녀왔다. 알렉산드로는 자신을 찾으러 온 마을을 헤집고 다닌다는 던칸의 일을 말할 수가 없었다.

"음. 일이 그렇게 됐다."

영 시원치 못한 대답을 들은 클로이는 이상한 기분을 느꼈다. 그가 왜 마을로 가지 않았을까……. 누구보다 철저히 마을 사람들과 왕래를 끊자 제안한 것이 바로 그인데.

'오늘은 잘 다녀왔다고 인사도 안 해 주고.'

아침에 나가고 집에 돌아올 때마다 인사하듯 그녀의 이마에, 혹은 볼이나 입술에 입 맞추던 그였다. 그런데 오늘은 그 입맞춤이 없었다. 클로이는 묘하게 서운했다.

"걱정할 것 없다. 곧 집을 옮길 테니까."

"네? 집을 옮긴다고요? 갑자기 왜요?"

상의도 없는 갑작스런 통보였다. 두 눈이 휘둥그레진 클로이를 보고 알렉산드로는 굳은 표정으로 대답했다.

"위치도 그렇고……."

때마침 누군가 집의 문을 두드리는 소리가 들려왔다. 건장한 사내 몇 명의 발자국 소리도 함께였다. 알렉산드로는 곧장 나가서 대화를 나누더니 멧돼지를 가져가는지, 인사를 하고 헤어지는 소리가 들려왔다. 이윽고 문을 닫고 돌아서는 그를, 클로이는 알 수 없는 눈으로 지켜보았다. 뭔가 행동이 어색했다.

"레나가 잘 자는지 봐야겠군."

곧 급하게 자신을 지나쳐 작은방으로 향하는 그의 뒷모습을 보다가, 클로이는 문득 문가에 떨어진 핏방울을 발견했다. 멧돼지의 피인가, 생각했지만 뭔가 이상했다. 어떤 직감이었다.

"알렌."

클로이는 당장 작은방으로 걸음을 옮겨 그를 불러 세웠다. 그러자 알렉산드로가 손가락을 입술 앞으로 가져갔다.

"쉿."

"잠시만 얘기 좀 해요."

"나중에."

"지금요."

"아니, 나중에 하자."

그리고는 그녀를 밖으로 내몰아 작은방 문을 닫으려고 했다. 처음 보는 그의 반응에 클로이는 깜짝 놀라 눈앞에서 닫히는 문 사이로 손을 집어넣었다.

"아!"

손가락을 찧고 큰 소리를 내자 알렉산드로가 얼른 다시 문을 열었다. 그 역시 놀란 표정이었다.

"다쳤느냐?"

"이리 나와 봐요!"

다행히 손가락은 별로 아프지 않았다. 클로이는 얼른 손을 내밀어 그의 한쪽 팔을 잡아당겼다. 작은방엔 아기가 있으니 거실에서 이야기를 할 참이었다. 그런데 아무리 힘을 주어도 그가 꼼짝도 하지 않았다.

"얘기 좀 해요. 빨리 나와 봐요!"

클로이는 있는 힘껏 그의 팔뚝을 잡아끌었다. 알렉산드로는 단호한 얼굴로 그녀의 손에 잡힌 팔을 뺐다.

"나중에 얘기하자. 아기가 깰 것 같다."

클로이는 자신을 내친 그를 바라보고 서운함이 왈칵 밀려왔다. 그가 왜 이렇게 차갑게 대하는 건지 알 수가 없었다. 문을 닫으려던 알렉산드로는 눈물을 글썽거리는 클로이를 보다 난감하게 시선을 피했다. 쾅, 곧장 작은방의 문이 닫혔다.

'대체······.'

클로이는 알 수가 없었다. 그가 갑자기 왜 저러는 건지 도무지 이해가 되지 않았다. 문득 그가 내쳤던 자신의 팔을 보다 보니 더욱 서러워졌다. 오늘 아침까지 사랑을 속삭이고 집을 나섰던 알렉산드로였다.

'나한테 화가 났나.'

단 한 번도 내게 이런 적 없었는데. 그저 손을 내쳤다, 시선을 피했다는 이유였지만 워낙 다정한 남자였기에 갑작스런 태도 변화가 신경 쓰이지 않을 수 없었다.

'분명 뭔가 있어.'

클로이는 문이 닫힌 작은방을 돌아보았다.

"레나가 단단히 잠들었어."

한참 후에 옷까지 갈아입은 그가 한결 가벼운 표정으로 그녀에게 다가왔다. 그리고 여느 때와 다름없이 자상한 목소리로 돌아와 그녀에게 말을 걸었다.

"낮에 무얼 했기에 아기가……."

"나한테 숨기는 게 있죠?"

단도직입적인 클로이의 말에 알렉산드로의 얼굴이 딱딱하게 굳었다. 당황하는 낌새가 보이자 클로이가 그를 소파에 앉히고는 이곳저곳을 살펴보기 시작했다.

"어디 다치셨어요?"

그의 상의를 들춰 볼 것처럼 손을 갖다 대자 얼른 손이 붙들렸다. 클로이는 손을 잡아 빼려고 비틀었지만 꼼짝도 하지 않았다. 물러날 마음이 전혀 없는 것처럼 고집스런 악력이었다. 고개를 올려 그와 눈을 마주쳤다. 아무 감정도 읽어낼 수 없는 무표정이었다.

쿵, 심장이 떨어지는 것 같았다. 클로이는 다급하게 외쳤다.

"다친 거 맞죠!"

"아니."

"그럼 봐요. 나한테 보여 줘요, 빨리!"

다시 그녀가 잡힌 손을 잡아 빼려 몸을 비틀었다. 알렉산드로는 무서운 얼굴로 그녀를 응시했다.

"그만."

만난 지 얼마 되지 않았을 때, 서로를 전혀 모르던 그 표정이었다. 얼음장같이 차가운 분위기를 가진 기사. 매섭게 꽂히는 그 눈빛에 놀란 클로이의 몸이 그대로 굳었다. 찬물을 뒤집어쓴 것처럼 머리부터 발끝까지 싸늘했다.

"그만해."

쉽게 그녀의 반항이 멈추자 알렉산드로는 구속했던 손을 놓아주었다. 정말 많이 놀랐는지 클로이는 그가 자리에서 일어나는 동안 꼼짝도 하지 못했다.

"피곤하군. 먼저 자야겠다."

그리고는 그대로 그녀를 스쳐 지나갔다. 그리고 작은방의 문을 열려던 그가 주저하듯 말을 꺼냈다.

"별것 아니니…… 신경 쓸 것 없다."

여전히 그 자리에 못 박힌 듯 멍하니 앉아 있던 클로이는 그 말에 번뜩 자리에서 일어났다.

"그게 무슨 말이에요!"

성큼성큼 그에게 다가간 클로이가 화가 난 듯 말했다.

"신경 쓸 것 없다니, 어떻게 신경을 안 써요. 제가 다치면 신경 안 쓰실 거예요?"

"별것 아니라고 했잖아."

"그러니까 보자고요!"

다시 그의 옷에 손을 가져가자 알렉산드로가 또 손목을 움켜쥐었다. 경고하듯 나직한 목소리가 흘러나왔다.

"그만하라 하지 않았나. 말을 듣질 않는군."

클로이는 잡힌 손과 그의 얼굴을 번갈아 봤다. 말문이 막혔다. 결코 제게 이런 법이 없었기에 더 충격이었다. 알렉산드로가 이러니 무서운 건 둘째 치고 서운했다.

'다친 게 분명해.'

클로이는 고집을 꺾지 않았다. 대치하듯 서로를 마주 보다 알렉산드로가 먼저 짧은 한숨을 내쉬었다.

"왜 이리 피곤하게 하지?"

굳은 얼굴로 그녀를 내려다보았지만 클로이 역시 지지 않고 그를 노려보았다. 눈싸움을 하듯 매섭게 응시하던 그가 갑자기 두 눈을 크게 떴다. 그리고는 얼른 그녀를 작은방으로 밀어 넣었다.

"절대로 나오지 마라."

그리고는 문을 닫았다. 순식간에 그에 의해 방에 갇힌 클로이는 깜짝 놀라 닫힌 문을 두드렸다.

"무슨 일이에요? 이거 열어 줘요! 알렌! 알렌!"

알렉산드로는 거실에 있던 소파를 옮겨 그녀가 나오지 못하도록 문 앞을 막았다. 클로이는 미친 듯이 문고리를 돌리다 아무리 해도 움직이지 않아 곧 포기하고 말았다. 격해진 감정을 추스르던 그녀는 행여 소란 속에 레나가 깨지 않았을까 뒤를 돌아보았다. 다행히 아기는 잘 자고 있었다. 갑자기 그가 왜 저러는 건지 알 수가 없어 체념하듯 침대에 앉았다.

그 순간 밖에서 갑자기 소란스러운 소리가 들리기 시작했다. 클로이는 얼른 자리에서 일어나 문가에 귀를 가져갔다.

'누가 왔나?'

누군가 집으로 들어오는 듯 문이 열리는 소리가 났다. 그리고 예민해진 그녀의 귓가로 익숙한 소리가 들렸다. 얇은 금속이 부딪쳐 내는 맑은 소리였다.

'이건······!'

갑옷을 입은, 기사들이 분명했다. 경악한 클로이의 두 눈이 커질

대로 커졌다.

"왜 집까지 찾아오신 겁니까?"

알렉산드로의 지친 말소리가 먼저 들렸다. 그는 클로이를 의식하듯 작게 말했지만 문 하나를 넘은 그녀의 귓가로는 바로 옆에 있는 것처럼 생생하게 박혀 들었다.

'대체 누구지?'

높임말이다. 알렉산드로가 아는 사람인데, 기사단에서 그가 존댓말을 해야 하는 사람이 누구지?

'에반 님은 아닌데…….'

의아한 얼굴을 한 클로이는 그들의 대화에 집중했다. 그리고 들려온 목소리는, 그녀가 모르는 사람이었다.

"정말 네가 여기 있었구나."

중후한 목소리였다.

"그런 줄 모르고 한참을 헤맸다."

그는 꽤 반갑게 알렉산드로에게 말을 걸었다.

"네 동거인은 지금 함께 있지 않은 것이냐? 그, 왜…….."

"이곳에 있지 않습니다. 그러니 들어오실 것 없습니다."

날카로운 알렉산드로의 말에 중년 남자는 잠시 머뭇거리다 조심스레 말을 꺼냈다.

"알렉산드로, 적어도 내가 변명할 기회를 다오. 이대로 황궁으로 돌아갈 수는 없어."

"제가 들을 얘기는 없습니다. 시간 낭비를 하셨군요."

"나는 네게 사과를 하러 온 것이다. 알렉산드로, 나를…… 한 번만 이해해 줄 수는 없겠느냐……. 내겐 오직 한 명뿐인 핏줄인데,

이렇게 생이별을 하고 살 수는 없다."

"……."

"평생 네가 자라 왔던 가문도, 목숨까지 바쳤던 기사단도…… 그리고 네 아버지인 나까지 모두 버리고, 모두 등지고 사는 네 마음은 정말 편한 것이냐?"

"……."

"기사단을 위한 책임감도, 너를 키워 준 가문을 향한 양심도 남아 있지 않느냐?"

"……."

"숲속에 숨어 사냥이나 하면서, 넌 이렇게 살아서는 안 될 사람이다."

"알았으니 나가십시오."

"네가 그렇게 훌쩍 떠나 버리고…… 나는 하루도 제대로 잠을 자지 못했어. 내 몰골을 한번 보거라. 내 평생 이렇게 야위었던 적이 없다."

거기까지 엿들은 클로이는 다리에 힘이 풀려 풀썩 주저앉았다. 옆에 있던 물병이 떨어져 요란한 소리가 났지만 조금도 신경 쓰이지 않았다.

"네가 부상을 입었다는 이야기를…… ."

"나가서 말씀하십시오."

알렉산드로는 그를 문밖으로 내몰았다. 크게 문이 닫히는 소리가 그녀의 귓가로 들려왔다. 클로이는 충격에 문을 등지고 그대로 앉아 있었다. 다리가 후들거려 일어날 생각도 하지 못했다. 넋이 나간 얼굴은 슬프고 괴로운 마음을 대변했다.

알렉산드로를 찾아온 남자는 바로 던칸 그레이엄이었다. 하지만 그녀를 놀라게 한 것은 그 때문이 아니었다.

'부상을 입었다고…….'

클로이는 두 무릎에 얼굴을 묻었다. 곧바로 눈물이 펑펑 쏟아져 그녀의 소매를 적셨다. 숨죽여 울던 그녀는 뭔가 생각난 사람처럼 자리에서 벌떡 일어났다. 떨리는 손으로 옷장을 열자 아니나 다를까 피가 묻은 옷이 한곳에 쌓여 있었다. 깜짝 놀라 숨을 들이켰다. 그곳에는 응급 처치를 위한 반창고와 붕대까지 마련되어 있었다. 그녀는 알렉산드로가 가끔 레나의 방에 마련된 침대에서 혼자 잠드는 이유를 짐작했다.

"흐윽."

클로이는 가슴이 찢어질 것 같았다. 죄책감과 미안함에 더 이상 피 묻은 옷을 바라볼 수가 없었다. 스스로가 원망스러웠다. 갑옷도 없이 동물을 사냥하러 나가는데 단 한 번도 그가 다쳐서 돌아올 것이라고는 생각하지 못했던 자신이 한심했다. 아픈 몸을 감추고, 밝은 얼굴로 자신에게 입 맞추고 돌아서서 혼자 묵묵히 고통을 삼켰을 알렉산드로가 자꾸만 머릿속에 그려졌다.

'그래 놓고 나 혼자 이 생활이 행복하다고 생각했어.'

클로이는 줄줄 흐르는 눈물을 닦을 생각도 하지 못했다. 그녀의 귓가로 알렉산드로의 아버지가 했던 말들이 다시 맴돌았다. 평생을 기사로 살았던, 기사단을 이끌었던 단장인 알렉산드로였다. 그녀조차 기사단을 이탈한 일 때문에 죄책감이 들었는데, 그의 마음이 편했을 리가 없었다. 하지만 자신에겐 한 번도 내색하지 않았다는 사실이 떠올라 더 속상했다. 걱정할 자신을 위해서 분명 혼자

꾹 참아 왔을 것이다. 혼자 고민했을 그를 생각하니 마음에 무거운 돌이 얹힌 것처럼 답답했다.

클로이는 그의 아버지에게도 미안했다. 그는 분명 무지막지한 사람이 맞겠지만, 어쨌든 알렉산드로는 그에게 하나뿐인 아들이었다. 부모와 자식 관계가 어떤 것인지 잘 알고 있었다. 절대로 쉽게 끊을 수도, 끊어질 수도 없었다.

'가족이 없어서 드디어 이 세상에도 누군가 내 편이 생긴다는 위안을 담보로 그를 택했는데.'

그런데 혼자 남겨진 그의 아버지가 외로워질 거라는 생각은 전혀 못했다.

'사실 난 알고 있었어. 모른 척하고 있었던 거지…….'

스스로가 얼마나 이기적이고 못된 사람인지 죄책감에 차마 고개를 들 수가 없었다. 바닥에 방울져 떨어지는 눈물을 우두커니 보고 있다가 속이 꽉 막힌 기분에 가슴을 때렸다. 새삼 알렉산드로가 그것들을 모두 버리고 자신을 택했다는 사실이 믿기지가 않았다. 이제야 클로이는 자신이 했던 선택을 이성적으로 다시 돌아보았다.

'그렇게 도망치지 말았어야 했는데.'

그냥 뒤에서 몰래 만나는 사이가 되자, 나는 영원히 정부로 남겠다고 말했어야 했는데.

'내가…… 무슨 짓을 한 거야.'

그런데 그의 유일한 여자가 되고 싶다는 욕심에 알렉산드로를 끌어들였다.

'내가 가질 수 있는 남자가 아니었는데.'

클로이는 털썩 주저앉았다. 제국에서 칭송받는 영웅이던 그가…… 지금은 자신 때문에 마을 사람들의 눈을 피해 숨어서 살아야 하는 신세였다. 기사단의 단장으로 세리머니를 이끌던 알렉산드로였다.

─저는 백작, 차크다 람붓입니다. 제국에 평화를 가져다주신 영웅, 그레이엄 대공님을 저의 보잘것없는 성에 모시게 되어 진심으로 영광입니다.

알렉산드로는 그런 대우를 받는 사람이었다. 하지만 지금은 그저 사냥꾼이었다.

'내가 그렇게 만들었어.'

클로이는 누군가 자신의 목을 조르는 것 같은 압박을 느꼈다. 죄책감 때문이었다. 가장 사랑하는 남자를 바닥으로 끌어내린 자신이 미웠다. 부족한 스스로를 향한 처참한 마음은 쉽게 이겨 낼 수가 없었다.

"으아앙!"

레나가 잠에서 깼는지 우는 소리가 들렸다. 클로이는 후들거리는 다리로 간신히 일어섰다. 그녀의 얼굴이 보이자 금세 울음을 그친 것을 보니 그저 칭얼거림이었다. 클로이는 얼른 얼굴을 닦아 냈다. 맑은 눈으로 보니 방긋방긋 웃는 얼굴은 여전히 사랑스러웠다. 알렉산드로는 하나도 닮지 않은 얼굴이었다. 피 한 방울 섞이지 않았으니 당연했다. 하지만 머리색이나 이목구비는 그녀를 닮았다. 자신을 닮았다고 기뻐하던 다정한 얼굴이 떠올라 클로이는 다시 눈물을 삼켰다.

'그는 아기를 좋아해. 하지만 난 그의 피가 흐르는 아이를 낳아주지 못할 거야.'

하지만 알렉산드로는 그녀가 부담스러워할 만한 어떤 말도 하지 않았다. 과거의 일은 물론 미래의 일까지도. 미안했다. 아무것도 줄 수 없는 자신이 그저 원망스러웠다. 레나를 안아 들고 보니 전보다 무거웠다. 가여운 운명의 아기는 다행히 하루가 다르게 쑥쑥 자라고 있었다. 보드라운 머리카락을 쓰다듬고 있으니 마음이 진정되고 차분해졌다. 소중한 것에 하듯이 클로이는 아기의 이마와 볼에 입 맞췄다. 품에 안은 작은 몸의 심장이 뛰는 것이 느껴졌다. 아기 특유의 단내가 콧속을 맴돌았다. 우두커니 레나를 안고 있는 그녀의 등 뒤로 방문이 열리는 소리가 들렸다.

클로이는 돌아보지 않았다. 곧 그녀를 품에 안는 단단한 가슴이 등 뒤로 느껴졌다.

"미안해."

귓가를 울리는 목소리는 여전히 담담했지만 클로이는 그 말에 또다시 울컥했다. 그가 미안할 건 뭔지, 왜 항상 미안하다고만 하는지. 새삼 화가 났다.

"결국 나를 찾아오셨다. 원체 남의 말은 듣지 않는 분이라."

클로이는 조용히 눈물을 삼켰다. 꾹 참았다. 그럴수록 알렉산드로는 더욱 세게 품 안의 여자를 끌어안았다. 클로이와는 달리 그는 어느 때보다도 차분했다.

"못 들은 걸로 하거라. 아무 의미도 없는 말이니까."

클로이는 두 눈을 질끈 감았다.

"난 절대로 돌아가지 않을 거다. 우리 둘만 같이 살자. 레나도."

그는 여기까지 찾아온 던칸에게 모든 사실을 털어놓고 싶었다. 하지만 클로이가 아이를 낳을 수 없을지 모른다는 사실이 마지막까지 그의 발목을 잡았다. 던칸은 가문의 계보에 그녀가 아닌 다른 여자의 이름을 넣을 것이다. 그는 그런 식으로 아내의 마음을 아프게 하고 싶지 않았다. 게다가 다른 여자를 들인다는 게 클로이의 안전을 보장한다는 의미도 아니었다.

미처 숨이 끊기지 않았던 어머니, 소피아를 창밖으로 떠밀던 던칸의 모습이 아직 생생했다. 심지어 누나까지 내다 버리지 않았던가. 그런 던칸에게, 클로이는 생면부지의 타인이다. 친자식도 갖다 버리는 사람이 생판 남인 클로이를 받아 줄 리가 없다. 혹시, 어쩌면 하는 마음에 모험을 하기엔 그녀는 지금 그의 전부였다.

알렉산드로는 여전히 부친을 믿지 않았다. 하는 말을 믿기엔 눈으로 봐 온 것들이 더 많았다. 레나가 남자아이였다면 존재를 밝혔을 텐데, 안타깝게도 아기는 던칸이 거부한 여아였다……. 던칸은 하등 쓸모없는 존재로 여길 것이다. 과거에 그랬듯이.

"아까는 내가 정말 잘못했다."

아무 대답이 없는 클로이를 안고만 있던 그가 다급하게 말했다.

"조금 다치긴 했지만 그리 심각하지 않아. 그런데 네가 괜히 걱정할까 봐 말하지 못했다."

알렉산드로는 묵묵부답인 그녀를 돌려세웠다.

"뭐라고 말을 좀 해 봐. 응?"

시선을 마주하려고 했는데 클로이는 고개를 다른 곳으로 돌려 피했다. 자신을 바라보지 않았다. 알렉산드로는 속이 터져 버릴 것 같았다.

"나를 좀 보거라."

심각한 얼굴을 아무리 따라가도 그녀는 눈길을 피했다. 결국 그는, 그녀의 고개를 잡아 고정했다. 하지만 클로이의 초점 없는 눈은 여전히 그를 바라보지 않았다.

"지금 무슨 생각을 하는 거지? 제발 뭐든 말 좀 해 봐."

알렉산드로는 조급해지기 시작했다.

"아까는 내가 다 잘못했다. 네게 그런 식으로 말해서는 안 됐는데, 미안해."

차라리 뭐라 말을 해 줬으면 좋겠는데 벙어리처럼 이렇게 입을 꾹 다물고 있는 게 더 무서웠다. 얼핏 무슨 생각을 하는지 알 것 같았다. 그녀의 시선 끝에는 그들의 아기가 있었다.

알렉산드로는 얼른 클로이의 품 안에 안긴 레나에게 손을 뻗었다. 그녀는 인형처럼 쉽게 아기를 넘겨주었다. 레나를 내려다보던 알렉산드로는 아기의 이마에 소리가 날 만큼 요란하게 입 맞췄다.

"요즘은 레나가 울지 않아서 얼마나 예쁜지 몰라."

클로이는 그 모습을 보면서도 조용히 눈만 깜빡였다. 과장된 그의 말소리가 가슴을 찢어 놓는 듯했다.

"내가 아버지인 걸 우리 아기도 아는 거지."

알렉산드로는 분명 밝은 목소리를 냈지만 표정은 그렇지 않았다. 소중히 품에 안은 아기를 데리고 그는 클로이의 손을 잡았다.

"오늘은 레나랑 셋이 같이 자야겠다."

그러고는 작은방을 나서서 그녀가 사용하던 침실로 들어섰다. 아기를 전용 침대에 내려놓은 그가 상의를 벗기 시작했다. 허리에 감긴 붕대 중앙에는 핏물이 잔뜩 묻어 있었다. 멍하니 자리에 서 있던 클로이는 그제야 그에게 눈을 돌렸다. 심각해 보이는 상처에, 클로이는 안타까운 표정으로 그를 올려다보았다.

"걱정할까 봐······ 말하지 않아서 미안하다."

"소독은 한 거예요?"

"아니, 네가 해 줘야 돼."

클로이는 속상한 마음에 얼른 그에게 다가갔다. 그녀가 상처가 있는 부위를 보려 하자 침대에 앉아 있던 알렉산드로는 일단 그녀를 옆에 앉혔다. 이제야 말문을 연 그녀에게 확답을 받아야 했다. 상처는 겉만 살짝 긁힌 것으로, 보이는 것보다 대수롭지 않았다.

"이제 네가 날 보살펴 줘야 한다. 내 옆에서."

그 말에 걱정스런 눈으로 붕대가 감긴 곳을 바라보던 클로이는 고개를 숙이고 말았다. 어떻게 말을 해야 할까······.

"예식만 올리지 않았을 뿐, 난 네 남편이다. 너는 내 하나뿐인 아내고."

"······."

"이제 와서 우리 사이를 되돌릴 순 없어. 넌 이미 날 선택했으니까."

그녀는 알렉산드로를 잘 알았다. 그래서 차마 입술이 떨어지지 않았다. 애꿎은 침대 시트를 손으로 꽉 잡았다 놓기를 반복하자 그가 대답을 재촉했다.

"내 말이 틀렸나?"

집요하게 자신을 따라오는 시선을 피해서 그녀는 다시 얼굴을 돌렸다. 가슴이 너무 아려서 당장이라도 말을 꺼내면 눈물이 쏟아질 것 같았다.

"많이 아프다. 다음부터는 조심해야겠어."

알렉산드로는 아무렇지 않은 척 말했다. 무슨 말이든 나오길 기다렸지만 클로이는 여전히 묵묵부답이었다. 결코 마주 보지 않는 시선을 하염없이 기다리던 그는 침대 위로 클로이를 이끌었다. 의지가 없는 사람처럼 그의 옆에 눕혀진 클로이는 자신의 옷을 벗기는 손길에도 반응하지 않았다. 빠르게 그녀의 옷을 벗기던 알렉산드로는 초조한 기분에 그녀의 눈치를 살피다 다시 입을 열었다.

"난 이미 네 것이다."

분명 자신이 품에 안았음에도 클로이는 여전히 제 여자가 아닌 듯, 멀리 있는 것처럼 느껴졌다. 그녀가 진짜로 아기를 가졌으면 얼마나 좋을까. 욕심이 생겼다. 그럼 곁을 떠나지 못하게 붙잡아 둘 구실이라도 있었을 텐데…….

"이제 네가 내 여자라는 확신을 줘."

쉽게 나신이 된 그녀를 내려다보며 알렉산드로는 목덜미에 먼저 키스했다. 전처럼 요란스런 감각이 느껴져야 했지만 아무것도 느껴지지가 않았다. 그저 답답하고 속상한 마음뿐이었다.

'내겐 아무 말도 하지 않고 혼자서 견뎌 왔던 거야.'

클로이의 세상은 거기서 멈춰 있었다. 알렉산드로와의 이별을 떠올리고 나니 아무것도 못하는 사람처럼 어떤 생각도, 기분도, 느낌도 들지 않았다.

알렉산드로는 죽은 사람처럼 반응이 없는 클로이의 몸 여기저기에 입 맞추었다. 집요하게 잇자국을 내듯 아프게 깨물기도 했지만 그녀는 여전히 말이 없었다.

"평생 내 옆에 있을 거라고 말해."

그리고는 아플 만큼 세게 목덜미를 깨물었다. 그래도 클로이는 입술만 꾹 깨문 채 아무 말도 없었다.

"그렇게 약속하지 않았나?"

송장처럼 초점 없이 멍한 그녀를 내려다보던 그가 돌연 소리를 질렀다.

"말을 해!"

어깨를 잡고 흔들자 그제야 그녀의 시선이 알렉산드로에게 향했다. 클로이는 조심스레 그의 얼굴로 손을 가져갔다. 사랑하는 남자의 얼굴은 괴로움으로 일그러져 있었다. 눈가를 지나 손가락을 코와 입술까지 따라가 그림을 그리듯 움직였다.

'내가 어떻게 이 사람을 잊지.'

눈시울이 뜨거워졌다. 아마 죽는 마지막 날까지 절대로 잊지 못할 것이다. 그 어떤 사람을 만난다고 해도 이 남자만큼 사랑할 수는 없으리라……. 그런 클로이를 내려다보던 알렉산드로가 입술을 열었다.

"제발."

바다처럼 파란 눈동자 가득 물이 넘실거렸다. 동시에 클로이의 손끝이 축축하게 젖었다. 그리고 그녀의 얼굴로 툭툭 물방울이 떨어져 내렸다. 알렉산드로의 감정은 항상 그랬듯이 클로이를 앞서 갔다. 눈물도 그가 먼저였다.

"제발 나를 포기하지 마라……."

애원하는 목소리에 클로이는 울음을 삼켰다. 그에게 이별은 없는 말이었다. 결국 그녀는 아픈 사람이니 안정이 먼저라는 생각에 일단 고개를 끄덕였다. 억지로 입매를 끌어당겨 웃자 어둠 속에서 빛을 본 사람처럼 그의 얼굴이 환해졌다.

알렉산드로는 순식간에 그녀를 끌어당겼다. 숨도 쉴 수 없을 만큼 세게 안아서 갇힌 듯 답답한 기분이 들었지만 클로이는 그의 등 뒤로 손을 둘러 더욱 가까이 그를 끌어안았다. 하지만 곧 그의 상처를 떠올리고는 얼른 밀어냈다.

"상처 난 거 조심……."

"하나도 안 아파."

"거짓말."

"정말이야. 안 아파."

그리고는 그녀의 뒷머리를 소중히 쓰다듬었다. 잠시 말이 없던 그가 힘겹게 입을 열었다.

"하지만 네가 떠난다면…… 정말 고통스러울 거다."

클로이는 심장이 쿵 떨어져 내리는 것만 같았다.

"그러니 나를 떠날 생각은 하지 마라."

클로이는 조용히 눈을 떴다. 벌써 늦은 아침이었다. 내내 불안했지만 집 근처에서 기사들의 기척은 일절 느껴지지 않았다. 그날 던칸은 알렉산드로에게 무슨 말을 들은 게 분명했다.

하지만 그는 일절 입을 열지 않았다. 여태껏 그랬듯이. 아무런 말도 해 주지 않을 것처럼.

대신 감시하듯 그녀의 옆을 지켰다.

클로이는 뒤에서 자신을 끌어안은 몸 때문에 숨 막힐 지경이었

다. 두어 번 눈을 깜빡이다. 클로이는 옷소매로 눈가를 비비적거렸
다. 정신을 차린 시늉을 했지만 그는 자신을 놔줄 생각이 없는 듯
했다.

"벌써 일어났나?"

어깨 너머에서 들려온 목소리에 클로이는 무심히 입술을 움직였다.

"네."

밤새 한 번도 잠든 적 없다. 알렉산드로는 마치 굵은 밧줄처럼
그녀를 꽁꽁 둘러매고 그대로 잠들었다. 행여 자신이 언제라도 도
망갈까 속 타는 마음이 그대로 느껴져서 클로이는 한숨도 자지 못
했다. 단단히 허리를 감았던 손이 그녀의 어깨를 어루만졌다. 손길
이 지나가고, 똑같은 자리에 차가운 그의 입술이 내려앉았다.

"몸이 불편해서 오늘은 집에만 있어야겠다. 우리 아기랑 같이."

하지만 그는 불편하다고 말한 사람치고는 제법 바쁘게 움직였다.
알렉산드로는 아침 식사를 준비하고 레나를 챙기느라 분주했다.
그는 원래 게으름이라는 걸 모르는 사람이라 클로이는 가끔 민망
할 때가 있었다. 흡사 휴일을 맞은 즐거운 사람처럼 행동하는 그를
바라보다 뒤늦게 정신을 차린 그녀가 그의 상처를 떠올렸다.

"누워서 좀 쉬세요. 너무 많이 움직이는 것 같은데……."

"괜찮아."

싱긋 웃으며 대답한 그가 다가와 다정하게 머리카락을 넘겨 주었
다. 상처는 깊지 않았다. 움직이는 데 크게 무리는 없었다. 사냥을
하다 보면 가끔씩 생기는 그저 그런 정도의 상처였다.

"점심 식사는 제가 차릴게요."

"그래."

"뒤뜰에 물 좀 뿌려 주세요."

그러자 대답 없는 그의 눈동자가 불안하게 흔들렸다. 알렉산드로는 그녀를 혼자 두고서 집을 비울 수가 없었다. 설마, 그럴 리는 없겠지만 밤새 조용하던 그녀의 근심 어린 표정을 생각하면 겁이 났다.

"지금요."

"……알았다."

영 움직일 생각이 없는 그를 재촉하듯 바라보자 알렉산드로가 겨우 걸음을 옮겼다. 집을 나설 때까지 주저하던 그가 결국 문을 닫고 나가자 클로이는 작은 한숨을 내쉬었다. 레나를 확인하러 작은 방으로 걸음을 옮기는데 급하게 다시 문이 열렸다. 벌컥 열린 문으로 그가 성큼성큼 들어와 클로이의 손을 잡아 이끌었다.

"같이 가자."

그리고는 대답을 듣기 싫은 사람처럼 곧바로 몸을 돌렸다. 그의 손에 이끌려 뒤뜰에 다다를 때까지, 클로이는 아무런 말도 할 수가 없었다.

27. 영원한 것

27. 영원한 것

· · ◆ · ·

　이튿날 저녁. 클로이는 품에 안은 레나를 데리고 조용히 집을 나섰다. 그동안 알렉산드로는 한시도 떨어지지 않고 그녀의 옆을 지켰다. 그런데 갑자기 점쟁이가 야밤에 자신의 집에 너구리가 들어왔다고 비명을 지르며 야단스럽게 그들의 집을 찾아왔다. 불안한 눈빛으로 눈치를 살피던 알렉산드로는 결국 점쟁이의 호들갑에 어쩔 수 없이 집을 나섰다.

　마음으로는 그를 혼자 두고 차마 떠날 수 없었다. 막상 그녀의 두 다리는 언제나 생각해 왔던 일처럼 쉽게만 움직였다.

　걸어가는 동안 던칸의 목소리는 끊임없이 그녀의 귓가를 맴돌았다.

　―그자는 오직 자신의 권력과 가문만 생각하면서 사는 버러지 같은 인간이라오.

　―가문의 이름을 이을 수 없는 여자아이라는 이유로, 자신의 아내가 낳은 그 갓난아기를…… 갖다 버렸소.

알렉산드로는 그 모든 일에 대해 한마디도 하지 않았다. 부친에 대해 이상할 만큼 말을 아끼는 그였다. 가문의 일을 말해 주지 않을까 싶어 기다렸지만…… 그는 끝까지 함구했다. 그 사실이 결국 클로이를 움직였다.

'레나는 안 돼.'

그녀는 품 안의 아기를 단단히 감싸 안았다. 레나는 여자아이일 뿐만 아니라 알렉산드로의 피 한 방울 섞이지 않은 아기였다. 하지만 아무리 숲속에서 데려온 타인의 아이였다고 해도 자식처럼 키우기로 스스로 약속하지 않았던가. 던칸의 애절하고 나약한 목소리를 들으며, 일말의 희망을 떠올린 그녀는 곧 생각을 접고 말았다.

―절대로 그자를 믿지 마시오.

혹시 모른다는 근거 없는 희망으로 아기를 위험에 빠뜨릴 수는 없는 일이었다.

'이탈한 지 3개월이 조금 넘었으니까.'

그와 만난 지 1년도 되지 않았다는 사실이 믿기지 않았다. 알렉산드로는 다시 기사단으로 돌아가면 될 것이다. 순간의 잘못된 판단으로 길을 이탈한 그였지만 여태 쌓아 온 명예를 생각하면 이대로 자신과 숨어서 사느니 그냥 원래 있던 자리로 돌아가는 게 나을 것 같았다.

'겨우 3개월이라니.'

삶은 지금 커다란 전환점에 와 있었다. 인생에는 종종 그런 순간들이 찾아온다. 이 순간의 선택이 남은 평생을 좌우하게 되리라.

'약초를 팔면서 혼자 아무도 없는 곳에서 조용히 살면 아기를 키울 수 있을 거야.'

줄리아 맥코웰이 그랬듯이. 하이디가 그랬듯이……

결심과 동시에 알렉산드로의 얼굴이 떠올라 울컥했다. 사랑한다고 속삭이던 달콤한 목소리가 들리는 것 같았다. 눈시울이 시큰했다. 더없이 그를 사랑하기는 그녀도 마찬가지였다.

그래서, 떠나기로 결심한 것이다. 누구보다 소중한 사람이기에.

클로이는 아기를 더욱 세게 끌어안았다. 마음을 굳게 먹어야 했다.

'잠깐은 힘들겠지.'

알렉산드로도, 자신도 분명 고통스러울 것이다. 하지만 죽지 않을 것이다. 어떤 고난이 닥쳤어도 자신이 여태 버티고 살아온 것처럼, 시간이 지나면 분명 담담히 떠올릴 날이 올 것이다.

'이렇게 될 줄은 몰랐는데……'

품 안의 아기가 무겁게 느껴졌다. 하지만 그녀가 선택한 일이었다. 지금 당장은 짐처럼 느껴졌지만, 클로이는 만약 다시 돌아간다 해도 똑같은 선택을 할 것이라서 후회는 없었다.

다만 아기를 버린 누군가가 너무나 원망스러웠다. 할 수만 있다면 그들을 찾아가 왜 그랬냐고 따져 묻고 싶었다.

'하지만 그들도 어쩔 수 없었겠지.'

결국은 보호자가 없는 아이는 버려질 수밖에 없는 것이 이 제국의 문제였다. 원래 사회는 힘없는 약자들을 위한 곳이 아니었다. 이 제국의 사회는 더더욱 그런 곳이 아니다.

클로이의 걸음이 점점 빨라졌다. 알렉산드로가 잘 아는 숲이나 마을로 갔다가는 그가 따라올지도 몰랐다. 그녀는 산길을 잘 알았지만 그래서 더더욱 갈 수 없었다. 알렉산드로는 아마 자신이 산을 넘어 다른 영지로 가리라 예상할 것이다. 그래서 결국 그녀는 오솔

길을 따라 들판을 건너기로 했다. 처음 가는 길인 데다, 알렉산드로는 갈 일이 없어 잘 모르는 길이었다. 하지만 알고는 있었다.

'이 길로 가면 엘파사가 나올 거야.'

왕국의 수도는 버넷 후작령의 끝과 맞닿아 있었다. 부지런히 걸었지만 클로이는 속도를 늦추지 않았다. 바람에 풀이 흔들리는 소리조차 들리지 않는 차분한 밤길이었다. 평소라면 아름답다 생각했을 달도, 별이 가득한 밤하늘도, 품 안의 작은 생명체도. 그 무엇도 피폐하게 부서진 마음을 위로하지 못했다. 어떻게 걸음을 옮기는 건지 자신의 다리가 제대로 움직이고 있는 건지, 기본적인 감각마저 느껴지지 않았다.

클로이의 머릿속에는 사라진 레나와 자신 때문에 놀라 괴로운 마음일 알렉산드로 걱정뿐이었다. 누군가를 이렇게 끊임없이 떠올리고 그리워하리라고는 상상도 하지 못했다. 마치 몸과 마음이 내 것이 아닌 것처럼, 아무리 생각을 지우려 해도 상처받은 그의 얼굴이 눈에 박힌 것처럼 아른거렸다.

'시간이 지나면 다 괜찮아지겠지.'

그녀는 자신을 다독였다. 그 외에는 다른 방법이 없었다. 잊을수는 없겠지만 괴로운 심정은 점점 무뎌질 것이다.

그리고 덤덤하게 지난 일들을 추억하게 될 어느 날. 그 나중에 돌이켜 보면 결국은 지금의 선택을 후회하지 않으리라…….

'그나마 길이 밝아서 다행이야.'

들판의 저 멀리, 끝이 어딘지 보이진 않았지만 클로이는 더 이상 두려울 게 아무것도 없었다. 발이 닿는 곳 어딘가에서도 삶은 지속될 테니까.

알렉산드로를 만난 일은 그녀의 인생에 있어 최고의 행운이었다. 비록 이렇게 됐을지언정 그와의 만남을 후회하진 않았다. 가슴이 뻥 뚫린 것 같았지만 그를 사랑하게 되어서 정말 다행이었다. 그는 별 볼 일 없이 쓸쓸하던 그녀의 삶을 밝혀 준 등불 같은 존재였다. 가진 모든 것을 줘도 모자랄, 사랑하는 사람.

그녀에게 너무나 소중한 사람이라 그에게서 아무것도 빼앗고 싶지 않았다. 그러니 이젠 그저 혼자, 지나간 시간을 추억 삼아 다시 살아가면 될 것이다.

처음 환생하고 그랬듯이…….

클로이는 쉬지 않고 열심히 걸음을 옮겼다. 그런데 자신의 발걸음 말고도 들리는 소리가 있었다.

"뭐지?"

그것은 사람의 발소리가 아니었다. 점점 빨라지는, 점점 커지는 소리는 땅을 울리는 말발굽 소리였다. 뒤를 돌아보자 작은 형체가 빠르게 자신에게 다가오는 것이 보였다. 알아보기 위해 눈을 가늘게 뜨고 있으니 곧 익숙한 인영이 보였다.

알렉산드로였다.

클로이는 얼른 아기를 내려놓았다. 바로 앞에서 크산토스를 멈춰 세운 알렉산드로는 매서운 눈으로 그녀를 노려보았다. 우두커니 바라보고만 있자 그가 말에서 뛰어내렸다. 성큼 다가온 그가 거친 숨을 내쉬었다. 이글대는 시선에 타 버릴 것만 같았다. 뭐라고 말을 꺼내려 클로이가 입술을 달싹이자, 알렉산드로가 대뜸 허리에 차고 있던 칼을 꺼내 들었다.

"……!"

그가 예전에 갖고 있던 것만큼은 아니었지만, 예리한 칼날이 빛을 반사했다. 전혀 예상치 못한 행동에 클로이가 저도 모르게 뒷걸음질 쳤다.

"이대로는 못 간다."

경악한 그녀의 두 눈이 크게 벌어졌다. 칼을 빼 들고 서 있는 그를 보니 저도 모르게 알렉산드로와의 첫 만남이 떠올랐다.

—죽여라.

그 서늘한 목소리는 벌레를 잡아 죽이라는 것처럼 차분하고 담담했다. 그에게 자신의 목숨은 아무것도 아니었다.

—성문에 걸어 놓을 머리만 남겨.

그 섬뜩하고 두려운 목소리가 귀에서 메아리쳤다. 몸이 떨리기 시작했다. 손에 쥔 칼보다 그의 표정이 더 시리고 차갑게만 느껴졌다.

"꼭 떠나야겠다면……."

말을 멈춘 그는 클로이에게 칼을 내밀었다.

"나를 죽이고 가."

심장이 뚝 떨어지는 기분이 클로이를 감쌌다. 그의 목소리가 아프게 그녀를 찔렀다. 결연한 눈빛이 진심이라는 걸 증명했다.

"여기서 나를 죽이고 떠나."

그녀는 고개를 저었다. 작은 몸짓은 점점 커졌다. 두 눈을 꼭 감고 고개를 흔들어도 알렉산드로는 대답이 없었다. 그가 들고 있던 칼을 내던지는 소리가 들렸다. 옆에 떨어져 있는 칼을 멍하니 바라보고 있으니 그가 재촉했다.

"네가 선택해."

클로이는 턱이 자꾸 떨려서 이가 부딪쳤다. 단단히 마음먹은 그의 얼굴은 풀어질 기미가 없었다. 그와 눈을 마주치는 게 마냥 두려웠던 예전 일들이 눈앞을 스치고 지나갔다.

"여기서 나를 죽이고 갈 것이냐. 아니면 생의 마지막 날까지 나와 함께 살 것이냐."

둘의 상황은 예전과 완전히 바뀌어 있었다. 클로이는 새삼스레 서로가 서로에게 이렇게 커다란 존재가 되었다는 사실이 실감 났다.

"네게 버림받는 것보단 나으니까 뭐든 상관없다."

"알렌……."

"내가 말하지 않았느냐. 죽을 때까지 너를 사랑하겠다는 말은 진심이었어."

그 말에 클로이는 고개를 푹 숙이고 말았다. 그녀 역시 마찬가지였다. 하지만 그가 이렇게 마음먹었듯이, 그녀 또한 결심한 바가 있었다. 클로이는 여태껏 생각해 왔던 아무 소용 없는 말을 담담히 내뱉었다.

"시간이 지나면 괜찮아질 거예요."

"하……!"

알렉산드로는 기가 찬다는 듯 헛웃음을 터뜨렸다. 화를 꾹 눌러 참듯 어쩔 줄 모르고 잠시 하늘로 시선을 돌렸다 급하게 다시 클로이를 노려보았다. 그는 자신이 들은 말을 믿을 수가 없다는 듯이 황당해하며 되물었다.

"시간이 지나면 괜찮아진다고?"

잔뜩 좁아진 미간이 배신당한 심정을 고스란히 내비쳤다.

"넌 어떻게 이렇게 잔인하지?"

시간이 지나면 괜찮아진다니! 그녀에게 감히 이런 말을 들을 수는 없었다. 빠득 이를 악물자 얼굴이 부르르 떨렸다. 그는 가슴을 치고 울분을 씹어 뱉었다. 노기에 찬 성난 목소리가 고요한 밤하늘을 울렸다.

"대체 어떻게! 내게 어떻게! 이렇게 잔인하게······! 어떻게 이렇게 쉽게 나를 두고 떠날 수 있느냐?"

클로이는 긴 한숨을 내뱉었다. 지켜보는 게 힘들었기에 시선을 돌리자 당장 그가 어깨를 붙들었다.

"당장 죽을 것 같은데 어떻게 견디라는 것이냐? 너 없이는 난······! 나는 못 산다."

알렉산드로가 저렇게 난감한 얼굴을 하는 건 처음이었다. 클로이는 불안하게 떨리는 마음을 진정시켰다. 사랑은 가슴으로 찾아왔어도 이별은 머리가 시키는 법이었다. 중심을 잡고 그를 이해시켜야 했다.

"살 수 있어요. 버틸 수 있잖아요. 그냥, 그렇게 사는 거예요."

그의 얼굴을 보면서 또박또박 말을 이어 갔다.

"지금은 힘들겠지만 시간이 지나면 다 잊히고, 무뎌져요. 어떤 일이 닥쳐도 사람은 다 견뎌 낼 수 있어요."

조용한 클로이의 목소리에, 알렉산드로의 차가운 얼굴이 무너지듯 괴롭게 일그러졌다. 잔뜩 화가 났던 그에겐 어느덧 절망스럽고 슬픈 기운이 가득했다. 알렉산드로는 어려운 말을 저렇게 쉽게 내뱉는 그녀의 입술이 야속했다.

"제가 없어도 대공님은 살 수 있어요. 괜찮아질 거예요."

그녀는 수없이 많은 삶의 고비를 넘긴 사람이었다. 처음엔 무슨 일이든 견뎌 낼 수 있다는 그 강인함이 좋았다. 그래서, 그래서 그녀는 이 끔찍한 이별조차 견딜 수 있는 일이라고 말한다…….

"힘든 시간은 언젠가는 지나갈 테니까요. 나중에는…….."

"난 안 돼."

돌이켜 보면 그가 전쟁터에서 보냈던 하루하루는 견뎌 낸 게 아니었다. 삶을 포기하고 죽음을 기다렸을 뿐이다. 그렇게 살아도 결국엔 시간은 지나갔다. 하지만 그는 더 이상 그렇게는 살 수 없었다.

"그렇게 사느니 죽는 게 낫다."

그런 시간은 이제 무의미했다.

"내 평생 이렇게 행복했던 적이 없는데."

그는 절망적인 상황에서도 그녀가 있었기에 긍정적인 미래를 그릴 수 있었다. 이제야 사는 게 즐거워지기 시작한 참이다. 이제 와서야.

"내게 행복이 뭔지 알려 줘 놓고는 이렇게 나를 떠나겠다? 아니, 이제 난 예전처럼은 못 산다. 네가 없이는 안 돼."

평생을 기다려 왔던 사랑을 이대로 보낼 수는 없다. 매일 아침이 기다려지는 이 마음이 행복이라면, 이대로 놓칠 수는 없다. 어두운 저 들판의 끝으로 당장 그녀가 사라질 것처럼 보였다. 알렉산드로는 세게 그녀의 어깨를 끌어당겼다.

"내가 어떻게 하면 좋은지 말을 좀 해 보거라."

지금 그는 아무런 자각도 할 수가 없었다. 아무것도 느껴지지 않았다. 냉담한 그녀의 얼굴을 보니 온몸이 얼어붙는 기분이었다.

"어떻게 하면 내 옆에 있어 주겠느냐? 이렇게 그냥 전부 포기하고 떠나려 하지 말고, 내게 말을 해 봐. 네가 뭐라고 하든지 따를 테니까."

그의 애절한 말에도 클로이는 그저 고개를 저었다. 그녀의 얼굴로 한 줄기 가는 눈물이 툭 떨어져 내렸다.

"제가 다 잘못한 것 같아요."

"널 데려온 건 나야."

클로이는 흐르는 눈물을 닦을 생각조차 하지 못했다. 그에게 아무것도 주지 못하는 자신의 신세가 통탄스러웠다. 심지어 그는 아버지에게까지 등을 돌린 상태였다. 그에게 완벽한 가족을 줄 수 없다면, 적어도 그의 것을 빼앗지는 말아야 했다.

"그때 네가 어떤 대답을 했든 나는 너를 데려왔을 거야."

알렉산드로의 말은 들리지 않았다. 클로이는 확고한 결심만큼 최대한 냉정하게 말했다.

"저도 누군가에게 고통받고 힘들었는데…… 똑같이 그분을 괴롭게 할 만큼 나쁜 사람이 되고 싶지 않아요."

"아버지를 떠나온 것은 내 선택이야. 단 한 번도 그 사람을 가족으로 원한 적 없어. 내 부친은 그저 이름뿐이다."

"당신을 사냥꾼으로 살게 하고 싶지도 않아요."

"다른 일을 할게. 원한다면 다시 기사가 되겠다."

"당신한테서 가문을 빼앗고 싶지도 않고……."

"내 발로 박차고 나온 것이다. 네가 죄책감을 가질 필요 없어. 그것 또한 내 선택이었다."

하지만 그녀의 표정은 바뀌지 않았다. 결코 마음을 돌릴 것 같지 않은 그 모습에 알렉산드로는 다시 급하게 덧붙였다.

"아니, 다시 가문으로 돌아갈게. 내가 누구를 사랑하든 더 이상 아버님은 개의치 않는다 하셨으니 같이 내 영지로 가서 살자. 어느 쪽이든 네가 원하는 대로 할게."

알렉산드로는 몇 번이고 해 왔던 애원을 다시 한번 꺼냈다.

"제발…… 이대로 돌아서지 마라."

그의 간절함이 드디어 닿았을까? 클로이가 고개를 들어 올렸다. 그녀의 눈망울은 금방이라도 눈물이 차오를 것처럼 흔들리고 있었다. 클로이는 눈가에 꾹 힘을 주었다. 새삼스러웠지만 그는 이런 남자였다. 늘 이렇게 간절하고 애타게 자신을 바라보던. 그의 간절함이 파도처럼 몇 번이고 부딪혀 클로이에게 스미자 드디어 그녀의 마음이 흔들리기 시작했다. 하지만 그녀는 혼자가 아니었다.

"레나는……."

자신은 둘째 치고, 아기 때문에 이런 선택을 하게 된 게 아니었던가. 알렉산드로는 잠시 말을 멈췄다. 그는 클로이의 뒤에 있는 작은 형체를 응시했다. 아무리 생각해도 던칸이 레나를 손녀로 받아 줄 것 같진 않았다. 사생아로 자랐던 클로이를 생각하면 그 역시 아기를 사생아로 키울 수 없었다. 게다가 아기는 여아였다.

어쩌면 당장은 받아 주겠다 할 수도 있지만 그의 부친이라면 뒤에서 몰래 레나를 죽이려 들지도 모르는 일이다. 이제야 알렉산드로는 그녀가 어떤 걱정을 하는지, 왜 이런 선택을 하게 된 건지 이해했다.

"그분을 믿을 수 있어요?"

알렉산드로는 더 이상 무언가를 감출 수 없었다. 그래서 최대한 솔직하게 답했다.

"아니."

부친이기는 하지만 그 역시 신뢰할 수 없는 사람이었다. 하지만,

그때서야 알렉산드로의 마음속에서 어떤 강한 확신이 고개를 들었다. 던칸이 염려스러워도 알렉산드로는 장담할 수 있었다.

"하지만 내가 지켜 낼게."

소중한 것들을 이렇게 보내느니, 차라리 앞을 가로막는 장애물에 맞서 싸우는 것이다. 그녀가 떠나려 하자, 반드시 지켜야 할 게 무엇인지 이제야 깨닫게 되었다. 지켜 낼 용기도 생겼다. 그리고 그것은 알렉산드로가 가장 잘할 수 있는 일이기도 했다.

'지켜 내는 것.'

평생을 기사로 살았던 자신이 아닌가.

그는 스스로를 지키기 위해서 싸워 오지 않았다. 그럼에도 끝까지 살아남아 그 자신보다도 더 많은 것들을 지켜 냈다. 조금도 두렵지 않았다.

"반드시 너와 레나를 지킬게."

잃고 싶지 않다. 이대로 잃을 수는 없다.

"내 목숨을 바쳐서라도."

고요했던 가슴속 심지에 불이 붙어 활활 타올랐다. 흩날리는 검은 머리카락처럼, 그녀의 시선이 불안하게 흔들렸다. 알렉산드로는 한 손으로 그녀의 볼을 감싸 안았다. 그렇게 시선을 고정시키고 쐐기를 박았다.

"난 뭐든 실패한 적이 없다."

그는 언제나 목표한 바를 이뤄 왔다. 일생에서 마음대로 되지 않았던 건 이 여자가 유일했다. 무언가가 이렇게 간절한 적이 한 번도 없었다. 정말이지 어렵고…… 또 어려운 여자였다.

"내 부친 대신 나를 믿어."

"……."

"나를 믿고, 포기하지 마라."

클로이는 가만히 그를 응시했다. 머리카락은 짙은 갈색이지만 대비되는 눈동자는 이른 새벽녘과 같이 푸른빛이었다. 곧은 눈썹은 그의 성격만큼이나 진한 인상을 주었다. 작은 얼굴에 도드라지게 높이 솟아 있는 날카로운 콧날을 따라 내려오면 그의 입술이 있었다.

"기회를 줘."

솔직한 성격처럼 그의 입술은 거짓을 말하지 않았다. 매일 사랑을 속삭이는 저 입술이 얼마나 부드럽고 달콤한지, 얼마나 자신을 행복하게 만들어 주는지 클로이는 누구보다 잘 알았다. 그 순간 조용히 이별을 종용하던 아픈 목소리가 그녀를 간질였다. 아무도 모르게 가슴 깊숙이 박혔던 날카로운 조각 하나.

—사람 마음이란 게 그래. 사랑은 영원할지도 모르지만, 그 전에 사람이 먼저 변해.

클로이는 눈을 꾹 감았다. 결심하듯 고개를 내저었다. 정말 이 세상에 영원한 건 없을지언정, 시간이 지나면 언젠가는 바랠 감정이라 해도…….

'난 그렇게 생각하면서 살지 않을 거야.'

지금 빛나는 이 커다란 불꽃이 언젠가는 다 타 버리고 검은 재만 남는다고, 그렇게 생각하면서 살아갈 수는 없다. 아픈 시간이 지나면 잊혀질 추억이 되리라 위로하며 이별할 수 없다. 어쩌면 이 세상에도 영원한 게 있을지 모른다. 백 명의 사람에게는 백 가지 정의가 있지 않은가.

'내가 믿는 게 바로 내 삶이 될 테니까.'

그녀가 믿는 건, 지금 이 순간. 이 순간을 살아가고 있다는 것뿐이다.

"……저한테 말하지 않은 것들이 있죠."

알렉산드로의 굳은 얼굴이 미세하게 일그러졌다. 그녀가 돌아설까 봐 무서워 말하지 않았던 것들이 한두 가지가 아니었다.

"부상을 당한 것도, 아버지가 그렇게 무서운 사람인 것도."

"……."

"제겐 아무 말도 하지 않았어요."

죄스런 얼굴을 올려다보던 그녀는 마음이 아팠다. 자신조차 그에게 아무 말 없이 떠나지 않았던가. 클로이는 그를 탓하고 싶지 않았다. 미안하기는 피자 마찬가지였다. 알렉산드로가 얼마나 아기를 예뻐했는지 누구보다 잘 알고 있었다. 그런데 그에게서 말없이 레나를 데리고 떠나려 마음먹은 게 못내 미안했다.

"차마……."

"차마 말할 수가 없었겠죠. 알아요. 그래서 이해할 수 있어요."

차분한 그녀의 얼굴을 보면서 알렉산드로는 고개를 들 수가 없었다. 언제나 클로이가 겁이 많은 여자라고 생각해 왔지만 사실은 자신이 더 겁쟁이였다. 사랑이 떠날까 두려워 아무 말도 못한 자신을 이해한다는 여자는 이별을 말하는 순간조차 담담했다. 마치 자신이 없어도 살 수 있는 사람처럼, 모두 지나갈 일이라 말하던 잔인한 입술은 결코 나약한 사람의 것이 아니었다.

"말없이 떠나려고 했던 거 미안해요. 하지만 제겐 전부 감추려고 했으면서, 저를 믿지 않았으면서……."

담담한 목소리가 그에게는 채찍처럼 느껴졌다. 그녀의 한 마디,

한 마디가 큰 충격으로 다가왔다.

"널 믿지 못했던 게 아니야. 네가 나를 다른 눈으로 볼까 봐, 그게 두려웠다. 내 아버지와 나를 같은 사람으로 보고 의심할까 봐."

애타는 눈으로 자신을 응시하는 알렉산드로를 바라보며 클로이는 작게 한숨을 내쉬었다. 그가 다급하게 덧붙였다.

"내가 전부 다 잘못했다. 아무것도 숨기지 않을게."

클로이는 고민을 하는 것처럼 보였다. 그 얼굴을 들여다보는 알렉산드로의 심장이 마구 떨렸다. 누가 뒤쫓아 오듯 초조했다. 그는 대답을 채근하는 대신, 숨죽여 그녀의 목소리를 기다렸다.

"……또 혼자서 아픈 거 참고 그러실 거예요?"

"아니."

"그분에 대해서도 말해 줄 수 있어요?"

"그래. 내 어머니의 일기를 보여 줄게."

"소피아 님의 일기요?"

"그걸 보면 내 부친이 어떤 사람인지 알 수 있을 거야. 하지만 내게 약속해 줘. 두 번 다신 이렇게 떠나진 않겠다고."

클로이는 천천히 고개를 끄덕였다. 그는 결코 이대로 자신을 보내 줄 것 같지 않았다. 그녀 또한 이렇게 자신을 원하는 남자를 두고 돌아서고 싶지 않았다. 무엇보다 그의 말에는 신뢰가 있었다. 함께한 시간 동안 그녀가 쌓아 왔던 믿음은 결코 가벼운 것이 아니었다.

제 자식도 아닌 버려진 아기를, 그녀와 닮았다는 이유만으로 그는 사랑했다. 임신이 어려울지도 모른다는 말에 고민도 없이 모든 걸 버리고 떠난 남자였다. 클로이는 누구보다 그를, 자신을 향한 그의 마음을 믿을 수 있었다.

"네가 사라진 걸 알고 세상이 멈춘 기분이었다."

그의 진심을 대변하듯, 항상 아름답다 생각했던 눈동자에 촉촉한 물기가 서려 있었다.

"그때 난 이미 죽었어."

클로이는 그의 가슴에 얼굴을 기댔다. 그녀도 같은 기분이었다. 알렉산드로는 작은 몸을 단단히 껴안았다. 사랑하는 여자의 따뜻한 체온이 느껴지니 이제야 숨을 쉬고 살아 있는 기분이었다. 그가 힘겹게 말문을 열었다.

"제발 다시는 이러지 마라."

"……안 그럴게요."

"사랑도, 행복도 없는 삶으로 다시 돌아가느니 그냥 죽는 게 낫다. 내가 선택한 가족은 너와 레나뿐이야."

"미안해요. 제가 잘못했어요."

알렉산드로는 그녀의 머리카락 위에 입을 맞췄다.

"내가 더 미안해. 앞으로는 아무것도 숨기지 않을게."

한껏 안심한 그의 입술이 주저하다 진심을 툭 터뜨렸다.

"고생시키지 않겠다 말하고 너를 데려와 놓고는…… 나 때문에 마음 졸일까 걱정이 돼서 아무 말 하지 못했다."

그 순간 클로이는 눈물이 핑 돌았다. 돌연 그의 가슴을 밀어내자 알렉산드로가 놀란 눈으로 바라보았다. 하지만 그녀의 표정을 본 그가 금세 속상한 얼굴을 했다.

"내가 자꾸만 너를 울려서……."

어쩔 줄 모르고 뒷말을 참던 그는 다시 어렵게 입을 열었다.

"미안……."

"미안하다는 말 좀 그만해요!"

갑작스런 클로이의 외침에 알렉산드로는 당황스러웠다. 눈물이 그렁그렁한 눈을 보고 있을 수가 없었다. 하지만 죄지은 사람처럼 시선을 피하는 모습에 그녀야말로 화가 났다.

"제가 더 미안하단 말이에요! 저도 뭐든 주고 싶고, 도움이 되고 싶은데! 저한테도 기댔으면 좋겠는데 혼자서 그렇게……!"

알렉산드로가 뚝뚝 눈물을 흘리는 그녀를 보고는 급하게 끌어안았다. 하지만 클로이는 또다시 그를 밀어냈다.

"저한테 죄책감 가지지 마세요."

꼭 해야 할 말을 하는 사람처럼, 그녀는 숨을 삼키면서도 말을 멈추지 않았다.

"저는…… 알아요. 평생 다시는 누군가를 이만큼 사랑할 수 없다는 거. 그리고 내가 사랑하는 사람이 나를 사랑한다는 게 얼마나 기적 같은 일인지…… 누구보다 잘 안단 말이에요."

클로이는 뭐라 말하려 입술을 떼는 알렉산드로를 가로막았다.

"당신을 따라온 거, 내가 선택한 삶이에요. 두 번 다시는 누군가를 이렇게 사랑할 수 없을 것 같아서 선택한 거라고요. 그러니까 마음 아프고, 걱정 좀 하면 어때요."

그러자 알렉산드로의 얼굴에 희망을 본 사람처럼 옅은 미소가 서렸다.

"당신이 내가 선택한 전부인데."

그의 황폐하고 메마른 마음에는 그녀가 안겨 준 희망이 넘쳐흘렀다. 벅찬 가슴 가득히 사랑 하나뿐이었다. 알렉산드로는 믿을 수가 없었다. 이렇게 작고 가녀린 여자가 언제부터 내 모든 것이 되었을까. 대체 언제부터 이 여자를 이만큼 사랑하게 되었을까. 그녀는 언제부터 나를 이렇게나 사랑하게 된 걸까.

클로이의 말이 맞았다. 서로를 향한 이 감정은 기적이었다.

"네가 후회하지 않도록……."

"무슨 일이 생긴대도 후회하지 않아요. 앞으로도 그러지 않을 거예요."

각오가 담긴 자신 있는 목소리가 그를 감동시켰다. 그제야 알렉산드로는 숨통이 트이는 것 같았다. 더 이상 아무것도 두려울 게 없었다.

돌아오는 길에 마주한 점쟁이는 레나를 품에 안고서 돌아갔다. 그녀 역시 한밤중에 갑자기 사라져 버린 클로이를 찾아 헤매고 있었던 것이다.

"미남! 미남!"

하지만 다시 돌아와서 아까 미처 하지 못한 말이 있다며 급하게 문을 벌컥 열었다. 날카롭고 짜증스런 목소리가 그를 불렀다.

"아니, 대체 어떻게 했기에 저 얌전한 아가씨가 아기를 데리고 야반도주를 했어요!"

끊임없는 핀잔 소리가 늦은 밤중에 울려 퍼졌다. 문 앞에선 점쟁이가 레나를 품에 안은 채 그를 향해 손가락질을 했다. 물론 그녀가 욕하는 대상은 알렉산드로였다.

"저 아가씨가 얼마나 소심한 사람인데! 혼자 얼마나 고민하다 못해 집을 나갔겠냐고요!"

"……"

알렉산드로는 이런 대우를 생전 그 누구에게도 받아 본 적이 없었다. 마땅히 대꾸할 말이 없어서 더 미치겠다.

"미남 하나만 믿고 따라와서 이 고생을 하고 있구만! 그렇게 데려왔음 잘해 줘야지! 왜 속을 썩여요, 썩이기는!"

그는 온갖 꾸지람을 묵묵히 들었다. 요즘 들어 점쟁이와 전에 만났던 줄리아 맥코웰이 이상하게 닮았다는 생각을 하고 있었다.

'환장하겠군.'

그는 할 수만 있다면 시간을 돌려 점쟁이가 자신을 찾아온 그날로 돌아가고 싶었다. 너무도 쉽게 자신의 인생에 점쟁이를 들인 스스로가 원망스러웠다.

"이 아가씨는 다른 남편을 만나도 잘 먹고 잘 살 팔자라니까?"

그 얘기를 또! 거기까지 얘기를 들으니 속이 부글부글 끓었다. 그는 최대한 좋게 말했다.

"알았으니 그만 가."

"뺏기기 싫으면 미남이 잘해야 한다고 내가 말했잖아요!"

"제발 가라."

알렉산드로는 그녀의 등을 떠밀었다. 점쟁이는 레나를 데리고 그녀의 집으로 돌아가면서도 뒤를 돌아보며 충고를 잊지 않았다.

"아가씨 남편이 될 남자는 세 명이나 더 있으니까 좀 잘해요."

"좀 꺼져!"

알렉산드로는 신경질적인 손길로 문을 닫았다. 요즘 그는 점쟁이 때문에 신경 쇠약에 걸릴 것만 같았다. 그녀는 사실 자신에게 더 가까워야 할 사람이었다. 하지만 아기 새가 어미 새를 따라다니듯 클로이만 졸졸 쫓아다녔다. 그는 한참 좋았던 분위기를 방해받아 있는 대로 짜증이 났다. 말로는 잘해 보라는 둥 하면서 가끔 좋은 분위기에 귀신같이 찾아와 방해하는 게 바로 자신의 누나였다.

일부러 그러나 했는데 그건 아니었고 그저 타이밍이 좋았다. 정말로 귀신이 들리긴 한 것 같았다. 그는 단단히 문을 걸어 잠그고 돌아섰다.

철컹철컹. 다신 열리지 않게 다시 한번 문을 확인했다. 큰 한숨이 나왔다. 침실로 돌아가자 우스운 듯 입을 막고 어깨를 들썩이고 있는 클로이가 보였다. 답답한 마음에 침대에 풀썩 앉자 그의 뒤에서 얄미운 웃음소리가 터져 나왔다.

"푸훗."

클로이는 점쟁이가 정말 좋았다. 그녀에겐 어느새 알렉산드로만큼, 레나만큼이나 소중한 사람이었다. 정말로 가족이라고 말할 만한 사람들이 이제 그녀의 곁에 있었다. 알렉산드로는 단둘이 해결 중이던 과제를 꺼내 왔다.

"정말 창피스럽지만 보여 줄게. 나도 내 부친이 이만큼 잔인한 사람인 줄은 정말 몰랐다."

소피아의 일기였다. 그의 옆에 앉아 천천히 일기장을 넘기던 클로이는 전혀 예상치 못했던 참담하고 안쓰러운 한 여자의 일생에 경악을 금치 못했다. 소피아가 오랫동안 혼자 가슴에 품은 상대와 결혼하고 얼마나 행복했을까. 클로이는 마음이 아파서 가볍게 읽어 내려갈 수 없었다. 그녀는 자신이 가장 사랑하는 사람에게 정서적 학대를 당한 것이다. 한 글자도 빼놓지 않고 일기를 보던 클로이는 가장 안타까운 부분에서 시선을 멈췄다.

'레나……?'

자신이 숲속에서 데려온 그 아기. 지금 둘이 키우고 있는 바로 그 아기의 이름이었다.

─내가 그 이름을 가진 사람을 잘 아는데, 씩씩하고 발랄한 아가씨예요.

그 이름을 준 사람이 바로 점쟁이였다.

'설마.'

놀란 그녀의 두 눈이 휘둥그레졌다.

'하지만 일기에는 죽었다고 했는데.'

물어보고 싶었지만 이 일기장에 있는 사람들 누구도 그 일을 입에 올리지 않았다. 클로이는 가문의 당사자가 아닌 이상 일단 말을 아끼기로 했다.

'어떻게 이럴 수가 있을까.'

게다가 죽었을지 살았을지 모르는 레나보다 클로이의 머릿속에 들어오는 것은 소피아의 기구한 일생이었다. 열 달 동안 몸에 품고 있던 아기를 빼앗긴 기분은 도대체…… 아무래도 소피아는 태어난 아기의 얼굴조차 보지 못한 채 생이별을 한 것 같았다.

'겨우 몇 달 키운 레나도 이렇게 소중한데.'

아기 때문에 자신은 알렉산드로를 떠나려 결심한 게 아니었던가. 소피아가 어떤 심정이었을지 클로이는 감히 상상조차 할 수 없었다. 그녀가 미쳐 간 것도 충분히 이해됐다. 그래서 소피아가 정신을 놓기 시작한 일기의 마지막 장을 덮고서도 쉽게 말을 꺼내지 못했다. 그것은 그레이엄 가문의 끔찍하고 처참한 기록이었다.

클로이는 자신의 손을 붙잡은 그를 바라보았다. 알렉산드로는 그 피폐한 시간을 견디며 살아온 증거였다. 그녀는 이제야 그가 했던 말들을 완벽하게 이해할 수 있었다. 그를 미워하는 어머니와, 욕심에 눈이 멀어 처자식을 등한시하는 아버지 밑에서 한 번이라도 마음 편했던 적 있을까.

"명예롭게 죽기 위해서……."

클로이는 눈앞에 있는 남자가 불쌍해서 견딜 수가 없었다. 목구멍을 치밀고 올라오는 열기를 참으며 그녀는 말을 이었다.

"기사가 되었다고 했죠."

"그래."

겨우 열한 살짜리 아이가 그런 생각을 하고 기사단에 들어갔다니. 그가 살아온 삶이 얼마나 황량했을지 클로이는 짐작조차 할 수 없었다. 왜 그토록 가족에 목맸는지, 행복하게 살고 싶다고 말하는지, 가문도 지위도 필요 없다고 자신을 선택한 건지 클로이는 이제야 알았다.

'이 남자한테는…… 사랑밖에 없어.'

자신보다 한참은 크고 단단한 손을 내려다보던 클로이는 그를 올려다보았다. 그 무엇에도 쓰러질 것 같지 않은 견고한 갑옷을 입고, 피 묻은 칼을 들고 있던 매서운 눈빛을 가진 남자의 이면에는 수많은 상처로 고통받던 황량한 삶이 있었다. 두려움에 눈을 마주치기조차 꺼려졌던 그 눈빛이, 이제는 나를 좀 안아 달라 애원하는 듯 보였다. 아마 알렉산드로가 평생을 그리워한 건 언제고 안길 수 있는 품이 아니었을까. 따뜻한 시선, 자상한 손길, 누구나 당연히 누려야만 하는 것들을 갖지 못한 어린 알렉산드로를 떠올리니 가슴이 찢어질 것 같았다.

클로이는 섣부른 죄책감에 그를 떠나려 했던 자신을 반성했다.

"누님이 있었다는 걸, 알고 계셨어요?"

"아니. 누구도 내게 말하지 않았어."

아마 단단히 입단속을 했던 모양이다. 지금도 황궁에서 살며 모든 권력을 누리는 사람이니 그레이엄 영지에서라면 던칸은 마치 신처럼 군림했을 것이다. 소름이 끼쳤다.

"정말로 아버지를 안 보고 살 생각이었어요?"

조심스런 그녀의 물음과 달리 알렉산드로는 피식 웃으며 가볍게 대답했다.

"내가 아버지와 살갑게 지냈던 적이 있는 것 같으냐."

클로이는 대답 대신 그의 얼굴에 살며시 손을 가져다 댔다. 머리부터 발끝까지 그는 어디 한 곳 약해 보이는 데가 없었다.

"영지에 살 때는 수개월에 한 번씩 얼굴만 보이셨고, 어렸을 때부터 날 교육한 건 칼스버그 공작이야."

잠시 말을 멈췄던 알렉산드로는 옛날 일을 짚어 가듯 아련한 눈빛을 했다.

"그가 내 아버지였다면……."

부모의 빈자리는 어린 알렉산드로에게 무엇으로도 메울 수 없었다. 그래서 어릴 적 그는 소원을 가졌었다. 항상 자상하게 웃으며 내 말에 귀 기울여 주는 칼스버그 공작, 그가 내 아버지였다면 얼마나 좋을까.

"내가 칼스버그 가문에서 태어났다면 얼마나 좋았을까. 그런 덧없는 망상을 수도 없이 했었지."

클로이는 뺨을 만지던 손길을 멈췄다. 그는 부모가 있었지만 없느니만 못했다. 그 사실이 속 쓰렸다.

"어머니가 돌아가신 그 일 이후로 나는 전장에서만 살았다. 나만큼 어린 나이의 귀족 영랑들은 없었기에 더 빨리 기사들과 친해질 수 있었지."

평민, 혹은 노예. 전쟁터에 온 소년들은 주로 고아들이었다.

"평민보다 못한 출신의 기사들이 많아 처음에는 나와 다르다고 생각했다."

쓸모없는 이들은 화살받이로, 칼을 다룰 줄 아는 이들은 함께 어깨를 기대고 싸웠다. 전쟁이 끝나도 어린 소년병들은 자신을 기다리는 가족들이 없었다.

"하지만 돌아갈 곳이 없기로는 피차 마찬가지더군."

그녀의 작은 손을 겹쳐 잡고 부드러운 손등을 쓸던 알렉산드로가 다시 입술을 움직였다.

"나는 그들보다 가진 게 많았을지언정 내 목숨조차 귀한 줄 모르는 이였다. 한 번도 살기 위해서 싸우지 않았지."

알렉산드로는 다른 사람의 이야기를 읊어 내듯 시종일관 무덤덤했다.

"매번 죽음을 생각하면서 뛰어들었지만 무슨 운이 따랐던 건지, 결국 이날까지 살아남았다."

클로이는 줄리아를 죽이려던 그날, 처음으로 그가 모친의 이야기를 하던 때를 떠올렸다. 그날도 그는 저렇게 담담하게 지난 일을 이야기했다. 얼마나 외로운 남자인가.

그때 보았던 그의 뒷모습은 평생 잊지 못하리라.

"그런데 너를 만나고부터……."

알렉산드로는 꿈속의 일을 말하듯 살며시 웃었다.

"무의미했던 그 시간들이 감사했다."

클로이가 안타까움에 아무 말도 하지 않고 있자 알렉산드로는 자신의 큰 몸을 그녀에게 안겼다. 덩치 큰 동물이 주인의 품속에 몸을 비비는 것 같다. 그의 머리카락을 만지던 클로이는 버겁지만 사랑스럽다고 생각했다. 세상 누구보다 강인해 보이는 남자는 그녀의 앞에서 가장 연약한 부분을 전부 드러냈다.

"내 평생 처음으로, 살아남아 다행이라는 생각이 들었다."

잠시 그녀의 품속에서 눈을 감고 있던 알렉산드로가 진지한 목소리로 단언했다.

"나는 내 아버지를 닮지 않았어. 조금도."

그는 평생을 그렇게 다짐했다. 내 아버지 같은 남편이 될 바에는 차라리 혼자 사는 게 낫다. 저렇게는 살지 말아야지. 나처럼 불행할 자식은 절대로 낳지 말아야지.

귀감이 되었던 건 칼스버그 공작이었다. 알렉산드로는 자신이 존경했던 그의 자상함을 닮고 싶었다.

"알아요. 하나도 안 닮았어요."

그녀는 두 팔로 그의 어깨를 감싸 안았다. 위로하듯 가만히 어깨를 쓸어 주었다.

'정말 그분이 맞나.'

그런데 그녀가 얼핏 들은 던칸의 목소리는 일기장에 묘사된 악인과는 너무도 달랐다. 간절하고 힘없는 쇠약한 목소리였다. 어쩌면 오랜 시간이 지났으니 그 또한 변하지 않았을까 하는 생각이 들었다.

'사람이 변할 수 있을까?'

모를 일이다. 던칸은 쿠데타를 일으켜 전쟁으로 대륙을 통일한 독재자였다. 평범한 사람이라면 변할지도 모르지만 그렇게 특별한 사람이 쉽게 변할 수 있을까? 클로이는 최대한 조심스레 말을 꺼냈다.

"그런데 이건 20년 전의 일인데, 그동안 혹시 그분도 변하지 않았을까요?"

그러자 그가 큰 한숨을 내쉬었다.

"내 부친은 본인이 본처의 소생이 아니기 때문에 그 누구보다도 핏줄을 중요시하신다."

던칸은 그레이엄 가문의 후계가 되기까지 엄청난 희생을 치러야 했다. 자신과는 완전히 다른 환경이었지만 알렉산드로는 던칸을 이해했다. 사람은 원래 자신이 갖지 못한 것을 더욱 간절히 원하는 법. 집착에 가까웠던 던칸의 일생엔 가문과 권력, 오직 그 두 개뿐이었다.

"그래서 난 너와 레나를 두고 도박을 하고 싶지 않아. 게다가 이제 와 돌아간다 해도 어찌하실지 빤히 눈에 보였거든."

그의 말이 맞긴 했다. 노예인 그녀는 대공의 부인이 될 수 없었다. 게다가 그녀로서는 두 번째 결혼이다. 무엇보다 불임일지도 모른다.

'하지만 그에게는 아버지 한 명뿐인데. 그분에게는 알렌이 유일한 가족인데.'

그녀의 고민 어린 표정을 지켜보던 알렉산드로가 얼른 덧붙였다.

"내일 아버님께 찾아가 담판을 짓고 올게. 이대로 너를 불안하게 할 수는 없지."

클로이를 잃느니 그는 차라리 아버지와 칼을 맞대는 게 나을 것 같았다. 그녀를 다시 데려올 때도 했던 결심이 아니었던가.

"너와 레나에게 가문의 이름을 주지 않겠다 하시면 나 또한 그레이엄으로 살지 않을 것이다."

큰 결심을 한 듯한 그의 얼굴을 보니 클로이는 가슴이 콩닥거렸다. 소심한 듯 보였지만 추진력이 남다른 남자라 괜히 가문에 누를 끼칠까 무서웠던 것이다.

"알렌, 난 그냥 옆에만 있을 수 있다면 괜찮아요. 굳이 부인이 아니라도, 다시 하녀가 된다고 해도 좋으니까……."

"뭐?"

그러자 알렉산드로가 휙 몸을 일으켰다. 재빠른 그의 몸짓에 미처 말릴 틈도 없었다.

"하녀?"

형편없이 구겨진 그의 미간을 본 클로이는 자신이 말을 잘못 꺼냈음을 깨달았다. 의도치 않게 또다시 그를 초조하게 몰아넣은 것 같아 미안했다.

"말했었지. 다른 여자를 옆에 두고 너를 만날 수 있었다면 이렇게 도망치지도 않았다."

그에게는 좋고 싫고의 문제가 아니었다. 그렇게 할 수가 없었다. 클로이는 자신이 가진 모든 벽을 허물어트리고 안으로 들인 유일한 여자였다. 알렉산드로는 다른 누구에게도 그렇게는 할 수가 없었다. 무엇보다, 부정한 짓을 저지른 사람처럼 죄책감을 안고 살고 싶지 않았다.

"나는…… 그저 평범한 걸 원해. 서로에게 유일한 반려자로 남는 것."

어느새 뒤로 눕혀진 그녀의 목덜미에 알렉산드로의 한숨 섞인 말이 터져 나왔다.

"내가 바라는 건 그뿐이다. 네 남자로만 살고 싶어."

냄새는 맡는 것처럼 살갗에 대고 크게 숨을 들이마신 그가 천천히 손을 움직였다.

"하아…… ."

"내게 여자는 너뿐이야."

다시 벗겨진 나신으로 정신없이 그의 입술이 쏟아져 내렸다.

"죽을 때까지. 죽어도 내겐 너뿐이다."

클로이는 그대로 눈을 감고 자신의 삶에 한가득 들어찬 그의 존재를 되새겼다.

깊은 밤을 지나 새벽녘이 다가오고 있었다. 하지만 그들의 시간은 야심한 밤에 멈춰 있었다.

'두 번 다시는 저를 찾아오지 마십시오.'

던칸은 자신의 아들이 했던 마지막 말을 곱씹었다. 생각하지 않으려 해도 자꾸만 떠올랐다.

'더 이상 저를 괴롭히지 마세요. 아버님께 일말의 죄책감이라도 있다면 말입니다.'

'알겠다. 알렉산드로, 내가 이렇게 찾아온 것은 그런 이유가 아니야. 네 옆에 있는 그……'

'또 찾아오신다면 제가 떠나는 수밖에 없습니다.'

'내 말을 좀 들어 보거라.'

오랜만에 이어진 부자의 대화였건만 속이 답답했다. 아들은 제 할 말만 하고 남의 말은 듣지도 않았다. 대체 누굴 닮았는지, 무척 냉정한 데다가 심히 고집스러웠다. 벽을 보고 말하는 기분이었다.

'네가 그렇게 떠나 버리고 나도 혼자 많이 생각을 해 보았……'

'어머니의 일기장을 찾았습니다.'

'……!'

'창피하신가요? 그런 양심이 있으십니까?'

그 순간 던칸은 얼음물을 뒤집어쓴 기분이었다. 소피아가 일기를 쓴 줄도 몰랐지만 그걸 발견했다는 사실도 충격이었다. 머리가 어지러웠다. 괴롭게 일그러진 아들의 얼굴처럼 심장이 조여들었다.

'저는 수치스럽습니다.'

던칸은 돌아서는 아들의 뒷모습을 멍하니 응시했다. 마지막 말은 꼭 사형 선고처럼 들렸다. 일기장에 어떤 내용이 있었는지조차 알지 못한 채, 그는 끝내 아들을 붙잡지 못했다. 번뇌에 빠진 그는 집무실 문을 두드리는 소리조차 듣지 못했다. 버넷 후작성에서 이 상황을 해결해 줄 누군가를 간절히 기다리는 중이었다.

"에반입니다."

던칸은 냉큼 자리에서 일어섰다. 계획된 반란이기는 하지만 이를 멋지게 마무리한 에반과 세리머니의 기사단이었다. 던칸은 옅은 미소로 그를 맞았다.

"잘 지냈나."

"너무 늦어서 죄송합니다."

"너무 늦긴…… 후후, 결국 세리머니는 또 이렇게 끝이 났군."

던칸은 한 번도 제대로 끝난 적 없는 세리머니의 역사를 되새겼다.

"아니, 그런데 얼굴이 어쩌다 이렇게 상하셨습니까?"

항상 건장했던 체격을 떠올린 에반은 홀쭉해진 그의 뺨이 걱정스러웠다. 겨우 1년 남짓 보지 못한 던칸은 평화의 시대를 다스리는 제국의 군주라고 보기에는 무리가 있었다. 전쟁이 한창이었던 와중에도 저렇게 근심 어린 얼굴은 아니었다.

"그렇게 됐어. 앉게."

게다가 모두를 내려다보던 오만하던 그 눈빛조차 많이 누그러져 있었다. 에반은 의아했지만 중요한 일을 먼저 화두로 꺼냈다.

"직접 여기까지 걸음 하셨을 줄은 몰랐습니다. 길버트를 처리하는 게 아무래도 황궁 기사단이 낫다는 생각이시라면 저 역시……."

던칸은 조용히 고개를 내저었다. 쓸쓸한 웃음이 감도는 그의 얼굴을 보고 에반은 말을 멈췄다.

"그자 때문이 아니야."

잠시 뜸을 들인 던칸은 간신히 말문을 열었다.

"알렉산드로가 이곳에 있다."

"예?"

에반은 급습당한 사람처럼 몸을 움찔했다. 설마 던칸이 먼저 알고 있을 줄은 몰랐다. 게다가 어디에 있는지도 아는 듯한 어투였다.

"죄송합니다. 저도 몰랐던…… 일이라."

그 말에 동감한다는 듯 던칸은 고개를 주억였다.

"그래. 누군가와 함께 있는 것 같더군."

에반의 두 눈이 휘둥그레졌다. 이미 왕녀를 만나고, 혹시 자신을 떠보기 위해서 그녀를 누군가라고 말한 건지, 아니면 아직도 베아트리체를 소년으로 알고 있는지. 도무지 감이 잡히지 않았다.

'전하께서는 이미 둘에게 감시자를 붙여 놨을 게 분명해.'

그러니 소년으로 소문났던 이가 사실은 여자라는 것을 알아챘으리라. 그래서 자신도 이후로 던칸에게 서신을 안 보냈던 게 아닌가. 언제라도 그들을 미행만 한다면 알아챌 수 있는 일이니까.

'게다가 왕녀는 지금쯤 배가 불러 있을 게 아닌가…….'

그의 심장이 불안하게 뛰기 시작했다. 섣불리 말하기보다 우선 의중을 먼저 파악해야 한다고 생각했다. 이 사람은 던칸 그레이엄이니까.

'어쩌면 내게 죽이라고 명하실지도 몰라.'

더러운 핏줄로 가문에 먹칠을 했다고 여길지도 모르는 일이었다. 알렉산드로의 아이까지 임신한 여자를 제 손으로 죽이게 될지도 모른다는 생각을 하니 참혹했다. 속마음을 들킬까 얼른 눈길을 피한 에반은 조용히 던칸이 무슨 말이든 하길 기다렸다.

"후우……."

하지만 던칸에게서 나온 것은 말보다 먼저 고뇌가 담긴 긴 한숨이었다.

"요하임 칼스버그 공작이 황궁에 가 있다는 말은 들었나."

"예, 아론에게 전해 들었습니다."

"그가 수도를 떠날 때 두 번 다시는 보고 싶지 않다 생각했는데…… 그 사람만큼 의지가 되는 이가 없더군."

자조적인 웃음을 터뜨리는 던칸을 보면서 에반은 숨을 죽였다. 그는 큰 짐을 내려놓은 사람처럼 가벼워 보이기도 했고, 모든 것을 포기한 사람처럼 허탈해 보이기도 했다.

"알렉산드로 말이야."

에반은 침을 꼴깍 삼켰다. 어떤 말을 하려는 건지 짐작도 가지 않았다.

"그 아이가 그렇게 나를 등지고 떠난 이후로…… 평생 황제의 자리를 남겨 주기 위해 달려오던 내 삶이 모두 부정당한 느낌이야."

차마 쉽게 대답할 수 없는 무거운 말이었다. 에반은 묵묵히 고개를 숙였다.

"내가 대체 뭘 위해서 이날까지 이토록 뻔뻔하게 살아온 건지……."

"전하, 그게 무슨……."

"에반."

단단히 결심한 사람처럼 자신의 이름을 부르는 목소리에 에반은 움찔 놀라고 말았다. 매서운 시선이 떨어지는 순간 등골이 서늘했다. 던칸은 모든 사실을 다 아는 게 분명했다.

"왜 내게 진실을 숨겨 온 것이냐?"

쿵. 에반은 심장이 바닥까지 추락했다. 자신을 원망하듯 노려보는 시선에 에반은 당장 일어나 바닥에 무릎을 꿇었다.

"가장 가까운 곳에서 알렉산드로를 보좌하는 자네가 아닌가. 몰랐다는 변명은 하지 마."

"도저히 말씀드릴 수가 없었습니다. 정말 죄송합니다."

"차라리…… 내가 일찍 사실을 알았더라면. 누군가를 통해 엿보는 사람처럼 그 사실을 전해 들은 내 마음은 어땠을 것 같나."

"……."

"자네도 자식이 있으니 내 입장을 한번 생각해 봐."

에반은 표정을 들킬까 얼른 고개를 숙였다. 역시 감시자들을 붙여 놨구나. 이미 수개월이 지났으니 배가 부른 왕녀를 보고 사실을 알게 된 것이리라.

'하지만 그녀가 엘파사의 왕녀라는 사실까지 아시는 건가?'

어쩌면 알렉산드로가 데리고 도망을 쳤으니 그저 비천한 신분의 여자라고 어렴풋이 예상만 했는지도 모른다. 그러다 그녀의 머리색과 얼굴을 보고 노예임을 확신한 것이 분명했다.

'망국의 왕녀였다는 걸 아신다면 쥐도 새도 모르게 이미 처리하셨겠지.'

가문을 이을 하나뿐인 귀한 아들이 패전국의 왕녀, 그것도 노예로 태어나 핏줄도 확인할 수 없는 사생아와 도망을 갔으니. 하지만 여태 살려 둔 것을 보면 그녀가 베아트리체 왕녀라는 사실은 모르는 듯했다.

'전하께는 핏줄이 가장 중요해.'

에반은 던칸의 비밀을 잘 알고 있었다. 공작가의 장남이 아닌, 사생아로 태어나 힘들게 그레이엄 가문의 후계가 된 인물. 그래서 누구보다 가문의 정통성을 중요시했다. 아마 던칸에게 왕녀의 존재는 절대로 넘기기 힘든 가시 같은 존재일 것이 분명했다. 왜냐면 왕녀는 아기를 가졌으니까.

"누구를 사랑하든 개의치 않겠다고 말했지만 알렉산드로는 들은 척도 하지 않더군. 결심이 너무 확고해.”

“…….”

“명목뿐이더라도 어느 가문의 여식이든 결혼해서 가주가 되라고 말하려 했는데…….”

에반은 저절로 미간을 구겼다.

'왜 알렉산드로가 떠난 건지 뻔히 알면서 아직도 정략결혼에 미련을 못 버리셨군.'

불안하게 떨리는 손을 감췄다. 알렉산드로의 성격상 절대로 왕녀를 배반하고 돌아서지 않을 것이다. 자신의 아기까지 임신한 여자를 두고 다른 여자와 결혼을 하라니, 그는 고결한 남자였다. 그러니 들을 가치도 없는 말이라 여겼을 것이다.

'대공님께서 정략결혼은 하기 싫어하는 걸 뻔히 아시면서.'

그런데도 다른 귀족 영애와의 결혼을 운운했다는 사실에 에반은 혹시나 하고 품었던 기대를 내려놓았다. 역시 던칸에게는 정통성이 가장 중요한 것이다. 왕녀가 임신한 아기를 절대로 가문에 들이지 않겠다는 의지가 너무도 확고해 보였다. 에반은 두 눈을 질끈 감았다. 그 연인이 넘어야 할 벽이 너무나 거대했다. 그냥 그 둘이 조용히 살게 해 주시면 안 되겠냐고 운이라도 떼어 보려 했건만……. 이 견고한 벽 앞에서 에반은 스스로가 무력하게 느껴졌다.

'내게…… 정말 왕녀와 아이를 죽이라고 명하기 위해 부르신 거로군.'

절대로 그럴 수 없다. 자리에서 물러나는 한이 있어도 그런 짓은 절대로 저지를 수 없다. 에반은 자신의 형제 같은 얼굴을 떠올리며 입술을 꽉 깨물었다. 그의 두 손이 땀으로 축축하게 젖어 들었다.

때마침 던칸은 긴 한숨을 내쉬었다.

"이런 부탁을 할 사람은 아무래도 자네밖엔 없어. 그러니 가서……."

"그럴 수 없습니다!"

에반은 처참한 명령이 떨어지기 전에 큰 소리로 그의 말을 막았다. 차마 듣고 싶지도 않은 말이었다. 목에 핏대가 설 만큼 단호한 외침이었다.

"대공님은 저의 형제와도 같은 분이십니다! 잘 아시지 않습니까? 그러니 제발…… 그 명령만은 거두어 주십시오. 저는 절대로 할 수 없습니다."

알렉산드로에게 가서 회유를 한번 해 보라고 부탁하려 했던 던칸은 어리둥절한 표정을 감추지 못했다. 하지만 곧 그 심정을 이해했다.

'그 소년과 그렇게 사랑이 깊단 말인가.'

바로 옆에서 알렉산드로를 봐 왔던 에반이니 만큼 누구보다 둘이 어떤 사이인지 잘 알고 있을 게 분명했다. 고뇌하던 던칸은 자리에서 일어났다. 버넷 후작의 집무실을 둘러보듯 걸음을 옮기던 그는 또다시 긴 한숨을 내쉬었다. 몇 대를 거쳐 영지를 다스려 왔던 후작의 자취만큼은 이곳에 고스란히 남아 있었다. 하지만 버넷 후작은 이미 죽고 없는 사람이었다.

'아무리 열심히 삶의 흔적을 남겨도 그저 기억 속으로 허물어질 인생사.'

죽으면 모두 부질없는 일이다.

"도대체 알렉산드로가 원하는 게 무엇인지…… 알 수가 없구나."

한탄이 섞인 그 목소리에 에반은 슬쩍 고개를 들었다. 조금 의아했다. 원하는 게 뭔지 안다면 들어주겠다는 분위기였다.

"전하……."

대공을 그냥 왕녀와 결혼을 시켜 달라는 말이 목구멍까지 차올랐다. 주저하던 에반은 차마 던칸의 얼굴을 보고 말할 자신은 없어서 던칸의 앞에 납작 엎드렸다.

"둘의 결혼을 허락하시고, 가문에 들이시겠다면……."

"뭐?"

그 말에 화들짝 놀란 던칸이 휙 뒤돌았다. 휘둥그레 떠진 눈이 지금 에반이 제정신인가 위아래로 짧게 한번 훑었다.

"네가 미쳤느냐!"

벼락처럼 떨어진 불호령에 에반은 몸을 움찔했다.

"……죄송합니다."

"감히 그따위 말 같지도 않은 소리를!"

씩씩거리던 던칸은 머리가 아파 손으로 이마를 짚었다. 요즘 신전에서 열리는 기도회에 열심히 다니고 있었다. 그런데 어떻게 신전을 설득해 그레이엄 가문의 가주가 소년과 결혼식을 올린다고 공표한단 말인가? 아무리 그 소년을 못 본 체하겠다고는 해도 예식까지 올려 줄 수는 없는 일이었다.

'그랬다가는 두 번 다신 신전에 얼굴을 들고 발걸음을 할 수 없겠지.'

안 그래도 자신의 방문을 못마땅해하던 꼬장꼬장한 신전의 늙은이들을 떠올린 던칸은 고개를 절레절레 저었다. 게다가 이제 전쟁이 모두 끝났으니 다시 신전과의 관계를 개선하는 데 열중해야 한다던 칼스버그의 말도 함께 떠올랐다.

"그건 안 될 일이다."

단호한 던칸의 말에 에반은 탄식 같은 긴 한숨을 내쉬었다.

'그래. 사실 전하뿐만 아니라 어떤 귀족 가문에서도 반기지 않을 일이긴 하지.'

그래도 차라리 남색가로 사는 것보단 낫지 않겠냐고 생각해 왕녀를 받아 줄지도 모른다는 일말의 희망을 갖고 있었는데……. 그런데 조용하던 던칸에게서 예상치 못한 뜻밖의 절충안이 튀어나왔다.

"차라리 누구와도 결혼시키지 않을 테니 그치와 영지에서 조용히 살라고 한다면."

던칸은 자신의 아이를 그레이엄의 양자로 들여 달라던 귀족들의 상소문을 기억해 냈다.

"그리고 양자를…… 양자를 그레이엄 가문에 들이겠다, 하면……."

혼잣말처럼 중얼거리던 던칸은 머리가 아픈 듯 풀썩 의자에 주저앉았다. 에반은 '양자를 들이겠다'는 말에 불쑥 말했다.

"핏줄을 개의치 않으시겠다면 그냥 그들의 아이를 인정해 주시면 안 되겠습니까?"

"뭐?"

괴로움으로 가득했던 던칸의 목소리가 순식간에 분노로 가득 찼다. 조사한바, 간혹 남색을 하는 이들이 아이들을 입양해 키운다는 이야기를 듣긴 했다. 그래도 설마하니 자신에게 허락도 없이 벌써 거기까지 결정했을 줄은 몰랐던 던칸은 기가 찬다는 듯 짧은 코웃음을 쳤다.

"그 아이를 인정해 달라? 하, 정말 어이가 없군."

에반은 의아했다. 왕녀를 봤다면 그녀의 배가 불러 있는 것도 분명 봤을 텐데…….

'아직 몇 개월 되지 않아서 그런가.'

게다가 왕녀는 소녀와 같은 외양을 하고 있으니 어쩌면 던칸이 몰랐는지도 모른다. 던칸은 곧 두 눈을 꾹 감았다. 귀족 사회를 누구보다 잘 아는 에반이 저런 말을 한다는 게 솔직히 믿기지 않았다.

'그만큼 그 둘의 사이가 심각하다는 얘기겠지. 그러니 가문이고 기사단이고 뒤로하고 떠났겠지만…….'

두 눈을 질끈 감은 던칸이 체념하듯 말했다.

"그들의 양자를 가문에 받아 준다면 알렉산드로가 돌아올 것 같으냐?"

"예?"

에반은 번쩍 고개를 들었다. 설마 이렇게 쉽게 거기까지 허락하리라고는 예상치 못했다. 던칸의 표정이 무척 괴로워 보였기에 에반은 입매가 위로 올라가는 것을 꾹 참았다.

"대공님께서는 그분에게도 가문의 이름을 내리겠다고 하실 것입니다."

상대가 휩쓸리는 틈을 타서 훅 전진해야 했다.

"굳이 정통성을 따지지 않으시겠다면, 그냥 정부인의 자리에 앉히는 게 낫지 않겠습니까?"

"말이 되는 소리를 해!"

던칸이 거칠게 의자의 손잡이를 내리쳤다.

"대체 어느 귀족가의 장남이 그따위 결혼을 한단 말이냐? 네가 정말 미친 게 아니냐? 나뿐만 아니라 그 누구도 그렇게는 못할 거다! 난 그런 식으로 역사서에 내 가문의 이름을 올리고 싶지 않아!"

두 눈이 벌게질 만큼 노성을 내지른 던칸은 마른세수를 하며 심호흡을 거듭했다. 요즘 기도회에서 열심히 연습한 감정 조절법이었다.

'내가 절대로 허락하지 않을 걸 알고 있기는 했구나, 알렉산드로.'

그러니 나와 그 어떤 대화도 하지 않으려 했던 것인가. 절레절레 고개를 내저은 던칸은 곧 자신이 왜 황궁에서 이곳까지 일주일이나 달려왔는지를 떠올렸다.

'내 아들……'

고귀하게 태어난 아들이 이런 시골 마을에 숨어 사냥꾼으로 살아가겠다는 말에 얼마나 가슴이 찢어졌던가. 그 어디에 있어도 알렉산드로는 빛이 날 만큼 뛰어난 인재였다. 그런 곳에 숨어 사는 모습을 보면서 자신은 얼마나 속을 끓였던가. 그 무엇보다, 하나뿐인 아들이 행복하길 바란다고 마음먹었던 처음의 다짐은…….

'과거로 돌아갈 수만 있다면.'

소피아를 그렇게 모질게 대하지 않을 것이며, 여식을 죽이라는 참혹한 명령도 내리지 않을 것이다.

'그랬다면 알렉산드로도 내게 이렇게 등을 돌리지 않았겠지.'

아마 어미인 소피아가 살아 있었다면 아들은 그녀의 말을 잘 들었을 것이다. 원체 자신과는 달리 조용하고 말을 잘 듣던 아들이었다. 수없이 해 본 생각이지만 시간을 되돌릴 수는 없는 일이다. 종이에 쏟아진 물처럼, 구겨진 자국을 남기고 바랜 그의 과거는 뻣뻣하고 거칠어 다시 돌아보고 싶지도 않았다.

하지만 던칸은 수없이 되새겼다. 일부러 다시 인생의 책장을 넘기고 넘겨 흐려진 글자를 읽고 되뇌어 씹었다. 과거의 기억을 되짚을 때마다 미처 알지 못했던 자신의 모습이 보였다. 그것은 분명 고통스러운 일이지만, 두 번은 같은 실수를 반복하지 않으리라는 다짐 때문이었다.

'그래. 이대로 한 명뿐인 아들을 잃는 것보단 낫겠지. 차라리…….'

누구보다 뛰어나고 훌륭한 자신의 아들이 욕심나서, 도저히 입이 떨어지지 않았던 그 결심.

'차라리 아들을 두 명 데리고 산다고 생각하자.'

지금 에반이 있으니 가서 내 대신 말하라고 하자. 아들의 얼굴을 보고는 도저히 맨정신으로 할 수 없는 말이었다. 한참 숨을 고르던 던칸은 에반에게 들으란 듯이 조용히 중얼거렸다.

"……예식은 올리지 않고 가문의 이름만 따르게 하겠다. 결혼식까지 올려 줄 수는 없어. 신전에서 난리가 날 것이다."

에반의 두 눈이 더없이 커졌다.

"어차피 양자를 들였다면 양녀도 들이라고 해."

믿을 수 없을 만큼 충격적으로 너그러운 말이었다.

'이 정도 제안이라면 대공님도 분명 돌아오실 것이다.'

예식만 없이 왕녀를 대공의 정부인으로 받아들이겠다는 말이었다.

'요즘은 수도에서 예식을 생략하는 경우도 있으니, 뭐.'

영지에서 조용히 자기들끼리 식을 올릴 수도 있는 법이다. 거기까지 떠올린 에반은 환한 웃음을 지었다.

'만약 엘파사의 왕녀라는 사실을 모르신다면, 정체를 숨기면 되지.'

그녀의 얼굴과 머리색을 봤으니 왕녀였다는 사실은 몰라도 그녀가 노예라는 사실은 분명 알고 있을 것이다. 에반은 아론을 시켜 노예 명부에 클로이라는 이름을 만들어 뒀던 자신의 선견지명에 박수를 치고 싶은 기분이었다. 소년을, 소녀라고 바꾸면 하면 된다. 무척 감격스러웠다. 알렉산드로가 이 사실을 알게 되면 얼마나 기뻐할까. 에반은 올라가는 입매를 더 이상 감출 수가 없었다. 던칸은 그 미소를 보고는 꼴도 보기 싫어 고개를 휙 돌려 버렸다.

'네놈은 결혼까지 하고 자식도 낳았으니 남 일이라 생각하는가 보구나.'

불퉁한 생각이 든 던칸은 에반을 협박하듯 음산하게 말했다.

"그들의 장남은 네 여식 중에 가장 예쁜 아이와 결혼시킬 것이다."

"쿠피히트 가문의 영광입니다, 전하."

무시무시한 표정을 보고도 에반은 흔쾌히 웃으며 답했다. 그런데 던칸이 다급히 손을 내저었다.

"아니, 아니다."

손주보다는 손녀가 걱정이었다. 아무리 그레이엄 가문의 양녀라고 해도 나중에 흠이 잡힐 수도 있었다.

"네 가문엔 장녀를 보내야겠군."

쿠피히트 가문은 수도에서 가장 이름을 떨치는 명문가였다. 그러니 모자란 배필은 아니리라. 잠시 고민하던 던칸은 다시 살벌하게 명령했다.

"너도 얼른 아들을 낳아라. 네 장남은 무조건 알렉산드로의 여식과 결혼시킬 테니."

"물론입니다. 수도로 돌아가는 즉시 힘쓰겠습니다."

제국에서 내로라하는 공작 가문의 장남을 아직 얼굴도 모르는 입양아와 무조건 결혼시키라 협박하는 말에도 에반은 주저하지 않았다. 약속을 듣긴 했지만 던칸은 염려스러웠다. 먼 미래의 일이긴 하지만. 그때 가서 에반이 말을 바꾸면 어찌한단 말인가?

"각서를 써라. 지금 당장."

던칸은 진심인 듯 집무실에 놓인 종이와 깃펜을 눈짓했다.

"아들을 낳을 때까지 몇 명이든 낳겠다고 써."

"원하신다면 그렇게 쓰겠습니다."

안 그래도 다자녀를 계획 중이었다며 싱글벙글 웃는 에반을 보며 던칸은 한숨을 내쉬었다. 에반의 설득이라면 아마 알렉산드로 또한 새겨들을 것이다.

'이만하면 모든 패를 다 주었어.'

던칸은 자신의 결정을 돌이켜 보았다. 이미 과거 자신의 과오로 후회라면 지긋지긋했다.

'이제 내 인생에 더 이상 후회는 없다.'

남들에게 손가락질을 받을지언정 하나뿐인 아들이 행복한 모습을 볼 수 있다면 무슨 상관인가? 어차피 모든 권력을 가진 자신이니 앞에서 대놓고 욕은 할 수 없을 것이다.

'아이들을 최대한 많이 들이라고 해야겠군.'

던칸은 소피아가 낳은 여식을 죽인 일에 대한 죄책감을 씻고 싶었다. 어차피 자신의 핏줄이 아니라면 누구의 자식이든 상관없으니 보육원에서 데려오는 것도 나쁘진 않으리라. 보육원에서 아기를 입양하겠다고 공표하면, 제국 전체에서 전쟁고아들을 돌보는 보육원을 분명히 신경 쓸 것이다.

"제 장남을 그레이엄 가문의 장녀와 결혼시키겠다고 쓰겠습니다."

곰곰이 앞으로의 계획들을 떠올리던 던칸은 에반의 말을 곱씹었다.

"그레이엄 가문의 장녀라……."

에반은 알렉산드로의 여식을 말한 것이지만, 던칸은 저도 모르게 자신이 버린 딸자식을 다시 떠올렸다. 얼굴조차 보지 않고 알아서 처리하라 명을 내렸던 그때의 섣부른 결정은 절대로 되돌릴 수 없었다. 속이 쓰렸다.

"닿는 데까지 힘을 써 보겠습니다만은, 아기님은 제 자식과는 나이 차이가 생길 수도 있겠군요."

"양자로 들일 아이 말이냐?"

"전하."

신나게 각서를 써 내려가던 에반은 뚝 행동을 멈췄다. 내내 마음에 걸렸다. 반드시 이를 짚고 가야만 했다.

"가문의 이름을 내리기로 하셨으니, 더 이상 양자라 칭하시면 안 됩니다. 가문의 후계로 인정하신 게 아닙니까?"

"……."

"이제부터 손자, 손녀라 하시는 게 어떠신지요? 그분이 낳으실 아기님은 대공님의 피가 흐르는 핏줄입니다. 그레이엄 가문의 정당한……."

순간 던칸은 생뚱맞다는 듯이 되물었다.

"낳긴 누가 낳아?"

의아한 얼굴을 보고 에반은 잠시 말을 골랐다. 아직 베아트리체 왕녀라는 것을 모른다면, 클로이를 뭐라고 설명해야 할지 고민이 되었던 것이다.

"대공님의 아내가 되실 분 말입니다."

결국 뭉뚱그려 지칭한 에반은 기가 찬 듯 헛웃음을 짓는 던칸을 보며 숨죽였다.

'이제 와 생각을 바꾸시려는 건 아니겠지?'

하지만 던칸의 입에서 전혀 예상치 못한 말이 나왔다.

"소년이 아니냐? 그런데 아내라니."

그 순간 에반은 들고 있던 깃펜을 손에서 툭 놓치고 말았다. 던칸은 먼 곳을 보며 씁쓸한 미소를 지었다.

"그래, 소녀같이 생긴 소년이랬지. 후우…… 나도 익숙해져야 할 텐데."

"전하!"

깜짝 놀란 던칸은 무슨 일이냐는 듯 에반을 돌아보았다.

"설마 아직도 대공님을 남색가로 알고 계십니까? 아직도?"

"그럼 아니란 말이냐?"

"……!"

맞부딪친 시선은 긴 설명을 필요로 하지 않았다. 다급하게 자리를 박차고 일어난 던칸이 안절부절못했다.

"지금 가 봐야겠다."

"전하, 잠시만 기다리십시오!"

황급히 집무실의 문을 열고 나가는 던칸을 붙잡은 에반은 그에게 모든 사실을 털어놓기로 결심했다.

'소년과 결혼을 시켜 주려 마음먹으셨다면 노예라고 안 될 게 있나!'

그 와중에 던칸이 복도로 소리쳤다.

"마차를 준비해라!"

체통도 잊고 헐레벌떡 계단을 내려가는 던칸을 붙잡은 에반이 사정하듯 말했다.

"잠시만 기다려 주십시오. 꼭 아셔야 하는 일이 있습니다!"

"가면서 이야기하자."

"그들을 찾기 전에 제 말을 먼저……."

"무슨 얘기를 더! 더 이상 무슨 말이 필요하단 말이냐!"

던칸은 걸음을 멈추지 않았다. 결국 에반은 불충인 줄 알면서도 그의 앞을 가로막았다. 그러자 던칸이 순식간에 그의 멱살을 잡고 노성을 내질렀다.

"네 이놈! 사람을 갖고 노는 것도 정도껏 해야지! 알렉산드로의 취향이 바뀌었다고 왜 진작 말하지 않았느냐!"

"전하, 그런 게 아닙니다. 그렇지 않습니다. 사정이 있었습니다. 그분은 사실 왕족이셨고……."

"무슨 왕족? 이 대륙에 왕족이 어디 있어?"

올 것이 왔다는 생각으로 에반은 푹 한숨을 내쉬었다. 아주 찰나의 침묵이었으나 던칸은 발을 동동 굴렀다.

"아, 빨리 말하지 못해!"

잔뜩 찌푸려진 던칸의 미간을 보고 에반은 심각한 얼굴로 대답했다.

"그게…… 엘파사 왕의 사생아로 태어난 왕녀가 있었는데……."

쉽사리 말하지 못하고 주저하는 에반을 보며 던칸은 가슴이 철렁했다. 눈을 마주친 그는 제발 솔직하게 말해 달라 진심을 다해 물었다.

"사실은…… 소년이냐?"

가끔 남성의 몸으로 태어났지만 스스로를 여성으로 여기는 이들이 있다는 조사를 들었던 것이다. 던칸은 다시 불안하게 뛰는 심장을 어찌할 수 없었다.

"아닙니다. 그때 왕녀를 죽이려고 했었는데, 살려 두었습니다. 그래서 지금은 노예의 신분으로……."

"그래서 여자가 확실하단 말이지?"

"그렇습니다."

"후우……"

안도의 한숨을 내쉰 던칸은 곧바로 에반의 멱살을 놓아주었다. 스르르 얼음이 녹는 것처럼 기세가 수그러들었다. 에반은 얼른 덧붙였다.

"왕녀님은 동대륙에서 온 노예에게서 태어나신 것으로 추정됩니다. 외양 또한, 검은 머리와 어두운 눈동자 색을 가지고 계십니다."

여느 귀족가의 영애들처럼 금발이나 갈색 머리를 가진 이가 아니라는 뜻이었다. 하지만 던칸은 일단 가슴에 손을 올린 채 심호흡을 하기 바빴다. 그러다 제정신이 아닌 것처럼 중얼거렸다.

"왜 하필이면 신분은 노예인 게야? 쯧쯧. 아니, 그래도 여자가 괜찮다니 남는 자리는 명문가의 영애에게 주면 되겠군. 부인이야 몇 명을 두어도 괜찮으니까."

"……."

"그래, 어차피 명분으로 이름만 올리는 거니 상관없겠지. 혼담이 오갔던 스너번 공작 영애가 좋겠군. 계보에 올릴 이름이 필요하다고 하면 되지. 아, 그러고 보니."

갑자기 던칸이 깜빡 잊었다는 얼굴로 에반을 돌아보았다.

"그럼 그, 아기를 낳는다는 이야기는 뭐냐?"

"……이건 제 추측이지만."

던칸은 숨넘어가는 표정으로 에반을 응시했다. 그 반응에 용기를 얻은 그가 확신하듯 말했다.

"그분께서 대공님의 아기를 임신하신 것 같습니다."

"헉."

크게 숨을 들이마신 던칸은 말문이 막힌 소녀처럼 두 손으로 입을 가렸다. 휘둥그레진 눈으로 얼음에 갇힌 듯 모든 행동을 멈춘 그를 보며 에반이 무어라 입술을 떼려는 찰나였다.

"전하!"

다급한 기색으로 뛰어온 기사들이 그들을 찾았다. 큰일이라도 난 듯 소란스런 등장에 에반은 잠시 눈살을 찌푸렸다. 힐끗 던칸의 안색을 살피니 여전히 못 박힌 듯 정신을 차리지 못하고 있었다. 결국 대신 에반이 대답했다.

"무슨 일이냐."

그러자 심각한 얼굴을 한 기사가 외쳤다.

"길버트가 도망쳤습니다!"

28. 장마의 시작

28. 장마의 시작

· · ◆ · ·

"일찍부터 비가 오네."

타닥타닥 빗방울이 떨어지는 소리가 들려 문을 열고 나가 보니 어느새 비가 내리고 있었다. 클로이는 원망스레 굵은 물줄기를 쏟아 내는 하늘을 올려다보았다. 멀리서 번개까지 치는 모양새가 심상치 않았다. 그녀는 집을 나선 지 얼마 안 된 알렉산드로를 떠올리며 걱정스러운 얼굴을 했다.

—걱정하지 마라. 너를 부인으로 삼을 수 없다면 난 절대로 가문으로 돌아가지 않아. 반드시 아버님을 설득하고 돌아올게.

단호한 얼굴로 문을 나서는 그를 보며 클로이는 불안한 마음을 감출 수 없었다. 이상하게 하늘도 회색빛이었다. 아니나 다를까, 그가 나간 지 얼마 되지 않아 저렇게 장대비가 쏟아지는 것이다.

"휴…… 들어가서 청소나 하고 있어야겠다."

금방 땅바닥에 물구덩이를 만들어 내는 걸 보니 쉽사리 그칠 것 같지 않았다. 클로이는 집 안에 홀로 남겨진 레나를 떠올리며 몸을 돌렸다. 쏟아져 내리는 물이 튀기지 않게 얼른 문을 닫으려던 그 순간이었다.

탁.

밖에 있던 누군가가 닫히려던 문을 잡았다. 알렉산드로가 다시 돌아왔나 하고 돌아본 클로이는 경악을 금치 못했다.

"……!"

문을 잡은 손의 두 번째 손가락이 잘려 있었다. 클로이는 깜짝 놀라 안간힘을 쓰며 문을 닫으려 했다.

"꺄악!"

하지만 힘을 당해 낼 수가 없었다. 순식간에 문이 활짝 열리고, 정체불명의 남자가 모습을 드러냈다. 클로이를 보더니 반가운 사람을 만난 듯 크게 이름을 불렀다.

"베아트리체!"

클로이는 그를 보자마자 뒤로 엉덩방아를 찧었다. 덜덜 떨리는 몸을 주체할 수가 없었다. 한눈에 알아보기 힘들 만큼 기괴한 모습 때문이었다. 발음도 이상하게 어눌했다. 그녀는 자신의 원래 이름을 부른 목소리를 듣고 겨우 정체를 짐작했다.

'길버트!'

어디서든 멀쩡하게 잘 살고 있으리라 생각했던 간악한 인간은 몰골이 말이 아니었다.

'누, 눈이.'

누군가 불로 지진 듯 한쪽 안구가 푹 꺼진 데다 모진 고문을 받은 사람처럼 입은 옷이 너덜너덜하고 피로 얼룩져 있었다. 클로이는 귀신을 본 사람처럼 자기도 모르게 몸을 움직여 뒷걸음질 쳤다. 이가 따닥따닥 부딪쳐 그 어떤 말도 꺼낼 수가 없었다.

"베아트리체, 나다. 나야. 길버트 로건."

길버트는 그녀의 반응에 아랑곳 않고 즐거운 듯 인사했다. 뒷걸음질 치는 클로이를 따라 한 발자국씩 다가가던 그는 정말로 그녀를 다시 만나게 되어 기쁜 사람처럼 미소를 지었다.

"네가 봐도 내 몰골이 말이 아니지 않느냐? 미친 용병대장 놈이 얼마나 끔찍한지, 간신히 죽을힘을 다해서 도망쳐 나왔다."

길버트는 미친 사람처럼 혼자 중얼거렸다.

"쳐 죽일 놈! 지옥에 떨어질 놈! 내가 반드시 찾아 죽여 버리고 말 테다!"

그러다 곧 옛 부인을 찾은 용건을 다시 떠올렸다.

"베아트리체, 난 너를 해치러 온 게 아니야. 잠시 나와 얘기 좀 하자. 응?"

정신 나간 사람처럼 술술 말을 내뱉는 길버트 때문에 클로이는 오금이 저리고 무릎이 달달 떨렸다.

"네가 나를 좀 도와줘야겠다. 우리가 부부로 살았던 것도 나름 인연이 아니냐? 지금 나를 도와줄 사람은 너밖에 없어."

끔찍한 모습이 산송장에 가까웠다. 저대로 바닥에 누워 있으면 시체로 보일 만큼 처참한 몰골. 본능적으로 뒷걸음질 치던 클로이의 등 뒤로 벽이 느껴졌다. 너무 긴장한 나머지, 갑자기 몸에 느껴진 감촉에 깜짝 놀란 숨을 내뱉었다. 입 밖으로 제대로 된 목소리도 나오지 않았다.

"베아트리체, 겁먹지 마라. 너를 해치러 온 게 아니야."

구석에 몰린 채 덜덜 떨고만 있는 그녀를 보고 길버트는 연신 친근한 목소리로 말을 걸었다.

"네게 용서를 빌려고 왔다."

그가 돌연 무릎을 꿇었다.

"내가 너한테 못된 짓을 많이 저질렀지? 내가 다 미안하다. 이렇게 빌게."

고개를 숙인 채 두 손을 모아 싹싹 비는 시늉을 하던 그가 다시 얼굴을 들었다.

"날 좀 도와줘라."

눈이 마주치니 쳐다보기도 징그러웠다. 오한이 끼쳤다.

"너도 전남편이었던 내가 이렇게 비참한 꼴로 있으니, 마음이 편하지 않지?"

뻔뻔스런 말에도 클로이는 아무런 대꾸도 하지 않았다. 길버트가 하는 말을 도저히 이성적으로 들을 수가 없었던 것이다.

"내가 지금 말도 안 되는 덫에 걸리고 말았지 뭐냐? 버넷 후작 그 미친놈이 반역을 저지르려고 나를 끌어들였어."

길버트는 정말로 억울하다는 듯이 말했다.

"하늘에 맹세코 나는 정말로, 반란을 일으키려는 마음이 없었어. 내가 어떻게 제국의 귀족 자리를 얻었는데, 뭐 하러 그따위 짓을 한단 말이냐?"

클로이는 어렴풋이 '반역'이라는 단어에 퍼뜩 정신을 차렸다.

'집 안에 레나가 있어.'

남자를 집 밖으로 내보내야 한다.

"정말이다. 나는 던칸 그레이엄을 상대로 그 어떤 반란도 일으킬 생각이 없어. 그런데 그 미친놈이 내 딸을 납치해서 결혼 동맹을 시키는 바람에……."

"나, 나가요."

"베아트리체, 그러지 말고 내 말 좀 먼저 들어 봐. 그놈이 내 궁에 있던 그레이엄 전하의 기사들을 모두 죽이고……."

"나가서, 나가서 얘기해요."

그녀는 최대한 평정심을 찾으려 노력했다. 괜히 길버트를 흥분시켜서 좋을 것 없다. 지금 이 집에 혼자였다. 이 남자의 힘을 잘 알고 있는 클로이는 그를 다독여 집 밖으로 내보내는 게 몸싸움을 하는 것보단 나으리라 판단했다.

"너 지금, 그레이엄 대공이랑 살고 있지? 흐……."

웃음을 지으려는 듯 드러난 입술 사이로 치아가 몇 개 보이지 않았다. 어쩐지 발음이 이상했는데, 설마 치아를 잃었을 줄이야.

"사람 일은 참…… 한 치 앞도 알 수가 없단 말이야. 내가 이렇게 될 줄은……."

그의 웃음은 더욱 괴이하게 느껴졌다.

"네년도 설마하니 제국의 기사단장을 꿰차고 살고 있을 줄은 정말 몰랐다."

끔뻑이는 한쪽 눈을 바라보던 클로이는 쿵쾅거리는 심장 때문에 정신을 잃을 지경이었다. 이를 악물었다. 그녀는 지금 지켜야 할 게 있었다.

"참, 네가 애를 못 가지는 것도 알고서 알렉산드로가 너를 받아 준 거냐? 흐……. 그럴 리가 없을 테지."

그가 말하는 것은 하나도 들리지 않았다.

"반쪽짜리 모자란 계집을……."

금방이라도 길버트가 작은방 문을 열고 레나에게 해코지를 할까 봐 겁이 났다. 슬쩍 주위를 살폈지만 근처에 무기로 쓸 만한 게 없었다.

"그러니 우리가, 너와 내가 인연이 아니냐?"

"일단 나가서 얘기해요."

길버트가 하는 헛소리들은 안중에도 없었다. 그를 자극해서는 안 된다는 생각만 가득했다. 그런데 길버트가 다시 입매를 쓰윽 끌어 당겼다. 눈치 빠른 남자의 얼굴에 스산한 미소가 드리웠다.

"왜?"

심장이 바닥까지 뚝 떨어지는 기분이었다. 클로이는 급하게 숨을 헐떡였다.

"밖에 저렇게 비가 오는데…… 나더러 왜 자꾸 나가라는 거야? 손님 대접을 이렇게 하나?"

몸을 일으킨 길버트가 미친 사람처럼 집 안을 두리번거렸다.

"혹시 대공님이 지금 계시는 건가?"

간절하게 알렉산드로를 찾는 길버트를 보며 그녀는 한숨을 내쉬었다. 두 다리에 간신히 힘을 주고 겨우 일어난 클로이는 길버트의 주의를 끌려고 말을 꺼냈다.

"금방 돌아올 거예요. 그러니까 나가서 얘기해요."

"내가 네 남편이었던 것도 알고 계시는 거냐? 아니지, 아니지……. 애초에 우린 이혼한 적이 없으니 너는 여전히 내 아내나 다름없지."

그가 무성의하게 고개를 들었다.

"그렇지 않느냐? 너도 내가 무슨 말을 하고 다닐지 걱정되지? 그러니 그레이엄 대공님께 네가 증언해. 난 처음부터 반역을 꾸미지 않았다고 말이야. 그럼 난 얌전히 사라지겠다. 맹세하마."

기가 차는 헛소리에도 클로이는 그저 고개를 끄덕였다.

"알았어요. 그렇게 말할게요."

순순한 대답에 길버트는 다시 미소를 지었다.

"흐……. 예나 지금이나 말을 잘 듣는 건 변함이 없구나. 그래서 대공이 너를 예뻐하나?"

"말씀하신 대로 그렇게 마, 말할게요. 이제 가세요."

징그럽게 느껴지는 시선에 클로이는 고개를 돌려 그를 피했다. 그런데 문으로 향하던 길버트가 뚝 걸음을 멈췄다. 문고리를 잡은 채 무슨 생각을 하는지 그는 움직이질 않았다. 조마조마한 마음으로 작은방을 곁눈질하던 클로이는 그런 길버트를 보고 불안한 마음을 억눌렀다. 집을 나서려던 그는 돌연 문을 잠갔다.

철컥.

"근데 네년도 나를 모함하면 어떡해?"

그 쇳소리가 밖에서 천둥 치는 소리와 맞물려 등골에 서늘하게 소름이 끼쳤다.

"내가 어떻게 너를 믿고 이대로 가냔 말이야……."

낮은 목소리로 느릿하게 내뱉은 말과 함께 길버트가 클로이를 뒤돌아보았다. 그리고 눈이 마주치자 그가 잡으러 오듯 성큼성큼 그녀에게로 걸음을 옮겼다. 피할 곳 없던 클로이는 금방 그에게 손목이 붙잡혔다.

"왜, 왜 이러세요."

행여 잠든 레나가 깰까 조용히 말한 클로이는 남자의 눈치를 먼저 살폈다.

"증거를 남겨야겠어. 네가 나를 배신하지 못할 증거를 말이야. 이놈도, 저놈도 다들 나를 배신하니…… 네년이라고 못할 게 있나."

그리고는 클로이의 옷을 잡아 찢기 시작했다.

"우리 오랜만에 한번 놀아 보자. 응? 너도 내가 그리웠지……?"

끔찍한 손길이 몸에 닿자 그녀의 온몸에 벌레가 기어가는 듯했다. 그 감각 때문에 잊고 살았던 옛날 일들이 떠올랐다.

"이러지 마세요!"

클로이는 미친 듯이 몸을 구르며 반항했다. 그러나 소용없었다. 우악스런 손길에 이리저리 몸이 흔들리다 바닥에 눕혀진 채 절망하고 눈물이 차오른 그때였다. 둘의 귓가로 우렁찬 소리가 들려왔다.

"으아앙!"

거센 아기의 울음소리였다. 자신의 존재를 알리듯, 여기 있노라 맹렬하게 울어 대기 시작했다. 처음 숲속에서 아기를 마주했던 그때처럼……. 그녀의 옷을 찢으며 몸싸움을 하던 길버트는 제자리에서 굳은 듯 모든 행동을 멈췄다. 클로이와 눈이 마주치자 그는 진심으로 기쁜 웃음을 지었다.

"흐……."

거칠게 그녀를 내팽개친 길버트는 신나는 걸음으로 소리가 들려온 작은방의 문을 열었다. 아니나 다를까 그곳에는 아기가 있었다. 한달음에 달려가 들어 올려 얼굴을 보니 베아트리체를 똑같이 닮은 아기였다.

'왕녀로서 전부 모자란 네가 불임이다' 하고 모질게 그녀를 탓했지만 그는 진실을 알고 있었다.

"네년보다는 그레이엄의 핏줄이 낫겠군."

아기를 대충 품에 안은 길버트는 급하게 달려온 클로이를 한 손으로 밀쳐 냈다. 쾅, 벽에 부딪히고 쓰러진 그녀는 금방 다시 자리에서 일어나 다시 그에게 달려들었다.

"아기는 안 돼요! 그 아기는 대공님의 아이가 아니에요!"

미친 사람처럼 자신에게 덤벼드는 클로이를 다시 한번 쓰러트린 길버트는 코웃음을 치며 그녀를 발로 찼다.

"말 같지도 않은 소리."

대공과 함께 살고 있는 걸 분명 확인했는데, 둘이 키우는 아이가 그레이엄의 핏줄이 아니라니……. 세상에 남의 핏줄을 제 자식처럼 키워 줄 남자는 없다.

"아기를 되찾고 싶거든 모든 사병을 데리고 오늘 당장 이 영지를 떠나라고 전해. 그리고 황금과 군마를 보내면 아기를 돌려주겠다."

길버트는 문을 열며 클로이를 돌아보았다.

"베아트리체, 알아들었느냐?"

심하게 다친 듯 쉽게 몸을 일으키지 못하는 그녀를 보며 길버트는 혀를 끌끌 찼다.

"체력은 여전히 형편없군. 그러니 2년간 자식 하나 낳지 못했지. 쯧쯧, 쓸모없는 년 같으니라고."

들으라는 듯 큰 소리로 말한 길버트는 빗속으로 걸음을 옮겼다. 클로이는 정신이 가물가물했다. 벌어진 입술 사이로 짭조름한 액체가 스며들었다. 피였다. 간신히 눈을 뜨고 코피가 터진 얼굴을 추스를 새도 없이 걸음을 옮기다 그 자리에서 픽 쓰러지고 말았다.

한참을 신나게 달리던 길버트는 자신의 앞을 가로막는 한 여자를
보고 주춤 걸음을 물렸다.

"뭐야, 이 미친년은!"

갑자기 어디서 나타났는지, 휘황찬란한 옷차림의 덩치 큰 여자가
그에게 달려든 것이다.

"이놈이 감히!"

그녀는 바로 점쟁이였다. 점쟁이는 몸싸움에도 밀리지 않고 오히
려 길버트를 제압했다. 피는 속일 수 없었다. 그녀는 클로이와 뼈
대부터 다른 몸이었다.

"으윽!"

아기와 함께 흙탕물로 쓰러진 길버트는 승산 없는 싸움을 포기하
고 얼른 몸을 일으켜 줄행랑을 치기 시작했다. 아까부터 시끄럽게
울던 아기는 빗물 때문에 숨이 막히는지 기침을 하기 시작했다. 어
떻게 되든 알 바 아니었다. 그에게는 자신의 생사가 최우선이라 대
충 끌어안고 달렸다.

"거기 서!"

점쟁이는 소리를 지르며 철퍽거리는 빗물을 헤치고 길버트를 쫓
았다. 그사이 간신히 집을 나선 클로이가 점쟁이와 길버트의 추격
전을 뒤쫓았다. 하지만 둘을 뒤따라가기엔 속도가 현저히 떨어졌
다. 클로이는 마음대로 움직이지 않는 자신의 두 다리가 원망스러
웠다.

"거기 서, 이 미친놈아!"

괴성을 지르며 자신을 쫓아오는 점쟁이를 피해 도망가던 길버트
는 결국 마을로 가는 숲길로 들어서고 말았다. 미친 듯이 쏟아지는

빗물에 눈도 뜨기 힘들었지만 그로서는 어쩔 도리가 없었다. 결국 정신없이 한참이나 몸을 옮기던 길버트가 순식간에 품속에서 단검을 꺼내 들었다. 아기의 몸에 칼을 갖다 대고 협박하며 소리쳤다.

"따라오지 마! 넌 대체 누구기에 날 따라오는 것이냐! 한 발자국만 더 떼면 아기는 죽는다!"

놀란 점쟁이는 얼른 걸음을 멈췄다. 몇 발자국을 앞두고 대치한 둘의 귀엔 쏟아지는 빗소리에 다른 소리는 들리지 않았다.

'감히.'

아기는 하나뿐인 남동생의 가족이며 자신의 분신 같은 존재였다. 그녀는 눈앞의 남자가 누군지 모르지만 알 수 있었다. 품 안의 아기가 누구의 핏줄인지는 모르지만 어떤 존재인지 누구보다 잘 알고 있었다.

"뒤로 물러나라!"

길버트의 사나운 외침에도 점쟁이는 두 눈을 부릅뜨고 한 발자국도 움직이지 않았다.

"네놈은 아기님을 해칠 수 없어."

흔들리지 않는 그녀의 모습에 오히려 당황한 길버트가 주춤 뒷걸음질을 쳤다. 그러자 점쟁이가 크게 소리쳤다.

"황녀님에게서 그 더러운 손 치워라!"

여자에게서 나온 목소리라고는 믿을 수 없는 근엄한 외침이었다. 순간 깜짝 놀란 길버트는 몸을 움찔했다.

"나라를 팔아먹고 저보다 약한 여자들을 범하고 사사로운 이득을 좇아 연명한 목숨, 이제 다했다!"

젊은 여자의 얼굴을 하고 있었지만 그녀가 아니었다. 길버트는 본능적으로 누군가가 여자의 몸을 빌려 말하고 있다는 사실을 알았다. 뒤통수부터 어깨와 등허리까지 전부 오싹했다.

"뭐, 뭐라고? 지금 네가 뭐라고 지껄이는……."

"네놈은 사지가 잘려 들개의 밥이 될 것이며 목만 달랑 남아 제국의 이곳저곳을 떠돌게 될 것이다. 그뿐이냐?"

정신 나간 여자의 말에 길버트는 몸서리를 쳤다. 빗물이 눈과 입에 마구 들어가는데도 점쟁이는 잡아먹을 듯 그를 응시했다. 그 시선이 마치 자신을 벌주려고 찾아온 사신처럼 느껴져 길버트는 발악하듯 소리쳤다.

"닥쳐! 네년이 뭘 안다고……!"

"네 아들은 평생 탄광에 갇혀 두 번 다신 빛을 보지 못할 것이며 죽을 때까지 너를 원망할 것이다. 네 손자는 이미 죽어 너를 데려가려고 옆에 붙어 기다리고 있구나!"

그 말에 길버트는 미친 듯이 자신의 주위를 돌아보았다. 어린 손자가 죽었다는 핑계를 대고 감옥 문이 열렸을 때 도망쳤던 것이다. 철벽같은 삼엄한 감시를 뚫고 나오기 위해서는 그 방법밖에는 없었다. 손자를 죽인 건 바로 길버트, 자신이었다.

'어디, 어디에 내 손자가 있다는 거야!'

하지만 빗물이 고인 웅덩이에는 경악한 자신의 얼굴만 비칠 뿐. 다행히 여자가 말한 손자의 형체는 어디에도 없었다.

"헛, 헛소리 집어치우고 당장 뒤로 물러서! 네년은 도대체 누구길래……!"

하지만 길버트는 제대로 말을 끝마치지 못했다. 여자의 뒤로 익숙한 남자의 형체가 보였다. 단 한 번밖에 만난 적 없지만 절대로 잊을 수 없는 강렬한 남자였다. 그때 점쟁이가 다시 입술을 열었다.

"나는 알렉산드로의……."

"길버트."

그녀의 뒤에서 들린 강인한 음성에 입술이 멈춰 버렸다. 나직하고 중후한 목소리. 점쟁이는 완전히 굳어 버렸다. 그녀가 아는 남자와 닮은 듯 전혀 다른 목소리였다. 그 짐작이 맞은듯 길버트가 재빨리 두 무릎을 꿇었다.

"저, 전하……."

중년의 남자는 점쟁이를 스쳐 길버트에게 향했다. 그녀에겐 던칸의 움직임이 느린 동작처럼 천천히 보였다. 머리부터 발끝까지, 어디 하나 자신이 상상했던 그 모습과 다르지 않았다.

'저분이.'

조금 마른 듯했지만 풍채가 좋았다. 냉엄한 눈빛은 알렉산드로와 똑 닮았으며 미소라고는 모를 듯한 경직된 옆얼굴은 그보다 훨씬 날카로워 보였다. 푸른 눈동자는 그녀의 것과 같았다.

'저분이, 내 아버지……?'

점쟁이는 이상한 기분이 들었다. 어릴 때 상상했던 것처럼 그를 저주하고 싶다는 생각도, 달려가서 뺨을 올려 치고 싶다는 생각도 들지 않았다. 뱃속이 꼬이고 가슴 한구석이 간지러웠다. 정말 이상했다. 생전 처음 보는 얼굴인데도 매일 밤 울며 잠들었던 어린 시절, 자신을 포근히 감싸 안던 꿈속의 아버지처럼 느껴졌다. 그녀는 자신이 어린아이로 돌아간 것 같았다. 하지만 눈물은 나지 않았다.

"전하, 전하! 여기 있습니다!"

길버트는 지척에 다가온 던칸에게 얼른 두 손으로 아기를 바쳤다. 신에게 재물을 공납하듯 경건한 몸짓이었으나 던칸의 눈에는 그저 비굴하고 더러운 인간으로 보일 뿐이었다. 하지만 그는 길버트에게 아무 말도 하지 않았다.

"이 아기가……."

던칸은 얼른 아기의 얼굴을 손으로 가려 빗물을 막았다. 그리고 손을 살짝 들어 자그마한 눈, 코, 입을 들여다보았다. 왕녀가 검은 머리를 가졌다더니 아기 또한 검은 머리카락을 가지고 있었다. 그리 많지 않은 머리카락마저 신기했다.

'어떻게 이렇게 생겼지?'

아기라고는 해도 이렇게까지 작은 이목구비는 그에게 익숙하지 않았다. 그 어느 곳 하나, 알렉산드로를 닮은 데가 없었다. 자신은 더더욱 닮지 않았다. 참 이상했다. 조금도 아들을 닮지 않았는데, 그레이엄의 핏줄이 아닌 것 같은 이 작은 생명체에게서 눈을 뗄 수가 없었다. 심지어 조금 예뻐 보였다.

던칸은 아기를 샅샅이 살폈다. 우리 가문의 아기도 아닌 것 같은데 왜 예쁘지? 눈은 왜 뜨지 않는 걸까? 눈동자의 색깔이 알고 싶었다. 착 가라앉은 짙은 색 속눈썹을 보고 있으니 그와 비슷할 것 같았다.

"그레이엄 대공님의 아기님입니다."

길버트는 얼른 덧붙였다. 던칸은 전혀 신경 쓰지 않고 아기한테만 정신이 팔려 있었다. 차가운 빗물이 얼굴 가득 번져 있음에도 아기는 입술만 파르르 떨고 있을 뿐 미동도 없었다. 그런데 던칸은 이상하게 웃음이 났다. 올라가는 입매를 감출 수가 없었다. 아기가 눈을 감고 있는 그 모습조차 경이롭고 사랑스러웠다.

"제가 아기님을 전하께 무사히 모셔다드리기 위해 이 빗물을 뚫고…….."

"이자를 끌어내라."

던칸은 길버트에게 눈길조차 주지 않은 채 말했다. 귀여운 아기에게 정신이 팔린 나머지 목소리가 작았다. 빗소리에 섞여 가장 가까이에 있던 길버트만 그의 말을 들었다. 기사들은 꼼짝 않고 뒤에서 대기하고만 있었다. 함께 지켜보고 있던 험프리조차 던칸의 명령을 듣지 못한 것이다. 길버트가 탄식하듯 말했다.

"저를…… 정말 저를 죽이실 겁니까…….."

"물론이지. 넌 반역자가 아니냐."

시원하게 나온 대답에 길버트가 굳은 채 일그러진 표정으로 던칸을 응시했다. 우두커니 그 모습을 바라보던 점쟁이는 기묘한 기분이 들었다. 던칸의 품에 안긴 아기는 바로 레나였다.

'레나 그레이엄.'

아기를 보며 사랑스럽다는 듯 미소 짓는 던칸의 모습을 보니 그제야 서서히 눈물이 터져 나왔다. 하지만 빗물에 섞여 그 누구도 그것이 눈물임을 알 수 없었다. 점쟁이 자신조차 마찬가지였다. 그녀는 눈물 흘리며 동시에 웃음 지었다. 부친이 안고 있는 작은 생명체는 그녀가 아니었다. 동시에 바로 그녀였다. 항상 꿈꾸던 모습이 환상처럼 덧보였다. 빗속에 서 있는 중년의 남자는 20여 년 전의 젊은 청년이 되어 자신의 아기를 품에 안고 있었다.

어느새 그곳은 그레이엄 저택이었다. 그레이엄의 장녀, 레나는 그렇게 모두의 축복 속에 태어났다. 아버지의 품에 안겨, 본 적 없는 어머니의 얼굴을 마침내 마주했다……. 실재하지 않는 장면이었으나 생생하게 눈앞에 그려졌다.

'레나 그레이엄.'

자신의 상상이지만 행복했다. 그녀는 태어나자마자 버려지고 부정당하던 자신의 삶을 이제야 인정받는 기분이 들었다. 지금이야말로 진짜로 세상에 태어난 것 같았다. 하늘은 어둡고 빗물이 흘러 자꾸 시야를 가렸지만 점쟁이는 얼른 젖은 소매로 얼굴을 훔쳤다. 한순간도 놓치고 싶지 않았다.

던칸은 아기를 처음 보는 사람처럼 손과 발까지 꼼꼼히 살폈다.

"어떻게 이렇게 작지?"

빗속이라 아기가 추워한다는 생각도 미처 하지 못했다. 모든 게 단절된 세상에 오직 아기와 자신 둘뿐인 것처럼 느껴졌다. 그런데 바로 그때였다. 묵묵히 자리에 서 있던 여자가 갑자기 자신을 밀쳐 냈다. 던칸은 얼른 품에 안은 아기를 단단히 감싸고 옆으로 굴렀다.

"아악!"

찢어질 듯한 여자의 비명 소리가 빗속을 울렸다. 던칸은 멍하니 바닥을 적시는 핏물을 지켜보다 복부에 칼을 맞은 괴상한 복장의 여자에게 시선을 돌렸다. 그녀의 시선 또한 흔들리지 않고 던칸을 향해 있었다. 처음 보는 낯선 얼굴이, 낯설지 않았다. 갈색 머리에 푸른 눈동자를 가진 그녀가 바닥으로 쓰러지는 그 모습이, 던칸이 알고 있는 한 여자의 마지막 순간을 떠올렸다.

"소피아……?"

여자는 뭐라고 입술을 달싹였다. 하지만 던칸은 무슨 말을 하는지 들을 수 없었다. 순식간에 벌어진 상황에 놀란 기사들은 얼른 정신을 차리고 달아나는 길버트의 뒤를 쫓았다.

"당장 저놈을 잡아라!"

기사들이 소리치며 길버트가 사라진 방향으로 내달렸다. 멍하니 여자를 바라보던 던칸은 갑자기 벌어진 상황에 말문이 막혔다. 그녀가 왜 자신을 대신해서 칼을 맞았는지, 죽어 가는 게 분명해 보이는데 왜 웃고 있는 건지 알 수가 없었다. 죽어 가는 젊은 여자는 옛날 아내였던 소피아를 똑같이 닮았다. 악몽에서 자주 보았던 과거의 어느 그 순간이 그의 눈앞에 아른거렸다.

비 내리는 숲속은 어느새 10여 년 전 그레이엄 저택으로 보였다. 단검을 들고 악을 쓰던 아내는 죽어 가고 있었고, 어린 아들은 큰 충격을 받은 듯 미동도 없었다. 던칸은 그때 생전 처음으로, 자신의 삶이 어딘가 잘못되었다는 생각을 했다. 후회로 가득했던 그 순간 나는 어떻게 했던가……. 아직 숨이 멎지 않은 아내를 창밖으로 밀어 버렸던가…….

내가 정말 그랬었나. 그 끔찍한 짓을 저질렀던 이가 바로 나란 말인가…….

믿고 싶지 않은 자신의 과거를 떠올리던 던칸은 두 눈을 질끈 감았다. 그리고 다시 눈을 뜨니 현실이었다. 빗물에 숨을 헐떡이는 젊은 여자의 모습이 눈에 들어왔다. 그는 간절히 바라고 바랐지만 시간을 되돌릴 수는 없었다.

"어서!"

하지만 몇 번이고 다짐했던 대로, 과거로 다시 돌아갈 수만 있다면 그렇게 하리라 수백 번 결심했던 대로 사력을 다해 소리쳤다.

"어서 의사를 데려와라! 지금 당장!"

여자는 피를 너무 많이 흘려 이대로 데리고 움직였다가는 오히려 목숨을 더 빨리 잃을 것 같았다. 죽음이 임박해 보였다. 그래도 던 칸은 포기하지 않았다. 사방을 돌아보며 기사들에게 손짓하며 소리를 내질렀다.

"의사! 의사를 데려와!"

곁에서 그를 지켜보던 험프리는 놀란 눈을 하고 고성을 내지르는 던칸을 응시했다.

"어서! 빨리 의사를 데려와! 마차를 이리로 끌고 와!"

그의 눈에 작은 형체가 주저앉는 모습이 보였다. 작고 가녀린 몸은 덜덜 떨고 있었다. 너무도 왜소한 모습이 여자라기보다는 소녀처럼 보였다. 그녀는 곧 엉금엉금 기어가듯 칼을 맞고 쓰러진 여자에게 다가갔다. 클로이였다.

"아가씨……."

점쟁이는 작은 목소리로 그녀를 불렀다. 클로이는 점쟁이의 목소리가 들리지 않았다. 핏물로 범벅이 된 그녀를 정신없이 둘러보던 클로이는 칼을 맞은 어딘가에 두 손을 가져다 댔다. 그러다 빗물에 체온이 떨어져 더 빨리 식어 가는 몸을 붙잡고 울부짖었다.

'지금 이럴 때가 아니야.'

이러다간 과다 출혈로 죽을지도 모르는 일이다. 간신히 정신을 차린 그녀는 정신없이 겹쳐 입었던 윗옷을 벗어 물기를 짜내고 상처 부위를 압박했다. 상체를 움직여 심장보다 복부를 더 높은 곳으로 옮겼다.

"내…… 내 이름……."

그냥 아무 말도 하지 말라고 그녀에게 말하고 싶었지만 클로이는 목소리가 나오질 않았다. 누가 자신을 옆에서 흔들어 대는 것처럼 전신이 떨려 와 그저 어버버하는 소리만 나왔다. 상처 부위에 가져 간 손까지도 덜덜 떨려 왔지만 클로이는 포기하지 않았다. 속절없이 내리는 빗방울이 온몸을 때렸지만 차가움보다도 그녀가 이대로 죽을까 하는 두려움 때문에 눈앞이 캄캄했다.

비는 왜 이리도 내리는가.

왜 그치지 않는 건가.

자신의 손 밖의 일이 원망스러웠다.

"레나……. 내…… 이름……."

클로이는 미친 듯이 고개를 끄덕였다. 던칸을 밀어내고 온몸으로 칼을 맞던 레나의 행동에 뒤늦게 그녀의 정체를 알아차린 자신이 미웠다. 얼마나 많이 자신이 누구인지 알아 달라고 소리쳤던가. 무조건적인 그녀의 호의가 가족이 아니고서는 결코 할 수 없는 행동임을…… 왜 자신은 깨닫지 못했던가.

"결혼식을…… 꼭, 보고…… 싶었는데."

"살 수 있어요!"

숨을 헐떡이며 간헐적으로 내뱉는 말에 클로이는 그녀의 손을 붙잡고 간신히 입술을 움직였다.

"주, 죽지 마세요. 제발 이렇게 죽지 마세요!"

그녀의 삶은 얼마나 기구한가. 이대로 이렇게 죽을 수는 없다. 울음 섞인 외침은 빗소리에 흩어져 레나에게만 겨우 들렸다. 클로이는 자신의 손에 전해지는 센 악력에 다시 그녀를 돌아보았다.

"나를…… 기억해 줘요."

사력을 다해 내뱉은 말에 클로이는 결국 목 놓아 울음을 터뜨렸다. 하지만 두 눈을 끔뻑이며 흐려지는 시야를 똑바로 했다. 던칸이 사람을 불러 자신이 타고 온 마차를 준비시키는 듯했다.

"죽지 마세요, 제발⋯⋯."

클로이는 레나의 죽음을 예감했다. 내내 마주치던 시선이 빗줄기 너머 저 먼 곳을 향했다. 두 눈을 휘며 미소 지은 레나는 마지막 인사를 하고 싶었던 가장 그리운 사람을 떠올렸다. 한 번도 얼굴을 보진 못했지만 꿈속에서 자신을 보며 기쁘게 웃는 얼굴을 상상했다.

"어⋯⋯ 머⋯⋯ 니⋯⋯."

이제야 외로운 당신을 보러 갑니다. 너무 늦은 저를 용서해 주세요. 스르르 눈이 감겼다. 클로이는 자신의 주위를 둘러싼 모든 게 멈춰 버린 것만 같았다. 세게 붙들고 있던 레나의 손이 느슨해졌다. 빗물인지 눈물 때문인지 흐릿하던 그녀의 형체도 가물가물했다.

클로이를 일깨운 건 젖은 땅이 철퍽거리는 소리였다. 이윽고 마차가 눈앞에 나타났고, 기사들은 던칸의 지시에 따라 일사불란하게 움직였다. 급히 사람들이 다가와 마차에 레나를 눕혔다. 클로이는 옆에서 그녀의 상처 부위를 압박했다. 피가 흐르는 복부 밑에 옷가지를 밀어 넣어 심장보다 더 높게 유지했다. 레나가 살 수 있으리란 실낱같은 기대를 아직 품고 있었다.

"아기는 제가 안고 있겠습니다. 좀 앉으시지요."

정중한 기사는 제국 기사단의 갑옷을 입고 있었다. 기사의 시선을 따라 슬쩍 옆으로 눈을 돌리고 보니 걱정스러운 눈으로 자신들을 응시하는 던칸이 있었다.

'저분이 바로 그분.'

처음 마주했지만 단번에 알 수 있을 만큼 똑같이 닮은 부자였다. 클로이에겐 말 한 마디 걸지 않았지만 새파란 눈동자에 담긴 염려와 불안이 읽혔다. 그게 알렉산드로와 겹쳐 보여, 마치 그와 함께 있는 것처럼 든든하게 느껴졌다. 그 순간 축축한 빗물이 살갗을 타고 흘렀다. 더 이상 춥지 않은 마차 안이지만 그녀는 이제야 온몸이 덜덜 떨리기 시작했다. 전신에 심한 통증이 느껴지고, 치아가 부딪혀 딱딱 소리가 났다. 그리고 보니 아직도 코피가 멎지 않았다. 따뜻하게 젖은 수건을 건네받자 모든 긴장이 풀린 클로이는 스르르 잠들 듯이 정신을 잃고 말았다.

"눕혀라. 어서!"

기겁한 던칸이 마차의 문을 닫고 마부들을 재촉하며 자신의 말에 올라탔다.

"당장 출발하지 않고 뭘 하느냐!"

그의 목소리가 사방을 울렸다. 험프리는 다른 기사와 마부가 급히 다가와 하는 말을 전해 듣고 조심스레 던칸을 불렀다.

"전하, 버넷 후작저로 가는 길은 빗물 때문에 웅덩이가 너무 많이 생겨 마차로는 돌아가기 힘들다고 합니다."

그러자 말에 올라탄 던칸이 무서운 눈으로 험프리를 돌아보았다. 급하게 고삐가 당겨진 말이 발로 허공을 굴렀다.

"그래서?"

아주 오랜만에 보는 주인의 성난 모습이었다. 그 기세가 너무도 흉흉해 험프리는 흠칫 몸을 떨었다. 이곳의 지리를 잘 아는 마부가 말하길 마차 사고가 날 수도 있으니 차라리 들판을 건너는 길로 가자고 했다. 게다가 그가 말하는 길의 끝에는 모두가 안전하게 몸을 녈 수 있는 곳이 있었다.

"차라리 전(前) 엘파사의 왕궁으로 가는 길은 어떠신지요? 마부가 지름길을 알아 마차로 가기에 훨씬 수월하다 합니다. 게다가 그곳엔 지금 제국의 기사단이 주둔해 있고, 뛰어난 의사들도 많다고 하니……."

"그래, 알았다!"

던칸은 쏟아지는 빗줄기를 원망스런 눈으로 응시했다. 처음엔 그저 방울져 내리던 빗줄기가 이제는 장대처럼 쏟아져 내리고 있었다. 천둥 번개까지 치는 모양새가 쉽게 그칠 것 같지 않았다.

"어디든 좋으니 저들을 살릴 수 있는 곳으로 가자."

마차의 앞자리에 앉은 험프리는 초조하게 손을 쥐었다 폈다. 대체 쓰러져 누워 있는 저 이상한 여자와 곁에서 울고 있는 소녀가 아기와 어떤 관계인지 영 감이 잡히질 않았다.

"그럼 전 엘파사의 왕궁으로 가겠습니다."

험프리는 최대한 마부들을 재촉했다. 초조한 기분이 들었다.

'에반 경이 그자를 놓치지 말아야 할 텐데.'

길버트를 허무하게 놓친 게 마음에 걸렸지만 다행히 그의 뒤를 쫓는 무장한 기사단이 있었다. 험프리는 정체불명의 두 여자가 탄 마차와 뒤따르는 기사들을 지켜보다 그중 가장 믿을 만한 두 명을 불러 세웠다.

"제임스 경, 제이미 경!"

심각한 표정의 두 기사가 다가왔다. 험프리는 지금 이 순간 자신이 해야 하는 일이 무엇인지를 파악했다.

"저들이 살던 집을 알아봐라. 수색해서 의심스런 물건을 모두 가져와."

처음 보는 저 여자들은 대체 누구이고, 그레이엄 가문과 어떤 관계인지를 알아야 했다.

　집을 나서서 던칸에게 향하던 알렉산드로는 갑작스레 쏟아지는 빗줄기 사이로 꽤 많은 기사들의 기척을 느꼈다. 그리고 웅성거리는 이들의 모습에서 뭔가 일이 잘못되었음을 직감했다. 그는 어머니의 일기장을 품속에 단단히 감췄다.

　"반역자를 찾아라!"

　몸을 숨긴 채 그들이 지나가길 기다리던 그는 에반을 가장 먼저 알아보았다. 기사단의 선두에는 그가 있었다. 둘러보니 자신과 함께 세리머니를 하던 기사들이 보였다. 왜 이들이 여기에 있는 것인지 의아했지만, 알렉산드로는 더 볼 것 없이 그 길로 걸음을 돌려 집으로 향했다. 그에게 중요한 것은 기사단이 아니라 자신의 가족이었다.

　빗길을 있는 힘껏 달려 집으로 향했지만 반쯤 문이 열린 채 방치된 그들의 보금자리에는 누구의 기척도 없었다.

　"클로이!"

　군데군데 핏물이 묻어 있었고 탁자가 나뒹굴고 있었다. 미칠 것 같은 정신을 다잡고, 그는 냉정하게 사태를 파악했다. 비가 내리는 날씨가 다행이라면 다행이었다. 질퍽한 땅에는 발자국이 어지럽게 흩어져 있었고 알렉산드로는 흔적을 따라 숲길로 걸음을 옮겼다.

끔찍한 상황에서 그는 오히려 이성을 되찾았다. 길을 따라가던 그는 문득 군마들의 발자국을 대량으로 발견했다. 하지만 에반과 세리머니의 기사들 것은 아니었다. 그들보다는 훨씬 적었다.

'아버님.'

던칸이 반역자를 잡으러 떠났을 리 없으니 아무래도 자신의 집으로 향하던 길인 것 같았다. 군마들의 발자국 때문에 클로이의 것이 보이지 않았다. 알렉산드로는 다른 곳으로 방향을 틀었다. 몸이 불편하다면 오르막길이 아닌 내리막길을 택하리라는 생각에 전혀 생뚱맞은 곳으로 방향을 돌린 것이다. 그리고 얼마 가지 않아 헐떡이는 숨소리가 들려왔다.

"허억…… 허억……."

억수같이 쏟아지는 빗소리 사이로 짐승처럼 거친 숨소리가 귓가에 파고들었다. 최대한 기척을 숨긴 채 큰 나무의 뒤로 몸을 숨긴 그는 가장 먼저 클로이를 찾았다. 행여 그녀를 인질로 잡고 있을까 하는 생각에서였다. 다행히 길버트는 혼자였다.

알렉산드로는 거칠 것 없이 단숨에 그의 멱살을 움켜쥐었다. 흉하게 일그러진 한쪽 눈과는 달리 놀라움을 담은 남은 눈에는 두려움이 가득했다. 흉흉한 분위기에 길버트는 언제나 그랬듯이, 쉽게 목숨을 구걸했다.

"사, 살려…… 살려 주십……."

"어디 있어."

주어가 없는 말에도 길버트는 냉큼 알아듣고 대답했다.

"전하께서 데, 데, 데려가셨습니다."

"클로이를?"

길버트는 얼른 고개를 흔들었다. 클로이는 그가 전혀 모르는 이름이었다. 아내로 들인 여자의 가치는 그녀의 고귀한 신분에만 있었다. 창피스런 과거는 전혀 궁금하지 않았기에 물어본 적도 없었다.

"모, 모릅니다. 저는 그게 누군지 모릅니다."

"그럼 아버님이 누구를 데려갔다는 말이냐."

침착한 그의 물음에 길버트는 냉큼 대답했다.

"아, 아기요. 대공님의 아기."

알렉산드로는 길버트를 바닥으로 내리꽂았다. 도망가려 팔다리를 버둥거리는 그의 등을 짓밟자 컥컥대던 몸이 결국 움직임을 멈추고 숨만 내쉬었다.

"내 아내 말이다. 베아트리체 왕녀, 그녀가 어디 있냐고 물었다."

길버트는 얼른 손을 뻗어 자신이 달려왔던 길을 손짓했다.

"커억…… 저, 저기……."

"네가 길을 안내해라."

또다시 클로이와 방향이 엇갈려 서로를 찾지 못할까 걱정되었던 알렉산드로는 그를 길잡이로 내세웠다. 멱살을 잡고 인형처럼 움직였다.

"대, 대공님, 죽을 것 같습니다."

장대비가 쏟아져 내리는 숲속. 빗물이 눈과 코에 마구 스며들어 숨을 쉬기도 어려웠다. 하지만 거대한 남자의 손에 붙들린 길버트는 선택의 여지 없이 다리를 움직여야 했다. 끌려가는 가축처럼.

"이러다, 이러다 죽을 것 같다고요!"

다급한 목소리는 남자의 자비를 구하느라 안간힘을 썼다. 하지만 알렉산드로는 필요에 따라서 자비가 없는 사람이었다. 그는 간절하고 흉악한 얼굴을 보고, 허리춤에 있던 단검을 뽑아내 길버트의 왼쪽 어깨로 찔러 넣었다.

"으아아악!"

길버트의 비명이 숲속을 울렸다. 그는 자신의 고통을 잘 참지 못하는 사람이었다.

"허억, 허억⋯⋯. 크으윽!"

찢어지는 목소리로 비명을 내지르던 길버트는 괴로워할 새도 없이 대공의 손에 거칠게 일으켜졌다. 환상처럼 자신이 목을 졸랐던 손자의 모습이 아른거렸다.

"앞장서라."

변함없는 단호한 목소리에 길버트는 생전 처음으로, 목숨을 구걸하는 대신 분노를 터뜨렸다.

"왜!"

삶은 길고, 고생스러웠다. 분명 자신이 원하던 것을 따라 미친 듯이 달려왔는데도, 마치 누군가의 뒤에 매달려 억지로 끌려오듯 험난했다.

'내 왕국, 계집, 돈, 직책, 신분!'

분노는 당장 자신의 모든 것을 빼앗아 간 눈앞의 남자에게로 향했다. 길버트는 억울하고 답답한 마음을 꾹꾹 눌러 담아 노성을 내질렀다.

"내가 내다 버린 쓰레기 같은 년을! 왜! 네가 왜! 그년 때문에 나를 죽이려 들어!"

간신히 이성을 유지하던 알렉산드로는 솟구치는 화를 참지 못했다.

"후우."

하지만 길버트를 죽일 기회는 언제고 있다. 클로이를 먼저 찾고 난 후에도 늦지 않는다. 사랑하는 여자의 얼굴을 먼저 떠올린 그는 길버트의 어깨에 박혀 있던 단검에 손을 가져가 옆으로 비틀었다.

"으아악!"

코앞에서 터진 큰 비명 소리 때문에 알렉산드로는 사방에서 들려오는 발자국 소리를 듣지 못했다. 그는 커다란 나무에 길버트를 밀어붙였다. 그리고 마지막이라 생각하고 물었다.

"길을 안내하겠느냐?"

"흐흐……. 그 모자란 년을. 아내라고? 그 반쪽짜리? 흐…….."

실성한 사람처럼 웃음을 터뜨린 길버트는 울컥 핏덩어리를 내뱉었다. 삶의 끝자락에 다다라서 처음 뱉어진 것은 분노였다. 이어서는 그가 한평생 바라던 권력과, 돈을 향한 끝없는 욕심이 시뻘건색으로 줄줄 흘러나왔다. 입 안에 가득 남은 피 맛이 역겨웠다.

거기서 자신의 죽음을 직감한 길버트는 새파란 눈동자를 똑바로 마주했다. 그는 비죽 웃으며 혀로 입 안을 쓸었다.

"시키는 대로…… 고분고분 말을 잘 듣지 않던가?"

자신이 부러워한 모든 걸 다 가진 이 남자가, 반드시 들어야 할 것들이 있었다. 길버트는 마지막 남은 자신의 모든 힘을 쏟아 내 입을 놀렸다.

"내가 그년을 얼마나 많이 데리고 놀았는지…… 넌 모르겠지? 밤에 데리고 놀기엔 그리 나쁘지 않잖아. 흐흐, 그렇지?"

분노로 가득한 알렉산드로의 손이 부들부들 떨렸다.

"그 입 닥쳐……."

길버트는 자신이 절대로 이겨 낼 수 없는 남자를 이긴 승리감에 취했다. 그가 씩 웃자 핏물이 가득 배어 벌건 치아가 드러났다.

"그래, 네놈도 갖고 싶었던 거야."

그건 혼자만의 욕심이 아니었다. 모두가 원했던 것이다. 무소불위의 그레이엄이라 해도 그건 가질 수 없었을 것이다.

"네놈도 왕족의 핏줄이 탐났겠지."

귀족으로 태어난 길버트는 어릴 적 친구였던 국왕을 질투했다. 노예보단 평민이, 평민보단 귀족이, 귀족보단 왕족이 더 고귀한 신분이었다. 그래서 왕가의 일원이 되고 싶었다. 비교해서 더 높은 것을 갖고 싶었다. 그래서 왕녀를 부인으로 달라고 했건만 그가 받아온 것은 왕가의 정통성을 조금도 갖지 않은 반쪽짜리 사생아였다.

"하지만 너도 속은 거다……."

알렉산드로가 모르는 것을 자신은 알고 있었다.

"잘난 척하는 네놈도 그 더러운 계집에게, 국왕에게 전부 속았어."

길버트는 불안하게 흔들리는 시선을 보고 즐거운 웃음을 터뜨렸다.

"너도 속았다고. 흐흐, 하하하!"

베아트리체는 왕을 닮은 구석이 조금도 없었다. 엘파사 왕가는 근친혼으로 왕가의 정통성을 유지해 왔다. 사생아로 태어난 몇몇 왕자들이 있었지만, 그들에게도 그 흔적은 있었다. 백금발까지는 아니더라도, 아쉬운 옅은 금발을 한 이들이 대부분이었다.

하지만 베아트리체는 아니다. 그녀에게는 왕가의 흔적이 조금도 없었다.

평범한 동대륙인처럼 생긴 외모였다. 결코 혼혈도 아니었다. 그런데도 왕은 이국의 무희와 보냈던 하룻밤이 철저히 기록에 남아 있다고, 자신의 사생아가 분명다고 했다. 무희가 밤을 보낸 게 국왕뿐이겠는가. 왕녀의 생김새가 바로 그 증거인데도 국왕은 뻔뻔했다.

다만 베아트리체는 이미 왕가에 입적되었고, 길버트는 예상보다 훨씬 즐거운 밤 생활을 보냈기에 더 이상 따져 묻지 않았다.

처음엔 반항적이던 왕녀는 네가 죽어야만 놓아주겠다는 말에 나중에는 포기했는지 순순해졌다. 벌벌 떠는 모습을 보고 있자면 시들했던 욕구가 치밀었다. 게다가 외양부터 다른 만큼 평범한 계집들과는 비교되지 않게 매일 밤이 만족스러웠다. 그래서 길버트는 2년을 함께 살았다. 하지만 그는 확신했다.

"그 모자란 계집은 절대로 왕의 핏줄이 아니야."

국왕과 하룻밤을 보냈던 무희와 같은 검은 머리. 거절했다면 쥐도 새도 모르게 죽어도 되는 노예 출신. 글자를 아는 노예는 진흙 속의 진주처럼 눈에 띄었을 것이다. 갖잖은 그 재주 때문에.

"크흐, 미천한 주제에 글자를 읽고 쓸 줄 아는 기막힌 계집년을 발견했으니…… 아마 국왕은 만세라도 부르고 싶었겠지."

국왕이 태어나자마자 내쳤던 핏줄이라며 데려온, 그 근본 모를 계집이 어떤 존재인지. 길버트는 처음부터 알고 있었다.

"그건 그냥 내가 쓰다 버린 걸레 같은 년이야. 왕의, 흡, 핏줄이…… 아니라고. 커억."

울컥 피를 뱉어 낸 길버트가 정신 나간 사람처럼 웃기 시작했다. 눈동자엔 이미 초점이 없었다.

"흐흐흐, 네놈이 전부 알고도 그년을 아내라고? 흐흐, 흐하하!"

어느덧 조용해졌다. 가만히 마음을 가라앉힌 알렉산드로는 싸늘한 비웃음을 흘렸다.

"기껏 사내로 태어나서, 여자의 핏줄을 빌어 출세하려 했느냐?"

웅졸하고 천하기가 노예만도 못한 놈이다. 반드시 알아야 하는 일인가 싶어 들어줬건만 더 이상 들을 가치가 조금도 없었다. 알렉산드로는 그대로 칼을 뽑아 그의 사타구니를 향해 찔렀다.

"크억!"

길버트의 두 눈이 그대로 휙 까뒤집어졌다. 입에서 부글부글 끓는 거품을 보았지만 아직 죽지 않은 터였다. 참 질기고 질긴 목숨이라 생각했다.

"버러지 같은 것……!"

애써 침착한 척했지만 알렉산드로는 속이 썩어 문드러질 지경이었다. 자신보다 더 소중한 여자가 당했을 일들이 눈앞에 그려지자 가슴이 터져 버릴 것 같았다. 피가 거꾸로 솟는 것 같았다. 눈앞의 길버트 때문이 아니었다. 이미 시체처럼 보이는 그의 위에 엘파사 국왕의 얼굴이 덧입혀졌다. 그래 봐야 자신과 마주했을 때의 공포에 질린 표정이었다.

─사, 살려 줘, 살려 주시오! 살려만 주시오! 왕국, 이 왕국을 넘기겠소. 왕국을 줄 테니 제발 우리 엘파사 왕가만은, 제발 이 귀한 핏줄만은…… 으아악!

칼을 쥔 알렉산드로의 주먹이 바르르 떨렸다. 그자가 저주스러웠다. 그저 목을 잘랐던 게 후회스러웠다.

'그렇게 쉽게 죽여서는 안 됐는데!'

클로이는 이제는 아무도 미워하지 않는다고 했다. 모든 걸 잊었다고 했다. 알렉산드로는 이제 모두가 증오스러웠다. 그 어떤 것도 잊을 수 없었다.

'사지를 갈기갈기 찢어 놓을 것을!'

하지만 설욕의 기회는 없었다. 죽은 이에게 이제 와서 복수할 수 있는 방법이 없었다. 새들이 쪼아 먹어 안타깝게도 그 시체조차 남지 않았다. 이미 늦었다……. 그 사실이 그를 미치게 만들었다. 복수심에 이대로 몸이 전부 타 버릴 것만 같았다. 머릿속이 뜨겁게 달아올랐다. 살면서 이처럼 격분했던 적이 없었다. 내 여자가 당했던 만큼 되갚아 주고 싶다.

그 이상으로 복수하고 싶다!

죽은 국왕을 향한 격렬한 분노에 몸부림치던 그 순간이었다. 알렉산드로의 새파란 눈동자에 번쩍 빛이 돌았다. 사랑하는 여자가 들어찬 한 맺힌 그의 가슴이 크게 뛰기 시작했다.

"지옥에서 지켜봐라."

국왕을 향한 진짜 복수가 무엇인지 떠올렸다. 그가 마지막까지 지키고 싶어 하던 것. 길버트가 간절히 갖고 싶어 하던 것이기도 했다. 왕가의 명맥. 그 더러운 핏줄!

"내 아내가 갖게 될 것이다."

알렉산드로는 칼을 뽑아 들고 추악한 남자의 눈을 노려보았다.

"네놈들이 평생 꿈꿨던 것들을!"

죽음의 문턱을 오가는 길버트의 목을 향해, 그는 단박에 칼을 찔러 넣었다.

푹!

얼마나 힘이 들어갔는지 단검의 끝이 길버트의 목뼈를 뚫고 나무 기둥에 박혔다. 칼을 붙든 그의 손이 그제야 분노로 떨리기 시작했다. 비명도 지르지 못한 채 죽음을 맞이한 길버트의 어깨와 팔이 축 늘어졌다. 말뚝이 박힌 것처럼 나무에 단단히 고정된 그의 몸은 미동도 없었다. 알렉산드로는 그대로 너덜너덜해진 그 목을 베었다. 길버트의 머리가 데구루루 바닥을 굴렀다. 빗물에 젖은 흉측한 사체가 악인의 마지막이었다.

하지만 이제는 헷갈렸다. 왕과 길버트가 그렇다면, 자신은 그녀의 앞에서 무결한가. 정확히 누가 누구에게 악인이고 선인인지 그녀의 앞에서 떳떳이 가릴 수 있는가……. 사랑하는 여자에게 사랑받고 싶은 강렬한 욕구가 그를 휘감았다.

알렉산드로는 그녀에게 세상에서 가장 좋은 남자이고 싶었다. 좋은 사람으로 보이고 싶었다. 허나 이제 와서 후회한들 달라질 게 있을까. 자신을 영웅이라 떠받드는 이 세상이 문제였는지. 아니면 지배자로 살아온 이 인생이 그런 건지.

모든 게 통탄스러웠다. 혼란스런 그의 머릿속을 잠재운 건 거세게 뛰어 대는 심장이었다.

두근두근.

귓속으로 들리는 힘찬 박동이 그를 일깨웠다.

'나는 아직 살아 있다.'

그렇다면 내일은 더 나으리라 믿을 수밖에 없다. 그렇게 믿어야만 한다. 절대로 포기할 수 없다. 과거야 어쨌든, 열심히 노력하며 사는 수밖에…….

내 여자가 그렇게 살아왔듯이.

질척한 손으로 이마를 짚은 그는 거친 한숨을 내쉬었다. 피로 범벅이 된 몸을 돌볼 새도 없이 알렉산드로는 곧 자신의 충동적인 행동을 후회했다.

'클로이를 먼저 찾았어야 했다.'

이 숲속에 혼자 있을 그녀를 한시라도 빨리 찾아야 하는데. 번뇌는 찰나였다. 금방 몸을 돌려 다시 길을 향하려던 그의 뒤에서 익숙한 목소리가 들려왔다.

"단장님……!"

알렉산드로는 인형처럼 자리에 멈춰 섰다. 천천히 뒤를 돌아보니 단단히 무장한 기사가 보였다. 입고 있는 갑옷도 익숙했다. 알렉산드로가 10여 년을 봐 왔던 갑옷과 망토였다. 비가 오는 날씨 때문에 망토는 힘없이 젖은 채로 갑옷에 달라붙어 있었다. 투구 사이로 보이는 얼굴은 주로 장난스런 표정을 하고 있었지만 오늘만큼은 그렇지 않았다. 종종 실없는 말을 내뱉던 입술은 그를 불러 놓고도 그대로 꾹 다물려 있었다. 덜덜 떨리는 그 손끝을 보니 그가 어떤 기분으로 지금 자리에 서 있는지 알렉산드로는 대강 짐작했다.

"크리스."

환희에 가득 찬 그는 알렉산드로의 오랜 친구였다. 마주친 시선보다 더 빨리, 크리스는 있는 힘껏 외쳤다.

"반역자를 처단하셨다!"

자신이 낼 수 있는 가장 큰 목소리로, 그는 빗줄기가 떨어져 내리는 컴컴한 산을 울렸다.

"단장님께서 반역자를 처단하셨다!"

숲속을 울린 크리스의 얼굴에 빗물이 흘러 내렸다. 두 번 다시는 보지 못할 것이라 생각했던 친구를 만난 기쁨이었다.

알렉산드로는 뒤늦게 옛 엘파사의 왕궁으로 향했다. 쉴 새 없이 말을 재촉해서 도착하고 보니 클로이는 다행히 큰 이상은 없다고 했다. 알렉산드로는 그래도 괴로웠다.

'내가 왜 이렇게 늦었을까.'

그녀의 손을 꼭 붙잡고 곁에 앉아 눈을 감고 있었다. 그녀가 눈을 뜰 때까지 그도 눈을 뜨고 싶지 않았다. 덕분에 클로이가 누워 있는 침실은 찾는 이들이 많았다. 기사단의 고위급 인사들이 줄을 지어 그를 찾아왔다.

똑똑.

이미 수차례 돌려보냈는데, 문 앞을 지키는 기사에게 누구도 만나고 싶지 않다 말했는데 또 누군가의 노크 소리가 들렸다.

"대공님, 험프리입니다. 전하께서 뵙고자 하십니다."

알렉산드로는 무거운 한숨을 내쉬었다. 던칸을 돌려보낼 수는 없었다. 그렇다고 클로이가 누워 있는 침실에서 부친을 마주하고 싶지 않았기에 알렉산드로는 피곤한 얼굴로 자리에서 일어났다.

"무슨 일이신지요."

"알렉산드로."

던칸은 문지기처럼 단단히 문 앞을 지키고 선 알렉산드로를 보고 힘없이 말했다.

"아기는 오늘 밤이 고비라 하더구나. 왕녀는 아직 정신을 차리지 못한 게냐?"

던칸은 진심으로 걱정스러웠다. 병상에 누워 있는 이는 겉보기엔 아기만큼 연약해 보였다. 칼을 맞고 사경을 헤매는 이도 있었지만, 정체불명의 그 여자는 어쩐지 이대로 죽을 것 같지 않았다. 괴상한 복장을 하고 있었지만 남자만큼 강인해 보였다.

"제 아내의 생사는 왜 궁금해하십니까?"

다만 알렉산드로 역시 진심으로 궁금했다. 부친은 그녀를 자신의 정부인으로 받아 주지 않으려 했다. 다른 영애와 결혼을 해서 이름만이라도 올리라던 사람인데, 이대로 클로이가 죽기를 바라는가 싶어 알렉산드로는 미간을 좁혔다. 크리스와 에반을 만나고, 함께 왕궁으로 오는 길에 모든 이야기를 들었다. 자신을 남색가로 오해했었고 클로이를 소년인 줄 착각했다는 말까지. 하지만, 그렇다고 그녀를 이대로 받아 줄 거란 기대는 하지 않았다.

"당연히 궁금하고말고. 아직 며늘아기와 이야기를 해 본 적도 없는데 저렇게 몸져누워 있으니……."

"모두 자리를 물려라."

알렉산드로는 그들을 둘러싼 이들을 향해 손짓했다. 감히 던칸의 말허리를 자르고 불쑥 나온 말이었다. 그래서 기사들과 시종, 시녀 할 것 없이 다들 눈치를 살피다 슬금슬금 복도의 끝으로 사라졌다. 어느새 꽉 차 있던 주변은 숨소리만 남아 고요했다.

"그녀는 아이를 낳지 못합니다."

"……!"

알렉산드로는 클로이가 정확히 불임인지는 알 수 없음에도 나중을 위해서 그렇게 말했다. 깜짝 놀란 듯 완전히 굳어 버린 부친의 얼굴을 뚫어져라 응시하며 말을 이었다.

"하지만 저는 평생 한 명의 부인을 곁에 두기로 약속했습니다. 저 자신과의 약속이니 어길 수 없습니다."

뻣뻣이 굳은 부친을 보니 입 안이 썼다. 역시나 예상한 게 맞았다. 불임이라는 얘기는 빼고 모른 척 그냥 클로이를 받아 달라 할 수도 있었지만, 그랬다가는 뒷일이 염려스러웠다.

"불임이라니 이게 무슨 날벼락 같은……."

당혹스러운 표정의 던칸을 주시하던 알렉산드로는 준비한 강수를 내밀었다.

"그레이엄 가문을 황실로 만들겠다."

뜬금없이 아들의 입에서 나온 말에 던칸은 휘둥그레진 눈으로 알렉산드로를 응시했다.

"이 제국 황제의 자리는 반드시 네 것이다. 언제나 그렇게 말씀하셨지요."

기어코 싫다며 황위를 거절한 통에 제국에 없던 대공 작위까지 만들어서 하사하지 않았던가. 그런데 이 상황에서 갑자기 황위라니, 이게 무슨 생뚱맞은 소리인가?

"그래, 그랬지."

던칸은 일단 고개를 끄덕였다. 헛소리로 치부하기엔 아들의 표정이 무척 진지했다. 눈빛이 타오르듯 이글거렸다.

"제게 약속하신 황위를 받고자 합니다."

"뭐?"

던칸은 저도 모르게 큰 소리를 냈다. 몰락한 왕국의 왕궁 복도에서 대치하듯 서로를 노려보며 할 이야기가 아니었다. 하지만 던칸은 괘념치 않았다. 하나뿐인 아들을 즉위시키는 것은 그야말로 평생의 소원이었다.

"진심이냐?"

"그렇습니다."

던칸은 반색을 하고 앞으로의 일들을 차례차례 떠올렸다. 귀족 내각들이 들으면 깜짝 놀랄 것이다. 이 사실을 즉시 공표하고 대관식을 치를 날짜를 속으로 가늠하던 그가 고개를 주억였다.

"아주 좋은 시기에 마음을 먹었구나. 그렇다면……."

"하지만 그 전에 아내와 저의 예식이 선행되어야 합니다."

"뭐?"

"가문의 이름을 그녀에게 주십시오."

던칸은 뒤통수를 맞은 사람처럼 이도 저도 못하고 대답을 망설였다. 물론 아들이 행복하길 바랐다. 하지만…….

"제 옆에, 황실 가문이 될 그레이엄의 계보에 그녀의 이름을 올려 주십시오."

"하……."

충격으로 굳은 던칸은 뒤늦게 정신을 차렸다. 알렉산드로를 조금도 닮지 않은 아기가 조금 이상하긴 했다. 그들이 도망쳤던 기간과 아기의 나이를 가늠해 보니 알렉산드로의 여식은 아닐 거라 생각은 했다. 대체 왜 그런 결정을 했을까 했는데 노예 신분의 그 왕녀가 심지어 불임이었다니.

'그렇다면 그 왕녀를 집안에 들이는 게 알렉산드로가 남색을 하는 것과 다를 게 무엇인가?'

아니지, 남색보단 낫다. 하지만 세상 그 어떤 부모가 저런 여자를 선뜻 외아들의 부인으로 맞아 줄 수 있을까. 비단 자신의 이기심이 아니었다. 게다가 왕녀는 반역자 길버트의 전 아내였으니, 과부 신세가 아닌가? 심지어 나이도 많았다.

'지금은 또 노예 신분이라 했지.'

골치가 아팠다. 아들의 선택은 뭐든 따라 주자는 생각을 하긴 했지만 솔직한 심정으로 고민스러웠다. 이런 결혼을 하는 귀족 가문은 없었다. 전무후무할 것이다.

"알렉산드로, 내게…… 좀 생각할 시간을……."

"지금 결정하십시오. 그녀에게 가문의 이름을 주지 않으시겠다면 저 또한 그레이엄으로 살지 않을 것입니다."

던칸은 긴 한숨을 내쉬었다. 백번 양보해서 둘의 결혼을 승낙한대도, 다른 문제가 있었다. 알렉산드로는 다른 부인은 두지 않겠다고 했다. 그게 문제였다.

"네가 황제가 되면 네 부인은 황후가 될 텐데, 어떻게 저 아이를 그 자리에 앉힌단 말이냐? 노예 출신의 황후라니 어떻게 그런…… 아니, 황후가 된다손 쳐도! 그 자리를 지킬 수나 있단 말이냐?"

던칸은 설득하듯 간절하게 말했다.

"게다가 후계는 어찌하고? 황실의 후계는 혈족이 아니고서는 절대로 정통성을 인정받지 못할 거다. 기적처럼 후계가 생긴대도 문제다!"

척하니 허리춤에 손을 얹은 그가 말을 이어 갔다.

"당장은 황후의 일가친척이 없을 뿐이지. 하지만 황태자는 외척이 없는 셈이다, 알렉산드로. 그런데 어떻게 귀족들을 견제하면서 동시에 이 거대한 제국을 이끌 수 있단 말이냐?"

어느덧 던칸의 눈빛이 휙 달라졌다.

"그뿐이냐? 네 아들은 아무리 뛰어난 능력을 보여도 결코 인정받지 못할 거다!"

점점 그의 목소리가 커졌다.

"친모의 출신이 천하다는 수군거림을 평생 동안 듣게 되겠지! 평생!"

지나온 날들이 빠르게 눈앞을 스쳤다.

"자기 자신을 입증하기 위해서 노력하고, 또 노력하고! 몸이 터지도록 노력해야 할 거다!"

그건 바로 던칸의 과거였다.

"그래 봐야 돌아오는 건 천한 핏줄이라는 손가락질뿐인데, 그 삶이 정녕 축복이겠느냐? 그런 삶을 축복이라 할 수 있단 말이냐!"

답답한 마음은 분노를 넘어서 슬픔으로 가득했다. 간신히 마음을 가라앉힌 그는 낮은 목소리로 훈계하듯 말했다.

"알렉산드로, 네 아들이 그렇게 불행하게 살아가기를 바라느냐?"

내 아들만은 그렇게 살지 않기를. 던칸은 그런 각오로 이날 이때까지 달려왔다. 아들에게 완벽한 세상을 선물하기 위해서. 하지만 알렉산드로의 생각은 완전히 달랐다.

"아무도 그렇게 살기를 강요하지 않았을 겁니다."

전과 한 치도 다르지 않은 냉담한 목소리였다.

"모든 건 아버님의 선택이었습니다. 그러니 다른 사람을 탓하실 것 없습니다."

들기로 던칸은 아주 어릴 때부터 권력에 욕심이 남달랐다고 했다. 알렉산드로는 바로 그 사실이 이해가 가질 않았다. 도저히 이해할 수 없었다. 하지만 어쩌겠는가. 사람은 저마다 원하는 바가 다른 것을.

"네겐 아무것도 줄 수 없는 여자다. 우리 가문에도, 네 아들에게도."

던칸의 날카로운 목소리는 판결을 내리듯 단호했다. 알렉산드로는 이에 지지 않고 대꾸했다.

"그렇지 않습니다. 그녀야말로 우리 가문을 정당한 황실로 만들어 줄 겁니다."

던칸은 이제 답답함을 넘어서 황당한 눈으로 알렉산드로를 응시했다. 이렇게 대화가 안 될 수가 없었다.

"잊고 계신 듯합니다, 아버님."

그는 자신의 아들이 지금 대체 무슨 말을 하려는 건지 전혀 감이 잡히지 않았다.

"이 제국에는 지금 황제가 있습니다."

"……!"

그 순간 던칸은 망치로 머리를 후려 맞은 기분이었다. 울컥했던 마음은 어느새 쏙 들어갔다. 어리둥절하게 눈을 몇 번 깜빡였다. 그제야 그의 머릿속을 스치고 지나가는 사실이 있었다. 소년 황제는 죽었지만…… 그 사실을 공표하지 않았다! 칼스버그 공작을 포함한 수뇌부의 몇 명만이 그 진실을 알고 있었던 것이다. 던칸은 멍하니 이마를 짚었다.

항상 '내가 이 제국의 황제나 다름없다.'고 생각하며 살아온 그였다. 그래서 진짜로 소년 황제의 존재를 까맣게 잊고 있었다.

'어떻게 그걸 잊고 있었지?'

소년 황제가 사라지고 알렉산드로가 냉큼 그 자리를 가져간다면 찬탈자라는 뒷소문을 피할 수 없었다. 던칸은 딱 하나, 역사에 남을 것만큼은 두려웠다. 아들에게까지 구구절절 추한 과거를 남겨 주고 싶지 않았다. 자신과는 달리 깨끗한 명예야말로 알렉산드로가 황제의 자리에 오를 수 있는 가장 큰 명분이라고 생각해 왔었다.

"지금 당장 황제의 죽음을 공표한다고 해도 아직 3년이라는 시간이 있습니다."

그 말이 맞았다. 대외적으로 소년 황제는 현 황가의 마지막 사람이었다. 황실이 바뀌는 만큼 장례식은 예법대로 3년을 꼬박 치러야 했다. 쿠데타를 통해서가 아니라, 추대받은 통일 제국의 초대 황제가 되기 위해서였다. 3년. 알렉산드로의 나이로 따져 보면 그리 오래는 아니었다.

"그동안 정무를 익혀 볼까 합니다."

"오호⋯⋯?"

"그레이엄이 황실 가문이 될 명분을 위해서."

던칸의 두 눈이 놀라움으로 커졌다. 정치라면 학을 떼며 황궁에 걸음조차 하지 않으려던 알렉산드로였다. 대체 무슨 심경의 변화인지는 모르지만 일단 크게 반가운 얘기였다. 명목상으로 제국은 지금 귀족 공화제를 하고 있었다. 수도에 공작가가 많은 이유였다.

"황궁에서 원로원 회의에 참여할 생각이냐?"

주기적으로 공작들이 모이는 원로원 회의는 실질적으로 던칸의 독재하에 있었다. 사실 그의 입장에서는 지금처럼 명령이나 내리고 여유롭게 지내는 편이 좋았다. 하지만 그는 아들의 뜻을 전적으로 따라 줄 생각이었다. 정치 얘기를 하며 눈을 빛내는 모습은 생전 처음 보았기 때문이다. 하지만 알렉산드로는 여러 원로원 중의 한 명이 될 생각은 없었다.

"저는 황제가 될 테니 귀족들의 정치는 하지 않겠습니다. 그보다는."

그는 잠시 말을 멈추고 시선을 돌렸다. 조용한 왕궁의 복도 한가운데. 이제는 사라진 왕가의 흔적이 군데군데 남아 있었다.

"이 왕궁에서 한번 시작해 보려 합니다."

"……뭐야?"

알렉산드로가 한 발자국 가까이 다가섰다. 던칸은 번뜩이는 새파란 눈동자 안에 번쩍이는 칼날을 보았다. 그건 목표를 향한 집념이었다. 젊었을 적 그가 가졌던 파랗게 타오르는 불꽃을 어느새 아들이 품고 있었다.

"그녀는 천한 출신이 아닙니다."

깊은 원한이 서린 음성이 한 글자씩 뱉어지듯 나왔다. 자기 자신에게 그렇게 되뇌고, 이 세상 모두가 똑똑히 듣기를 바라며 하는 말이었다.

"그 누구보다 고귀한 핏줄을 갖고 태어난 왕족입니다."

실제로 베아트리체가 왕가의 사람인지 국왕의 여식이 맞는지는 모른다.

'하지만 내가 그렇게 만들 것이다.'

반드시.

"이 대륙에서, 가장 오래된 역사를 가진 왕조의 마지막 후계자가 바로 제 아내란 말입니다."

던칸은 조금 충격받은 얼굴로 황망하게 되물었다.

"설마…… 왕국의 주권을 돌려 달라는 소리는 아니겠지?"

"왜 아니라고 생각하십니까?"

"지금 역사를 되돌리자는 소리냐? 어떻게 이룬 통일인데 여자 하나 때문에……."

"정복 전쟁으로 이룬 통일입니다. 설마하니 정말로 이 제국이 평화롭다고 생각하시는 건 아니겠지요."

"……."

"제국의 이 시작이 완벽하다고, 정말 그렇게 생각하시는 겁니까? 아버님께 아첨을 하는 이들이 말하듯이?"

던칸은 기가 차서 아무 말도 하지 못했다. 경악한 그 얼굴을 보고 알렉산드로는 얼른 회유하듯 말을 이어 갔다.

"그레이엄은 천년의 제국을 만들어 갈 황실 가문이 될 겁니다. 이 대륙의 역사에서 절대로 빠질 수 없는 위대한 가문이 되겠지요."

아니나 다를까, 던칸이 눈썹이 작게 꿈틀거렸다. 천년만년 그레이엄의 이름을 떨치는 것은 그의 원대한 소망이자 꿈이었다.

"제국 황제의 장례식은 왕국에선 별개의 일이니 저는 왕녀와 예식을 치를 겁니다."

"……."

"그레이엄은 왕실 가문이 될 테고, 3년 뒤에는 이 제국의 황실 가문이 될 겁니다."

왕실 가문. 아들의 모든 얘기를 뒤로하고 일단 던칸은 '왕실 가문'이라는 그 단어가 꽤 듣기 좋았다. 황실 가문보다는 못하지만 어차피 황가가 되는 건 3년 뒤에나 가능했다.

"베아트리체 왕녀는 그레이엄을 왕실 가문으로 만들어 줄 여자이니 후계 생산과는 무관하게 제 옆자리에 있을 겁니다."

"……."

"찬탈자라는 오명을 씻어 줄 명목이 되지 않겠습니까?"

아무렴, 되고말고!

"개국 공신 공작가는 우리 말고도 5개나 더 있습니다."

"……."

"하지만 우리가 대륙의 유일한 왕가가 된다면, 황실 가문이 될 수 있는 건 오직 그레이엄뿐입니다."

기사단은 에반에게 맡겼고, 제국에 황제는 있고, 알렉산드로가 황제가 되기에는 아들이 말한 게 최선이었다. 그레이엄을 왕실 가문으로 만드는 것.

"흐음. 국왕의 자리를 거치고 황위를 가져가는 게 정석이긴 하지."

제국의 황가는 대대로 귀족들의 꼭두각시 역할만 하던 이들이었다. 그레이엄을 포함한 대영주들의 세력이 지나치게 컸던 탓이다.

"황위를 견고히 하기 위해서라도 확실한 명분이 필요합니다, 아버님."

그러니 베아트리체 왕녀는 충분히 그만한 가치가 있는 여자라는 게 알렉산드로의 설명이었다. '명목'과 '명분'이 위대한 황제의 재위에 가장 중요한 요소라는 건 던칸도 충분히 동의했다.

"염려하실 것 없습니다."

알렉산드로는 이 선택에 분명한 확신이 있었다. 사랑하는 여자가 겪어 온 처절한 삶에 대한 복수, 그렇게 시작된 욕망이었다. 하지만 전쟁의 피로 얼룩진 이 세상을 바꿔 보리라는 회한도 있었다. 이 제국이 어떤 곳인지 눈으로 직접 보지 않았던가. 그가 선택한 더없이 사랑하는 부인은, 그야말로 살아 있는 '양심'이 되었다.

알렉산드로는 더 이상 지배자라는 이름으로 살아온 자신의 인생에 죄책감을 남기고 싶지 않았다.

"전 실패하지 않습니다."

그레이엄은 원래 한 번 마음먹은 일은 절대 포기하는 일이 없었다. 던칸 그 역시도 그랬다.

"……."

구구절절 이치에 맞는 소리를 들었건만 던칸은 어쩐지 떨떠름했다. 진심으로 가문을 위하는 척하며 말했지만 그래서 결론은 제 부인이 될 여자의 신분을 돌려 달라는 얘기가 아닌가. 아들이지만 가증스러웠다.

'아니다. 아니야. 예전보단 낫다.'

던칸은 급히 고개를 내저었다. 가문이고 뭐고 필요 없다던 예전보다야 훨씬 낫다. 진심으로 아들의 결심이 반가웠다.

'어쩔 수 없지. 저렇게 고집스러운데 별수 있나. 그래도 예식은 올릴 수 있으니 소년보다야 낫지. 그냥 그렇게 생각하자.'

둘이 결혼을 하면 눈치 볼 것 없이 양자든 양녀든 키울 수 있을 터였다. 그의 눈앞에 잠든 아기의 얼굴이 당장 둥둥 떠다녔다. 생판 남이라고는 했지만 그 아기도 귀엽고 사랑스럽고 예뻤다. 빨리 아기가 병상을 털고 일어나 웃는 모습을 보고 싶었다. 그 얼굴을 상상하던 던칸은 얼른 다시 표정을 굳혔다.

"하지만 난 왕녀와 제대로 대화도 나눠 보질 못했다. 네 제안이 나쁘지는 않다만은, 그 아이가 황후가 될 만한 자질이 있는지 난 모르지 않느냐?"

어쩔 수 없이 아들이 하자는 대로 하겠지만, 던칸은 왕녀가 영 마음에 들지 않았다.

"자고로 제국의 황후란 어느 누구보다 강한 정신력과 체력이 필요한 법이다. 특히 우리 가문의 사람이 되려면 더욱."

알렉산드로가 그 난리를 피우고 여자를 데리고 도망갔다는 사실에서부터 그랬다.

"그런데 아이도 낳지 못한다고 했지. 쯧쯧, 겉보기엔 비리비리하니 약해 보이는데, 말을 잘하는가 보군. 그러니 네가 그런 짓까지 저지르게 만든 게 아니냐?"

알렉산드로는 깊은 한숨을 내쉬며 이마를 짚었다. 싫다는 여자를 납치해서 데려간 건 자신인데 남들에겐 그렇게 보이는 모양이었다. 지금에서야 그는 자신의 지난 행동을 후회했다.

"흠흠. 그러니 며늘아기 얼굴이나 보자. 몸은 좀 괜찮은 거냐? 우리 가문의 사람이 될 자격이 있는지 내가 직접 보고 판단을 내려야……."

"그러실 것 없습니다."

순간 던칸은 살며시 구겨진 자식의 눈가에 스친 경멸과 비난을 읽어 냈다. 깊숙이 박힌 감정의 조각은 그 존재를 분명히 드러냈다.

"제 부인은 만나지 마세요. 그녀를 어떻게 생각하시든 상관없습니다. 어차피 제겐 그 사람뿐이니까."

알렉산드로와 던칸은 서로에게 딱 한 명 남은 가족이었다.

"아버님과는 만날 일이 없는 사람입니다."

아들에게 버림받는 건 던칸이 살면서 가장 두려워하던 것이라 그 의도가 선명하게 눈에 띄었다.

"공식적인 자리가 아니라면 그녀를 찾아오지도, 따로 부르지도 마세요. 단둘이 만나는 일은 절대로 없길 바랍니다."

"그게, 그게 무슨 말도 안 되는……."

"후계자 또한 걱정하실 것 없습니다. 핏줄을 얼마나 중요하게 생각하시는 분인지 잘 알고 있으니까요."

던칸은 가끔 꿈을 꾸었다. 꿈속에서 소피아는 그의 이름을 부르며 손을 내밀었고, 얼굴 한 번 보지 못한 여식은 끝없이 자신을 원망하며 저주하고, 또 저주하고, 저주했다. 이제 하나뿐인 아들은 마치 기어가는 벌레를 보듯 무감하고 날카로운 시선을 자신에게 던졌다. 그건 던칸이 자주 꾸던 악몽 중의 하나였다. 그 두려움이 형체를 가지고 앞에 나타났다.

"누님께서 살아 계십니다."

쿵. 심장이 바닥까지 추락했다. 던칸은 아들이 말하는 사람이 누구인지 모를 정도로 바보가 아니었다. 이상한 옷을 입은 그 젊은 여자를 처음 봤을 때부터 묘한 예감이 들었던 터였다. 지금 이 감정이 어떤 것인지 정확히 알 수 없었다. 여식이 살아 있다는 사실에 먼저 기뻐해야겠지만 던칸은 아들의 시선 아래에서 죽어 가는 기분이었다. 발밑이 어둠 속으로 점점 가라앉았다. 지금 이 순간이 꿈인지 현실인지 헷갈렸다.

하지만 그를 많이 닮은 아들의 얼음장 같은 목소리가 정신을 시리도록 흔들었다.

"지금 누님께서 아버님 대신 칼을 맞고 누워 계십니다."

던칸은 악몽이 그저 꿈이 아니었다는 것을 깨달았다. 알렉산드로는 품에서 소피아의 일기장을 꺼내 들었다. 부서진 이 왕궁의 성벽처럼, 완전히 무너져 내린 표정의 부친을 주시하며.

"곧 건강을 회복할 겁니다. 피는 속일 수 없을 테니까요."

던칸의 시선이 잔뜩 낡은 겉표지에 닿았다. 물에 젖어 있었지만,

가슴 속에 돌덩이처럼 얹혀 있는 그 이름은 모를 수 없었다.

「Sophia Graham」

던칸을 간절히 사랑했고, 그에게 애정을 구걸하다 그를 미치도록 증오했던, 그리고 그에게 참혹하게 죽은 여자였다.

"저를 평생 속이고, 누님까지 그렇게 내치신 분이지요. 어머님의 일은 차마 말하고 싶지도 않습니다."

담담하고 나직한 말소리가 채찍처럼 달려들어 던칸을 때리기 시작했다.

"그런 분을…… 부친으로 두었습니다."

이 순간 던칸은 이 세상에서 가장 작은 존재가 되어 지금 당장 사라지고 싶었다. 할 수만 있다면 짓밟혀도 좋으니 개미로 변해 아들의 잔인한 시선을 피하고 싶었다.

"그건 제가 선택할 수 없으니 어찌할 수 없는 일이지요. 하지만 제 부인에게는 그리하고 싶지 않습니다."

클로이가 가문의 이름을 받으면 그레이엄가의 일원이 된다. 그녀는 가문의 모든 것을 함께 가질 수 있지만 알렉산드로는 이왕이면 부인에게 가장 좋은 것만을 주고 싶었다. 자신의 더럽고 창피한 건 하나도 주고 싶지 않았다. 완전히 말문이 막힌 던칸을 보며 알렉산드로는 새삼 자신의 옛날 모습들을 떠올렸다. 자신에 의해 구질구질한 인생을 살게 된 클로이를 앞에 두고 알렉산드로는 자괴감에 가까운 수치심을 느꼈다.

당시 그녀는 그런 나를 보고 어찌했던가. 사죄를 받아 주었고 도리어 위로해 주었지만 알렉산드로는 아무래도 아버지에게 그런 마음이 들지 않았다.

한평생…… 왜.

왜 죄 없는 어머니를 미워하며 살아야 했던가…….

던칸의 두 손이 그의 팔을 붙잡았다. 악력은 제법 셌지만 전보다는 조금 마른 듯한 손등이 보였다. 계단을 오르듯 옮겨 간 알렉산드로의 시선이 던칸의 핼쑥한 볼과 검은 눈 밑을 차례로 스쳐 지나갔다. 알렉산드로는 아버지의 파란 눈동자에 밀려오는 해일 같은 후회를 보았다. 그대로 집어삼켜지기를…… 잠겨 죽지 않을 정도로만 괴롭게 발버둥 치기를 바랐다. 잔인한 희열이 느껴졌다.

"지나간 시간은 돌릴 수 없는 법입니다."

아버지를 미워하는 건 아들인 그에게도 괴로운 일이었다. 하지만 미워하지 않는다면 저 자신을 용서할 수 없었다. 알렉산드로는 냉담하게 말했다.

"누님께서 아들을 낳으면 그 아이를 제 후계자로 삼겠습니다. 그러니 제 아내에겐 후계자 생산에 대한 모든 일을 함구하는 게 좋겠습니다. 만나지 마십시오."

던칸은 아들이 하는 어떤 말도 이성적으로 들을 수 없었다.

"나를, 나를 이해해 줄 수는 없겠느냐……?"

알렉산드로는 천천히 고개를 저었다. 느린 몸짓이지만 단호하고 결연한 의지가 그대로 담겨 있었다.

"어머니를 위해서 절대로 그리하지 않겠습니다. 제게 아무것도 기대하지 마십시오."

그 말을 마지막으로 알렉산드로는 미련 없이 뒤돌았다. 아들의 뒷모습을 넋이 나간 채 응시하던 던칸은 눈앞에서 문이 닫히는 소리에도 한참이나 우두커니 닫힌 문 앞에 서 있었다. 그가 정신을 차린 건 사실 관계를 파악한 험프리가 뒤늦게 왕궁에 도착한 뒤였다.

"전하, 전하……."

험프리는 던칸을 보자마자 대뜸 털썩 무릎부터 꿇었다. 충격으로 얼룩진 그의 얼굴이 던칸을 응시했다. 별별 일을 다 봐 온 험프리조차 믿을 수가 없는 일이었다. 괴상한 옷을 입은 여자는 점쟁이 노릇을 하고 있었다. 마을의 많은 사람들이 그녀를 알고 있었다. 그리고 그녀의 집에서, 세상에 없는 줄만 알았던 것들이 마법처럼 나타났다. 마치 그녀의 존재처럼.

험프리는 바로 자신이 그 아기를 내다 버렸기에 그 모든 걸 잊을 수가 없었다. 멸문당한 맥코웰 가문의 깃발, 소피아 맥코웰의 인장, 그리고…… 아기를 감싸 안는 작은 강보. 소피아는 그 황금색 보자기에 정성스레 여식의 이름을 수놓았다. 소중한 것을 간절히 기다리는 마음으로.

"레나 그레이엄."

부정할 수 없는 모든 증거들이 바로 그녀의 집에 있었다. 마치 자신을 제발 알아봐 달라는 것처럼 준비되어 놓여 있었다. 험프리는 절망적인 마음으로 진실을 알렸다.

"전하, 마님께서 처음 낳으셨던 그 아기님을 기억하십니까……."

바로 던칸이 쓸모없다 내친 그 여아였다. 그 여식이 그를 대신해 칼을 맞고 사경을 헤매고 있었다.

"……."

던칸은 그대로 눈을 감았다. 그러자 아무것도 보이지 않았다. 그는 할 수만 있다면 처음부터 이 세상에 없던 사람처럼 자신을 깨끗이 지워 버리고 싶었다. 완전히 검게 변한 그의 세상처럼.

하루가 지났다.

"부단장님, 길버트 로건의……."

"쉿."

에반은 조심스레 말을 잇는 부하에게 일단 물러가라 손짓했다. 그의 시선은 남자의 허물어진 뒷모습에 단단히 고정되어 있었다.

'알렉산드로.'

그가 붙잡은 하얀 손 또한 익숙했다. 함께 훌쩍 사라져 버린 클로이, 베아트리체 왕녀였다. 그녀는 벌써 만 하루가 지났는데도 여전히 정신을 차리지 못하고 있었다. 쫄딱 비를 맞은 데다 몸이 성치 않았기에 의사는 하루 정도 잠들었다 깨어날 거라 말했다.

'정말 다행이군.'

알렉산드로는 미동도 없었지만 잠에 빠진 건 아니었다. 누워 있는 왕녀의 손을 간절하게 붙잡고 기도하듯 몸을 숙이고 있었다. 그 모습을 보다가 에반은 뜬금없이 옛날 일을 떠올렸다. 언젠가 대공과 제국의 수도에서 말을 타다가 낭떠러지를 뛰어넘어 거침없이 달리던 그때. 10년간 여섯 번의 큰 전쟁을 함께 치르는 동안 알렉산드로는 그 누구보다 단단해 보였다.

하지만 그는 얼마나 외로운 사람인가. 베아트리체의 앞에서 완전히 벗겨진 모습이, 단단한 껍데기가 부서진 그의 진짜 알맹이를 보는 듯했다.

'이런 재회는 생각지도 못했어.'

에반은 새삼 삶이란 얼마나 교묘한 것인지, 우연과 운명을 넘나드는 알 길 없는 인생사에 혀를 내둘렀다. 결국 자신이 했던 변명 같은 거짓말은 전부 현실이 되었다. 어떤 만남이었는지 알렉산드로는 길버트를 처형했고, 결국엔 기사단을 마주했다.

기사들은 돌아온 대공을 보고 반가움에 환호를 내질렀지만 알렉산드로는 기사단을 신경 쓸 여유가 없었다. 그보다도 어마어마한 일들이 벌어져 있었기 때문이다. 에반은 아는 모든 것을 알렉산드로에게 말했지만, 그 자신은 정작 차마 묻지 못한 것들이 한두 가지가 아니었다.

'소피아 그레이엄의 일기장은 대체 뭐지?'

그 일기장 때문에 던칸은 실성한 듯 보였다. 칼을 맞고 쓰러진 의문의 여인 또한 생사를 넘나들고 있었다. 괴상한 차림새를 한 여자였지만 누구도 그녀에 대한 언급이 없었다. 다만 에반은 그녀와 알렉산드로가 얼핏 닮았다는 생각을 했다. 물론 그럴 수는 없겠지만.

"내게 할 말이 있나."

에반은 갑작스레 들려온 목소리에 퍼뜩 정신을 차렸다.

"아, 길버트의 사체는 모두 명하신 대로 처리되었습니다."

제국을 향한 반역자의 머리는 곳곳을 떠돌며 모든 이들을 향한 본보기가 될 것이다.

"감옥에 있던 로건 일가 또한 모두 참수되었고, 기사단의 절반은 지금 황궁을 향하고 있습니다."

에반의 보고를 듣던 알렉산드로는 눈을 감은 그대로 입술만 움직였다.

"칼스버그 공작께선 뭐라고 하시던가."

"아직 답신은 오지 않았지만 큰 문제는 없는 듯합니다. 안테노르 공작 역시 적극적으로 사병을 보내고 나섰습니다. 아무래도 인척 관계에 있다 보니, 먼저 나서서 반역과 무관하다 해명 중입니다."

알렉산드로는 작은 한숨을 내쉬었다. 가문끼리의 동맹이 쉽게 무너질 리 없지만 병력이 수도를 떠나 있는 게 염려스러웠다.

"대영주들에게도 서신을 보내. 이런 때일수록 신경 써야겠지. 물론 그대가 알아서 잘하겠지만."

"예, 알겠습니다."

에반은 저도 모를 긴장감에 주먹을 한 번 쥐었다 폈다. 예상대로 알렉산드로는 기사단으로 돌아가지 않겠다고 했다. 칼마저 거절하려는 걸 막무가내로 돌려주었다. 이미 어느 정도 짐작은 했던 일이지만 이상하게 허무했다.

"……가벼운 타박상과 체온 저하라고 했으니 금방 깨어나실 겁니다."

알렉산드로는 자신을 위로하는 말에도 조금의 위안도 얻지 못했다. 그는 하늘이 무너져 내리는 기분이었다. 하루 이틀 내로 깨어날 거라고 했지만 차마 견딜 수가 없었다. 온갖 괴로운 상상이 그를 힘들게 만들었다. 어서 클로이가 깨어나기만을 간절히 기다렸지만 막상 얼굴을 보면 옆에 있어 주지 못한 게 미안해서 아무 말도 나오지 않을 것 같았다.

"이만 가 보겠습니다."

에반은 짧게 묵례하고 침실을 나섰다. 문을 닫기 전 다시 한번 그를 돌아보았지만 여전히 뒷모습뿐이었다.

'왕녀가 정신을 차리면 괜찮아지시겠지.'

문제는 던칸이다. 크게 낙심한 그는 두문불출하고 있었다. 그럴 사람은 아니지만 에반은 괜히 불안했다.

'대체 그 여자는 누구일까?'

그 의문의 젊은 여인을 내려다보는 눈빛이 영 심상치 않았다. 삶의 의욕을 모두 잃은 텅 빈 눈동자가 더없이 불길했다. 생전 처음 보는 절망스런 표정이었다. 순간 이상한 상상이 들었다. 하지만 금방 고개를 저었다. 에반은 평생 그를 봐 왔기에 던칸 그레이엄이 어떤 사람인지 잘 알고 있었다.

'결코…… 그럴 분이 아니다.'

자신은 수도로 돌아가야 했다. 당장 이곳엔 던칸과 수도 기사단이 있었기에 걱정은 없었지만 그는 외부 적의 침입보다 던칸의 상태가 더 염려스러웠다.

'괜한 걱정일 거야.'

왕궁의 열린 창밖으로 여전히 쏟아지는 빗소리가 우중충한 분위기를 더했다. 이렇게 오래도록 계속되는 장마는 오랜만이다. 하지만 에반은 거센 빗방울이 걱정스럽지 않았다.

한바탕 빗줄기가 쏟아지고 나면, 하늘은 맑게 개기 마련이니까.

29. 비가 그치고 나면

29. 비가 그치고 나면

· · ◆ · ·

눈알에 모래가 들어간 것처럼 뻑뻑했다. 자꾸 움직이니 더 쓰라렸다. 클로이는 본능적으로 빛이 들어오는 곳을 향해서 눈을 움직였다. 전생에서 사고로 목숨을 잃고, 다시 처음 기억을 가졌던 그때와 똑같았다.

'……싫어.'

하지만 곧 눈을 꾹 감아 버렸다. 완벽한 어둠 속에 오로지 혼자만 남으니 안락했다. 그녀를 괴롭히는 건 아무것도 없었다.

환생하고 나서의 삶은 결코 순탄치 않았다. 그녀가 다시 눈을 뜬 곳은 신분제 사회였고, 탄생은 축하받지 못했다. 노예였기 때문에. 얼굴 한 번 본 적 없는 어머니는 자신이 세상에 완벽하게 나오기도 전에 목숨을 잃었다고 했다.

혼자라는 걸 깨달았다. 놀랍게도 세상은 다시 존재했지만 그녀를 위해서 존재하는 건 아니었다. 어두운 터널을 지나 눈부신 빛을 따라서, 저 먼 곳엔 희망이 있으리라 마음먹고 눈을 뜬 곳은 지옥이나 다름없었다. 그나마 자신을 향해 웃어 주던 몇몇 다른 노예들의 얼굴을 보며 클로이는 위안을 삼았다. 조건도, 대가도 없이 받기만하던 환한 미소는 두 번째 삶을 밝히는 등불이 되었다.

말을 시작하면서부터 그녀는 열심히 노력했다. 받아 왔던 따스한 미소를 무엇으로든 갚고 싶었지만 그녀는 가진 게 아무것도 없었다. 심지어 그녀 자신조차 자신의 것이 아니었다. 결국 그녀가할 수 있는 것은 똑같이 미소 짓는 것 외에는 없었다. 하지만 노력했다. 열심히 웃으며 살다 보니 문득 운이 좋았다는 사실을 깨달았다. 갓 태어나 버려진 그대로 비참히 죽을 수도 있었지만, 살았다. 친자식도 아닌데 굳이 버려진 생명을 주워 와 키워 준 이들은 핏줄만큼 고마운 사람들이었다.

노예로 태어났지만 글자를 익힐 수 있는 끈기와 집중력도 있었다. 하나도 값지지 않다 생각했던 전생 덕분이었다. 노예는 작은 실수에도 목숨을 잃을 수 있었고, 뺨을 맞을 수도 있었지만 그녀는 그런 대우를 받지 않았다. 이만큼 운이 좋았다는 사실을 깨닫고 나니 그녀는 주어진 모든 게 감사했다. 그저 스쳐 지나가는 바람도, 매일 똑같은 밤하늘도, 다시 눈을 뜨면 시작되는 하루조차 그녀에게 소중한 것이 되었다. 무엇보다 그녀가 행운을 안고 살았다는 사실을 깨달은 것은 갑자기 왕궁에서 들이닥친 기사들 때문이었다.

'베아트리체?'

생전 처음 듣는 이름은 몸에 맞지 않는 옷처럼 어색했다.

'제가 베아트리체 왕녀라고요……?'

주위의 아무도 그런 얘기를 한 적이 없는데, 자신이 국왕의 사생아라고 했다. 진실의 여부나 그녀의 의사는 필요치 않았다. 그저 막무가내로 왕궁으로 데려간 뒤 치장시켰다.

정신을 차리고 보니 결혼식장이었다. 남편이 될 남자는 아버지라는 국왕보다 나이가 많을 법한 왕국의 재상이었다.

'싫어……!'

2년간의 결혼 생활은 떠올리기도 괴로웠다. 도대체 왜, 이럴 거면 왜 억울하게 죽임당하고 다시 환생한 건지. 그녀는 있는지 없는지 모를 신을 원망했다. 행복했던 지난날들을 떠올리니 더 괴로웠다.

23년을 노예로 살다 순식간에 왕족이 되었지만 그녀는 결코 행복하지 않았다. 왕궁이 원래 이런 곳인가 생각했지만, 결국 왕가의 정통성인 백금발도, 파란색 눈동자도 갖지 못하고 태어난 반쪽짜리 사생아라는 그녀의 잘못이었다.

하루하루는 끔찍했다. 모든 것에 감사하던 노예 클로이는 그 무엇에도 감사하지 않는 왕녀 베아트리체가 되었다. 그리고 진짜 죽음의 날이 찾아왔다.

엘파사의 국왕은 사실은 먼저 제국에 나라의 주권을 넘기려 했었다. 하지만 길버트의 배신이 그보다 빨랐다. 왕족은 몰살당했고 왕국 역시 침략을 당했다. 확연한 병력의 차이로 결과는 다르지 않겠지만, 누구도 하루아침에 배신을 당하리라고는 예상치 못했다. 그것도 왕의 부마이자 제국의 재상인 길버트, 바로 왕녀의 남편이었다.

살의로 무장한 기사들은 마구잡이로 칼을 휘둘렀다. 왕궁의 익숙한 얼굴들이 복도에 처참한 주검으로 널려 있었다. 사방이 피바다가 되어 드레스 자락은 벌겋게 물들었다. 그녀의 두 번의 인생을 통틀어 사상 최악의 날이었다.

왕녀를 찾는 기사들을 피해 도망을 갈 수도 있었다. 고민하지 않았다면 거짓말이다. 하지만 베아트리체는 조용히 자신이 있어야 할 곳으로 돌아갔다. 누구보다 간절히 삶을 사랑하던 그녀였지만, 그런 선택을 했던 이유는 바로 책임감 때문이었다. 평범한 사람은 기사들에게 짧은 반항조차 할 수 없었다. 그런데 왕녀가 도망치면, 제국의 기사단은 더 오랜 시간을 엘파사에서 머물 게 분명했다. 아무도 알아주지 않는 반쪽짜리 왕녀의 책임감이었다.

하루아침에 베아트리체라는 낯선 이름을 받고 왕녀로서 살게 되었지만, 짧은 시간이나마 왕족으로 누렸던 만큼의 양심은 있었다. 그녀는 주제 파악을 잘하는 사람이었다. 노예는 노예로서의 삶을 살아야 하고, 왕족은 왕족으로서의 삶을 살아야 한다고 믿었다. 그랬기에 책임을 뒤로하고 도망치지는 않았다.

'죽여라.'

그날은 그 남자와의 첫 만남이었다. 그녀를 꽉 매고 있던 줄이 풀린 것처럼, 베아트리체는 스스로 죽음을 각오하고 그의 앞에 자신을 고백했다. 그 덕분인지 그녀는 운명처럼 다시 노예가 되었다.

클로이는 괴로웠던 자신의 지난날들을 떠올리며, 그 누구에게도 상처 주지 않고 평생 살고 싶다고 다짐했다.

'나는 지금 행복하니까 됐어.'

아무것도 욕심내지 않았다. 오늘 하루를 행복하게 살기 위해서는 그래야 했다. 당장 내일 죽을지도 모르니까. 그런데 그녀의 결심을 뒤흔드는 강력한 남자가 있었다. 그는 견고하던 그녀의 벽을 뚫고 들어와 자꾸만 많은 것을 욕심내게 만드는 남자였다.

'너를 정말 많이 사랑한다.'

그녀는 사랑을 믿지 않았다. 믿을 수 없었다. 두 번이나 살면서도 그녀에게는 사랑이 찾아오지 않았던 것이다. 모두들 사랑은 마법 같은 일이라 찬양했지만 이상하게도 그녀에게는 그 마법에 빠질 기회가 없었다. 게다가 그 남자는 그녀의 인생을 바꿔 버린 무서운 남자였다. 그런데도, 그가 사랑을 고백하자 순식간에 그녀의 마음속에도 똑같이 사랑이 생겼다. 아니, 그것은 처음부터 그 자리에 있었다.

하지만 차마 인정할 수 없었다. 마음 놓고 남자를 사랑하기에는 그에게 줄 수 있는 것이 하나도 없었다. 그래서 모른 척하고만 싶었다. 하지만 사랑은 재고, 따지고…… 머리가 시키는 대로 할 수 있는 게 아니었다. 심장을 달구는 뜨거운 감정을 깨닫고 나서야, 그녀는 환생한 이유를 찾을 수 있었다.

"클로이? 클로이!"

클로이는 어렴풋이 들려오는 목소리를 기억해 냈다. 자신의 이름을 저렇게 애절하게 부르는 남자는 오직 한 명뿐이었다. 가슴이 터질 것 같았다. 더 이상 참을 수가 없었다. 그를 더 이상 기다리게 할 수는 없다. 까끌한 눈꺼풀을 간신히 들어 올려 눈을 뜨니, 빛보다 더 환하고 눈부신 사랑하는 남자의 얼굴이 보였다.

다시 태어난 그녀에게 사랑은 태양처럼 타올랐다. 도저히 무시할 수 없는 거대한 존재였다. 매일 아침 떠올라 하루를 밝혀 주는 삶의 연속은 그녀를 다시 깨웠다.

"클로이!"

"당장 의사를 불러!"

"정신 좀 차려 봐! 내가 보여?"

"제발 뭐라고 말을 좀 해 봐. 내가 전부 다 잘못했다. 내가 너무 늦어서……."

클로이는 다시 주어진 삶에 진심으로 감사했다.

"이틀이요?"

"그래."

클로이에게는 아득한 시간이었다. 한 일주일은 잠들어 있었다고 생각했는데 고작 이틀이라니. 무안해진 그녀는 어색하게 웃었다. 하지만 알렉산드로에게는 아내가 눈뜨지 않는 이틀이 더없이 길게만 느껴졌다. 타오르는 불 위에 있는 듯 괴로워, 시간은 더디고 더디게만 흘렀다. 그의 쓰라린 감정은 고스란히 드러났다.

"저 아픈 데 없어요. 겉으로 보이는 상처만 요란한 거예요."

아무렇지 않은 척 어깨를 으쓱하자 알렉산드로가 와락 그녀를 끌어안았다.

"정말 걱정했다. 정말 많이……."

급하게 그의 품에 안긴 클로이는 놀라서 그대로 숨을 멈췄다. 그가 얼마나 초조하게 있었던 건지 알 수 있었다.

"얼굴 보여 주세요. 보고 싶었단 말이에요."

한참을 안고 있던 알렉산드로는 그제야 슬그머니 몸을 떼어 냈다. 그는 주인 잃은 강아지처럼 불쌍한 눈빛을 하고 있었다. 잔뜩 비 맞고 귀가 축 늘어져 손길이 필요한 강아지. 저도 모르게 떠오른 생각에 클로이의 입술 밖으로 피식 웃음이 터졌다.

'강아지는 무슨.'

알렉산드로는 강아지가 아니라 얌전한 척하는 사냥개에 가까웠다. 그만큼 사납고 버거운 남자였다. 그를 두고 강아지 같다는 생각이 드는 게 참 황당하지만 사실이었다. 클로이는 이제 알렉산드로가 예전처럼 보이지 않았다.

그 순간 그녀는 점쟁이의 얼굴이 떠올랐다. 점쟁이의 진짜 이름은 레나였다. 알렉산드로의 누나.

"레나는요?"

"몸져누워 있다."

클로이는 그가 말하는 레나가 아기 레나인지, 그의 누나인지를 묻기 위해 입술을 달싹였다. 하지만 알렉산드로의 대답이 더 빨랐다.

"둘 다 아직 정신을 차리지 못한 상태야."

"……!"

"너무 놀라지 말고 내 얘기를 들어."

그는 에반에게 전해 들은 모든 사건의 내막을 말해 주기로 마음먹었다. 그리고 그가 털어놓은 이야기는 처음부터 기가 막혔다. 이 모든 일의 시작은 작은 오해로부터 비롯되었다.

'어떻게 하나뿐인 아들을 남색가라고 생각하실 수가 있지?'

클로이는 금방 자신의 생각을 부인했다.

'나도 그랬지, 참.'

그녀는 눈앞의 남자를 가만히 살폈다. 누구보다 늠름하고 남성미 넘치는 기사의 몸을 가진 그는 얼굴만은 특별히 더 뛰어났다. 어쩌면 저 얼굴 때문에 사랑에 빠진 건 아닐까. 그럴지도 모른다. 그런데 여자가 줄줄 따를 얼굴을 하고도 그는 정말 남색을 하는 게 아닌가 싶을 만큼 무심했으니까.

클로이는 그가 침실을 찾아온 미녀들을 내쫓던 순간을 생생히 떠올렸다. 게다가 자신은 미동의 옷을 입고 부적처럼 내내 붙어 있기까지 했다.

'생각해 보니 죄송하네.'

그분이 얼마나 마음고생을 했을까. 그랬으니 소년과 결혼을 시켜주겠다 했겠지. 별생각 없이 그 일에 일조했던 클로이는 죄송함에 몸 둘 바를 몰랐다.

아기 레나는 소아과에 정통한 의사들이 달려들어 돌보고 있다고 했다.

"열이 펄펄 끓고 있기는 하지만 여덟 명의 의사들이 목숨을 걸었으니 분명히 차도를 보일 거다."

혼수상태이기는 던칸의 여식인 레나 역시 마찬가지였다. 구사일생으로 살아남았다.

"응급 처지가 훌륭했다고 하더라. 네가 살린 거야."

다행히 위험한 고비는 넘겼지만 아직 정신을 차리진 못했다.

"나도 보고 왔는데, 눈에 띄게 회복이 빨라 다들 말은 못하고 심히 놀라는 눈치더군. 그러니 곧 정신을 차릴 거다."

알렉산드로는 확신에 가득 차 있었다. 하지만 그녀의 마지막 모습을 기억하는 클로이는 그렇지 못했다. 떨리는 까만 동공을 응시하던 그는 작은 손을 꽉 붙잡고 그녀를 안심시켰다.

"체력은 타고났으니까."

부드럽게 달래는 목소리는 미미한 웃음기마저 띠고 있었다.

"우리 그레이엄은 절대로 쉽게 죽지 않아. 걱정하지 마라."

그의 말에는 여러 가지 의미가 있었다. 점쟁이를 자신의 누나로 생각한다는 뜻이기도 했고, 그녀가 여식으로서 던칸에게 인정받았다는 것처럼 들리기도 했다. 캐묻진 않았지만 클로이는 그의 말만으로도 안심이 되기 시작했다. 마음에 얹혀 있던 돌덩이가 쑤욱 내려가는 기분이었다.

"그래도 직접 봐야겠어요. 눈으로 확인하고 싶어요."

"그렇게 해. 몸이 나으면."

"지금요."

클로이는 다급한 마음에 당장 침대에서 일어나려고 했지만 그의 저지로 인해 다시 앉혀지고 말았다.

"둘 다 잠든 모습을 보고 왔어. 그리고 너도 아직 환자야."

알렉산드로는 아직 할 말이 많이 남아 있었다. 앞으로는 단둘이 이렇게 얼굴을 보고 있을 시간이 많지 않을 터였다.

"오늘부터……."

답지 않게 말을 멈춘 그가 짧은 한숨을 내쉬었다. 그러나 다시 굳게 마음먹고 스스로에게 다짐하듯 말했다.

"오늘부터 이 침실은 네가 혼자 쓰게 될 거다."

나름 큰 각오를 말했지만 알렉산드로는 또다시 저절로 터져 나오는 한숨까지 막을 수 없었다. 신경질적으로 구겨진 그의 미간이 속내를 대변했다.

"예식만 아직 올리지 않았다 뿐, 우리는 이미 부부지 않느냐?"

'부부'를 강조한 그의 불만스러운 중얼거림이 이어졌다.

"귀족 예법은 대체 누가 정해 놓은 건지…… 그것부터 갈아 치워 버려야겠다."

덕분에 클로이는 뭔가 상황이 바뀌었다는 사실을 직감적으로 알게 되었다.

"가문으로 돌아가실 건가요?"

"그래."

알렉산드로는 그녀의 신분을 돌려주기 위해 칼스버그 공작의 의견을 기다리고 있었다. 황궁에서 실질적인 내정을 담당하는 그와의 의논도 반드시 필요했다.

"너도 같이."

물론 의견을 묻는 척만 했을 뿐 알렉산드로는 이미 사람을 시켜 그레이엄 영지 저택에 있는 가문의 계보에 그녀의 이름을 올리도록 했다.

'베아트리체 아르파시아 그레이엄.'

가문의 이름은 그녀에게도 꽤 잘 어울렸다. 이미 그들은 부부인데다 그녀는 자신의 정식 아내였다. 하지만 아무런 상의도 없이 혼자 급하게 일을 처리해 버린 게 마음에 걸려 이 사실은 예식을 치르기 전까지 비밀에 부쳐 두기로 했다.

그녀를 도둑질한 기분이었다. 평생 기사의 명예를 생각하며 살았던 삶에 수치심이 들었지만 어쩔 수 없었다. 그 자신조차 이해할 수 없는 언행에 내심 놀랄 때가 한두 번이 아니었다. 사랑하는 여자에 관해서는 잘 제어가 되질 않았다. 그는 점점 자신의 새로운 모습을 알아 가는 중이었다.

언제쯤 전부 그녀에게 솔직해질 수 있을까…… 하지만 아무리 생각해도 이런 속내까지 전부 보여 주진 못할 것 같았다. 대신 가문의 계보에 급히 네 이름을 올려놨다는 말을, 조금 돌려서 고백하기로 했다.

"이제 미적거리지 않을 거다. 소중한 사람을 더 이상 아프게 하고 싶지 않으니까."

클로이는 차분하게 마음을 가라앉혔다. 코피를 많이 흘려 머리가 지끈거리는 와중에 그녀의 눈앞을 스쳐 가는 얼굴이 있었다. 삶의 막바지에 다다른 것처럼 온갖 악을 전부 담았던 그 남자.

"……길버트는요?"

"죽었어."

어디서 어떻게 누구에게 죽었는지 등의 설명은 일절 없었다. 클로이는 별로 궁금하지 않았기에 묻지 않았다. 그 인간을 빼놓고도 머릿속에 들어찬 생각이 많았다. 가만히 천장을 응시하던 클로이는 긴 한숨을 내쉬었다.

'내가 여기에 다시…… 와 있네.'

익숙한 문양과 조각이 섬세하게 그려져 있는 이곳은, 엘파사의 왕궁이었다.

'두 번 다신 올 일이 없으리라고 생각했는데.'

천장뿐 아니라 대리석 바닥과 침대에 있는 시트까지 모든 게 익숙했다. 클로이는 슬쩍 문을 응시했다. 네 명의 호위 기사들이 있었다. 던칸이 데려온 제국의 기사들이었다. 길버트를 위해 일하던 시녀들은 군말 없이 머무는 이들의 수발을 들었다. 시종과 시녀, 고용인들은 영주였던 길버트 없이도 제 할 일을 척척 해내고 있었다.

왕궁의 모든 게 예전과 똑같았다. 장소와 사람들이 같은데 이렇게 평화로울 수 있다는 게 위화감이 들었다.

"너부터 건강해져야 한다. 아무 걱정 하지 말고."

일이 이렇게 됐는데 어떻게 아무 걱정 없이 있을 수 있을까. 그녀는 내심 황당했다.

'여긴 죽은 왕비의 침실이구나.'

침실의 이곳저곳을 살피던 클로이는 객관적으로 자신의 위치를 가늠했다. 길버트의, 반역자의 아내였던 자신의 처지를. 이 왕궁에서, 지배자들의 세력 다툼을 수없이 목격했다. 클로이는 다시 그 싸움에 말려들고 싶지 않았다. 게다가 가만히 알렉산드로의 이야기를 듣고 있자니 더욱더 그 자리는 자신의 것이 아닌 것 같았다.

'그분께서 원하시는 건 후사를 이어 줄 여자이지, 내가 아니야.'

결국 그녀를 허락한 건 그를 남색가로 오해한 데서 벌어진 일이다. 그녀가 남자보다 나은 점이라고는 여자라는 성별뿐이었으나 자신은 임신마저 불확실했다. 게다가 알렉산드로는 아기를 굉장히 좋아했다. 던칸 역시 마찬가지인 것 같았다. 아기를 보고 감격한 그 표정까지도 생생했다. 두 남자 모두, 자식을 아주 간절히 원했다.

알렉산드로의 부인은 바로 가문의 후사를 잇기 위한 여자의 자리였다. 다행인지 불행인지 알렉산드로는 여러 여자를 품어도 되는 신분이었다.

"내 부친은 만날 필요 없다. 이제 우리 일에는 상관하지 않겠다고 하셨으니, 넌 아무것도 신경 쓰지 않아도 되니까……."

"대공님."

그녀에게서 오랜만에 듣는 호칭이었다. 그 순간 알렉산드로는 노려보듯이 그녀를 응시했다. 클로이가 지금 무슨 생각을 하는지 본능적으로 알 수 있었다.

"……."

정말 화가 날 정도로 냉담한 여자였다. 설마 또 나와 이별을 생각하느냐 다그치고 싶었지만 그로서는 몸이 아픈 그녀와 말다툼을 하고 싶지 않았다. 게다가 중요한 순간에 지켜 주지 못하고 옆에 있어 주지 못했다는 사실이 큰 죄책감이 되어 그의 가슴속에 남았다. 그래서 가만히 그녀의 생각이 정리되길 기다렸다. 한참을 망설이던 클로이가 조용히 입술을 움직였다.

"우리……."

정말 결혼을 할 수 있을까요? 질문을 던지기 전에 그녀는 신중하게 말을 골랐다. 또다시 그를 낙담시키고 싶지 않았다. 포기하고 싶지 않았다. 많은 짐을 끌어안은 그를 더 힘들게 하고 싶지 않았다.

"누님은 아버님의 여식으로 인정받지 못할 거야."

다행히 알렉산드로는 클로이가 고민하는 바를 정확히 알고 있었다.

"하지만 미래에 아들을 낳으면 그 아이를 가문의 후계자로 정하기로 아버님께 약속드렸다."

클로이는 내심 놀랐다. 누가 듣더라도 레나에게 관대한 결정이었다. 이 사회의 어느 여자에게든 자신의 아들이 가문의 후계자가 된다는 건 영광스러운 일이었다. 알렉산드로의 입장에선 어쩔 수 없이 택한 일일 테지만 레나가 이를 거절할 리 없었다.

"아니면 양자를 들여도 된다고 하셨다."

그 사실이 정말 고마웠다. 클로이는 그가 자신에게 주려는 삶이 어떤 것인지 어렴풋이 알 수 있었다.

"너는 내 옆에서 네 삶을 살면 돼. 지금까지 그랬듯이."

이만큼 그녀의 삶을 존중해 주는 남자는 없었다. 앞으로도 없을 것 같았다.

"아니, 내가 네 옆에서 사는 걸로 하자."

깊은 안도의 한숨이 나왔다. 지긋지긋한 길버트와의 결혼 생활에서 이미 경험했던 바가 있었다. 클로이는 노예였지만 사람 취급은 받았다. 그녀의 능력 때문이었다. 하지만 결혼한 여자였을 때는 사람 취급을 받지 못했다. 아들을 낳기 위해서만 존재하는 것처럼 사는 삶. 그녀는 그 삶이 진저리가 났다.

더군다나 그레이엄 가문의 외아들과 결혼해, 후사를 잇지 못한다면 평생 어떤 취급을 받을 것인가…… 사랑만으로는 이겨 내지 못할 문제였다.

알렉산드로는 바로 그 점을 말끔히 해결했다. 이만큼 자신을 아껴 주는 남자의 옆이라면 그녀는 어디든 무섭지 않았다. 그녀는 이제야 정말, 모든 걱정을 내려놓을 수 있었다.

"고마워요."

클로이는 그의 목을 끌어안았다. 얌전히 안겨 있던 그가 그녀의 뒷머리를 감싸 안았다. 가깝게 이마를 맞댄 알렉산드로가 속삭였다.

"이제 날 믿나?"

"전부터 믿었어요……."

하지만 그녀는 야반도주를 했던 과거가 있기에 뒷말이 흐릿했다. 시선이 자신 없이 아래를 향했다. 그러자 그가 휙 그녀의 고개를 들어 올렸다.

"앗."

서로의 입술이 닿는 거리에서 다시 눈이 마주쳤다. 알렉산드로는 입맞춤을 위해서 그녀에게 말을 건넸다.

"한동안 바빠질 거야."

입술의 가장 봉긋한 부분이 스치는 감각이 아찔했다.

"더 이상 침실을 공유하지 않으니 이것도 마지막이겠지."

클로이는 고스란히 그에게 집중했다. 알렉산드로는 오래 보지 못할 연인을 기억하려는 듯이 그녀의 곳곳을 소중히 눈에 담아 두었다. 그 눈빛이 꽤 강렬하게 느껴졌다. 그녀의 목덜미와 어깨, 팔뚝을 지나는 손길이 뜨거웠다. 단정하게 옷을 차려입고 있었는데도 그의 앞에 발가벗겨진 기분이었다.

"네게 줄 것이 있다."

알렉산드로는 떨리는 그녀의 속눈썹에 시선을 두었다. 천천히 들어 올려진 그 속눈썹 아래, 사랑스런 눈망울을 마주하는 그 순간이었다. 예식을 최대한 빨리…… 서둘러야겠다는 생각이 들었다. 인내는 쓰고 열매는 달다고 했던가.

하지만 차례를 거슬러 이미 한껏 맛본 과실의 달콤함을 알고 있어 더 기다리기가 어려울 듯싶었다. 알렉산드로는 애타는 속내를 감추기 위해 눈을 꽉 감았다 떴다. 온갖 난잡한 생각들이 휘몰아쳤지만 그 대신 둥그런 이마에 입술만 붙였다가 떼어 냈다. 소중하고 귀한 여자에게 마음을 바치듯이.

"준비해 올 테니 제발 이번만은 날 믿고……."

"알았어요. 믿는다니까요."

"기다려 줘. 클로이."

그는 마음속으로 '클로이'에게 하는 마지막 인사를 마쳤다. 그녀는 고개를 끄덕이며 그의 팔뚝에 얼굴을 기대었다. 쓰러지기 전 보았던 벌건 핏물이 눈앞을 아른거렸으나, 믿어 달라는 그의 말대로 이번에는 온전히 그를 믿기로 했다.

문득 얼굴에 차가운 기운이 닿았다. 알렉산드로의 옷에 튄 빗물이 섬뜩하리만치 차가웠다. 애써 불안한 마음을 달래며, 클로이는 의사가 가져다준 약을 먹었다. 비 맞고 구른 것은 그녀 역시 마찬가지였다. 감기와 빈혈, 탈수 증세가 있었다.

"이제 그만 쉬고 있어."

알렉산드로는 아무 말 하지 않았지만 안 그래도 마른 그녀의 얼굴이 많이 상해 있었다. 게다가 언뜻 보이는 그녀의 몸 곳곳의 멍자국 때문에 가슴이 찢어질 것 같았다. 천만다행히 그녀는 이젠 정말로 얌전히 그의 말을 따라 줄 모양이었다. 알렉산드로는 편안하게 잠든 그녀의 얼굴을 내려다보다 침실을 나섰다.

길버트의 목 없는 시신은 마을 광장에 매달렸다. 사람들은 남녀노소, 신분에 상관없이 그에게 돌을 던졌다. 빗물에 젖은 시신은 형편없이 끔찍했지만 아무도 불쌍하다는 말을 꺼내지 않았다. 그는 왕녀를 아내로 들였다가 나라를 팔아먹고 재혼했다. 그뿐인가? 길버트가 영주로 있는 동안 귀족과 평민들은 더 많은 세금을 내야 했다.

제국의 영주가 되어 심지어 더 큰 세금을 매겼던 배신자. 사람들은 대륙을 통일한 정복자보다 길버트에게 더욱 분노했다.

알렉산드로는 그런 민심을 달래고자, 길버트를 받들던 가신들의 일부를 함께 숙청했다. 그래서 그는 벌어진 일을 수습하느라 바빴다. 길버트와 버넷 후작이 반역을 꾀하다 보란 듯이 개죽음을 당하고, 금방 수도로 돌아갈 것처럼 보이던 제국의 기사단은 계획보다 오랫동안 왕궁에 머물 듯했다. 근처의 영주들은 너 나 할 것 없이 알현을 요청하며 몇 날 며칠 줄을 서 있었다. 그네들에게 그레이엄은 수도에나 가야, 황궁에서나 감히 뵐 수 있는 이들이었다.

게다가 길버트와 버넷 후작의 봉신들은 자신의 무죄를 입증하고자 읍소하기 시작했다. 제국에 충성을 맹세하는 서신이 빗발쳤다.

무엇보다 버넷 후작이 양성하던 용병들을 처리하는 게 급선무였다. 그들은 기사가 아니라 용병이라, 돈을 주면 누구든 모시는 이들이었다. 그들을 두고 노기사들은 의견이 분분했다.

'이런 곳에서 용병을 양성했었군.'

알렉산드로는 엘파사 지역과 버넷 후작령이 맞닿은 밀접 지역에 와 있었다. 산맥이 험하게 자리 잡은 곳이었다. 인적이 굉장히 드물어 나무들이 빽빽한 곳이라 길을 모르는 사람들은 전혀 알 수 없을 것 같았다. 하필이면 빗길이라 말은 헛발질을 계속했다.

한참 말을 타고 산을 오르자 산 중턱에서야 축대가 보이기 시작했다. 에반은 세리머니 기사들의 반을 데리고 수도로 갔고, 일부는 알렉산드로와 함께 왕궁에 남았다. 남은 인원 중 한 명인 기사 보리스는 주위를 한참 둘러보다 말했다.

"꽤 신경을 쓰긴 한 모양입니다."

알렉산드로는 침묵으로 동의했다. 몇 년간 세금을 비축해 그 돈으로 세운 건물들이었다. 시설을 잘 갖춘 연무장과 신전, 심지어 많은 인원을 수용할 숙소까지 있었다.

'이대로 비워 두기엔 아까워.'

수도의 기사단을 생각하면 그리 큰 규모는 아니었지만, 연방의 영주가 사병을 양성하기엔 꽤 규모가 있었다.

"그래 봐야 오합지졸입니다, 단장님."

알렉산드로의 눈치를 살피던 기사, 브리안은 얼른 덧붙였다.

"그 용병들을 기사단에 받아 주었다가는 큰 분란을 초래할지도 모르는 일입니다."

"저도 동감합니다."

"그래 봐야 몇 년을 수행한 용병들이 아닙니까? 기사단은 전우애와 신의를 기반으로 긍지 높은 무관들이 있는 곳입니다."

앞다투어 하는 말에 알렉산드로는 손을 내저었다. 왕궁에서 얼마 멀지 않은 곳에 있다기에 그는 그저 눈으로 확인하려 했던 것뿐이다.

"이 일은 에반 경이 알아서 결정을 내릴 테니 그의 말을 따르는 게 좋겠군."

하지만 고위기사들은 그 말을 곧이곧대로 듣지 않았다. 사실 많은 의미가 담겨있기도 했다.

"단장님, 지금 그 말씀은……!"

"단장님!"

그들은 세리머니를 하던 기사들의 일부로, 던칸과 알렉산드로의 일을 모르는 이들이었다. 알렉산드로가 기사단을 이탈했을 때, 에반의 임기응변을 믿긴 했지만 염려스러웠던 것이다.

"단장님, 주제넘은 말이지만 일부에선 그런 얘기들이 나돌고 있습니다."

축대를 돌아 텅 빈 연무장을 빠져나온 알렉산드로는 산등성이와 이어진 흐릿한 하늘을 응시했다. 고지대라 그런지 안개가 자욱이 깔려 있었다. 꽤 장관이지만 빗물에 젖어 가는 몸이 척척했다.

"이만 가지."

크산토스를 대신해 새하얀 말에 올라탄 그는 한 폭의 그림처럼 보였다. 하지만 보리스는 얼른 말을 재촉해 알렉산드로의 옆에서 불안한 심정을 쏟아 냈다.

"행여 단장님께서 기사단을 영영 뒤로하고 이대로 떠나시는 건 아닌지, 그레이엄 영지에서 영영 돌아오지 않고 수도에 평생 걸음 하지 않으려 하신다고 우려하는 목소리가……."

"보리스 경."

서로를 오래도록 봐 온 둘은 각기 다른 표정을 하고 마주 보았다. 알렉산드로는 요즘 주위의 이들이 어떤 걱정을 하고 있었는지 깨달았다. 예전의 그는 자신을 향한 그 모든 기대가 재촉처럼 느껴져 조금도 반갑지 않았다. 그때는 이루고자 하는 목표가 없었기 때문이다.

"난 분명히 황궁으로 갈 것이네. 지금 당장은 아니지만."

초조한 얼굴의 늙은 기사를 바라보던 알렉산드로는 그의 소망에 부응하듯 씩 웃었다. 곧 기사의 얼굴 위로 멀리서 다가오는 먹구름이 보였다. 알렉산드로는 앞장서서 말했다.

"지체하지 말고 산을 내려가야겠군. 비가 더 내릴 모양이야."

이른 새벽이었다. 클로이는 아직 환자인 관계로 일찍 잠자리에 들었다. 그래도 아침을 시작하기에는 아직 해도 뜨지 않아 설은 시간이었다. 하지만 그녀는 커다란 신음과 함께 번쩍 몸을 일으켰다.

"하아, 하아……."

몇 번이나 크게 숨을 들이쉬었다 내쉬기를 반복했다. 이마에서부터 땀이 비 오듯 흘렀지만 찜찜할 겨를도 없었다. 클로이는 한참이나 진정하지 못하고 그렇게 몸을 떨었다.

'뭐지?'

아주 이상한 꿈을 꾸었다. 꿈속에서 함께 꽃밭을 거닐던 아기 레나가 손을 흔들며 갑자기 사라진 것이다. 잠에서 깨어나니 함께 산책을 하던 건 생각나지 않고 아기 레나의 마지막 모습만 떠올랐다. 하지만 레나는 아직 혼자서 걷지도 못하는 아기인데…… 기묘한 느낌이 들어 섬뜩했다.

혼자 잠들어서일까? 아니면, 갑자기 왕궁으로 돌아와 긴장한 탓일까?

클로이는 본능처럼 허둥지둥 침대를 빠져나왔다.

"아가씨, 벌써 기침하셨습니까?"

그녀의 침실 문 앞을 지키는 호위 기사는 두 명이었다. 처음 보는 얼굴이지만 제국 기사단의 갑옷을 입고 있었다. 그들은 정중히 인사를 건넸지만 조금 의아한 눈빛을 하고 있었다.

"안색이 좋지 않으십니다만…… 뭐 필요한 거라도 있으십니까?"

클로이는 침실에서 입는 편한 차림으로 문을 열었다. 자기 자신도 제대로 돌아보지 못한 채로 누군가에게 쫓기듯이 침실을 빠져나온 것이다. 얼굴이 하얗게 질린 그녀가 물었다.

"레나…… 레나는 어디 있죠?"

침실을 나서니 스산한 빗소리가 귓전을 때렸다. 몸으로 느껴지는 기운이 축축했다.

"레나요?"

"아기 말이에요."

"아! 제가 안내하겠습니다. 그 전에 잠시 실례합니다, 아가씨."

기사는 걸칠 것을 시녀에게 받아 와 클로이의 어깨 위로 덮어 주었다. 그 와중에도 그녀는 일분일초가 급해 발을 동동 굴렀다.

"빨리 갈 수 있나요?"

"물론입니다."

기사는 빠른 걸음으로 그녀를 앞장섰다. 클로이가 있던 곳에서 한 층 아래에 있는 침실에 레나가 있었다. 아기의 침대 곁에 잠들어 있던 의사 두 명은 몹시 피곤한 듯 보였다.

이른 새벽이니 이해가 되기는 했지만 클로이는 불안한 마음을 감추지 못하고 성큼 아기에게 다가섰다.

'괜찮을 거라고 했어. 별일 없을 거라고 했잖아.'

그저 개꿈이었을 뿐이다. 괜히 혼자 기분이 이상했을 뿐이다. 클로이는 그렇게 스스로를 다독이며 아기를 들여다보았다.

"아기님은 방금 잠드셨습니다."

그녀의 인기척에 의사들이 뒤늦게 번쩍 자리에서 일어나 한마디

씩 거들었다.

"전하께서도 방금 아기님을 보고 가셨습니다만, 오늘이 고비입니다."

"아기님은 비를 너무 오래 맞았습니다. 감기는 치명적이지요. 일단 오늘까지만 잘 버텨 내면 차도를 보일 겁니다."

클로이는 그들이 하는 말이 귀에 들리지 않았다. 시간이 멈추고 공간이 단절된 것처럼 아기와 단둘만 남은 기분이었다. 레나는 고요했다. 클로이는 3개월이라는 짧지 않은 시간 동안 아기를 돌봐 왔다. 울고 웃기를 잘하던 아기라 마냥 조용한 모습이 낯설었다.

"정말 잠들었나요?"

"예, 방금 전에 잠드시는 걸 확인했습니다."

의사의 말에도 클로이는 안심하지 못하고 안색이 어두웠다. 끔찍한 상상이 현실이 될까 두려워서 차마 아기에게 손을 뻗지 못했다. 클로이는 아기가 어떤 얼굴로 잠드는지 알고 있었다. 걱정스러운 그녀의 표정 때문에 의사는 설마 하며 아기의 코 밑에 손가락을 가져갔다.

"......!"

잠시 후 의사의 눈빛이 벼락이라도 맞은 듯이 돌변했다. 경악한 그가 차마 말도 잇지 못한 채 사람들을 돌아보았다. 지금 아기는 잠든 게 아니었다.

레나, 아기 레나는…….

"이런, 아가씨! 또 코피가!"

"아가씨! 아가씨, 정신 차리세요! 어서 대공님께 알려라!"

"저, 전하……!"

"전하, 아가씨께서 혼절하셨습니다!"

아기 레나의 장례식은 조용하게 치러졌다. 여전히 굵은 빗줄기가 떨어지는 어두운 날이었으나 장마가 길어질 것 같다는 말에 알렉산드로는 날을 미루지 않았다. 던칸이 급하게 마련한 공동묘지에는 레나를 비롯해 여기저기 버려진 시신을 수습해 전쟁고아들을 묻었다.

클로이는 장례식에 가지 못했다. 자리에서 쓰러졌던 그녀는 하루 뒤에 깨어났다. 정신을 차린 뒤 베개가 전부 젖도록 울던 그녀는, 자신 때문에 가슴 아파하는 알렉산드로를 보고 마음을 다잡았다. 상실감은 그 역시도 벅찰 것이지만 알렉산드로는 마음 아픈 티를 내지 않았다. 그는 남들보다 높은 곳에 있어 슬픔을 보일 여유조차 없었다. 클로이는 그 남자가 더 안쓰러웠다. 아기를 얼마나 예뻐했는지 모든 순간이 기억에 남아 있었다. 그는 걱정스레 내내 옆을 지켜 주겠다고 했지만 클로이는 이를 사양했다.

'오늘까지만 울어야지.'

그녀는 죽음을 이해했다. 죽음을 오랫동안 생각해 온 까닭이다. 전생의 그녀가 그랬듯이 죽음은 벼락처럼 한순간에 찾아오기도 하고, 때로는 예견되기도 했다. 하지만 어느 경우든 간에 피할 수는 없었다. 시작에는 항상 끝이 있는 법이라 아쉽다고 삶을 붙잡을 수 있는 게 아니었다.

어쩌면…… 끝이 아니리라.

클로이는 바로 자신의 경험으로, 어쩌면 죽음이 아기에게 새로운 기회를 가져다줄지도 모른다는 희망을 품었다. 다만 짧은 인연이 이렇게 허무하게 끊어져 버릴 줄은 상상도 하지 못해서, 미처 준비하지 못한 이별이 아팠다. 가슴이 찢어질 것 같았다. 하지만 클로이는 아기와의 만남에 감사했다. 아낌없이 사랑해 주었기에 추억이 남았다.

만약 이런 결말을 알고 있었더라도 다시 첫 만남으로 돌아간다면 주저 없이 아기를 구해 주었으리라.

투둑투둑.

클로이는 떨어지는 빗소리를 들으며 몸을 웅크리고 있었다. 복잡한 머릿속을 비우기 위해 혼자만의 시간이 필요했다. 그녀는 자리에서 천천히 일어섰다.

옛 엘파사의 왕궁, 가장 높이 솟은 시계탑이었다. 왕궁엔 시종과 시녀들이 있지만 그의 예상대로 이곳만은 조용했다. 던칸은 아무도 모를 곳을 혼자 찾았다.

먹구름 때문에 어두컴컴한 가운데 여전히 모두가 잠든 한밤중이었다. 여전히 그치지 않은 빗소리가 귓전을 때렸다. 하지만 모든 것을 내려놓은 그의 뻥 뚫린 가슴으로는 아무것도 느껴지지 않았다. 버석하게 마른 그의 얼굴은 남은 게 없었다.

슬픔, 죄책감, 분노, 책임감⋯⋯.

그를 움직이던 오만가지 감정의 바퀴들은 잔재조차 없이 바스러지고 빗물에 날아갔다. 모든 일들이 버거웠다. 죽은 아내의 일기장은 첫 장을 읽고부터 다음 장을 넘길 수가 없었다. 자신이 그 모든 이야기의 산증인이자 모든 일들의 원인이라는 것을 누구보다 잘 알고 있었다. 누군가에게 이런 상처와 고통을 남긴 쓰레기보다 못한 인간이 바로 자신이라는 사실이 믿기지 않았다.

'왜 이렇게 살았을까.'

후회로 얼룩진 자신의 과거를, 아들에게 자신의 모든 것이 까발려진 수치심은 이루 말할 수 없었다. 게다가 여태 죽었다고 생각했던 버린 여식은 자신을 위해 몸을 던져 칼을 맞아 사경을 헤매고 있었다. 죄책감도 없이 버렸던 내 딸이, 나를 위해서⋯⋯ 그렇게 생각하면 가슴이 바위에 짓눌리듯 답답했다.

딸은 젊은 시절의 소피아를 많이 닮아 있었다. 눈을 감고 잠든 모습을 들여다보고 있자니 소피아의 마지막이 계속해서 떠올랐다. 결국 던칸이 마주하고 있는 것은 버린 여식이 아니라 과거의 자신이었다. 할 수만 있다면 돌아가고 싶은 과거의⋯⋯ 자신.

알렉산드로가 입양해서 키웠다던 아기 또한 모르는 이의 핏줄이었다. 그런데도 그가 아기를 마주하고 느꼈던 벅찬 감동은 아직도 마음 깊숙이 생생했다. 하지만 차가운 빗물을 오래도록 맞은 아기는 그가 처음 마주했을 때부터 눈을 뜨지 않았다. 그리고 며칠간 열이 펄펄 끓더니 그대로 허무하게 세상을 떠나 버리고 말았다.

"흐윽⋯⋯."

아무래도 희망이 없는 것 같았다. 죽은 아기의 시체를 내려다보니 던칸은 그 어떤 것도 가질 자격이 없다는 사실을 확인받는 기분이었다. 그는 호된 벌을 받고 있었다. 이미 마음이 산산이 부서져 더 이상 눈물이 나오지 않았다. 남은 것은 그저 깊은 후회뿐이었다.

새벽녘. 아침이 찾아오고 새로운 하루가 시작되는 시간이었으나, 그는 '내일'이 오지 않기를 바랐다. 던칸은 가파르게 깎인 아래를 응시했다. 아무것도 보이지 않는 어두컴컴한 발밑이 두렵지 않았다. 오직 그것만이 답인 것처럼 보였다. 죄책감으로 얼룩진 가슴을 안고 그는 지독한 우울증에 시달렸다. 고통은 잠시면 끝나겠지만 삶은 죽을 때까지 계속될 것이다. 하지만 앞으로의 삶을 어떻게 지탱하며 살 것인가⋯⋯.

내가 지금 원하는 것은 무엇인가.

용서인가, 죽음인가, 삶인가.

자신도 모를 새 몸이 휘청하는 그 순간이었다.

"으윽!"

"꺅!"

그는 돌연 뒤에서 자신을 잡아당긴 몸짓에 그만 뒤로 크게 나뒹굴고 말았다. 이게 무슨 짓이냐고 고함칠 여력도 없었다. 몸을 일으키지 못한 채 척척한 바닥에 누워 천장으로 눈을 돌리자 높은 곳에 매달린 큰 종이 보였다. 던칸은 시체처럼 멍하니 천장을 응시했다. 자신을 잡아당긴 이가 누구인지 조금도 궁금하지 않았다.

그를 잡아당긴 것은 바로 클로이였다. 그녀는 놀란 가슴을 쓸어내렸다.

'정말 뛰어내리려고 하셨나 봐.'

시계탑은 왕녀였을 때 그녀만 알던 비밀의 장소였다. 높은 곳에서 아래를 내려다보고 있으면 답답한 가슴이 시원해 종종 머리가 아플 때 찾곤 했다. 그녀는 구석진 곳에 조용히 앉아서 빗소리를 듣고 있었다. 그때 누군가 문을 열고 들어오는 것을 보았다.

그리고 그는 고민도 없이 난간으로 다가섰다. 누군지 생각할 겨를도 없이, 클로이는 그의 몸이 휘청이는 것을 보고 얼른 자리에서 일어났다. 본능적으로 그를 잡아끌었고, 힘없이 바닥에 나동그라진 그는 바로 던칸이었다.

'세상에.'

클로이는 숲속에서의 그 일 후 정신을 차린 지 얼마 되지 않았다. 아직 던칸과 한 번도 대화를 해 보지 않았던 것이다. 아무래도 자신을 탐탁지 않게 생각하는 게 분명했지만 클로이는 알렉산드로 때문에 그에게 죄스러웠다.

'여기서 뛰어내리셨다면 정말 사망인데, 어떻게 그런 생각을 하셨을까……'

자신마저 던칸에게 짐을 얹어 준 기분이었다. 그래서 그녀는 더욱 쉽게 말을 꺼낼 수가 없었다. 그러자 들리는 것은 오직 빗소리뿐이었다. 그날부터 속절없이 내리던 비는 밤낮 없이 나흘이나 계속되었다. 갑작스런 장마였다.

클로이는 자신의 손을 벗어난 모든 일들이 원망스럽고 또 원망스러웠다. 맑던 하늘에서 비는 왜 이렇게 덧없이 오랜 시간 내리는 것이며, 필요치 않았던 어린 생명의 죽음은 왜 피해 갈 수 없었던 것인가. 기쁨과 사랑으로만 가득하길 바라지만 삶은 결코 그렇지 않다는 걸 누구보다 잘 알고 있었다.

'하지만 왜.'

이런 일을 겪었어야만 했을까. 그녀 자신은 괜찮았다. 노예로 태어나 온갖 일들을 겪으면서도 그녀는 모든 일들을 버텨 냈다. 그녀보다 더욱 기구하고 슬픈 삶을 살아온 이들도 있었다. 누가 더하고 덜하다고 잴 수 없었다.

누군가 말하길, 삶이란 얻기 위해서 잃어 가는 것이라고 했다. 기쁨과 슬픔은 필연적으로 찾아오는 게 인생이라지만 때로는 벅찬 일들이 그녀를 흔들었다. 하지만 주위에서 가슴 아파하는 모습을 보는 게 그녀는 더욱 힘들었다.

그래서 클로이는 아기 레나의 죽음에 의연하게 대처하기로 했다. 남은 사람들을 위해서였다.

점점 빗소리가 잦아들었다. 여전히 그치지 않았지만 거세게 내리다 물방울 자국만 남기기를 반복하기도 했다. 먹먹하게 보이는 비구름을 뚫고 이제 곧 해가 뜰 것이다. 장마의 한가운데에서, 전처럼 환하진 않겠지만 그럼에도 태양은 매일같이 떠오르는 법이니까. 낭떠러지로 내몰린 감정의 끝자락을 눈앞에서 확인한 클로이는 어떤 말이든 던칸을 위로하고자 입술을 움직였다.

"비는…… 그칠 거예요."

반역, 전쟁, 죽음. 엄청난 일들이 벌어졌지만 세상은 아무것도 변하지 않았다. 누군가의 세상은 완전히 박살 났지만 어떤 이의 세상은 전과 조금도 다르지 않다. 그럼에도 불구하고 시간은 흐르고, 사람은 다시 제자리를 찾아간다……. 불공평하게 보이지만 누구에게나 공평한 세상의 이치였다.

"아마 땅은 더 단단해지겠죠."

냉혈의 독재자라고 했지만 그녀는 던칸이 소중하게 아기를 감싸 안고 누구보다 기쁜 표정으로 얼굴을 마주하는 것까지 지켜보지 않았던가. 어린 꽃망울을 소중하게 품에 안은 여린 잎사귀 같은 그 모습조차 그의 한 부분이었다.

"힘드시겠지만…… 이 시간은 분명히 지나갈 거예요."

그녀는 가만히 던칸의 옆모습을 응시했다. 그는 아무런 말도 없었지만 클로이는 어렴풋이나마 그의 마음을 짐작했다. 그녀는 다른 사람의 마음에 공감하는 게 어렵지 않은 사람이었다.

"언젠가는 지난 일이 될 거예요."

던칸은 의미 없이 눈을 깜빡였다. 간절히 아들을 찾았던 것은 용서를 빌기 위해서였다. 그리고 아들에게 베아트리체 왕녀에 관한 모든 것을 들었다. 내내 조용하던 그가 간신히 입술을 움직였다.

"넌 어떻게……."

그녀는 가진 게 아무것도 없었다. 그로서는 그 사실이 무척 실망스러웠다. 던칸이 바라던 인재에 조금도 부합하지 않았다. 게다가 왕녀는 한없이 여리게만 보였다. 툭 치면 쓰러질 것처럼 체구도 작아서 몸도 마음도 연약한 것 같았다. 그런데 한 발자국 뒤에서, 침략국의 지도자로서 그녀를 바라보자 만감이 교차했다.

"알렉산드로를 사랑할 수 있지?"

베아트리체 왕녀는 노예 출신의 사생아로 태어나 마지막 독립국이었던 엘파사에서 살아남은 유일한 왕족이었다. 전남편에게 배신당해 왕가는 모두 이 왕궁에 목이 걸렸다. 그녀는 지금 전쟁 포로 출신 노예였다. 그러고도 살아남았다. 던칸은 기구한 삶의 궤적을 그려 낸 그녀에게 남은 바가 무엇인지 알고 싶었다. 지옥 같았을 나날을 이 작은 여자가 어떻게 버텨 낸 것일까.

"지난 일은 잊었어요. 그렇게 살기로 했어요."

둘의 시선은 각각 다른 곳을 향했다. 던칸은 천장만 주시했고 클로이는 던칸을 주시했다. 알렉산드로와 같은 파란 눈동자를 가만히 보고 있으니 이상하리만치 그가 두렵지 않았다.

'무서운 분이 아니야.'

그는 소피아의 일기장에 적힌 무자비한 남편도 아니었고 알렉산드로의 말처럼 냉혹한 아버지도 아니었다. 줄리아의 편지에 써 있던 악랄한 남자도 아니며 사람들이 말하는 쿠데타의 독재자도 아니었다.

'어쩌면 그런 사람이었을지도 모르지만.'

하지만 지금은 아니다. 그는 분명히 변했다. 클로이는 자신의 직감을 믿었다.

"그리고 대공님은 이미 사과도 많이 하셨는걸요."

"……!"

그 말을 듣고 던칸은 머리가 하얗게 변하는 것만 같았다. 그녀는 분명히 피해자가 맞지만, 기사단장으로서 알렉산드로는 자신의 일을 했을 뿐이다. 그런데 사과를 했다니, 아들은 자신과는 너무도 달랐다. 던칸은 자신의 삶에 용서까지는 바라지 않았다. 죽은 소피아가, 멸문당한 맥코웰 가문의 이들이, 자신을 원망할 여식까지. 그가 사죄할 사람은 많았지만 용서까지는 바라지 않았다. 그의 마지막 양심이었다.

"그래서…… 용서했나?"

던칸의 목소리가 희미했다. 용서라는 말이 그에게는 한참 먼 곳에 있었다.

"네. 저는 그분을 미워하지 않아요."

과거는 어땠을지 몰라도 던칸은 자신의 모든 것을 후회하고 자책하는 나약한 사람이다. 그녀에게 중요한 건 지금, 현재였다. 던칸은 벼락이라도 맞은 것처럼 멈춰서 움직일 줄 몰랐다. 클로이는 몸을 일으켜 그를 부축했다.

"그만 일어나세요. 바닥이 차가워요."

"난 누구에게도 사과하지 못했다."

덤덤한 목소리로 나온 말이지만 클로이는 그의 죄책감을 느낄 수 있었다. 그랬기에 저 어둠 속으로 몸을 던지려 했던 것이겠지.

"어느 누구에게도."

그의 절망적인 마음을 속으로 염려하던 클로이는 말을 골랐다.

"……앞으로 하시면 되지요."

그 말에 당장 던칸이 몸을 일으켰다. 사방이 어두웠지만 그의 새파란 눈동자는 번쩍였다.

"누구에게? 죽은 소피아? 몰살당한 맥코웰 가문? 내가 내다 버린 여식?"

그의 목소리는 빗소리를 뛰어넘어 쩌렁쩌렁 울리며 점점 커지기 시작했다.

"그중 누구에게 용서를 빌 수 있지? 누가 나를 용서한단 말이냐! 당장 알렉산드로 역시 나를 원망하는데, 내 친자식조차 나를 증오하는데!"

던칸은 어깨를 들썩였다. 현실은 참담했다.

"내 여식이 눈을 떠도 나를 원망할 것이다!"

던칸은 그 원망이 두렵지 않았다. 그가 염려스러운 것은 하나뿐인 아버지를 원망하며 가슴 아파할 여식이다.

"저어……."

클로이는 놀란 가슴을 진정시켰다. 코앞에서 사나운 짐승이 짖듯 무서웠지만, 알렉산드로에게 어느 정도 익숙해진 그녀는 결코 던칸이 자신을 해하지 않으리라 믿었다.

"그분은 이미…… 전하를 용서하셨어요."

게다가 클로이는 레나의 말을 똑똑히 기억했다.

―그런데 아가씨 말을 듣고 나니까 역시 그 사람을 용서하길 잘한 것 같아요. 그 사람을 미워할 땐 나도 괴롭고, 힘들었거든요. 만약 나를 버린 걸 후회한다면, 죄를 뉘우친다면…… 그럼 그냥 만족할래요.

어쩌면 그녀가 길버트에게 뛰어든 것은 아기뿐만 아니라 아버지를 구하기 위해서였을 것이다.

"아버지가 괴롭지 않았으면 좋겠다고 하셨고, 여식을 버린 걸 후회한다면 그걸로 됐다고 하셨어요."

전혀 예상치 못했던 말을 들은 던칸은 클로이의 양팔을 덥석 잡았다.

"그게…… 지금 그 말이, 사실이냐?"

"저, 정말이에요."

담담하게 대답한 클로이는 왜 알렉산드로가 맥코웰 일가의 이야기를 하지 않았을까 고민하다가 결국 사실을 말하기로 했다. 그는 여전히 부친을 믿지 못하는 게 분명했다. 하지만 클로이는 던칸을 믿을 수 있었다. 부자는 닮아 있었다.

"그리고 맥코웰 일가도 아직 남아 있어요."

"뭐라고?"

경악한 그의 목소리에서 클로이는 얼핏 새어 나오는 희망을 느꼈다. 던칸은 다급하게 되물었다.

"누가, 누가 살아 있지? 정말이냐?"

"줄리아 맥코웰, 그리고 그분의 조카님까지 계시니까……."

순간 던칸은 정신이 번쩍 들었다.

"정말 그들이 살아 있다고?"

맥코웰 일가가 아직 살아 있다니, 산산이 조각난 가문이지만 명맥을 다시 이을 수만 있다면. 제발 그게 사실이라면…….

"그러니까 아직 기회는 있어요."

용서를 해 주실지는 모르겠지만. 줄리아 맥코웰의 무서운 기세를 떠올린 클로이는 뒷말은 삼켰다. 사죄의 말을 듣는다고 해서 그녀가 용서하리라는 보장은 없었다. 하지만 그녀 역시 진심 어린 사과의 말을 듣길 원하지 않을까.

"내일도 올 테니까……."

던칸은 갑자기 몸에 한기가 든 것처럼 으슬으슬 떨리기 시작했다. 이제야 빗소리가 귀에 들리고 바닥이 차갑게 느껴졌다. 속죄의 희망을 발견하자 겨우 살아 있는 것 같았다.

"그러니까 남은 사람들을 위해서는 더 열심히 사셔야 돼요."

그리고 자신이 생명 줄처럼 단단히 붙잡은 작은 소녀가 눈에 들어왔다. 알렉산드로가 가문과 기사단까지 뒤로하고 도망치게 만든 그 왕녀였다.

"시간은 똑같이 지나갈 테니까요."

생긴 것과는 달리 단단한 목소리를 들으니 던칸은 아들이 무엇을 보고 그녀와 도망치게 된 것인지 알 수 있었다. 그것은 희망이었다.

이상하게도, 그녀가 말한 대로 힘든 시간은 지나가고 자신 역시 죄를 뉘우칠 기회가 오리라는 희망이 보였다. 던칸은 절대 부러지지 않는 나무 같은 사람이었다. 제 주위에는 그런 사람들만 있었다. 알렉산드로 또한 그랬다. 그에 비해 왕녀는 겉보기에 단단하지 않지만 태풍이 와도 꺾이지 않는 질긴 갈대 같은 여자였다. 주어진 운명에 몸을 맡기고 그렇게 살아가는 사람이었다.

그 순간 누군가가 급하게 시계탑을 뛰어 올라오는 소리가 들렸다. 쿵쾅거리는 걸음이 여간 급한 게 아니었다.

"클로이!"

한달음에 달려온 알렉산드로는 얼른 자리에 주저앉아 있던 자신의 아내를 아버지에게서 빼앗듯 끌어안았다.

"이게 어떻게 된 일이지? 어디 다치진 않았느냐?"

그리고 여기저기 몸을 살피는 모습에 클로이는 당황스럽게 그를 멈춰 세웠다.

"전 괜찮으니까 전하를……."

하지만 잔뜩 흥분한 알렉산드로의 귀에 그녀가 하는 말은 들리지 않았다.

"아버님께서 여기서 너를 밀치려 한 것이냐? 이 밤중에 몰래 너를 불러내서? 이곳에서 너를!"

"대공님, 그게 또 무슨 말씀이세요."

"……."

가만히 둘을 보고 있자니 던칸은 기가 막혔다. 아들이 왕녀를 어떻게 대하는지 눈으로 보니 황당할 정도였다. 곰 같은 덩치를 한 알렉산드로가 그녀를 앞에 두고 쩔쩔매고 있었다. 던칸은 아들을 교육했던 칼스버그 공작을 원망했다.

'저러니 데리고 도망을 갔군.'

만약 여식을 만나기 전이었다면 던칸은 왕녀를 허락하지 않았을지도 모른다.

'내일도 있다……. 내일이라. 남은 이들을 위해서…….'

하지만 지금의 그는 전과 다른 사람이다. 자신은 여식을 버렸지만 누구의 자식인지도 모를 아기를 살려 주고 키워 주는 사람도 있었다. 던칸은 자신이 더럽혀 놓은 이 세상이 그럼에도 불구하고 그리 삭막하지만은 않다는 사실이 조금 신기했다.

'내 죽음은 오직 나를 위한 것이다.'

하지만 자신이 앞으로 더 나은 세상을 만들기 위해서 살아간다면, 어쩌면 그건 한 목숨의 죽음보다 더 값진 일이 되지 않을까. 그는 제국을 바꿀 힘이 있는 위치에 있었다.

"전하께서 바닥에 구르셨는데……."

던칸은 소중하게 왕녀를 끌어안은 아들을 지켜보며 가슴이 간질거리기 시작했다. 그 둘을 보고 있자니 젊은 날의 자신과 소피아의 모습이 덧입혀졌다. 물론 자신은 한 번도 부인을 저렇게 소중한 눈으로 본 적이 없었기에 그저 상상일 뿐이었다. 과거로 돌아간다면, 저렇게 아내를 소중히 아껴 주고 보듬어 주었으리라는 쓸쓸한 상상.

"부축이 필요하실 거예요. 얼른요. 날이 추워요."

왕녀의 재촉에 알렉산드로가 이상한 걸 먹은 사람처럼 무척 떨며

름한 얼굴로 던칸을 응시했다.

"……."

아들과 그리 살갑게 지내지 않았던 던칸은 그보다 더 이상한 눈으로 알렉산드로를 흘겨보았다. 서로 미동도 않는 그레이엄 부자를 보고 클로이는 작은 한숨을 내쉬었다.

"그럼 제가 가서 전하를 부축할 시종을 불러올게요."

그녀가 일어나려는 시늉을 하자 결국 알렉산드로가 어쩔 수 없이 몸을 움직였다. 무뚝뚝한 얼굴로 다가가 아버지의 한쪽 팔을 어깨에 둘렀다. 몸보다 마음이 더 불편해진 던칸이 됐다고 손을 내저었다.

"내가 환자인 줄 아느냐? 됐다. 혼자서도 충분히……."

"고집부리지 마십시오."

알렉산드로는 최대한 빨리 이 상황을 벗어나고 싶었다. 시계탑엔 계단이 많아 한참이나 내려가야 했다. 그가 불만스레 물었다.

"여긴 대체 어떻게 알고 오신 겁니까?"

계단을 내려가는 걸음은 조심스러웠지만 목소리는 꽤 날카로웠다.

"이 새벽에 대체 여긴 왜 오셨어요?"

청문회가 시작됐다. 물론 던칸은 생전 당해 본 적도 없었다.

"제 아내는 또 왜 부르신 건지 말씀을 해 보세요. 제가 당부하지 않았습니까?"

듣다 못한 클로이가 작은 목소리로 중얼거렸다.

"대공님, 여긴 제 발로 왔어요. 우연히 뵌 거고요."

던칸은 저 낭떠러지 아래로 몸을 던지려 했다. 그런데 알렉산드로가 너무 사납게 말대꾸를 해서 클로이는 마음이 영 좋지 않았다.

"전하께 너무…… 너무 그러지 마세요."

그 순간 던칸이 들으란 듯이 코웃음을 쳤다. 그녀를 향해 휙 시선을 돌린 그가 툭 내뱉었다.

"네가 그런다고 마음에 들어 할 거라 생각하면 큰 오산이다."

굉장히 불퉁한 목소리였다. 아버지로서 귀한 외아들을 재혼녀에게 빼앗기게 된 입장을 충분히 이해했기에 클로이는 그리 마음에 담아 두지 않았다. 하지만 알렉산드로는 아니었다.

"괜한 말씀 마십시오."

냉담한 목소리가 칼같이 둘의 사이를 갈랐다.

"제 부인이니 아버님의 마음에 들어야 할 이유도 없습니다."

"흥, 무슨 소리냐? 내 며느리인데 당연히 내 마음에 들어야지."

"이치에 맞지 않는 말씀이십니다. 만날 일도 없을 텐데요."

"그래도 며느리가 되는 건 사실이지 않느냐."

"황궁으로는 언제 가시는 겁니까? 제가 이 왕궁에 남을 테니 아버님은 이제 그만 돌아가세요. 정무를 보셔야지 않습니까?"

"내가 없어도 황궁은 잘만 돌아갈 거다."

"잘 아시니 다행입니다만 그래도 이만 가세요. 아버님을 보는 주변의 시선이 무겁습니다."

"지금 나보고 남의 눈치를 보라는 거냐?"

"이제 그렇게 좀 사세요."

"하다 하다 이제 이렇게 살아라, 저렇게 살아라 참견질까지 하는구나."

"참견이 필요하신 분이니 그렇습니다."

"뭐야?"

그레이엄 부자는 서로에게 단 한 마디도 져 주지 않았다. 이런 모습을 처음 보는 클로이는 두 사람의 말싸움을 듣고 있기가 민망할 정도였다.

"윽박지르는 그 버릇도 고치세요. 부인 앞에서 제가 다 창피스럽습니다."

그녀는 이제 그만하라고 알렉산드로의 허리춤을 흔들었다. 아들로서 한 발자국 물러날 수도 있는데 꼬박꼬박 대꾸하며 일부러 언쟁을 벌이는 것처럼 보였다.

그때였다. 계단 저 아래부터 누군가 급히 뛰어 올라오는 소리가 들렸다.

"전하! 전하!"

험프리였다. 금방 모습을 드러낸 그가 땀을 닦아 낼 겨를도 없이 들뜬 목소리로 외쳤다.

"레나 아가씨께서 정신을 차리셨습니다!"

던칸은 조금 떨리는 마음으로 간신히 정신을 차린 여식을 마주했다. 사과의 말을 건네고 용서의 말을 들으며 감격스러운 첫 만남을 기대했다. 아직 여식의 성격을 잘 모르는 던칸의 착각이었다.

"왕녀님은 어디 있죠?"

레나는 불쑥 왕녀의 행방을 물었다. 생전 처음으로 마주하게 된 아버지에게 낯부끄러운 마음에 클로이의 이야기만을 했다. 부녀상봉은 그녀가 간절히 바라던 일이긴 했지만 설마, 실제로 일어날 줄은 정말 몰랐다.

"대공님과 왕녀님을 결혼시켜 주지 않으면 다시 평생 저주할 거예요."

그녀는 다른 이들의 미래는 확신했어도 자신의 것은 그렇지 않았다. 꿈에서 봤다고 해도 정말 일어날 일인지 믿을 수가 없었던 것이다.

"그 왕녀님이 답답해 보이는 게, 속이 깊어서 그래요. 소심한 건 그만큼 신중한 거고요."

"……."

"진지해서 재미없는 사람 같지만 친해지면 은근 재밌는 구석도 있어요. 자그만 게 귀엽기도 하고."

그리고 레나가 말하는 대로 가만히 왕녀의 이야기를 듣다가 던칸이 내린 결론은 한 가지였다.

'내 여식이라지만 뭔가…….'

그는 생각을 정리할 시간이 필요했다. 횡설수설하는 여식 또한 제정신이 아닌 것처럼 보였다.

'아직 몸이 좋지 않아서 그럴 거야. 원래 저렇게 성격이 이상한 아이는 아니겠지.'

레나는 복부에 칼을 맞았고 피를 많이 흘렸다. 거기다 보름 가까이 흐른 지금 눈을 떴다. 의사는 응급 처치가 훌륭하기도 했지만 믿을 수 없는 기적 같은 일이라고도 덧붙였다.

"보다 보면 알게 되실 거예요. 그 아가씨, 정말 좋은 사람이에요."

쉴 새 없이 왕녀에 관한 이야기를 듣던 던칸은 작은 한숨을 내쉬었다. 당장 여식과 그가 해야 할 이야기는 그런 것들이 아니었다. 그는 미안하다는 말을 하고 싶었지만 말보다도 자신의 행동을 보여 주기로 했다.

"알았으니 그만."

끊임없이 이어지는 레나의 말을 멈춰 세운 건 던칸이 결심한 모든 일의 시작이었다.

"맥코웰 가문은 다시 세워질 거다."

그는 창밖에 눈을 고정했다.

"맥코웰 가문에 씌워졌던 반역죄 역시 거둬질 거다. 그레이엄은 확실한 보상을 할 예정이다."

그는 태어나자마자 얼굴도 확인하지 않고 버린 레나의 눈을 마주하기 두려웠다. 알렉산드로와 자신을 포함한 그레이엄 셋은 너무도 비슷한 외양을 갖고 있었다. 하지만 이대로 피할 수는 없었다.

"앞으로 넌 레나 그레이엄으로 살게 될 것이다."

던칸은 용기를 내서 자신의 것과 똑같은 파란 눈동자를 응시했다.

"내가 한 말들을 지켜보거라. 그레이엄은 약속을 어기지 않는다."

잔잔한 호수 같던 그녀의 눈에 놀란 빛이 가득했다. 꿈인지 현실인지 어안이 벙벙했다. 너무도 허황된 일이라 영 현실처럼 느껴지지 않았다. 그래서 그녀는 두 손으로 자신의 볼을 짝, 소리가 나게 때렸다. 조금 아프긴 했지만 놀란 표정의 던칸을 봐도 여전히 영 현실감이 없었다.

'꿈인가?'

하지만 꿈이 아니었다. 알렉산드로와 비슷하게 생긴 던칸의 놀란 얼굴을 바라보던 그녀는 피식 웃고 말았다. 세 명의 그레이엄은 성격도 비슷한 면이 있었다.

"……앞으로는 조신하게 살아야 한다."

이제 귀족 가문의 영애가 되니 이런 행동을 하면 안 된다는 뜻이었다. 아버지는 던칸 그레이엄, 남동생은 알렉산드로 그레이엄이 아닌가. 고민하던 레나는 이내 고개를 내저었다.

"전 그레이엄 가문과는 별로 어울리지 않아요."

그녀는 귀족으로 살아오지 않았다. 그런데 하루아침에 그레이엄 가문의 영애가 되다니, 그건 어불성설이다. 귀족들의 일이 어떻게 되는지는 몰라도, 맥코웰 공작 가문을 다시 일으켜 세우기 위해서는 던칸이 큰 불명예를 감내해야 한다는 것쯤은 알았다. 그런데 자신이 레나 그레이엄이 되기 위해서는 그보다도 훨씬 더 큰 추문을 감수해야 했다. 죽은 어머니의 명예가 더럽혀질 수도 있는 일이었다.

"저는…… 저를 키워 주신 분의 성을 따르고 싶어요."

던칸의 짙은 눈썹이 위로 크게 들렸다.

"너를 키워 준 이가 누구지?"

그는 레나를 키워 줬다는 이에게 큰 보상을 하고 싶었다. 버려진 아기가 살아남은 것은 누군가의 손길이 있었기 때문이다. 성이 있다는 걸로 봐서는 귀족인 게 분명했다.

"어느 가문의 누가 널 키웠느냐?"

그 말에 레나는 잠시 고개를 갸웃했다. 맥코웰 가문을 일으켜 준다더니, 누가 자신을 키워 줬는지도 모른다는 게 이상했다. 순간 그가 맥코웰 가문의 명예만을 돌려준다는 뜻이었나 하고 미간을 살짝 구긴 레나는 주저하다가 사실을 말했다.

"이모님이요. 줄리아 맥코웰 이모님이 살아 계세요."

"⋯⋯!"

던칸은 눈앞이 아찔했다. 줄리아가 살아 있다는 말은 들었지만 레나를 키워 줬다는 사실은 몰랐다. 자신이 죽이려 했던 이가, 여식까지 거두어 키워 줬다니⋯⋯. 그는 아득하고 비통한 기분이 들어서 손으로 이마를 짚었다. 얼굴을 반쯤 가리자 한숨이 나왔다. 부끄럽고 창피해서 도저히 줄리아는 마주할 수가 없을 것 같았다. 그 마음을 알았는지 레나가 얼른 덧붙였다.

"참, 이모님은 대공님께 목숨을 잃을 뻔했는데 아가씨가 이모님을 구해 주셨어요. 그 왕녀님이요."

"뭐?"

"대공님도 성격이 참 대단하시죠. 정말 누굴 닮았는지."

픽 웃는 그녀를 보는 던칸의 두 눈이 휘둥그레졌다. 알렉산드로가 줄리아의 목숨을 앗아 가려 했다는 사실도 충격이지만, 며느리가 무슨 수로 줄리아를 구했다는 건지 도저히 상상이 가지 않았다.

"하, 이것 참."

"이모님은 제게 어머니나 다름없어요. 그러니까 아가씨를 꼭 대공님의 부인으로 맞아 주셔야 해요. 유일한 제 소원이에요, 전하."

레나의 진지한 얼굴을 바라보며 던칸은 대답 대신 고개를 끄덕였다. 본인은 아직 깨닫지 못했지만 그의 마음속엔 이미 며느리가 있었다.

"그리고 저는 어머니를 위해서⋯⋯ 전하를 아버지라고 부를 수는 없어요. 그러니 레나 맥코웰로 살래요."

"알았다."

그 말에도 던칸은 쉽게 대답했다. 갑자기 생긴 여식에게 낯간지럽게 아버지 소리를 듣기는 던칸 역시 기대하지 않았다.

"그래도 아버지 노릇은 해 주세요."

"뭐야?"

이어진 당당한 그녀의 요구에 던칸은 저도 모르게 작은 실소를 터뜨렸다.

'내 여식이 정말 확실하군.'

자신을 앞에 두고 저렇게 뻔뻔하게 제 할 말을 하는 이는 여태껏 없었다.

"이 얘기는 천천히 하고, 아가씨를 좀 불러 주세요."

"그래, 알겠다."

"그리고 앞으로는 혼자 찾아오지 마세요. 아직 어색하니까."

"알겠다. 넌 참, 솔직하구나."

던칸은 씁쓸하게 뒤돌아서며 애써 중얼거렸다.

"그래, 솔직한 건 좋은 거지. 좋은…… 거지. 그래."

밖에서 안절부절못하던 클로이가 문을 열고 들어오자, 레나는 저도 모르게 손에 들고 있던 컵을 손에서 떨어뜨렸다.

쨍그랑!

커다란 소리와 함께 바닥을 나뒹구는 물컵도 무시하고, 레나는 아연실색한 얼굴로 감탄사를 내뱉었다.

"세상에!"

"또 무슨 일이지?"

클로이의 뒤에는 알렉산드로도 함께였다.

"이건 말도 안 돼!"

물론 레나가 놀란 것은 알렉산드로 때문이 아니었다. 그녀는 주위를 휙휙 둘러보기 시작했다. 심지어는 이불을 들춰 이불 속까지 확인했다. 그도 모자라 고개를 옆으로 꺾어 벽뿐인 뒤를 돌아보고 천장도 뚫어져라 응시하더니, 마침내 소리를 내질렀다.

"이럴 수가! 오, 맙소사!"

레나는 다시 자신의 양 볼을 짝 소리가 나게 때렸다. 어쩐지 이상하게 몸이 가볍고 머리가 맑다 했다.

"왜 그러세요? 괜찮으세요?"

깜짝 놀란 클로이의 목소리를 들으면서도 레나는 여전히 경악한 표정이었다. 언제나 자신의 귓가에 온갖 이야기를 속삭이던 정체 모를 누군가의 목소리가 없었다.

"인연의 끈이 더 이상 안 보여!"

"후우……."

대체 또 무슨 헛소리를 지껄이는지 짜증스러웠던 알렉산드로는 당장 표정을 굳혔다.

"나한테 붙어 있던 여자 귀신이 떨어져 나갔나 봐요!"

모두가 크게 놀랐지만 가장 크게 놀란 건 레나 본인이었다.

"감사합니다!"

그 무엇보다 가장 바라던 일이었다. 그녀는 맹세코 그 특별한 능력을 바란 적이 없었다. 줄리아 역시 늙어서 귀신이 떨어져 나갔다고는 했지만 그녀는 아직 나이가 어렸다.

"오, 세상에, 맙소사. 신이시여! 착하게 살겠습니다. 정말 감사드립니다!"

몇 번이나 허공의 신에게 감사 인사를 하는 그녀를 착잡한 눈으로 바라보던 알렉산드로는 아무런 말도 하지 않았다. 그는 애써 시선을 다른 곳으로 돌렸다. 차마 누나의 그런 모습을 지켜볼 수가 없었다.

'귀신이 들렸을 때나 안 들렸을 때나 크게 다르지 않군.'

그런 레나를 멍하니 바라보던 클로이는 갑작스레 들려온 질문에 몸을 움찔했다.

"아기는요?"

클로이는 그 물음에 답하기가 무서워 긴장해 있었다. 아기를 친자식처럼 키워 주던 것은 사실 클로이가 아니라 레나였다. 심지어 자신의 이름까지 주지 않았던가. 그러니 그녀가 얼마나 상심할지 염려스러웠다.

"아기는 어디 있어요? 비를 많이 맞았을 텐데……."

클로이가 대답을 하기 위해 입술을 달싹이자 알렉산드로가 먼저 선수를 쳤다.

"아기, 레나는……."

그는 잠시 말을 멈추고 긴 한숨을 내쉬었다. 무겁게 가라앉은 그의 침묵이 레나의 가슴에 창살처럼 내리꽂혔다. 심장이 푹 찔린 기분이었다. 직감으로 알 수 있었다. 자신의 분신처럼 생각하던 아기의 죽음을.

"……죽었나요?"

참 쉬운 물음이었다. 그렇게 큰 의미를 가졌던 누군가가, 더 이상 이 세상에 없다는 사실이 '죽었다'는 짧은 말로 정의된다는 게 허무했다. 믿기지 않았다. 믿고 싶지 않았다.

알렉산드로는 고개를 끄덕였다. 아기의 죽음을 확인받고도 레나는 멍하니 뭐라 말이 없었다. 눈물도 흘리지 않았다.

'인연의 끈이 아무것도 없었지.'

없는 사람도 있긴 했지만 드물었다. 상대방이 죽어 인연이 사라지는 경우도 있었지만 아기는 태어난 지 일 년밖에 되지 않았다. 사실 그녀는 어느 정도 예상을 했었다.

하지만 사람은 자신이 가진 것보다 훨씬 강하지 않은가. 주어진 운명은 충분히 이겨 낼 수 있다는 사실을 누구보다 잘 알고 있었다. 그랬기에 레나는 버려진 또 다른 레나를 사랑했다. 자신이 그랬듯이 꿋꿋이 자라나 주기를 바랐다. 아기는 말이나 표현을 하진 못했지만 그 사랑은 결코 일방적이지 않았다.

"후우……."

그녀의 괴로운 표정을 보고 클로이는 할 말을 찾지 못해 난감했다. 어떤 말로도 그 빈자리는 채워지지 않을 것이다. 그러나 기쁨은 나누면 배가 되고, 상처는 나누면 반이 되는 법. 클로이는 조용히 곁에 앉아 밤새도록 그녀의 아픔에 공감했다. 함께 그 시간들을 견뎠다.

상처는 아물 것이다. 고통스런 기억은 무뎌질 것이다. 지나간 옛날 일이라, 언젠가는 담담히 말할 날이 올 것이다. 그러면 더 이상 사는 게 버거운 일이 아닐 것이다. 내일은 오늘보다 나을 거라는 희망이 생길 것이다. 그렇게 사람은 강해져 간다.

비가 온 뒤의 땅이 전보다 더 단단하게 굳어 가듯이.

30. 왕관의 주인을 위하여

30. 왕관의 주인을 위하여

· · ◆ · ·

칼스버그 공작이 황궁에서 열심히 제국의 일 처리를 대신 해 나가는 사이. 던칸은 오랜만에 모든 책무에서 벗어나 자신의 삶을 돌아보았다. 휴식처럼 보였지만 마음은 결코 가볍지 않았다.

또다시 왕궁의 시계탑이었다. 하지만 오늘은 대낮에, 그리고 언제나처럼 많은 수행원을 대동하고 왔다. 그는 그곳에서 여기저기 부서진 흉물스러운 엘파사의 왕궁을 보았다. 엘파사는 제국에게 그렇게 위협적인 독립국이 아니었기에 던칸은 처음 와 보는 곳이었다. 길버트는 왕궁을 자신의 저택으로 쓰는 동안 전혀 수리하지 않았다고 했다.

전쟁의 흔적을 고스란히 담고 있는 성벽을 바라보자 바로 이곳을 정복한 기사단장, 아들의 얼굴이 떠올랐다.

"쯧쯧."

누구보다 늠름한 모습을 했지만 알맹이는 완전히 겁쟁이였다. 하지만 알렉산드로는 행복해 보였다.

'행복. 행복이라……'

그는 일평생 행복을 좇아갔지만 이상하게도 불행했다. 게다가 후회도 막심했다. 참 알 수 없는 일이었다. 어쩌면 내가 좇던 꿈은 내가 진정으로 원하던 게 아니었나 보다. 사람은 가끔 환상을 보듯이 남의 것을 내 것이라 착각하는 경우가 있으니까. 이제 던칸은 오직 아들의 행복만을 바랐다.

'그래도 그렇지, 여자한테 그렇게 끌려다녀?'

잘 조련된 곰 같은 그 모습이 다시 떠올라 그는 저도 모르게 다시 혀를 찼다. 하지만 입매는 슬쩍 들려 있었다. 알렉산드로의 모습은 예전과는 달랐다. 제국의 황제도 싫다, 가문의 가주도 싫다, 늙어 죽을 때까지 평생 혼자 살겠다, 헛소리를 내뱉던 과거의 아들이 아니었다. 며느리를 떠올리면 상반된 생각들이 함께 떠올랐다. 머릿속에서는 여전히, 왕녀가 영 마음에 들지 않았다.

그런데 가슴속에서는 몽실몽실한 무언가가 쑥쑥 올라오고 있었다.

'볼수록 참 기특하단 말이야.'

며느리가 맥코웰 일가를 살리는 데 저의 소원을 썼다 하지 않는가? 그뿐인가? 의사들은 하나같이 입을 모아 응급 처치가 훌륭해서 레나가 살아남았다고 했다. 게다가 남색에 깊이 빠져 있던 알렉산드로의 마음을 돌린 유일한 여자였다.

'불임인 게 흠이긴 해. 그래도 신전의 늙은이들을 불러 예식을 올릴 수 있으니 소년보다야 훨씬 낫지.'

아주 오랜만에 저절로 미소가 지어졌다. 던칸은 언제 비가 왔는지 알 수 없을 만큼 맑게 갠 하늘을 올려다보았다. 먹구름은 오간

데 없었다. 눈이 부실 만큼 강한 햇살이 그의 얼굴로 쏟아졌다. 이 화창한 하늘이 그리웠다. 씩 웃은 그는 한결 가벼운 마음으로 걸음을 돌렸다. 이제는 퍽 익숙해진 왕궁의 집무실에 들렀다가 버릇처럼 복도를 어슬렁거렸다.

'이대로 황궁으로 돌아갈 순 없지.'

알렉산드로는 여전히 왕녀와는 독대를 하지 말라고 했다. 대신 던칸은 편법을 쓰기로 했다.

"우리 며늘아기는 아직도 레나의 수발을 들고 있느냐?"

험프리는 갑작스런 그의 물음에 어깨를 움찔했다. 아무리 들어도 던칸의 입에서 나오는 저 단어가 익숙해지지 않았다.

'며늘아기……'

누가 저런 호칭을 쓴단 말인가? 귀족은 아니지만 어쨌든 영애라고 불러도 될 것을. 험프리는 할 수만 있다면 며늘아기라는 저 호칭을 영영 이 세상에서 없애 버리고 싶었다.

"……예, 그렇습니다."

정작 말하는 당사자는 뻔뻔했는데 듣는 사람이 이상하게 몸이 배배 꼬였다. 정체를 알 수 없는 기운이 그의 온몸을 간질이는 그런 기분이었다.

"답답하기는!"

던칸의 성난 콧김에 뒤에 서 있던 수행원들이 몸을 움찔했다. 번뜩 몸을 돌린 그가 매섭게 눈을 뜨고는 물었다.

"발레가 남작은 불렀느냐? 마담 코코는?"

"그들은 지금 수도에서 짐을 꾸리고 있다고 합니다. 아무래도 챙겨 올 것이 많다 하여……."

"알렉산드로는 지금 뭘 하느냐?"

그러자 험프리가 얼른 목소리를 낮추고 비밀스레 대답했다.

"대공님께서는 주변 영주들을 만나고 계십니다."

명목은 버넷 후작이 용병을 양성한 자금의 출처를 파악하기 위해서였다. 실질적으로는 대영주들을 압박하기 위해서였다. 게다가 용병들을 두고 기사단 내에서 잡음이 있다는 얘기를 얼핏 들어 왔던 터였다. 그러니 바쁜 것도 이해는 가지만, 그래도 그렇지. 결혼식을 시켜 주지 않으면 가문을 나가겠다고 한 게 누군데 여태 조용한가?

'자식 이기는 부모 없다더니 내가 그 꼴이 될 줄이야.'

그 말은 내겐 통용되지 않으리라 생각했는데. 자식 농사가 제일 어렵다더니 농사꾼 기질은 영 없는 모양이었다. 어쩔 수 없었다. 던칸의 뚱한 표정을 보고 험프리가 얼른 말을 붙였다.

"맥코웰 영애께서 약을 드실 시간이니 이제 곧 아가씨께서 나오실 겁니다."

"그래?"

그럼 언제 며느리가 나올지 복도를 살피고 내게 알려라 명한 던칸은 답지 않게 싱그러운 미소를 지었다. 그 모습을 보면서 험프리는 속으로 혀를 찼다.

'쯧쯧쯧, 저러면 뭘 해.'

입술이 괴상하게 씰룩였다. 감히 던칸에게 이런 마음을 품어서는 안 되었지만 한마디 쏘아 주고 싶었다.

던칸은 속마음을 표현하는 데 많이 서툴렀다.

클로이는 우연이라기엔 너무 자주 마주치는 던칸 때문에 의아했다. 왕궁은 꽤 넓은 곳이었다. 마주칠 때마다 고개를 조아리고 인사를 했다. 그런데 이게 한두 번이지, 이상하게 하루에도 몇 번씩 마주치는 것이다. 던칸은 할 말이 있는 것처럼 말을 걸려는 것 같다가도 휙 돌아서기 일쑤였다.

알렉산드로는 던칸에게 아무런 관심도 두지 말라고 했다. 하지만 저렇게 자주 마주치는데 어떻게 관심을 두지 않는단 말인가? 그렇다고 먼저 말을 걸기도 어색했다.

'이상하게 매번 침실 밖에만 나오면 전하를 마주치네.'

내내 레나를 옆에서 보살펴 주다 잠시 물을 뜨러 간다는 핑계로 바람을 쐬러 가는 길이었다. 늦은 저녁이지만 대리석 바닥이 울리는 소리가 멀리서부터 들려왔다. 저렇게 많은 기사들의 무리를 뒤에 두고 움직이는 이는 던칸뿐이다.

아니나 다를까, 곧 왕궁의 꺾어지는 복도에서 철갑옷을 두른 기사들이 보이기 시작했다. 제국 제일의 권력자를 옆에서 모시는 기사들의 모습엔 위엄과 기품이 서려 있었다.

오늘도 이미 몇 번이나 마주친 터라 클로이는 그들이 지나갈 수 있도록 옆으로 비켜서 고개를 숙이고 있었다. 기사들 때문에 왕궁의 복도가 꽉 찬 느낌이었다. 그런데 던칸이 불쑥 걸음을 멈춰서 끌끌 혀를 차더니 들으라는 듯 목소리를 높였다.

"쯧쯧쯧, 대체 옷 꼬락서니가 이게 뭐야?"

클로이의 두 눈이 커다래졌다. 뭐라고 대답을 하기 전에 그녀는 자신의 의복을 다시 확인했다. 시녀들은 클로이가 원래 입고 있던 평민 소녀의 옷차림을 고려해서 간소한 드레스를 준비해 주었다. 그리 화려하진 않지만 깨끗하고 평범한 옷이었다. 그런데 이해하지 못할 말이 또 나왔다.

"아주 휑하다, 휑해!"

"네?"

휑하다니, 뭐가 휑하단 말인가? 의아한 얼굴을 보고도 던칸은 대답해 줄 용의가 전혀 없는 듯했다.

"어디 하나 마음에 드는 구석이 없구나. 흥!"

마치 들으란 듯 크게 콧방귀를 낀 그는 다시 복도를 걸었다. 기사들의 발자국 소리가 완전히 사라질 때까지 클로이는 그 뒷모습을 응시했다. 이미 실컷 봐 놓고선 왜 이제 와 옷이 마음에 안 든다는 건지. 휑하기는 어디가 휑하다는 건지.

'그냥 내가 마음에 안 드시는 거겠지.'

별로 신경 쓰지 않기로 했다. 충분히 그럴 만했다. 그녀에겐 재혼이지만, 알렉산드로에게는 초혼이었다. 이런 결혼은 민간에서도 드물었다. 신분이야 몰래 세탁할 수 있지만 던칸은 이미 그녀의 모든 과거를 알지 않는가. 그러니 마음에 들 리가 없었다.

'됐어. 담아 두지 말자.'

만약 알렉산드로가 옆에서 들었다면 크게 화를 냈을 것이다. 그가 던칸에게 쏘아붙이는 말을 듣고 있자면 그녀가 더 민망한 수준이었다. 남편이 될 남자가 워낙 든든하니 시아버지가 무서워도 그냥 그러려니 하게 되었다. 그보다는 이해할 수 없는 일이 한 가지 더 있었다.

"아가씨, 물을 길어 오는 일은 제게 맡겨 주십시오."

레나의 호위를 맡고 있는 기사, 제임스였다.

"아, 이건 별로 무겁지 않아서……."

"제발 부탁드리겠습니다."

간절한 그의 표정을 보고 클로이는 그냥 대야를 건넸다. 알렉산드로가 자신을 잘 챙기니 기사가 그렇게 행동하는 게 분명했다. 다만 그녀가 이해할 수 없는 것은, 바로 호칭이었다.

"아가씨, 뜨거운 물을 받아 오면 되겠습니까?"

"네, 감사합니다."

"아닙니다."

레나의 침실을 지키는 호위 기사는 제임스를 포함해서 네 명이 있었다. 곁을 지키는 시녀 또한 두 명이었다.

"아가씨, 또 물을 받으러 가신 거예요? 저희가 간다니까요."

"어차피 바로 앞인데, 딱히 할 것도 없고 해서요."

이 침실의 모두가 클로이라는 그녀의 이름을 알고 있었다. 그뿐인가? 가끔 마주치는 세리머니의 기사들 또한 그녀를 아는 척하지 않았다. 그게 마치 금기가 되는 양, 그 누구도 그녀의 이름을 부르지 않았다. 그런 명령이라도 받은 것처럼. 클로이는 잠든 레나의 곁에 앉아 골똘히 생각에 잠겼다.

'왜 아무도 내 이름을 부르지 않는 걸까?'

아무리 생각해도 모를 일이었다. 하지만 알렉산드로가 자신을 믿고 기다려 달라 신신당부를 했으니 클로이는 이번만은 그의 말을 얌전히 따르기로 했다.

'내가 사랑하는 사람이니까, 믿어 줘야지.'

어느덧 잠에서 깨어난 레나가 멍하니 눈을 껌뻑였다. 그러다 클로이와 눈이 마주치니 함박웃음을 지었다.

"아가씨, 내가 진짜 기분 좋은 꿈을 꿨어요. 근데 깨니까 기억이 안 나네. 이런 건 그냥 개꿈이죠?"

"어차피 기억이 안 나는 거라면 그냥 좋은 꿈이라고 생각하세요. 개꿈이라 생각하면 개꿈이고 길몽이라 생각하면 길몽인 거죠, 뭐."

"귀에 걸면 귀걸이, 코에 걸면 코걸이라…… 명언이네요. 알았어요, 아가씨."

클로이는 설핏 웃으며 레나의 복부를 두른 붕대를 확인했다.

'몸 상태가 이런데, 어떻게 저렇게 멀쩡히 말을 하고 몸을 일으키시는 걸까.'

아침에 새것으로 갈아 주었는데도 금방 핏물이 올라왔다.

"아가씨, 거기 사과 하나만 줄래요? 고마워요."

클로이는 사과의 껍질을 깎아 주려 했다. 하지만 레나는 껍질째로 먹는 게 더 좋다며 기어코 손에 들고 먹었다.

아삭아삭.

크게 사과를 베어 먹는 레나를 보며 클로이는 속으로 혀를 내둘렀다.

"좀 미안하긴 한데, 그래도 아가씨가 내 옆에 있어 주니 마음이 편하네요."

"미안하면 얼른 나으세요."

"알겠어요. 아가씨가 이렇게 돌봐 주고 있으니 금방 낫겠죠?"

클로이는 내심 기분이 좋았다. 티는 내지 않았지만 모두들 자신의 덕분이라 칭찬을 건넬 때는 가슴이 간질거리기도 했다. 레나가 정신을 차렸을 때부터 정성껏 돌봐 왔던 터였다. 그래서 하루가 다르게 몸을 회복하는 걸 옆에서 지켜보는 게 보람차고 즐거웠다. 감사의 한마디를 듣는 것 이상으로.

클로이는 자신이 누군가에게 도움이 될 때, 가장 벅찬 기분이 들었다. 그래서 알렉산드로와 결혼을 하고 자리를 잡게 되면 다시 약초를 키워 볼 생각이었다. 어디서 어떻게 살게 될지는 모르지만…… 환자에게 약을 나눠 주고 그들이 나아 가는 걸 보면 참 뿌듯할 것 같았다. 아픈 사람을 고치는 의사가 되고 싶다는 생각을 했었는데, 내 자리에서 할 수 있는 일을 하면서 살면 되지 않을까.

알렉산드로는 그렇게 말했다.

'나는 내 삶을 살면 된다고.'

지금까지 그랬듯이, 너는 네 삶을 살면 된다고 했다. 클로이는 그에게 들어온 어떤 고백보다도 그 말이 가장 두근거렸다.

다음 날 아침. 알 수 없는 일이 벌어졌다. 화려하게 치장한 두 명의 귀부인과 한 명의 노신사가 야단법석을 떨며 그녀의 침실을 찾아온 것이다.

"저는 마담 코코라 합니다, 아가씨."

"저는 마담 비비안입니다, 아가씨."

노크 소리를 듣고 얼떨떨하게 문을 열어 주긴 했지만 갑작스레 들이닥친 그들은 대꾸할 틈을 주지 않고 혼을 쏙 빼놓기 시작했다.

"어머나, 세상에. 아가씨 피부가 정말 고우시군요!"

"듣던 대로 아주 아름다운 흑발을 가지셨어요!"

"저는 디에고 발레가라고 합니다. 발레가 남작이라 불러 주십시오."

클로이는 어안이 벙벙했다. 하지만 호위 기사들이 문 앞을 지키는 침실을 그들이 모르고 찾아왔을 리가 없었다. 얼핏 눈치를 살피니, 기사들이 귀부인과 노신사를 순순히 안으로 들여보내는 것이다.

"잠시 들어가도 될까요? 감히 아가씨의 침실에 발을 들이는 것을 용서해 주세요."

이곳은 예전 왕비가 쓰던 곳이라 침실에 딸린 응접실이 있었다. 허락을 받은 뒤 냉큼 그 응접실을 차지한 세 명은 익숙하게 제 할 일을 시작했다. 색색의 깃털이 달린 모자를 쓴 귀부인들은 큰 가방을 펼쳐 줄자를 들고 그녀에게 다가왔다.

"척 보면 척이지만 그래도 치수를 정확히 알아야 내 몸처럼 꼭 맞는 드레스가 나온답니다!"

두 귀부인은 가면을 쓴 듯 함박웃음을 짓고는 자연스레 클로이의 팔을 들었다. 마치 한몸처럼 일사불란하게 움직이는 모습을 보니 그들이 하는 대로 몸을 맡길 수밖에 없었다. 하지만 이 상황이 잘 이해가 가지 않았다.

"제국의 수도에서 오셨다고요?"

"여기까지 오느라 일주일이 넘게 걸렸지요!"

비비안이라 말한 귀부인이 세차게 고개를 끄덕이며 줄줄 말을 늘어놓았다.

"호호, 이렇게 아가씨를 뵙게 되어 영광, 또 영광입니다! 어쩜 이리도 피부가 곱지요? 수도에도 이렇게 보드라운 피부를 가진 영애들은 없는데 말이에요. 그렇지 않아요, 마담 코코?"

"그럼요, 그럼요!"

"수도에서 여기까지 어떻게 오셨지요? 설마 지금…… 제 드레스를 만드시는 건가요?"

클로이는 설마, 하며 얼마 전 자신에게 '옷이 그게 뭐냐.' 고 타박하던 던칸을 떠올렸다. 하지만 그 말을 했던 건 불과 며칠 전이었다. 의아한 그녀의 표정을 보고 코코가 얼른 대답했다.

"저희는 전하의 명을 받고 왔습니다, 아가씨. 걱정 마세요! 세상에서 가장 아름다운 드레스를 만들어 드릴 테니까요."

"전하께서 대공님의 부인이 될 아가씨가 입으실 최고의 드레스를 저희에게 맡기겠다 하셨으니 실망시켜 드릴 수 없지요."

"비비안!"

순간 마담 코코가 입조심을 하라는 듯 손가락을 올렸다. 그녀의 시선을 받고 비비안은 찔끔하고 얼른 입을 다물었다. 그들은 클로이를 처음 마주하기 전, 던칸의 심복인 험프리에게 당부를 받고 또 받았다.

―아가씨께서는 고귀한 핏줄을 타고나신 분으로, 함부로 입에 담을 수 없는 신분입니다.

그러니 모든 일이 정리될 때까지는 그녀를 '아가씨'로 부르라는 명령이었다. 대공의 정부인이 될지, 아니면 무엇이 될지는 아직 결정되지 않았다는 뜻이었다. 이름 또한 묻지 말라고 했다. 비비안은 오래도록 귀족들을 봐 온 양장점 주인이었다. 노련한 그녀의 직감이 말했다.

'이 아가씨는 내가 생각하는 그 이상의 신분을 가지실 분이다. 우리를 수도에서 여기까지 불렀으니 그럴 만한 이유가 분명히 있을 거야.'

비비안과 코코의 양장점은 수도에서 제일가는 곳이었다. 그리고 발레가 남작은 10여 년 전, 오직 그 솜씨만으로 전 황제에게 작위를 수여받은 뛰어난 구두 장인이었다. 무엇보다, 바로 던칸 그레이엄의 은밀한 명령이 아닌가. 그레이엄 가문에는 여자가 없었기에 그들은 좀처럼 던칸의 눈에 들 기회가 없었다. 아무리 돈을 긁어모아도 평민인 그들에겐 신분 상승이야말로 평생의 꿈이었다. 발레가 남작처럼 기술을 인정받아 하급 단승 작위라도 받는다면, 크게 이름을 떨칠 수 있는 기회였다.

"아가씨."

그 와중에 여태껏 가방을 뒤척이던 노신사, 발레가는 조심스레 클로이의 앞에 번쩍이는 구두를 내밀었다. 당황스레 그들을 둘러보던 클로이는 저도 모르게 그 구두에 완전히 시선을 빼앗겼다.

"세상에."

금과 은, 그리고 작은 보석이 박힌 여성용 구두는 신발이라기보다 하나의 예술품처럼 보였다.

"제가 가진 두 번째로 작은 사이즈인데, 한번 신어 보시겠습니까?"

클로이는 휘둥그레진 눈으로 발레가를 바라보았다.

"이걸요?"

저런 구두는 이 왕궁에서 왕녀였을 때조차 본 적이 없었다. 제국의 수도에서 왔다더니, 품질이 월등하게 달라 보였다. 스스로를 최고급이라 말하는 듯 빛나는 물건이었다.

"실례하겠습니다, 아가씨."

발레가는 구두만큼이나 근사한 미소와 함께 한쪽 무릎을 꿇고 그녀의 앞에 구두 한쪽을 내밀었다. 멋진 노신사가 신겨 주는 구두는 기막히게도 발에 꼭 맞았다. 굽이 있어 불편하지 않을까 했는데 발이 굉장히 편안했다. 그리고 정중하고 멋진 노신사의 한마디가 그 구두를 완벽하게 그녀의 것으로 완성시켰다.

"잘 어울리십니다."

"……."

클로이는 한참이나 자신의 발에 신겨진 구두를 내려다보았다. 구두를 신은 발은 완전히 다른 이의 것을 보는 듯, 제 것이 아닌 것 같았다. 마치 어마어마한 집안에서 고생이라고는 생전 모르고 자라 왔을 법한 영애의 발처럼 보였다. 노예로 태어나, 20년이 넘도록 노예로 살아온 과거를 가진 클로이의 것이 아니었다.

"세상에, 키에 비해 다리가 기시군요!"

"정말 피부가 비단결같이 곱습니다, 고와요!"

그 와중에 코코와 비비안은 그녀를 사이에 두고 온갖 입에 발린 칭찬을 늘어놓았다. 하지만 클로이는 그들의 말이 귀에 들어오지 않았다.

'전하께서 수도에서 사람을 불렀다고? 내 드레스를 만들어 주시기 위해서……?'

그의 의도가 어쨌건, 세 명의 멋진 장인들에게 둘러싸여 있으니 얼떨떨하지만 가슴 깊은 곳이 간질거렸다. 눈앞이 빙글빙글 도는 것만 같았다.

"아가씨는 상체가 빈약…… 아, 아니, 가냘프니 허리를 가늘게 연출하면 더욱 아름다우실 거예요!"

"수도의 귀부인들이 너 나 할 것 없이 탐내는 최고급 물건을 챙겨 왔지요!"

그들이 하는 말들이 날아와 머릿속을 마구 헤집었다. 모든 게 아득하게 느껴지던 그 순간이었다.

"전하께서 새로운 패물을 만들고 계신다지요? 발레가 남작이 말하길, 새로 만드시는 패물은 보물에 가까운 물건이라 시간이 오래 걸린다고 했어요."

"그래서 그 전에 아가씨께 드릴 목걸이를 준비해 달라고 하셨답니다. 사파이어를 좋아하시나요? 아니면 다이아몬드?"

클로이는 거기서 눈을 크게 떴다. 던칸이 그동안 제게 건네던 말들은 가시가 박혀 있어 따가웠다. 마음에 차지 않는 며느리를 들였으니 얼마나 싫을까 충분히 이해했기에 클로이는 그냥 조용히 듣기만 했다. 하지만 상식적으로 지금의 행동은 싫은 사람에게 해 줄 수 있는 것들이 아니었다.

'설마…… 전하께서 나를 마음에 들어 하시는 걸까?'

그간의 정황을 살피던 클로이는 고개를 끄덕였다. 어쩌면, 어쩌면 그럴지도 모른다. 괜히 손가락 끝이 간지럽고 귀가 조금 뜨거웠다. 제 분수에 넘치게 좋은 것들을 준다길래 부담스럽고 어색했던 마음은 어느새 사라졌다. 클로이는 고마운 마음으로 모든 걸 받기로 했다.

"구두가 정말 예뻐요. 감사하다고 꼭 전해 주세요. 정말 좋아하더라고요."

"알겠습니다, 아가씨."

노신사는 그만큼 멋진 웃음으로 화답했다. 클로이는 그를 따라서 미소 지었다. 가슴 한구석에 뭔가 끼인 것처럼 간질간질했다.

크리스는 에반을 따라서 수도로 돌아갔어야 했다. 하지만 알렉산드로의 명령이 있어서 이 왕궁에 남았다. 이유는 아직 알 수 없었다.

"그레이엄 대공님께서 저를 만나 줄 시간이 있으셨다니! 이거, 성은이 망극합니다."

크리스는 장난스럽게 말하긴 했지만 알렉산드로가 얼마나 바쁜 나날을 보내고 있는지 누구보다 잘 알고 있었다.

"아니, 이제는 전하라고 불러야 합니까?"

"됐다."

알렉산드로는 장난스런 친구의 말에 잔뜩 구겼던 미간을 풀었다. 어차피 단둘뿐이니 이 정도의 농담은 할 수 있었다.

"네 말대로 몸이 두 개라도 모자랄 지경이다. 그러니 본론만 말하지."

"예, 하명하시지요."

"제임스가 호위하고 있는 영애를 앞으로 네가 맡아라."

"그레이엄 전하를 구하기 위해 복부에 칼을 맞았다는 그 영애 말씀이십니까?"

"그래."

"예, 알겠습니다."

쉽게 대답하긴 했지만 좀 의문이긴 했다. 그게 뭐 그리 큰일이라고 다른 이들을 전부 집무실에서 내보낸 건지. 그런 의아한 눈빛을 알고, 알렉산드로가 짧은 한숨을 내쉬고는 골치 아픈 듯 몸을 슬쩍 뒤로 젖혔다. 푹신한 감촉이 등을 감쌌다. 다행히 고민은 길지 않았다.

"그녀는 아버님의 여식이다."

그 순간 깜짝 놀란 음성이 크리스에게서 터져 나왔다.

"뭐라고!"

하지만 그는 금세 두 손으로 입을 막았다. 집무실의 문은 잘 닫혀 있는지, 휘둥그레진 선한 눈동자가 얼른 뒤를 돌아보았다. 정체불명의 그 여자가 던컨의 여식이라는 사실이 더 큰일인지, 장차 제국의 황위에 앉을 친구에게 존대를 잊은 게 더 큰일인지. 제임스와 친한 사이이긴 했지만 기사들은 입이 무거웠다. 그저 '이름을 말할 수 없는 어떤 영애'의 호위를 맡고 있다는 사실만 들었던 것이다.

"그게 사실이야? 그럼 각하와는 어떤 관계인 거지? 이복 누이? 존함은 뭐야? 몇 살인데?"

크리스는 봇물 터지듯 질문을 쏟아 냈다.

"예뻐? 그럼 그분도 그레이엄의 성을 받는 건가? 전하께서는 이미 인정을 하신 거야? 오, 맙소사."

크리스는 풀썩, 소리가 날 만큼 크게 뒤로 몸을 눕혔다. 전혀 예상치 못한 충격적인 사실에 미처 대답을 들을 여유가 없었다. 이건 수도가 발칵 뒤집어질 일이다.

"세상에 이런 일이!"

하지만 경악할 일은 거기서 끝나지 않았다. 뒤이어 나온 말에 크리스는 자신의 귀를 의심했다.

"레나 맥코웰."

알렉산드로의 입에선 결코 나오지 않을 가문의 이름이었다.

"맥코웰이라고……?"

"맥코웰 공작가의 반역죄는 철회된다. 그녀는 내 어머님의 여식이 맞지만, 그레이엄의 성은 받지 않아."

"맙소사."

"이름은 레나 맥코웰이다. 아버님께서도 인정하셨으나 공식적인 언급은 아마 없을 것이다."

잠시 말을 멈춘 그는 여전히 경악한 표정의 크리스를 보고 피식 웃고 말았다. 누구든 저렇게 놀랄 이야기이긴 했다.

"그래서 네게 호위를 맡기려는 거다."

"말도 안 돼."

크리스는 두 손으로 이마를 짚었다. 머리가 빙글빙글 도는 것 같았다.

"대공님의 여동생인 거야?"

"아니, 그녀는…… 나보다 나이가 많지."

어려운 얘기를 잘도 술술 풀어냈으면서, 머뭇거리는 알렉산드로를 보고 크리스는 코웃음을 쳤다. 누님이라고는 절대 부르지 않겠다는 강한 의지가 느껴졌다.

"여자 형제가 있지 않나."

"이제 보니 그래서 내게 맡기는 거로군? 휴우, 알겠어. 내 누님 처럼, 누님을 잘 모시도록 하지."

사실 크리스는 그보다도 클로이가 앞으로 어떻게 되는지 묻고 싶었다. 그녀에 관해서는 다들 쉬쉬하며 말을 아꼈기 때문에 전혀 이야기를 듣지 못했다. 하지만 차마 물을 수 없었다. 그저 어렴풋이, 노예였던 그 아이가 장차 황제가 될 친구의 옆에 있기엔 어려우리라 생각할 뿐이었다.

'그래도 함께 세리머니를 하며 동고동락하던 사이였는데.'

진한 아쉬움이 남았다. 클로이와 제대로 얼굴을 마주하고 얘기를 할 틈도 없었다.

'알렉산드로와 잘되길 바랐는데, 아쉽군.'

얼핏 제임스에게 듣기로는 모두들 그녀를 '아가씨'라고 부른다 했다. 영애가 아니니 그녀에게 할 수 있는 호칭이라곤 그게 전부일 것이다. 크리스는 상념을 털어 버렸다. 속이 상하기는 알렉산드로가 더할 게 분명했다.

"아무튼 그렇다면 맥코웰 영애는 아름다우시겠군요. 각하의 명을 충실히 이행하겠습니다."

알렉산드로는 실소를 터뜨렸다.

'아름답다라……'

자신이 보기에 레나는 아름다움과는 거리가 멀었다. 하지만 은근한 기대가 섞인 크리스의 눈빛을 보고 그냥 말을 삼켰다.

"네가 보면 알겠지."

"알겠습니다, 단장님."

크리스는 대충 그 반응을 보고 짐작했다. 그는 조금도 실망하지 않았다. 대신 알렉산드로를 향해 코웃음을 쳤다.

'넌 삽질이나 해라.'

덩치만 커다란 자신의 친구는 아직도 눈에 심한 콩깍지가 씌어 있는 모양이었다. 클로이와 함께 있는 알렉산드로는 참 재밌는 구경거리였다. 피식 웃은 크리스가 장난스레 윙크했다.

"볼일 다 끝났으면 오랜만에 같이 한잔하면서 회포를 푸는 건 어떠십니까?"

"오늘 밤은 가야 할 곳이 있다. 그리고, 크리스."

알렉산드로는 마침 잘됐다는 듯이 심각하게 관자놀이를 짚었다. 그는 에반에게 많은 이야기를 들었다.

"앞으로 나와 단둘이 술을 마시자거나, 대련을 하자거나, 오늘처럼 밤에 날 찾아오거나 하지 마라."

"예?"

"네게도 좋지 않아."

알렉산드로는 의아해하는 그에게 대답을 해 주는 대신 자신의 말을 정정했다.

"낮에도 오지 마라. 단둘이 있는 건 지양하는 게 좋겠다. 특히 승마하러 같이 산에 가자고 하지 마."

"왜요? 말 타는 걸 좋아하지 않으셨습니까?"

"너와 단둘이 가면 사람들은 내가 다른 걸 타는 줄 알더군."

"예?"

"그냥 내가 하자는 대로 해. 언젠가는 너도 고마워할 날이 올 거다."

진지한 설명에도 크리스는 여전히 알 길이 없었다. 혹시, 곧 제국의 황제가 될 알렉산드로가 앞날을 방해할 사사로운 인연을 끊기 위해서인가 짐작할 뿐이었다.

"알겠습니다. 뭐, 조금 서운하긴 하지만 따르겠습니다."

크리스는 깍듯이 고개를 숙이고는 집무실을 나가기 전 빙글 몸을 돌렸다.

"대신 가끔 편지를 보내도 되겠습니까?"

그것도 하지 말라고 하고 싶었지만 크리스의 선한 초록색 눈동자가 심히 간절해 보였다.

"……그렇게 해라."

마지못해 나온 대답에도 그는 눈에 띄게 기쁜 표정이었다. 알렉산드로는 자신도 알 수 없는 괜한 죄책감에 애써 다른 곳으로 시선을 돌렸다.

"보고 싶다거나 외롭다거나 하는 말은 쓰지 말고."

혹시 누가 볼까 걱정스러웠다.

클로이는 복잡한 마음에 어떻게 하루가 지나갔는지 몰랐다. 밤늦은 시각, 또다시 누군가가 그녀의 침실을 찾아왔다.

"아가씨, 마담 코코와 비비안입니다."

둘은 한 아름 품에 안았던 큰 상자를 가까스로 테이블 위에 올려놓았다. 대리석 테이블과 나무 상자에 마감된 쇠붙이가 부딪혀 쿵,

하는 소리가 들렸다. 실크로 된 덮개에 싸여 있어 어떻게 생긴 것인지는 알 수 없었다.

"아휴, 무거워라."

비비안은 이마에 송골송골 맺혀 있던 땀방울을 손수건을 꺼내 톡톡 두드리듯 눌러 닦아 냈다.

"벌써 드레스가 다 된 건가요?"

순간 코코는 클로이의 순진한 물음에 입을 가리고 웃으며 말했다.

"아가씨, 이건 보석함이에요. 저희도 물론 이렇게 큰 건 본 적이 없지만요! 호호, 정말 부럽습니다."

"보석함이요?"

클로이는 두 눈이 휘둥그레졌다. 그도 그럴 게, 나무 상자는 드레스가 몇 벌이나 들어갈 만큼 컸다. 코코와 비비안이 양쪽을 함께 들고 들어와야 했을 만큼.

"아, 가봉에 필요한 드레스도 가져왔습니다. 전하께서 사람을 보내 어찌나 재촉을 하시던지! 먼저 옷부터 한번 입어 보세요. 사이즈를 맞춰 보는 드레스예요."

결국 코코와 비비안의 적극적인 권유로 클로이는 드레스를 입기 시작했다. 하지만 난관에 부딪혔다. 오래도록 귀족 영애의 드레스를 입지 않았던 그녀였다.

"앗, 이거……."

코르셋이 문제였다. 고민했지만 클로이는 실용성이 최고라고 생각했다. 어차피 레나의 병 수발을 하고 있는데 코르셋을 입은 채드레스를 입을 필요는 없었다.

"너무 숨이 막혀요. 코르셋은 입지 않으면 안 될까요?"

클로이의 뒤에서 있는 대로 허리를 조이던 마담 비비안은 번쩍 고개를 들었다.

"코르셋이야말로 드레스의 생명입니다. 그런데 이걸 입지 않으시겠다니, 가뜩이나 가슴도…… 흡!"

비비안의 입을 틀어막은 코코가 재빨리 대답했다.

"아가씨, 불편하시다면 입으실 필요 없습니다. 유행을 모두가 따라야 하는 건 아니니까요."

말을 끝내자마자 코르셋 끈을 풀어내기 시작한 코코는 날카로운 눈으로 비비안을 째려보았다.

"게다가 이 드레스는 코르셋이 없어도 충분히 밑단이 풍성해서 예쁠 거예요. 안목이 아주 탁월하십니다."

찔끔한 비비안이 얼른 말을 맞췄다.

"그럼요, 아가씨. 불편하시다면 입으실 필요 없지요. 코르셋이 없어도 예쁜 드레스를 제가 만들어 오겠습니다."

"고마워요."

"고맙기는요, 앞으로도 불편하신 게 있으시다면 꼭 말씀하셔요."

결국 코르셋은 벗어 버리고 연한 다홍빛의 나풀거리는 드레스를 입었다. 코코의 말대로 풍성한 밑단이 부풀어 겹겹이 쌓인 꽃잎에 안긴 듯했다.

'예쁘다…….'

그저 치수를 재기 위한 옷이라고 했지만, 거울에 비친 자신의 모습은 마치 동화 속의 공주님처럼 보였다. 묘한 표정을 한 클로이가 거울에서 시선을 떼지 못하고 있자, 코코가 얼른 그녀의 한쪽 손을 잡고 위로하듯 조용히 소곤거렸다.

"아가씨, 너무 걱정하실 것 없어요. 요즘 영애들이 가슴 밑에 넣는 패드가 있답니다. 제가 반드시 구해다 드릴 테니 아무 염려하지 마세요."

"그게 아주 감쪽같아요, 아가씨. 여자는 자신감이 바로 무기 아니겠어요? 저희가 꼭, 남부럽지 않은 자신감을 만들어 드릴게요. 아무 걱정 마세요."

"지금도 충분히 아름다우셔요!"

"암, 그럼요!"

심각한 얼굴을 했던 클로이는 그 말들을 듣고 내심 웃고 말았다. 그러고 보니 어깨가 전부 드러난 드레스의 앞섶이, 자신이 보기에도 제국 미녀들의 것처럼 뛰어나 보이진 않았다. 그런 시선을 알았는지 코코는 얼른 클로이의 귀에 대고 속삭였다.

"마담 비비안은 입에 발린 칭찬은 하지 않아요."

"정말 지금도 충분히 아름다우세요."

클로이의 다른 쪽 옆에선 비비안이 질세라 말을 받아쳤다.

"마담 코코야말로 그렇지요. 마담 코코가 내내 극찬할 만큼 부드러운 머릿결을 가지셨어요."

코코와 비비안, 이 두 명의 귀부인은 쉴 새 없이 부드러운 말들을 곁에서 재잘거렸다. 이런 칭찬은 전생에서도, 현생에서도 처음이었다. 알렉산드로도 이 정도는 아닌데, 그들은 마치 자신을 여신인 양 묘사했다.

'낯부끄럽네.'

그런데 속마음과는 달리, 가만히 둘의 말을 듣고 있으니 참 기묘하게도…….

"이런 고운 복숭앗빛 살결은 정말 처음 봅니다."

"그 신비로운 눈동자는 또 어떻고요? 밤하늘의 별을 갖다 붙여 놓은 것처럼 아름답다니까요."

클로이는 거울 속의 자신이 점차 다른 사람으로 변해 가는 듯한 착각이 들었다. 정말로 이들이 말하는 것처럼 아름다워 보이는 게 아닌가?

"이 드레스, 정말 예뻐요."

방금 전까지 아픈 레나의 얼굴에 맺힌 땀방울을 닦아 주고 약을 달여 먹여 주던 평범한 클로이에서, 귀족가의 고귀한 영애로 변해 가고 있었다. 모두가 부러워하는 이야기 속의 주인공이라도 된 기분이 들었다.

'신데렐라가 이런 기분이었을까.'

그리 나쁘지 않은 기분이다. 알렉산드로의 옆이라면 어떤 여자든 신데렐라가 됐겠지만, 이건 그가 아니라 그의 아버지에게 받는 선물이라 더 값지게 느껴졌다. 코코는 거울 속에 비친 클로이를 함께 응시하며 조심스레 머리카락을 매만졌다.

"머리카락을 이렇게 풀어서 늘어뜨려도 예쁘겠어요, 그렇지요? 마담 비비안."

이에 응답하듯 비비안이 고개를 끄덕였다. 그리고 실례한다는 말과 함께, 하나로 묶어 두었던 클로이의 머리끈을 풀어 차분히 내려앉은 머리카락을 정돈했다.

"보세요. 이 예쁜 머리카락을 묶고 다니는 건 죄악이에요, 아가씨."

다홍색의 드레스와 대비되는 검은 머리카락이 어깨를 넘어 찰랑거렸다.

"세상에 이렇게 아름다우실 수가!"

"하늘에서 내려온 천사 같으시군요!"

실컷 칭찬을 듣고 있으니 클로이는 귀가 붉어졌다. 어쩔 줄 모르는 그녀의 떨리는 속눈썹과 눈동자를 보고 비비안은 부드러운 미소와 함께 말했다.

"아가씨, 이제 보석함을 열어 볼까요?"

"네."

클로이는 그제야 거울에서 시선을 떼고 덮개가 덮여 있는 보석함으로 고개를 돌렸다.

'뭐가 저렇게 크지?'

비비안은 그녀의 의아한 시선을 받고 얼른 덮개를 벗겨 냈다. 그러자 보석함이 당장 눈앞에 나타났다.

"이건……!"

동시에 클로이의 입술 사이에서 새된 신음성이 터져 나왔다. 그녀는 저도 모르게 주춤 뒷걸음질을 쳤다.

"이것도 보물이나 다름없는걸요? 아가씨, 얼른 열어 보세요!"

"전하께서 이 영지의 보석상을 돌아다니며 가장 아름다운 것만 골라 달라고 하셨답니다. 그래서 저희가 오늘 하루 종일 고르고 골랐어요!"

"어찌나 눈이 부시던지!"

두 귀부인들의 재촉에도 클로이는 못 박힌 듯 보석함을 응시했다. 보석보다 값비싸 보이는 보석함이었다. 고양이의 다리처럼 완만한 곡선을 이룬 네 다리가 견고하게 바닥을 지탱했다. 여러 개의 서랍이 있는 보석함은 상자가 아니라 서랍장처럼 보였다. 나무로 만든 것이었으나 모서리마다 박힌 문양은 은색이었다. 하지만 클로이는 알고 있었다. 그것은 은이 아니라, 백금이었다.

"한번 열어 보세요. 사파이어 목걸이와 귀걸이를 먼저 보셔야 해요!"

"마담 코코, 보석은 당연히 다이아몬드지요! 아가씨, 첫 번째 서랍에 있는 다이아몬드 목걸이와 귀걸이를 먼저 보셔요."

하지만 귀부인들의 말과는 달리, 클로이가 조심스레 손을 가져간 곳은 바로 백금이 입혀진 모서리의 문양이었다. 그녀는 퍽 익숙하게 보이는 그 문양을 따라 손가락을 움직였다.

"이건······."

그것은 엘파사 왕가를 상징하는 문양이었다. 그냥 보석함이었다면 고민 없이 받았겠지만 이건 왕비가 갖고 있던 보갑이었다.

"가장 비싼 보갑을 구하라는 명령에 급하게 구한 것이긴 합니다. 그래도 꽤 쓸 만해 보이지요, 아가씨?"

어쩌면 던칸이 그저 경매 시장에 나온 것을 사 왔을지도 모른다. 제국의 신민이라면 누구든 이 보갑을 갖는다 해도 의심받지 않겠지만, 자신은 패전국에서 유일하게 살아남은 왕녀, 베아트리체였다. 이미 엘파사 왕국이 사라진 지금, 왕가의 사생아였던 자신의 처지가 행여 불미스러운 일의 씨앗이 될까 하는 생각이 가장 먼저 들었다.

'전하께서는 이미 그 사실을 알고 건넨 걸까?'

그렇다면 이건 어떤 의미인가. 맥코웰 가문이 어떻게 사라졌는지를 들었던 클로이는 영 긍정적인 생각이 들지 않았다. 이미 사라진 왕가의 것을 보관하다가 모반의 증거라고 오해라도 받는다면?

고민이 담긴 짙은 시선은 푸른 바다의 물빛을 닮은 보석으로 향했다. 고풍스런 보갑 위, 백금이 입혀진 곳곳에는 투명한 청색의 남옥이 박혀 있었다. 흡사 아름다운 여인의 눈동자처럼 보이는 푸른 보석은 많은 것을 시사했다.

'엘파사의 왕가.'

왕비에게 대대로 내려오는 보갑에 담긴 상징적인 백금발과 푸른 눈동자는, 베아트리체가 결코 갖지 못한 정통성을 의미했다. 심장이 작게 요동쳤다. 머릿속엔 분명 먹구름이 드리웠는데, 이 떨림이…… 정말 두려움인지는 알 수 없었다.

문득 이 왕궁에 끌려와 반쪽짜리 왕녀가 되었을 때가 떠올랐다. 길버트에게 제값을 받고 팔려 가기 위해 한껏 치장을 하던 바로 그때. 지금과 비슷한 상황이지만 완전히 달랐다. 깊은 상념에 잠긴 그녀는, 종달새처럼 지저귀던 귀부인들이 어느새 조용히 사라졌다는 사실을 몰랐다.

클로이는 던칸의 의도를 다시 생각하게 되었다. 과연 그가 주려는 건 무엇인가. 아름다운 보석과 예쁜 드레스가 전부일 거라고 생각했지만 그 이상을 의심하게 되었다. 번쩍이는 보석들이 그녀의 눈동자에 날아들었다. 거울에 비친 자신의 모습이 낯설면서도 무척 익숙했다.

어색하고 조금은 난감한 표정을 한 하얀 얼굴. 어깨를 넘어선 검은 머리카락. 어쩔 줄 모르는 손가락. 그런 자신을 둘러싼 화려한 인사들. 그리고…… 이 왕궁.

그 순간 클로이는 정해진 수순처럼, 기억 속 깊숙이 버려두었던 또 다른 자신의 이름을 떠올렸다. 살아남기 위해서 버려야만 했던, 왕녀의 이름.

'베아트리체.'

알렉산드로는 진심으로 피곤했다. 하지만 한동안 사랑하는 여자의 코빼기도 볼 수 없었기에 이 방법밖에는 없었다. 아무리 우리가 한 침실을 쓰지 않을 거라 말했기로서니 그녀는 한 번을 찾아오지 않았다.

'냉정한 여자.'

칼스버그 공작에게 클로이의 신분을 되찾는 일의 조언을 얻으면 곧장 말을 해 주려고 했다. 그런데 부친은 대체 뭘 하는지, 쓸데없이 왕궁을 돌아다니기만 하고 일에 진척이 보이질 않았다. 덕분에 영주들을 상대하는 건 전부 알렉산드로였다. 주인을 잃은 영지와 영지민, 그리고 반역자들의 처형식 때문에 비통한 군주를 연기하는지, 던칸의 표정은 내내 심각했다.

"후우······."

하지만 자신은 클로이를 부인으로 맞을 수 있다면 군말 없이 모든 일을 하겠다고 했으니 누구에게도 피곤한 심정을 내색할 수 없었다. 알렉산드로는 아무도 몰래 클로이의 침실에 찾아들었다. 물론 문 앞에 서 있던 제임스와 제이미는 알았다. 하지만 허공을 응시하며 아무것도 보지 못한 시늉을 했다.

늦은 저녁 시간이라 얼굴만 보고 갈 예정이었다. 조용히 문을 열고 들어가자, 입구에서부터 분내가 진동했다. 알렉산드로는 저도 모르게 미간을 구겼다. 시끌벅적한 부인들의 목소리가 들려오는 가운데, 가장 먼저 보인 건 화려하게 장식된 모자와 드레스를 입은 두 귀부인이었다. 양쪽에 그들이 있었고 그 중간에 인형처럼 굳은 뒷모습의 아내가 보였다. 항상 묶고 있던 머리카락은 풀려 있었고, 문외한인 자신이 보기에도 꽤 치렁치렁한 드레스를 입고 있었다.

'뭘 보고 있는 거지?'

그녀는 부인들이 옆에서 뭐라고 하든, 못 박힌 듯이 서랍장을 응시했다.

"어머나!"

"그레이엄 대⋯⋯!"

순간 부인들이 알렉산드로와 눈이 마주쳤다. 그가 조용히 하라는 듯 쉿, 손을 입가에 가져간 후 나가라고 눈짓을 하자, 눈치 빠른 부인들은 얼른 인사를 하고는 공손히 물러났다. 클로이는 무슨 생각을 하는지 전혀 눈치를 채지 못한 듯 우뚝 서서 그 서랍장만 주시했다. 그녀는 원체 생각이 많은 데다 집중하면 다른 건 잘 못 듣는 여자였다.

평소라면 방해하지 않겠지만, 알렉산드로는 그녀의 얼굴이 보고 싶었다. 피로가 그녀를 보면 싹 가실 것 같았다. 게다가 알렉산드로는 오늘쯤 그녀에게 그 사실을 털어놓으려고 했다.

'이미 그레이엄 가문의 계보에는 네 이름이 있고, 사실 우리는 부부인 것을.'

한참 순서가 바뀐 일방적 통보였지만 알렉산드로는 그래도 이 정도면 자신이 신사가 아닌가 했다.

"아버님이 보내신 건가?"

뒤에서 들려온 알렉산드로의 목소리에 흠칫 놀란 그녀가 뒤를 돌아보았다.

"……!"

찰나였다. 그 순간 알렉산드로는 자신을 둘러싼 모든 것이 느릿하게 보였다. 누구든, 사람에겐 평생 잊지 못할 결정적인 순간이 있다. 시간도 흐르지 않고 공간조차 존재하지 않는다. 각인된 문신처럼 절대로 잊혀지지 않으며, 불쑥불쑥 일상에 고개를 들이밀고 찾아오는 그런 기억. 인생을 바꾸어 놓는, 마법의 그 순간.

"언제 여길 오셨어요?"

그녀의 다홍색 드레스 자락이 너울거리며 침실의 공기를 전부 바꿔 놓았다. 짜증스럽던 분내는 향긋한 향기가 되었고, 어깨를 짓누르던 피로는 순식간에 사라졌다. 상자를 뒤집어 그 내용물을 모두 털어 내듯, 복잡했던 그의 머릿속은 순식간에 가벼워졌다.

너는 마녀인가?

내게 마법을 부린 건가?

어처구니없게도 그 순간 그런 생각이 들었다. 물론 진짜 마녀라 하더라도 그녀가 건 달콤한 마법에서 평생 헤어 나오고 싶지 않았다. 이미 한가득 마음에 들어차 있기에 더는 자신을 물들일 수 없으리라 생각했다. 첫눈에 반한다는 말을 믿지 않았지만 그는 인정할 수밖에 없었다.

차분하게 내려앉은 속눈썹과 촉촉하게 젖은 입술, 그리고 반짝이는 그녀의 눈동자가 자신을 마주하자 알렉산드로는 몸에 정전기가 오르듯 아찔한 기분이 들었다. 단 몇 초밖에는 되지 않았을 것이나, 그는 알 수 있었다. 평생 자신을 지배할 마지막 단편의 조각이 맞추어졌다는 걸.

"왜 이렇게 아름답지?"

스스로가 듣기에도 멍청한 질문을 던졌다. 하지만 진심으로 아름다웠다. 이 세상에서 가장 아름다웠다. 새삼 그녀에게 반한 알렉산드로는 확인을 하기 위해 성큼 그녀에게 다가갔다.

"드레스 때문인가?"

그는 저도 모르게 손을 뻗어 드레스의 자락을 매만졌다. 부드럽게 감기는 촉감이 꽤…… 나쁘지 않았다. 풍성한 치맛단에서부터 시선을 위로 옮기자 한 품에 들어오는 어깨선과 가녀린 쇄골이 보였다. 그는 그 선을 그저 홀린 듯이 따라갔다.

'고작 이따위 나풀거리는 드레스 한 벌 입었다고…….'

사람이 이렇게, 이렇게…… 마녀처럼…… 아니, 공주님처럼 아름다워진단 말인가?

그럴 리가 없다.

'연회에서 마주치던 여자들도 하나같이 이런 드레스를 입고 있었다.'

그러니 겨우 드레스 한 벌 때문에 그럴 리는 없다. 알렉산드로는 퍼뜩 정신을 차리고, 당황한 클로이는 무시한 채 다급하게 그녀의 드레스를 벗겨 내렸다.

"확인을 해 봐야겠다."

알렉산드로는 동이 틀 무렵, 자신을 기다리는 모든 일을 뒤로하고 던칸을 먼저 만나러 갔다. 아내의 모습은 그 잔상이 눈앞에 아른거릴 만큼 아름다웠지만 알렉산드로는 아버지의 월권행위가 영 마음에 들지 않았다. 그녀를 만나지 말라고 대체 몇 번이나 말했던가.

　'그런데 그런 식으로 교묘하게 마음을 사려 하다니.'

　아침 일찍 서재에서 기다리고 있다는 알렉산드로 때문에 던칸은 아침 식사도 걸렀다. 그 역시도 아들에게 할 말이 있었다.

　"흠."

　얼굴을 마주한 그레이엄 부자는 잠시 서로를 노려보듯 했으나, 결국 아들이 먼저 말문을 열었다.

　"제 부인은 드레스니 보석이니 하는, 그런 것들엔 조금도 관심 없습니다."

　"……."

　속으로 할 말을 준비하고 있던 던칸은 심각한 얼굴을 풀고 피식 웃고 말았다.

　'이 멍청한 놈.'

　자신만 이런 생각을 하는가 싶어 슬쩍 옆의 험프리를 주시했다. 인형처럼 두 손을 모으고 옆에 서 있던 험프리는 던칸의 시선을 받고 몸을 움찔했다. 하지만 곧 그 눈빛을 읽어 냈다.

'저도 지금 같은 생각을 하고 있습니다, 전하.'

그런 뜻으로 고개를 끄덕이자, 던칸은 큰 한숨을 내쉬었다. 아무리 기막힌 소리라 하더라도 조금 더 들어 보자, 싶어진 그가 고개를 까닥하자 알렉산드로가 말을 이었다.

"제 아내는 보통의 영애들과는 달리, 거치적거리는 드레스나 휘황찬란한 보석을 몸에 두르는 일은 좋아하지 않습니다. 그러니 쓸모없는 걸 아무리 선물해 봐야……."

거기까지 들은 던칸은 아들의 말허리를 자르고 황당한 감정을 드러냈다.

"나 참."

잔뜩 구겨진 미간이 던칸의 허탈한 심정을 대변했다.

'칼스버그, 이 망할 노인네가 대체 내 아들한테 뭘 가르친 거지?'

평생 한 여자만 바라보겠다는 해바라기 같은 순정, 보석이며 돈이며 전부 필요 없다는 허구 같은 몽상, 사랑의 도피…….

'제왕학을 가르치라고 했는데, 구시대적 동화책이나 읽어준 게 아닌가?'

가만 생각하니 진짜 그럴지도 몰랐다. 던칸은 팔짱을 끼고 등받이에 몸을 기댄 채 생각에 잠겼다. 지금 알렉산드로의 나이가 몇인데, 저따위 고리타분한 사고를 하는지 도통 모르겠다.

'그리고 보니 그 노인네도 부인이 한 명뿐이야.'

사실 던칸 그 역시도 마찬가지였으나, 일단 알렉산드로를 직접 가르친 건 칼스버그 공작이었다. 긴 한숨을 내쉰 던칸은 뒤늦게나마 자신이 알려 줄 게 있어 다행이겠거니 스스로를 다독였다.

"알렉산드로, 여자들은 전부 드레스며 보석 같은 걸 좋아한다."

"제 아내는 아닙니다."

"⋯⋯."

단호한 그 대꾸에 던칸과 험프리는 말없이 시선을 교환했다.

'어디서부터 뭘 가르쳐야 할지 모르겠군.'

'동감입니다, 전하. 설마 대공님께서 저렇게 답답하고 고지식하신 분일 줄은⋯⋯ 거기다 고집스럽기까지⋯⋯.'

둘은 입 밖으로 소리를 내서 말하진 않았으나 눈으로 그런 대화를 했다. 큰 한숨을 내쉰 던칸은 알렉산드로를 응시했다.

"흠."

어떠한 말도 없이, 그저 그 눈빛만으로도 알렉산드로는 부친이 무슨 말을 하고 싶은지 알 수 있었다. 이 세상에서 가장 한심한 이를 보는 그런 시선이었다. 그가 머쓱하게 고개를 돌리자 던칸이 들으라는 듯 혀를 찼다.

'우리 며늘아기도 참 답답하지.'

평민들이나 하는 복장을 하고, 손가락이며 목덜미가 휑하니⋯⋯. 아무것도 둘러 주지 않았는데도 여태 알렉산드로의 옆에 있는 게 신기했다. 어쩌면 진심으로 몸치장하는 일에 관심이 없어서일 수도 있지만, 약혼자는 대공의 작위를 가진 남자가 아닌가?

"네가 뭘 줘 본 적이나 있느냐? 은반지나 실목걸이라도."

알렉산드로는 침묵을 유지했다. 던칸은 답을 알 수 있었다. 크게 코웃음을 친 그가 쯧쯧, 고개를 저었다.

"그런데도 순순히 너랑 결혼을 하겠다니 놀랍구나."

"⋯⋯!"

생각지도 못한 정곡을 찔렸다. 깜짝 놀란 알렉산드로가 이제야 뭔가를 깨달았다. 클로이는 단 한 번도 순순히 결혼을 하겠다고 답한 적이 없었다.

'그래서 여태껏 그렇게 싫다고 했던 건가?'

그럴지도 몰랐다. 생각해 보니 아귀가 딱딱 맞았다. 여태 클로이에게 꽃이나 줘 봤지 보석 같은 건 줘 본 일이 없었다. 아니, 본인이 그런 건 관심이 없다고 했는데…….

"듣자 하니 며늘아기는 보석이 박힌 드레스와 구두에 꽤 관심을 보인다던데, 패물도 하나 주지 않고 여태 뭘 했느냐?"

아들의 놀란 표정을 보며 던칸은 묘한 희열을 느꼈다. 자신만만하게 두 팔을 옆으로 걸치고, 그는 결정타를 날렸다.

"여자 마음을 그렇게 몰라서야."

조용히 옆에서 그레이엄 부자를 지켜보던 험프리는 저도 모르게 입술을 마구 씰룩였다. 하고 싶은 말이 많았지만 꾹 눌러 참았다. 그가 보기엔 도긴개긴이었다.

"후우……."

알렉산드로는 기분을 환기하고자 긴 한숨을 내쉬었다. 던칸을 찾아온 건 그 이유가 아니었다.

"마음의 결정을 이미 내리신 듯한데, 왜 저의 결혼을 공표하지 않으시는 겁니까. 그녀의 신분은요."

"그래, 결정은 했다만은. 귀찮은 일은 전부 그 노인네의 담당이 아니냐? 그런데 여태 의견이 없길래 서신을 기다리는 중이었다."

"칼스버그 공작님께 편지를 보내신 게 언제십니까?"

그 순간 던칸은 고개를 갸웃했다. 옆에서 대기하던 험프리와 한 번 시선을 교환한 그는 알렉산드로에게 되물었다.

"난 그 노인네에게 편지를 보낸 적이 없는데? 네가 황궁에 편지를 보내지 않았느냐?"

발끈한 알렉산드로가 눈을 꽉 감았다 떴다. 이를 악물었다가 겨우 마음을 가라앉혔다. 신경질적인 말투는 감출 수 없었다.

"그녀가 그레이엄의 사람이 될 자격이 있는지 먼저 따져 봐야겠다고 하지 않으셨습니까?"

"……."

"그럼 여태 이 왕궁에서 대체 뭘 하신 겁니까? 황궁에도 연락을 주지 않고, 영주들의 알현도 받아 주지 않으시면서 뭘 하시느라 편지 한 통 보내지 않으신 겁니까!"

"아니, 며늘아기랑 만나지도 말라고 네가 엄포를 놓지 않았느냐? 그러니 네가 전부 알아서 할 줄 알았다!"

"아버님께서 제 말을 듣기나 하셨습니까? 아내에게 환심을 사려 수도에서 사람을 불러오고 보석이나 쥐여 주셨지요! 그럴 바에 차라리 신분을 먼저 돌려주시는 게 맞습니다!"

"지금이라도 편지를 보내면 될 것을, 왜 소리를 지르면서 난리냐!"

"더 기다려야 하지 않습니까. 마음이 급한데 더 시간을 끌게 되었습니다!"

"이미 계보에 이름도 올려놓았는데 급할 게 뭐가 있어! 그만하면 결혼은 한 거나 마찬가지다!"

"아직 예식을 치르기 전이지 않습니까. 제국의 예법은 그렇지 않습니다, 아버님!"

"어차피 내 말은 법이나 다름없다!"

점점 언성이 높아지자 험프리가 어쩔 줄 모르고 눈알을 이리저리

굴렸다. 원래도 별로 살갑지 않은 부자였지만 요즘은 더욱 냉랭했다. 자주 얼굴을 봐서 그런지 만나기만 하면 말싸움이었다.

'난 절대로 아들은 낳지 말아야겠다.'

둘 다 문제지만 그래도 가재는 게 편이라고 오래도록 모셔 온 던칸에게 더 마음이 쓰였다. 알렉산드로가 던칸에게 하는 태도를 볼 때면 험프리는 속으로 혀를 내둘렀다. 영 골치 아픈 그레이엄 부자를 보고 있으면 드는 생각이라곤 그것뿐이다.

'딸이 최고야.'

무조건 딸을 낳아야 한다. 하나뿐인 아들, 제국의 영웅이랍시고 아무리 훌륭하게 키워 봐야 아무 소용 없다. 뼈 빠지게 키워 놔도 내 아들이 아닌 거다. 남의 여식의 남편일 뿐.

"아버님과는 도저히…… 도저히 대화가 되질 않습니다."

질색한 알렉산드로가 고개를 돌렸다. 얼굴도 보기 싫었다. 크게 감정 상한 던칸은 언짢은 눈빛으로 아들의 아래위를 훑어보았다. 계보에 이름까지 올려놓고 예식을 빨리 하게 해 달라 저렇게 안달 하는 걸 보니 뭔가 이유가 있는 것 같았다.

'괘씸한 놈.'

아들에게 미안했던 마음은 어느새 오간 데 없었다. 불퉁한 마음 만 가득했다.

"그래, 그럼 내가 최대한 빠른 시일 내로 준비해 보마."

던칸은 속으로 빠득 이를 갈았다.

"네가 그렇게 급하다니 최대한 서둘러야지."

버넷 후작령과 길버트가 다스리던 엘파사의 일부는 통합하기로 결정되었다. 알렉산드로는 그 문제로 부리나케 집무실로 향했고, 던칸은 유유자적하며 왕궁 복도를 헤매고 있었다.

'며늘아기한테 오찬을 함께하자고 해 볼까?'

어느 정도 알렉산드로가 누그러진 것 같으니 그런 생각이 스멀스멀 드는 것이다.

"귀가 가렵군."

황궁에 있는 칼스버그 공작일 것이다. 지금 온갖 욕을 하며 맥코웰 가문에 드리워졌던 반역죄를 철회한다는 성명문을 대신 쓰고 있을 것이다. 유서 깊은 공작가의 귀환을 공표하는 것까지 그의 몫이었다.

다른 공작가의 일을 칼스버그 공작이 그렇게 열심히 돕는 데는 이유가 있었다. 칼스버그 공작가와 맥코웰 가문은 친척 관계였다.

'줄리아 맥코웰에게 연락을 취해 놨다는 핑계를 대면서 한번 말해 보는 거야.'

던칸은 뒷짐을 진 채 느긋한 걸음으로 복도를 살폈다. 오후의 늘어지는 햇살로 인해 부서진 창가의 모양 그대로 길게 그림자가 들었다. 던칸은 순간 복도에 멈춰 섰다.

"왜 이렇게 흉물스러워?"

뜬금없이 나온 불퉁한 목소리에 조프리가 얼른 던칸의 눈치를 살폈다. 그가 복도를 누비는 동안 시종과 시녀들은 기둥 옆에 서서 고개를 조아리고 있었다. 험프리의 눈엔 깨끗하게 정리된 회색 대리석 바닥만 보였다.

"전쟁이 끝난 지가 언젠데, 아직도 왕궁을 수리하지 않고 있단 말이냐?"

"예?"

조프리는 아연실색했다. 제 옆의 기사의 눈치를 살피자 그 역시도 놀란 듯했다.

'왕궁?'

길버트가 자신의 저택으로 쓰던 공간이었다. 이곳이 엘파사의 왕궁이 맞긴 했지만, 패전국은 더 이상 존재하지 않으니 왕궁이라 칭할 수는 없었다. 다른 이들은 몰라도 던칸의 입에서는 나오지 않을 호칭이었다.

"수리를 좀 하라고 해라. 이왕이면 보기 좋게."

할 말만을 한 던칸은 이곳저곳을 둘러보고 가리켰다. 중간중간 그림을 좀 갖다 붙여야겠네, 영 음침하네, 정원도 별 볼 일 없네 하며 중얼거리는 소리가 들렸다.

뒤에 있던 험프리는 푹 한숨을 내쉬었다. 이 왕궁을 다시 왕궁으로 쓰려면, 왕녀에게 신분을 다시 돌려주려면 그가 할 일이 가득했다. 그가 배워 오기로, 승자들이 써 내려간 선택된 역사에도 이해하지 못할 일들은 항상 있어 왔다. 아무리 뛰어난 위인들이라 해도 항상 최선의 것을 선택할 수는 없는 법이었다.

베아트리체 왕녀와 그레이엄 대공의 결혼이 어떻게 해석될지는 고스란히 후손들의 몫이었다. 험프리가 아는 건 사람은 완벽하지 않다는 사실뿐이다. 때로는 실수를 하고, 남들은 결코 이해하지 못할 선택을 하며, 후회하고, 그리고 뉘우치는 법이다. 그는 새삼스러운 눈빛으로 모시는 주인을 응시했다. 때마침 시종이 다가와 던칸에게 작은 목소리로 소식을 전했다.

"전하, 아가씨께서 지금 침실을 나오셨다고 합니다."

"오, 그래?"

던칸은 한층 더 밝아진 얼굴로 발길을 돌렸다.

"뭐야?"

클로이는 갑자기 터져 나온 던칸의 노성에 깜짝 놀라 몸을 움찔했다. 시계탑에서 나약한 모습을 하고 있던 던칸은 없었다.

"이미 시녀들과 점심 식사를 했다고!"

그의 뒤로 줄줄이 선 수행 기사들조차 쩌렁쩌렁한 성난 목소리에 어쩔 줄을 몰라 했다. 인형처럼 굳은 클로이를 앞에 두고, 보다 못한 제임스가 뒤에서 천천히 설명했다.

"아가씨께서는 자주 보는 시녀들과 가끔, 간단한 요깃거리로 식사를 대신해서 함께 드시기도 합니다. 전하, 제 잘못입니다."

그는 던칸이 왜 화가 났는지 정확히 이유를 알고 있었다.

"고귀한 분께서 베풀어 주시는 관대함에 모두들 송구스럽게 생각하고 있으나, 앞으로 시녀들을 단속하여 다시는 이런 일이 없도록 하겠습니다, 전하.”

클로이는 정중한 그의 말에, 이제야 던칸이 화를 낸 이유를 깨달았다. 신분이 어쨌건 알렉산드로의 약혼녀일진대, 시녀들과 겸상을 하니 체면이 떨어진다는 뜻이었다.

‘앞으로는 혼자 먹어야겠구나.’

레나는 아직 아픈 몸이라 침실에서 식사를 했고, 그렇다고 남의 침실에서 자신까지 식사를 할 수는 없었다.

“영 마음에 안 든다, 마음에 안 들어!”

클로이는 어깨가 축 처져서 크게 성을 내고 돌아선 던칸의 뒷모습을 응시했다.

“아가씨, 제가 전하를 모신 지가 꽤 되었습니다.”

그녀의 성격을 파악한 제임스가 얼른 옆에서 말을 붙였다.

“그래서 어떤 말씀을 하시는지 잘 압니다만, 방금 ‘마음에 들지 않는다’고 하신 건 그냥 아무런 뜻 없는 추임새라고 생각하시면 됩니다.”

“저 때문에 괜히 미안해요.”

“아닙니다. 아가씨를 잘 모시라는 당부를 받았으니, 불편하게 여기실 것 없습니다.”

그녀는 혼자 마음을 추스렸다. 자신 때문에 많은 사람들이 욕을 먹게 될지도 모른다 생각하니 아찔했다.

‘앞으로는 무심코 하는 행동을 조심해야겠구나.’

조금 시무룩한 채로 레나의 침실로 향하는데 뒤에서 누군가 급하게 달려오는 소리가 들렸다. 뒤를 돌아보니 항상 던칸의 지척에서 그를 모시는 이였다.

'험프리라고 했지.'

그는 깊숙이 고개를 숙였고, 클로이는 덩달아 그에게 인사를 했다. 험프리는 그녀가 고개를 숙여 인사를 하자, 이에 질세라 더욱 깊숙이 고개를 숙였다. 험프리 역시 그녀를 어떻게 불러야 할지 아직 확신하지 못했다.

'빨리 관계를 좀 정리하시면 얼마나 좋을까.'

그녀는 귀족이 아니었기에 영애라고 부를 수는 없었다. 대공은 부인으로 맞이하겠다고 했고, 던칸은 그녀를 '며늘아기'라고 했으나 그건 그냥 혼자 뒤에서 몰래 그녀를 호칭하는 말이었다. 하지만 앞에서는 시종일관 불퉁했다. 그래 놓고는······.

"너무 놀라신 듯해, 전하께서 마음이 쓰인다고 하셨습니다."

"네?"

커다래진 눈망울이 전보다 더 놀란 기색이 역력했다. 험프리는 다행히 여자를 어떻게 대해야 하는지 아는 사람이었다.

"아가씨께 이런 말씀은 죄송하지만, 익숙해지셔야 합니다."

던칸을 가까이서 모시려면 일단 눈치가 빨라야 했다. 험프리는 영 솔직하지 못한 제 주인을 대신해서, 이번만은 자신이 나서서 설명해야 한다고 생각했다.

"전하께서는 원래 속마음을 잘 표현하지 못하시는 분입니다. 특히 마음에 들어 하며, 아끼는 분들께 그렇지요."

가감 없이 얘기를 듣고 있으니 놀라움에 입이 떡 벌어졌다. 던칸은 원래 그런 사람이었던 것이다!

"전하께서는 대공님의 부인이 되실 아가씨를 위해 오래도록 많은 것을 준비해 두셨습니다."

"······!"

"마담 코코와 마담 비비안, 그리고 발레가 경은 제국 수도에서 이름난 장인들 중에서도 가장 최고의 것을 만드는 이들입니다."

험프리는 조용한 왕궁의 복도에서, 비밀을 말하듯 낮은 음성으로 속삭였다.

"그리고 전하께서는⋯⋯ 아가씨께 왕관을 돌려 드리려 하십니다."

클로이는 알렉산드로와 정원을 산책하고 있었다. 보름간 장마가 왔음에도, 짧게나마 영주였던 길버트가 반역죄로 죽었음에도 정원은 완벽했다. 머무는 이들의 권력이 그만큼 대단했다.

"전하께서 하신 말씀이 이해가 안 가요."

"이해가 안 가기는 나도 마찬가지다. 1년이라니."

어깨를 단단히 붙들어 안은 알렉산드로의 팔을 느끼고 있자니 이제야 현실인 것 같았다. 지금 그녀에겐 그들이 거닐고 있는 아름다운 정원의 모습이 눈에 들어오지 않았다. 새파란 하늘조차 비현실적으로 느껴졌다. 클로이는 조금 전 있었던 던칸과의 공식 자리에서 얼음처럼 얼어 있었다. 충분히 그럴 만했다. 던칸은 모든 것을 쉽게 말했지만 그건 결코 쉬운 결정이 아니었다.

"갑자기⋯⋯ 왕국이라니요?"

어리둥절해하는 그녀를 한 번 보고 알렉산드로는 큰 웃음을 터뜨렸다. 곧 던칸은 황궁으로 돌아갈 것이다.

"걱정할 것 없어. 명목일 뿐이다."

그런데 그 명목이 엄청난 것이다. 클로이는 어이없는 표정으로 알렉산드로를 돌아보았다. 그는 일언반구 없이 믿고만 있으라 자신을 놀라게 해 놓고 어째서인지 표정이 밝지 않았다.

"왕국이라니, 그게 무슨."

알렉산드로는 자신들을 뒤따르는 기사들의 시선을 의식하듯 고개를 숙여 그녀의 귓가에 속삭였다.

"네게…… 신분을 돌려줄 명목."

조금 전, 클로이는 알렉산드로와 함께 공식적으로 던칸 그레이엄을 처음 마주했다. 그녀는 한 번도 와 본 적 없는 국왕의 집무실이었다. 던칸은 전혀 어색하지 않게 상석에 앉아 있었다. 그에게는 어디든 상석이 익숙했다. 왕궁의 복도를 걷고 있는 모습을 보자면 그가 국왕처럼 보였다.

그에 반해 긴장한 클로이는 마른침을 삼켰다. 그리고 먼저 침묵을 깨고 던칸이 제게 건넸던 첫 마디는 아마 평생 잊지 못할 것이다.

"엘파사 왕국을 돌려주겠다."

"……!"

갑작스런 그 말에 온몸에 소름이 돋는 기분이었다. 미리 귀띔해 주어서 예상은 했지만 던칸이 어떻게 그런 마음을 먹었는지 놀라웠다. 통일된 제국에서, 왕국을 돌려준다는 건 중대한 결정이었다. 하지만 던칸은 이미 결심한 듯 단호한 목소리로 말했다.

"난 보름 뒤에 제국의 황궁으로 돌아갈 테니, 그 전에 얼른 대관식을 하는 게 좋겠구나."

그녀의 옆에 앉아 있던 알렉산드로는 무덤덤한 걸로 보아 이미 알고 있었던 눈치였다. 그가 믿고 기다리라 했던 것은 바로 그녀의 신분이었다.

"지참금이라고 생각해라."

툭 던지듯 나온 말에 클로이는 고개를 번쩍 들었다. 제국에서 지참금은 신부를 데려오면서 신랑이 내는 돈이었다. 하지만 아직 예식도 치르지 않았는데. 의아하게 알렉산드로를 바라보자 그가 씩 웃으며 말했다.

"이미 그레이엄 가문의 계보에는 네 이름이 올랐다. 절대 무를 수 없어."

클로이는 그동안 레나를 간병하는 것 외엔 쓸 정신이 없었다.

'그런데 당장 호적에 이름부터 올렸다고? 대체 언제?'

머리가 다 어지러웠다. 험프리에게 예고를 들을 때는 멀쩡하던 심장이, 지금은 쿵쾅쿵쾅 뛰었다. 그런 그녀를 보고 던칸이 가볍게 정리했다.

"엘파사의 마지막 왕족. 베아트리체 아르파시아."

클로이는 멍한 얼굴로 그를 응시했다. 저도 모르게 입술이 서서히 벌어졌다. 자신이 버린 이름이 던칸에게서 나오자 등골이 오싹했다. 더 이상 제 것이 아니라고 여겼다. 두 번 다시는 누군가에게 그 이름으로 불리지 않을 거라고 생각했다.

'그런데 내가 다시 베아트리체가 된다고……?'

절대로 원하지 않았던 그 이름으로 살게 되다니. 한데 이상하게 가슴이 뛰었다. 여태껏 생각했던 것처럼 다시 불행해지리라는 의심에서 비롯된 불안한 마음이 아니라 설렘이었다. 그래서 아무도 이름을 부르지 않았던 것이다. 그녀는 더 이상 클로이가 아니었다. 자신도 모르는 사이, 이미 베아트리체가 되어 있었다.

놀라운 일은 끝이 아니었다.

"베아트리체 왕녀."

던칸의 확신이 가득한 눈을 보자, 의심과 혼란을 오가던 가슴은 숨을 멈췄다.

"내 아들, 알렉산드로 그레이엄 대공과의 국혼을 제안하오."

바로 그 순간, 그녀는 완전히 뒤바뀐 자신의 앞날을 직감했다.

조금 전의 일을 떠올리던 그녀는 자신도 모르게 도리질을 쳤다.

'국혼?'

알렉산드로는 왕국을 섭정하고 정략결혼으로 동맹을 맺어 흡수 통일을 준비하겠다고 밝혔다. 그 뒤의 이야기는 거의 들리지 않았다. 상황을 떠올리던 그녀는 다시 어안이 벙벙해졌다.

제국의 적법한 황태자, 즉 후계승계가 준비될 때까지 엘파사 왕국은 명목상 나라의 형태를 유지하기로 했다. 던칸은 대륙의 곳곳에 남은 전쟁의 흉터를 지우고, 더 살기 좋은 제국이 되었을 때 완벽한 통일을 하길 바란다고 했다.

알렉산드로는 자신 외에는 그 어떤 처첩도 들이지 않겠다고 말했다. 그는 약속을 잘 지키는 남자였다. 그녀는 자신의 위치가 흔들리지 않으리라 직감했다.

'나는 앞으로…… 어떻게 살아야 하지?'

던칸은 지참금으로 엄청난 것들을 말했다. 다이아몬드 광산, 제국의 영지, 섬, 그것도 모자라 소금의 독점매매권도 준다고 했다. 던칸이 준다는 것은 듣도 보도 못한 것들이었다. 당장 얼마 전에 받은 보석함에 있는 것들만 해도 어마어마한 재물인데.

'내가 뭘 할 수 있을까.'

그 순간 가장 먼저 그녀의 눈앞을 스친 것은 차마 장례식장조차 가지 못했던 아기의 얼굴이었다.

"제가 다시 베아트리체 왕녀가 된다고요."

조산소도 변변치 않은 이 제국에서 보육원을 찾아 헤매던 자신. 약재의 부족으로 비싼 약값. 그리고 호르헤 부원장.

"그리고 장차…… 이 제국의 황후가 될 거고요."

이 사실을 제 입 밖으로 내고 보니 이제야 모든 것들이 실감 났다. 클로이는 곰곰이 생각을 정리하다가 돌연 불쑥 말했다.

"참, 그러고 보니 대공님의 약혼녀는요?"

즐겁게 모든 일을 설명하려던 알렉산드로는 들려온 말에 그대로 자리에서 우뚝 멈춰 서고 말았다.

"약혼녀라니?"

그는 날벼락을 맞은 기분이었다. 놀라서 그녀를 돌려세우자 클로이는 도리어 덤덤한 표정으로 말했다.

"나도 모르는 약혼녀가 어디에 있지?"

"약혼녀가 있다고 예전에 들었는걸요."

이곳이 왕궁의 정원이라 보는 눈들이 있다는 것도, 그들을 뒤따르는 이들이 있다는 것도 생각지 못했다. 울컥한 마음에 알렉산드로는 저도 모르게 그녀의 양팔을 잡고 몰아세우듯 질문했다.

"누가 그래?"

속이 꽉 막힌 것처럼 답답해서 짧은 한숨을 내쉬었다. 그녀의 대답을 기다리는 짧은 순간이 너무 길게 느껴졌다.

"약혼녀라니. 그동안 왜 내겐 아무 말도 하지 않았지?"

"클라라 반도라스 공작 영애가 대공님의 약혼녀라고 들었어요."

"난 약혼을 한 적도 없고, 반도라스 공작 영애와는 아무 사이도 아니야. 칼스버그 공작 저택에 찾아온 일 때문에 그러는 건가?"

"……."

"하늘에 맹세코, 널 만난 후로는 어떤 오해를 살 행동도 하지 않았다. 게다가 반도라스 공작 영애는 전에 우리를 찾아왔던 기사와 결혼을 앞두고 있어."

알렉산드로는 기가 차고 어이가 없었다. 반도라스 공작 영애가 자신을 일방적으로 쫓아다니긴 했지만 둘은 아무런 사이도 아니었다. 모든 건 그저 소문이었다.

"왜 내게는 한 마디도 묻지 않았지?"

"……."

"누가 네게 그런 말을 했어?"

"그때는 모두들…… 그러던걸요."

그의 사나운 기세에 클로이는 누구라고 특정한 한 명의 이름을 말할 수가 없었다.

"하!"

알렉산드로는 생각지도 못하게 부정한 남자가 된 기분이었다. 그는 남자든 여자든 정해진 짝이 있다면 곁눈질조차 하지 말아야 한다고 배웠던 고결한 남자였다. 황당함에 하늘을 한 번 올려다봤지만 억울한 그의 마음을 달랠 길이 없었다.

"그럼 결국에는 내가 그 여자와 결혼을 할 거라고 생각했나? 나와 함께 있으면서 여태껏 그렇게 생각하고 있었던 건가?"

"대공님, 이러지 마세요. 저도 이제야 생각났어요. 그냥 물어보지 말았어야 했는데 괜히 물어봐서…… 죄송해요."

한참 답답한 심정으로 얼굴을 내려다보던 알렉산드로는 아직도 그녀의 몸이 성치 않다는 걸 기억해 냈다.

"……아니, 네가 물어봤어야 하는 게 맞지."

알렉산드로는 어쨌든 모든 일이 잘 풀리는 것 같아서 다행이라고 스스로를 다독였다. 그는 안 그래도 분통 터지는 일이 있어서 예민한 상태였다. 클로이는 눈치를 살피다가 얼른 말을 돌렸다.

"언니가 회복이 빨라서 정말 다행이에요."

아직 침실에 누워 있었지만 확실히 체력이 엄청난지, 남들은 몇 달을 누워 있어야 할 거라고 했는데 레나는 이제 몸을 일으키기까지 했다.

'정말 피는 못 속이는군.'

그러고 보니 그때 자신의 누나가 말했던 점괘가 틀린 게 하나도 없었다. 북서쪽에서 누이를 만났고, 둘은 그녀에게 많은 도움을 받았다.

—여자가 그 집안에 죽을 사람들을 몇 명이나 구해 주는군. 당신은 아내를 평생 업고 살겠소.

시계탑에서 뛰어내리려던 던칸을 붙잡은 것도 그녀였다. 레나를 살려 준 것도, 줄리아 맥코웰을 살려 달라 제게 소원을 말했던 것 또한.

—안 그러면 내가 질투 나서 언니 왕관 뺏어 버릴 거야!

게다가 클로이는 왕비가 되면 왕관을 쓸 것이다. 거기까지 생각하니 갑자기 그의 귓가를 스치는 말이 있었다.

"또 왜 그래요?"

돌처럼 굳은 그를 돌아보던 클로이는 의아함에 고개를 갸웃했다.

—남자가 넷이 얽혀 있으니 그건 알아서 해.

걱정스런 눈으로 그녀를 바라보니 그의 불안은 증폭되었다.

'남자가 넷.'

어느덧 어깨를 넘어 가슴까지 내려오는 그녀의 검은 머리카락은 햇빛을 받아 윤이 나는 것처럼 반짝였다. 올망졸망한 이목구비는 누구라도 눈을 떼지 못할 것처럼 사랑스러웠다. 눈, 코, 입…… 아무리 찾아도 어디 하나 예쁘지 않은 곳이 없었다. 가느다란 목을 타고 내려와 이제는 수수한 드레스를 입은 작은 여체가 눈에 그려지는 듯했다. 큰일이다.

'남자가 넷이라고…….'

손에 땀이 차고 초조한 기분이 들었다. 알렉산드로는 한탄 같은 긴 한숨을 내쉬었다.

"후우……."

"왜 그러세요? 무슨 일이에요?"

그들의 결혼은 평범한 예식이 아니라 국혼이었다. 그래서 많은 준비를 필요로 했고, 경사스러운 그날은 정확히 1년 하고도 한 달 뒤로 결정되었다.

'정말 1년이나 걸린단 말인가. 무려 1년이나!'

뭔가 이상하게 찜찜했다. 아무리 국혼이래도 1년이나 걸릴까 싶었다. 지금도 말라 죽을 것 같은데 1년을 더 기다려야 한다니…… 한숨만 푹푹 나왔다.

"후우……."

그녀가 자신의 부인임을 알릴 수 있는 날을 1년이나 더 기다려야 한다. 던칸에게 세 번이나 되물어 봤지만 재고의 여지는 없어 보였다. 굉장히 단호하게 1년을 말했다. 다른 생각이 들지 않았다면 거짓말이다. 이 왕궁에서 우리가 같은 침실을 쓴대도 감히 누가 뭐라 할 것인가. 하지만 금방 고개를 내저었다.

'아니다. 그럴 수는 없다.'

알렉산드로는 스스로를 다독였다. 그녀에게 모든 걸 주기 위해서였다. 그래서 결정한 일이었다.

'기다릴 수 있다.'

기다릴 수 있다. 그쯤이야 충분히 기다릴 수 있다. 그렇게 속으로 몇 번을 되뇌었다. 그러니 진짜 그럴 수 있을 것 같았다. 그는 원래는 자기 제어가 쉬운 남자였다.

"1년은 금방 지나가겠죠."

"……그렇겠지."

그녀는 자리에서 멈춰서 그에게 몸을 돌렸다.

"대공님."

뭔가 결심이 서린 짙은 갈색 눈동자가 반짝였다. 저 눈을 보고 있자니 과연 그녀가 무슨 말을 할까, 알렉산드로는 기대하게 되었다.

"대공님이 창피하지 않게 그동안 저도 잘할 거예요."

그녀를 내려다보던 알렉산드로의 한쪽 눈썹이 크게 올라갔다. 다른 생각을 하느라 전혀 예상치 못한 말을 들은 탓이었다.

"대공님의 약혼녀로서. 왕녀로서요."

잠시 굳어 있던 그는 뭐라 대꾸하지 못하고 피식 웃고 말았다. 그녀의 야무진 음성과 눈빛 때문이었다. 하여간 참 못 말리게 열심히 사는 여자였다. 알렉산드로는 다시 그녀의 손을 꼭 붙잡고 나란히 걷기 시작했다.

"난 다른 생각으로 심란해 있었는데, 네가 그렇게 말하니 좀 미안하군."

"뭐가 심란하셨어요?"

"더 이상 사랑을 나누지 못해서."

그 순간 그녀의 걸음이 멈칫했다. 무슨 생각을 하는지 표정이 굳어 있었지만 알렉산드로는 그녀가 부끄러워하는 거라고 생각했다.

"글쎄, 어쩌면 네 침실을 몰래 찾아갈지도 모르지. 저번처럼."

하지만 그녀는 전혀 생각도 못하고 있었던 다른 걸 떠올리고 있었다. 어떻게 그걸 잊고 있었던 건지 스스로가 놀라웠다. 아무리 많은 일들이 있었다지만, 그동안 어떻게 그걸……!

"왜 그래? 무슨 일이 있나?"

뭔가 큰일이라도 생긴 것 같은 표정의 그녀가 천천히 알렉산드로를 돌아보았다. 그 반응에 지레 놀란 그가 경악한 그녀의 어깨를 붙잡았다.

"말을 해 봐. 왜 그래?"

"대공님, 제가 지금 헷갈리는데……."

막상 그녀에게서 나온 말은 뜬금없는 물음이었다.

"오늘이 정확히 며칠이죠?"

이 순간 그녀에겐 세상에서 가장 중요한 질문이었다. 있어야 할 일이, 그냥 지나간 것이다! 덩달아 알렉산드로의 푸른 눈동자가 지진이라도 난 것처럼 떨리기 시작했다.

"어유, 날이 좋네."

레나는 굳이 불편한 몸을 이끌고 테라스에 나와 밖을 살피고 있었다. 그녀의 회복 속도를 보고 모두들 입을 모아 기적이라고 말했다. 하지만 그녀는 원래도 튼튼한 몸이라 오히려 침실에 누워만 있는 게 더 어색했다. 그런 그녀의 눈에 클로이와 자신의 남동생이 정원을 산책하는 모습이 보였다. 무슨 심각한 얘기들을 하는지 둘은 걷다가 자리에 멈췄다가를 반복하고 있었다.

'귀여워.'

둘을 보고 있으면 마음이 따뜻해지는 기분이 들었다. 남동생의 반려자가 클로이라서 정말 다행이었다. 자신을 키워 준 할머니, 줄리아 맥코웰은 오해로 인해 알렉산드로의 손에 비극적인 죽음을 맞이할 뻔했으나, 클로이의 만류로 목숨을 부지했다. 레나는 그 사실만으로도 클로이에게 감사했다. 줄리아 맥코웰은 그녀에겐 어머니나 다름없으니 평생을 갚아도 모자랄 빚이었다.

'잘 어울려.'

알렉산드로와 클로이는 어울리지 않으면서도 처음부터 한 조각인 것처럼 잘 어울렸다. 그래서 이 둘을 생각하면 가슴이 가득 차는 것 같으면서도 한쪽 구석에 작은 구멍이 뚫린 것처럼 아쉬웠다.

'부럽다……'

하지만 그녀는 이내 고개를 내저었다. 이제는 미래를 말해 주는 귀신도 없었고 인연의 끈도 보이지 않았지만 그녀는 가문의 흠 없는 영애가 되기에는 나이도 많았고 출신도 명확치 않았다. 던칸은 아무 걱정도 하지 말라고 말했지만 레나는 여느 명문가의 영애들이 맞이하는 훌륭한 신랑감까지는 바랄 수 없는 자신의 처지를 알았다. 씁쓸한 생각은 뒤로하고 그녀는 자신의 호위 기사를 불렀다. 그의 이름은 크리스라고 했다.

"저기, 칼을 잘 다룬다고 들었어요."

"예, 말씀하십시오."

크리스는 그녀를 보며 다른 생각을 하고 있었다.

'저렇게 아름다우신 분이면 그렇다고 진작 얘기를 해 줬어야지!'

마음의 준비도 없이 저런 미인을 봤더니 심장이 쾅쾅쾅 난리였다. 알렉산드로보다는 조금 옅은 갈색 머리에 푸른 눈을 가진 그녀는 분위기도 조금 비슷했다.

"기사님?"

그녀가 살며시 눈을 치켜뜨며 미소를 지었다. 과년한 처녀를 저도 모르게 오래도록 응시하던 크리스는 뒤늦게 시선을 내렸다. 얼굴이 터질 것처럼 뜨거웠다.

"……사과 좀 깎아 주실래요?"

"예?"

"기사님께 이런 부탁을 드리면 안 되는 거죠? 그럼 제가 깎아 먹게 칼 좀 주세요."

크리스는 조금 당황했다. 분위기나 생김새는 알렉산드로와 비슷한데, 성격은 완전히 다른 것 같았다. 일단 말수가 많았고, 여느 귀족 영애처럼 조신하거나 얌전한 어투도 아니었다. 괄괄하고 말을 가리지 않았다. 얼핏 듣기로 그녀는 민간에서 자랐다고 했으니 그럴 수 있었다. 몇몇 시녀들이 몰래 하는 말을 들었으나 크리스가 보기엔 그리 흠이 아니었다.

'여신님께서 재치까지 겸비하셨군!'

일단 굉장히 예뻤기 때문이다.

"아, 아직 몸이 편치 않으시니 시녀를 불러 드리겠습니다."

짧게 묵례를 하고 테라스를 나가다 잠시 멈칫한 그는 다시 뒤를 돌았다. 어느새 정원에 눈을 둔 레나를 바라보고 있으니 아직 몸이 좋지 않아 초췌한 안색에도 청순한 자태가 그림처럼 아름다웠다.

운명의 세레나데가 들렸다. 그녀를 향한 햇살이 신비하고 고귀한 자태를 돋보이게 했다. 오늘이 첫 만남이고, 초면에 무례하다는 걸 알면서도 차마 눈을 뗄 수가 없었다.

'꿈속의 여자인가?'

아니다. 아니다. 이건 현실이다. 크리스는 고개를 흔들었다. 그녀는 던칸 그레이엄의 숨겨진 여식이었다. 심장이 쿵쾅거렸다.

아, 그래서인가.

손에 닿지 않을 것처럼 멀고도 가까워 더욱 애타는 심정이여…….

"기사님?"

"흠흠."

괜히 부끄러운 마음에 헛기침을 하니 그녀가 고개를 갸웃했다.

"풋, 기사님 얼굴이 꼭 사과 같네요."

레나는 오늘부터 호위를 맡은 곱상한 외모에 우람한 근육의 젊은 기사가 퍽 귀여웠다. 빼어난 금발 머리에 초록색 눈동자를 한 미청년이었다. 그의 얼굴이 심히 붉었지만 레나는 대수롭게 생각하지 않았다. 그는 알렉산드로와 절친한 이였다.

"저를…… 저를, 크리스 경이라고 부르시면 됩니다, 영애."

크리스는 대답을 듣기 무서운 사람처럼 얼른 뒤돌아 테라스를 뛰어나갔다. 무서운 표정을 한 알렉산드로가 떠올랐다. 그 뒤엔 알렉산드로보다 훨씬 더 무서운 던칸이 있었다. 그레이엄 가문의 깃발이 눈앞에서 펄럭였다. 하필 그레이엄의 문장은 두 개의 칼이 교차하는 무시무시한 상징이었다. 크리스는 눈을 질끈 감았다. 어느 학자의 명언이 뇌리를 스쳤다.

'아, 사랑은 전쟁이로다!'

사랑인지 전쟁인지, 사람들은 각자의 새로운 미래를 그려 나가기 시작했다.

-베아트리체 5권에서 계속-

BLACK LABEL CLUB 024
베아트리체 4

1판 1쇄 발행 2016년 12월 28일
1판 4쇄 발행 2020년 12월 10일

지은이 마셰리
펴낸이 신현호
편집부장 예숙영
편집 박상희
편집디자인 한방울
영업·관리 김민원 조인희
물류 이순우 박찬수

펴낸곳 ㈜디앤씨미디어
출판등록 2002년 5월 1일 제117-90-51792호
주소 서울시 구로구 디지털로 26길 111 JnK디지털타워 503호
대표전화 (02)333-2513 팩스 (02)333-2514
전자우편 dncbooks@dncmedia.co.kr
디앤씨북스 블로그 http://blog.naver.com/dncbooks

ISBN 979-11-264-4017-7 (04810)
ISBN 979-11-264-2727-7 (세트)